Janet Clark

EWIG DEIN
Deathline

DIE AUTORIN

Janet Clark wollte schon als Kind nur eins: Romane schreiben! Wenn's geht: spannend! Doch zwischen ihr und dem ersehnten Berufsziel sollten noch etliche Jahre, Länder und Berufe liegen, bis Janet Clark ihr erstes Manuskript einreichte. Dann allerdings stellte sich der Erfolg nahezu postwendend ein. Ihre Romane für Erwachsene und Jugendliche bestechen durch Hochspannung und Unterhaltung auf höchstem Niveau. Mittlerweile fiebert eine große Fangemeinde ihrer nächsten Veröffentlichung entgegen.

Von Janet Clark sind bei cbj erschienen:

Deathline – Ewig Wir (31262)

Mehr über cbj auf Instagram
unter @hey_reader

JANET CLARK

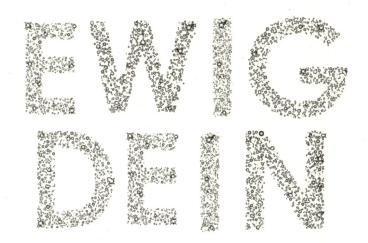

DEATHLINE

Sollte diese Publikation Links auf Webseiten Dritter enthalten, so übernehmen wir für deren Inhalte keine Haftung, da wir uns diese nicht zu eigen machen, sondern lediglich auf deren Stand zum Zeitpunkt der Erstveröffentlichung verweisen.

Dieses Buch ist auch als E-Book erhältlich.

Verlagsgruppe Random House FSC® N001967

1. Auflage 2019
Erstmals als cbt Taschenbuch April 2019
© 2019 cbj Kinder- und Jugendbuchverlag
in der Verlagsgruppe Random House GmbH,
Neumarkter Str. 28, 81673 München
Alle Rechte vorbehalten
Umschlaggestaltung: Geviert, Grafik & Typographie
unter Verwendung eines Fotos von © Trevillion Images
(Cristina Mitchell)
MP · Herstellung: LW
Satz: Uhl + Massopust, Aalen
Druck: GGP Media GmbH, Pößneck
ISBN 978-3-570-31209-4
Printed in Germany

www.cbj-verlag.de

Für Lisa-Marie Dickreiter
Danke!!!

PROLOG

HABT IHR AUCH SCHON MAL von einer besonderen Bestimmung geträumt? Von einer Bestimmung, so gefährlich und aufregend wie die Eurer liebsten Romanheldinnen, die, beflügelt von ihrer großen Liebe, eine zum Untergang verdammte Welt retten müssen?

Ja?

Ich auch. Ich war vierzehn und schwer verliebt in den Schwarm aller Mädchen aus meiner Klassenstufe. Sogar einen Kuss habe ich von ihm bekommen.

Einen.

Am nächsten Tag hat er mich nicht einmal mehr gegrüßt. Als wäre ich Luft für ihn.

Und genauso fühlte ich mich damals auch: unscheinbar und langweilig wie eine graue Maus. Zumindest für die Jungs um mich herum.

Es war höchste Zeit, mein Leben zu ändern.

Nur wie?

Denn egal, wie ausgefeilt meine Pläne auch waren, meine Möglichkeiten waren begrenzt.

Also tat ich das Einzige, was weder einen Führerschein noch einen Schulabschluss, Geld oder Volljährigkeit voraussetzte, und befolgte die Riten einer alten Yowama-Legende: Ich schnitzte eine tiefe Kerbe in den Stamm eines indianischen Kwaohibaumes und eine weniger tiefe in meinen Finger, beschmierte meinen goldenen Taufanhänger mit Blut und versenkte ihn im Tausch gegen eine aufregende Bestimmung und *natürlich* eine große Liebe in der Kerbe.

Ich erinnere mich an jedes Detail dieses Moments. Und ich frage mich, ob mein Leben anders verlaufen wäre, wenn ich meinen Taufanhänger in seiner Schatulle gelassen und dem Baum eine Kerbe erspart hätte.

Ich werde es nie wissen.

Aber ich gebe Euch einen Rat: Finger weg von Euren Taufanhängern. Ein Leben als graue Maus ist eine verdammt gute Bestimmung!

KAPITEL 1

ALS DANA MICH BAT, die Geschichte für Euch aufzuschreiben, musste ich nicht lange überlegen, wo ich beginnen sollte. Genau genommen musste ich gar nicht überlegen, denn es ist völlig klar, wann mein Leben endgültig aus den Fugen geriet.

Es war der Tag vor den großen Ferien.

Der letzte Schultag in Angels Keep ist ein besonderer Tag. Nicht nur weil zweieinhalb Monate ohne Mathe und ähnlich üble Fächer vor einem liegen, sondern weil er jedes Jahr mit einem Straßenfest gefeiert wird. Einem Straßenfest, das inzwischen so berühmt ist, dass ganze Busladungen aus den nahe gelegenen Städten und Dörfern zu uns gekarrt werden. Und das ist für Angels Keep ziemlich ungewöhnlich, denn der Reisestrom ist in der Regel recht überschaubar: Abgesehen von einigen gestressten Städtern, die am Wawaicha Lake beim Angeln vor sich hin dösen oder auf unserer Ranch ein paar Tage Cowboy spielen, verirren sich nicht so viele Leute in unsere Gegend. Was schlicht und ergreifend daran liegt, dass es hier vor allem eines gibt: Wald, Wald und… genau: Wald. Wald bis hoch zur kanadischen Grenze und darüber hinaus. Die einzige Siedlung nördlich von Angels Keep ist das Yowama-Reservat, aber außer den Greenies, wie die Menschen des Yowama-Stammes genannt werden, fährt nie jemand dorthin. Und das ist von den Greenies auch so gewünscht: Warum sonst bemühen sie sich seit Jahrhunderten, die Einwohner von Angels Keep mit gruseligen Legenden und Schauermärchen fernzuhalten?

Die Greenies bleiben lieber unter sich, sie kommen auch selten nach Angels Keep – außer eben am letzten Schultag.

Kaum waren also die Zeugnisse verteilt, stürmten alle 634 Schüler aus dem Schulgebäude, um sich die besten Plätze in den zwei Cafés und der Eisdiele am Kirkpatrick Boulevard zu sichern. Fast alle, denn Dana, Gabriel und ich hatten es nicht eilig. Die Eisdiele gehörte Gabriels Tante und unsere Plätze waren fest reserviert. Und da Dana später noch im Laden ihrer Eltern arbeiten musste und nicht mit zum Straßenfest konnte, nutzten wir lieber den leeren Schulhof, um unsere Pläne für die Ferien zu besprechen.

Dana, Gabriel und ich. Ein perfektes Dreierteam. Dana, selbst erschaffener Manga-Klon und Tochter koreanischer Einwanderer, deren Virtual Reality Dome nicht nur einen Hauch von Zukunft nach Angels Keep brachte, sondern auch eine wachsende Zahl von Fans, die inzwischen bis zu dreißig Meilen fuhren, um nicht-existente Monster zu jagen. Gabriel, der große, sanftmütige Science-Fiction-Fan, der, seit ich ihn kannte, bei jeder Halloween-Party als Obi-Wan Kenobi auftauchte. Er war der Einzige von uns, der seinen siebzehnten Geburtstag schon hinter sich hatte und den – abgesehen von seinen drei jüngeren Brüdern – nichts aus der Ruhe brachte. Und ich, Josephine, genannt Josie, die Dana und Gabriel das ganze Jahr über mit hausgemachten Müsliriegeln bestach, damit sie mir morgens die fehlenden Hausaufgaben diktierten.

»Okay, Leute«, sagte Dana, nachdem sie sich quer über unsere Lieblingsbank im Hof gelegt und die Arme unter den Hinterkopf geschoben hatte. »Was ist der Plan?«

Ich setzte mich zu Gabriel auf den ausgebleichten Holztisch und warf ihm einen fragenden Blick zu. Gabriel war Großmeister im Planen. Er liebte es, im gleichen Maße für uns Pläne zu schmieden, wie Dana und ich uns einen Spaß daraus machten, sie über den Haufen zu werfen.

»Wir fahren ans Meer.« Er sah uns erwartungsvoll an. »Vier Tage. Ich habe den perfekten Campingplatz rausgesucht und mein Onkel leiht uns seine Ausrüstung.«

Das Besondere an Gabriels Familie war, dass sie praktisch unendlich groß zu sein schien. Egal was man brauchte, Gabriel hatte immer einen Onkel, Cousin oder eine Großtante dritten Grades, die aushelfen konnten. Im Gegensatz zu Danas Familie, die ausschließlich aus ihren Eltern bestand, und meiner, in der es nur meinen Bruder und meinen Vater gab.

»Meer. Hmm«, brummelte Dana mit geschlossenen Augen.

»Wann?«, fragte ich vorsichtig, denn Ferienzeit bedeutete für mich vor allem eins: besonders viel Arbeit auf der Ranch.

»Heute in...« Er warf einen prüfenden Blick auf sein Smartphone. »...siebzehn Tagen. Meinst du, das kriegst du hin?«

Ich zuckte die Schultern. Mit viel Überredungsgeschick würde ich meinem Vater vier Tage aus den Rippen leiern können – vorausgesetzt, die neuen Aushilfen machten ihren Job gut. »Ich versuch's.«

»Und du?«, wandte sich Gabriel an Dana.

Ohne ihre Augen zu öffnen, brummelte sie ein weiteres »Hmm«.

Ich verkniff mir ein Grinsen. Ich wusste genau, was in Dana vorging. Hätte Gabriel New York, Los Angeles oder meinetwegen auch San Francisco gesagt, hätte sie bereits einen Urlaubsantrag per SMS an ihre Mutter geschickt. Aber wir lebten nun mal im Staat Washington, und ein Campingausflug an unsere Pazifikküste war für sie genauso verlockend wie der gratis dazu gelieferte Sonnenbrand auf ihrer empfindlichen Haut. Eigentlich sollte Gabriel inzwischen wissen, dass er Dana mit einsamen Outdoor-Trips nicht ködern konnte. Und eigentlich wusste er das auch, er verstand es nur nicht. Wie jemand einen Schaufensterbummel durch eine richtige Stadt einer Runde Surfen und einem Lagerfeuer vorziehen konnte, blieb ihm unbegreiflich. Und mit richtiger Stadt meine ich eine mit deutlich mehr Einwohnern als Angels Keep mit seinen 4378.

»Das wird echt cool. Abgelegen, perfekte Brandungswellen, Kajakverleih...«, pries Gabriel seinen Campingausflug an – und wählte exakt die falschen Wörter, um Danas Skepsis zu zerstreuen.

»Hör auf!« Dana öffnete ihre schwarzbraunen Mandelaugen und kräuselte ihre Nase. »Willst du mich umbringen? Wir sind in Amerika, da wird es doch einen Strand geben, der *nicht* abgelegen ist. Abgelegen hab ich jeden Tag.«

Gabriel verzog beleidigt den Mund, doch das beunruhigte weder Dana noch mich. Es lag einfach nicht in seiner Natur, länger als drei Minuten zu schmollen, bevor er sich mit ungebrochenem Eifer auf den nächsten Plan stürzte.

Dana sah auf ihre Uhr. »Ätz. Ich muss.« Während sie aufstand, zerwuselte sie ihre schwarzen Igelhaare, bis sie nach allen Seiten abstanden. Dann zupfte sie ihre bunten Overknees und den Minifaltenrock zurecht und beugte sich zu Gabriel. Der schmollte noch immer – was Dana allerdings nicht davon abhielt, ihm seine Locken zu zerzausen und einen freundschaftlichen Kuss auf die Nasenspitze zu knallen. »Du findest was,

Gabe, und das wird der Hammer, ich habe vollstes Vertrauen.« Schon hellte sich Gabriels Miene wieder auf. Dana wandte sich an mich. »Ab morgen seid ihr fest eingetragen, nicht vergessen, ja? Meine Eltern verlassen sich auf uns.«

Ich nickte. Danas Opa wurde siebzig und ihre Eltern flogen zur großen Feier nach Korea – obwohl Ferien waren und damit für den Dome Hochsaison. Es hatte Dana monatelange Überzeugungsarbeit gekostet, allein hierbleiben zu dürfen, und sie fieberte seit Wochen darauf hin, mit Gabriel und mir den Laden zu schmeißen. Von elf bis siebzehn Uhr unterstützte Gabriel sie, danach half ich mit aus. Selbst wenn es nur zwei Wochen waren, freute ich mich fast so sehr wie Dana darauf, und das nicht nur, weil ich mir so das nötige Kleingeld für unseren Trip verdienen konnte. Nein. Damit hatte ich auch jeden Tag eine Entschuldigung, mich von der Ranch zu entfernen und ein paar Stunden mit Leuten zu verbringen, die das Lachen noch nicht verlernt hatten.

Als Gabriel und ich den Kirkpatrick Boulevard erreichten, war das Straßenfest bereits in vollem Gange. Aus Boomboxen und Ghettoblastern bekämpften sich Hip-Hop-Beats und Rap-Songs, während sich auf der breiten Straße Gruppen von Skatern und Freerunnern gebildet hatten, die auf waghalsig konzipierten Parcours ihre neuesten Stunts vorführten. Vor der Eisdiele hatten sie einen Bullriding-Automaten aufgebaut und dazwischen tummelten sich Mädchen in ihren grün-goldenen Cheerleader-Kostümen und warteten auf ihren Einsatz. Es versprach ein großartiger Abend zu werden.

Zunächst kassierten wir allerdings einen Anschiss von der gestressten Bedienung der Eisdiele. Sie war gerade drauf und dran, unseren reservierten Fensterplatz im ersten Stock einer aufgeregt kichernden Gruppe Mädchen zu geben. Gabriel schritt ein, hörte sich geduldig an, dass seine Tante nicht aus Gold gemacht sei und es absolut unverschämt wäre, an so einem Tag einen Platz so lange frei halten zu lassen, und bestellte schließlich zwei Limos.

Wir nahmen unsere Plätze ein und verfolgten das Schauspiel auf der Straße, besonders das Bullriding, das direkt vor unserer Nase stattfand. Jedes Mal bevor ein neuer Reiter aufstieg, schlossen wir eine Wette ab, wie lange er sich auf dem als Bullen verkleideten Wackelautomaten halten würde, und ich gewann ausnahmslos. Ich sah einfach, ob sich jemand im Sattel halten würde oder nicht. Ich erkannte es daran, wie jemand auf den mechanischen Plastikbullen zulief, aufstieg und das Halteseil griff. Zögern, auch nur eine Sekunde, aber auch zu forsches Auftreten gab Zeitabzug bei meiner Einschätzung. Wer Angst hatte, versteifte zu schnell, wer zu siegessicher war, konzentrierte sich nicht genug. Inzwischen hatte sich eine johlende Zuschauergruppe um den luftgepolsterten Ring gebildet.

»Du könntest locker mithalten«, sagte Gabriel und zeigte abschätzig auf die Tafel mit dem bisherigen Rekordergebnis.

»Wozu?«, fragte ich und wandte mich der Eiskarte zu.

»Um den Angebern da unten einen Dämpfer zu verpassen. Das wäre spaßig.« Er plusterte sich gorillamäßig auf, und wenn es seine Art wäre, hätte er sich wahrscheinlich noch genauso machomäßig an den Schritt gegriffen, wie der Typ, der gerade über das Luftpolster zu dem Plastikbullen stapfte.

Ich kicherte. »Vier Sekunden«, sagte ich und vertiefte mich wieder in die Eiskarte. Auf einer Extraseite boten sie den *Jahresabschlusstraum* an, einen Eisbecher gigantomanischen Ausmaßes, bestehend aus all meinen Lieblingssorten und verziert mit einem Beerenmix, bunten Streuseln, Himbeersoße und

Sahne. Mir lief das Wasser im Mund zusammen – allerdings nur, bis ich den Preis sah, der ebenso gigantomanisch war wie die Eiskreation selbst.

»Verdammt! Wie machst du das?«, rief Gabriel und zeigte auf die Anzeigetafel. Vier Sekunden.

Ich zuckte grinsend die Schultern, dann wandte ich mich wieder der Karte zu. Doch nachdem ich den Giganten-Becher gesehen hatte, wirkten alle anderen schäbig.

Gabriel legte seinen Finger auf die Eiskarte. »Ich wette mit dir um den *Jahresabschlusstraum*, dass du dich länger hältst als fünf Typen vor dir.«

Ich dachte kurz nach. »Das heißt, wenn ich schlechter bin, habe ich gewonnen und bekomme das Eis?«

Gabriel blinzelte. »Anders: Wenn du dich länger hältst als fünf Typen vor dir, bekommst du den Becher.«

Ich schielte auf die Hochglanzabbildung, dachte an die notorische Ebbe in meinem Geldbeutel und schob den Stuhl zurück. Mehr als ihn nicht zu gewinnen, konnte nicht passieren – dachte ich zumindest.

An der Bullriding-Kasse hatte sich eine kleine Schlange gebildet. Ich reihte mich ein und beobachtete meine Gegner. Es ging schließlich um einen sehr großen und sehr teuren Eisbecher, also sollte ich möglichst darauf achten, dass die fünf Reiter vor mir keinen allzu guten Eindruck machten. Ich zählte ab und schätzte die Kandidaten ein. Der erste wirkte schon beim Anstellen nervös, um ihn musste ich mir keine Sorgen machen. Dahinter scherzte ein Muskelprotz breitbeinig mit seinem Kumpel. Typ »Mir kann keiner was«. Gut, die flogen meist bei der ersten Vollkehre aus dem Sattel. Der dritte war schmächtig, aber durchtrainiert und hatte einen ernsten Gesichtsausdruck. Einen

Touch zu ernst, er würde zu steif auf dem Bullen sitzen. Der vierte Kandidat war ein Schüler aus meiner Jahrgangsstufe, Jake, ein Spaßvogel, der mich mindestens einmal täglich zum Lachen brachte, aber völlig ungeeignet war, sich länger als zwei Sekunden oben zu halten. Der letzte vor mir machte mir allerdings Sorgen.

Ein Greeny.

Das Gesicht unbeweglich, als existierte der Rummel um ihn herum gar nicht. Die entblößten Arme sehnig und muskulös. Das war schlecht. Greenies waren dafür bekannt, einen ganz eigenen Zugang zu Tieren zu haben. Sie waren die besten Zureiter und die besten Tierhüter in der Gegend, und es kam nicht von ungefähr, dass wir früher auf der Ranch bevorzugt Greenies eingestellt hatten, wenn sich welche bewarben. Allerdings war dies ein mechanischer Bulle, und bislang war mir nicht zu Ohren gekommen, dass sich der besondere Zugang zu Tieren auch auf deren Plastikversion erstreckte.

Trotzdem nahm ich den Greeny genau unter die Lupe. Ich schätzte ihn auf Ende vierzig. Er bewegte sich mit der Warteschlange weiter und ich bemerkte ein leichtes Humpeln auf der linken Seite. *Gut,* dachte ich und blieb dicht hinter ihm.

Das Startticket fest in der Hand wurde ich mir plötzlich der Blicke, Handschläge und halblaut geflüsterten Kommentare bewusst. Ich war das einzige Mädchen auf dieser Seite der Absperrung – und mutierte gerade zum Gegenstand von zig Wetten. Ich stellte mir vor, wie sie wohl ausfielen, was angesichts der Überzahl an auswärtigen Besuchern weder schwer noch schmeichelhaft war. Die grinsenden Zuschauer sahen ein Schulmädchen, knapp einen Meter fünfundsechzig groß und nicht gerade kräftig gebaut, die aschblonden Haare zu einem bereits zerfleddernden Zopf geflochten. Ich war nicht so ein auffälliger Typ wie Dana, nach der sich die Menschen im Vorbeigehen oft umdrehten. Das einzig Besondere an mir war auf den ersten Blick nicht sichtbar: die unter den Jeans und dem locker sitzenden Langarmshirt verborgenen Muskeln vom jahrelangen Schuften auf der Ranch. Es war eindeutig: Die meisten von ihnen würden mir keine zwei Sekunden geben.

Schließlich kam der Erste der fünf an die Reihe. Doch nicht ihm galt mein Interesse. Vielmehr beobachtete ich den Bewegungsablauf des mechanischen Bullen. Merkte mir, wann er nach links, rechts, oben und unten ausschlug. Anders als im echten Rodeo lief hier der Ritt immer gleich ab. Der erste Reiter hielt sich drei Sekunden, zu nervös, wie ich mir gedacht hatte. Dann kam der Muskelprotz, er blieb etwas länger oben, scheiterte jedoch wie erwartet an der ersten Vollkehre. Nun waren fünf Sekunden zu schlagen. Ich konzentrierte mich auf Nummer drei, er machte seine Sache gut, erst nach acht Sekunden war Schluss, nur eine Sekunde unter der heutigen Bestzeit. Als Nächster war Jake an der Reihe. Unter riesigem Gejohle und Gepfeife stieg er in den Ring und verneigte sich wie ein spanischer Torero.

Und da bemerkte ich ihn.

Ich kann nicht sagen, wann er den Platz mit dem humpelnden Greeny vor mir getauscht hatte. Von einer Sekunde auf die andere war er einfach da und der andere weg. All die Siegesgewissheit, die mich bis dahin das Spektakel mit einer gewissen Lässigkeit hatte beobachten lassen, verpuffte mit einem Schlag. Dieser Greeny war ein anderes Kaliber als alle, die bislang den Ring betreten hatten. Ich schätzte ihn auf achtzehn, maximal neunzehn Jahre. Er war einen Kopf größer als ich, was ziemlich groß für einen Greeny war. Durch das enge T-Shirt und an seinen Armen sah ich, dass er genau die Art von Muskeln besaß, die man für den Ritt benötigte – nicht die aufgepeitschten Muckibudenstränge, sondern die feinen, unaufdringlichen Muskeln, die man nur durch bestimmte körperliche Arbeiten bekam. Am meisten beunruhigte mich aber seine Ruhe. Jake schien kurz vor einem Herzkasper, bevor er in den Ring tänzelte, selbst der Muskelprotz hatte nervös mit seinen Fingern gespielt, während er das Fiasko seines Vorreiters beobachtet hatte. Dieser Greeny jedoch schien überhaupt keinen Herzschlag zu haben, so reglos und ruhig stand er vor mir. Er hielt seine Arme vor der Brust verschränkt und den Kopf mit den rabenschwarzen, zum Pferdeschwanz gebundenen Haaren stolz erhoben wie der Klischeeindianer aus den alten Westernfilmen, die mein Vater auf DVD hortete. Mit einem Mal flackerte Nervosität in mir hoch. Sie wanderte vom Magen in die Brust und dann dummerweise in die Beine und ließ sie schwach und zittrig werden. Ich musste ein Geräusch von mir gegeben haben, vielleicht hatte ich auch einfach nur »verdammt« gemurmelt, ohne es zu merken, denn plötzlich drehte er sich um.

»Bist du okay?«, fragte er mit einer Stimme, die mich an das Grollen eines Panthers und das Schnurren einer Katze denken ließ.

Ich sagte nichts. Starrte ihn nur an und hoffte...

Nein, ich muss mich korrigieren. In dem Moment hoffte ich nichts und dachte nichts. Ich sah ihn nur an. Sah in seine leuchtend grünen Augen, versank regelrecht in diesem Grün und schaffte es nicht, meinen Blick wieder abzuwenden. Zum Glück ertönte in dem Moment der Startpfiff. Der Greeny drehte sich um und erlöste mich aus diesem unfassbar peinlichen Zustand. Blitzschnell wandte ich mich dem Ring zu, doch es war bereits zu spät; Jake hatte sich kaum zwei Sekunden auf dem Plastikbullen gehalten und humpelte nun unter dem Johlen der halben

Jahrgangsstufe wie ein Sieger durch den Ring. Erst da hoffte ich, dass der Greeny mein seltsames Starren für eine Art Angstreaktion vor dem unaufhaltsam näher kommenden Ritt gehalten hatte.

Jake humpelte an mir vorbei und klatschte mich ab. »Mach sie alle, Josie.« Er grinste breit. »An dir hängt die Ehre der Angels High!«

Ich hatte plötzlich das dringende Bedürfnis, auf die Toilette zu gehen. Aber jetzt aus der Reihe auszutreten war komplett undenkbar. Alle würden denken, dass ich vor dem dämlichen Plastikbullen kniff. Also presste ich stattdessen die Beine zusammen und atmete tief in den Bauch, um den ärgerlichen Blasendrang zu vertreiben. Der Greeny kletterte in den Ring und ging so entspannt auf den Plastikbullen zu, als hätte ihn seine Mutter zum Essen gerufen. Mit einem Satz schwang er sich auf den Rücken, der Pfiff schrillte und der Greeny hielt sich mit unverschämter Leichtigkeit auf dem bockenden Automaten. Acht Sekunden. Neun. Zehn. Der Blasendrang wurde unerträglich. Dreizehn Sekunden, dann lag er endlich unten. Die Zuschauer tobten. *Dreizehn Sekunden!* Wie sollte ich das toppen? Ich erwog, mich aus dem Staub zu machen, die Wette hatte ich sowieso schon verloren, doch dann hörte ich meinen Namen.

»Jo-sie! Jo-sie!« Die Gruppe um Jake skandierte die Silben in schnellem Rhythmus und immer mehr Zuschauer fielen ein. Ich warf Jake einen bitterbösen Blick zu, doch der hielt beide Daumen hoch und strahlte mich an.

»Jo-sie! Jo-sie!« Der ganze Platz rief meinen Namen, dazu ohrenbetäubendes Johlen und Pfeifen. Meine Beine zitterten inzwischen so sehr, dass ich nicht einmal mehr wusste, wie ich in den Ring steigen sollte. Der Greeny sprang über die Gummibrüstung und blieb kurz vor mir stehen. Erneut zogen mich seine grünen Augen magisch an. Rasch senkte ich den Blick und blieb wieder an etwas Grünem hängen. Einem Amulett, das an einem Lederband um seinen Hals hing.

»Zeig's ihnen«, sagte er. Ich sah auf und er zwinkerte mir zu – oder bildete ich mir das nur ein, weil ich auf einmal selbst hektisch zu zwinkern begann?

Nun gab es definitiv kein Zurück mehr. Ich holte tief Luft, kletterte in den Ring und eierte über die Luftpolster zu dem dämlichen Bullen. Wie hatte der Greeny auf diesem Wackeluntergrund eben noch so entspannt gehen können? Aus den Zuschauerreihen hörte ich einzelne Lacher, und ich wusste genau, was in den Köpfen vorging – sie sahen mich bereits vor dem Startpfiff am Boden.

Dann saß ich oben. Eine Hand am Seil, eine zur Balance in der Luft, die Oberschenkel fest an den Plastikkörper gepresst. Der Pfiff gellte, der Bulle bockte und ich saß mit einem Mal nicht mehr auf dem Bullen, sondern auf Bo, meiner Stute. Nur dass ich im Gegensatz zu Bos unberechenbaren Sprüngen bei diesem Ritt genau wusste, welche Bewegung mich als Nächstes abwerfen sollte – und wie ich es ausgleichen konnte. Bis es zu dem Manöver kam, das ich noch nie gesehen hatte. Es war eine Drehung unten rechts aus der Hüfte mit gleichzeitigem Doppelbocken. Damit hatte ich nicht gerechnet. Noch ehe ich reagieren konnte, flog ich in hohem Bogen auf das weiche Luftkissen und hörte, wie die Menge meinen Namen grölte. Es war unfassbar peinlich, aber auch irgendwie gut, vor allem, als ich atemlos zur Zeitsäule schielte.

Dreizehn Sekunden.

Das war phänomenal, und es war mir in dem Moment ziemlich egal, dass es nur Gleichstand war und damit für das Eis nicht reichte. Ich rappelte mich auf und lief mit Beinen, die mehr aus Glibber als aus Muskeln zu bestehen schienen, aus dem Ring. Verstohlen blickte ich mich nach dem Greeny um und war enttäuscht, dass er nirgends zu sehen war – mein Ritt hatte ihn offenbar nicht interessiert.

Zurück in der Eisdiele wartete bereits der Giganten-Becher auf mich. Gabriel hatte beschlossen, dass ich ihn mir auf jeden Fall verdient hatte. Ich konnte ihm ansehen, wie extrem stolz er auf mich war. Und irgendwie war ich das auch. Diesen Triumph wollte ich mit meiner besten Freundin teilen, also nahm ich mein Smartphone, um ihr ein Video zu schicken. »Hi, Dana«, rief ich und winkte mit der Hand durch das Bild. »Stell dir vor, Gabriel hat mich zu einem Rodeo-Ritt gezwungen und …«

»Sie ist die Rodeo-Queen!«, brüllte Gabriel über den Tisch, und ich richtete die Kamera auf ihn, zoomte auf sein grinsendes Gesicht, bis Mund, Nase, Brille und die hellbraunen Locken zu groben Pixeln wurden. Dann zoomte ich ihn wieder klein und schaltete zurück in den Selfie-Modus.

»Ich hab ihn bluten lassen«, sagte ich mit tiefer Monsterstimme und schnitt eine Grimasse. »Hier ist die Hölle los, sweety pie, schade, dass du nicht dabei bist! Warte, ich dreh mal eine Runde mit dir.« Die Kamera weiter auf mich gerichtet lief ich rückwärts und versuchte so viel wie möglich von dem bunten, fröhlichen Treiben um mich herum einzufangen.

»Josie! Treppe!«, hörte ich Gabriel noch schreien, doch es war bereits zu spät. Dort, wo Boden unter meinem Fuß sein sollte, war – nichts. Ich verlor das Gleichgewicht und ruderte wild mit den Armen.

Doch ich stürzte nicht.

Stattdessen spürte ich einen festen Griff um meinen Oberkörper, und eine sanfte Raubtierstimme, die ich seitdem unter tausenden wiedererkennen würde, sagte: »Noch nicht genug geflogen, Rodeo-Girl?«

Grüne Augen, nur Zentimeter von mir entfernt, hefteten sich auf mein Gesicht und ich verfiel zum zweiten Mal an diesem Tag in Schockstarre. Die Menschen, das Lachen, das Gläserklirren, die Musik von der Straße und das Gegröle des Rodeos – alles verschwand. Ich war wie gefangen in diesem unergründlichen Grün seiner Augen, tief wie ein Bergsee mit giftgrünen Flummiflecken. Um mich herum herrschte völlige Stille. Als hätte jemand beschlossen, die Welt anzuhalten, bis Josephine O'Leary lange genug in ein Paar grüne Augen gestarrt hatte, damit sie sich unauslöschlich in ihr Gehirn brennen konnten. Den Rest des Gesichtes habe ich nur am Rande wahrgenommen. Ein belustigtes Lächeln und eine kräftige Nase, aber es sind die Augen gewesen, die mich wie ein Dartpfeil durchbohrt und ein Loch in meinem Verstand hinterlassen haben.

Und dann war der Moment vorbei. Der Lärm kehrte zurück wie ein Tsunami, die Menschen bewegten sich wieder, ich spürte, dass die kräftigen Arme mich auf die Treppe stellten und losließen. Mein Herz schlug unregelmäßig, als sein schwarzer Pferdeschwanz in der Menge verschwand. Schnell griff ich nach dem Geländer. Ich stand zwar mit beiden Beinen auf den Stufen, aber es fühlte sich keineswegs an, als würde ich irgendwo sicher stehen. Es fühlte sich eher an wie vorhin im Ring – als wären meine Beine aus dem glibberigen Himbeerjelly gemacht, das meine Mutter uns früher gern zum Nachtisch serviert hatte. Ich hasste Himbeerjelly. Egal ob im Dessertschälchen oder in den Beinen.

»He, hast du dir wehgetan?« Gabriel war herübergeeilt und legte mir den Arm um die Schulter.

»Nur erschreckt«, murmelte ich und sah mich nach dem Greeny um, der sich zum zweiten Mal in Luft aufgelöst hatte.

»Nimmst du immer noch auf?«

Erst jetzt merkte ich, dass meine rechte Hand weiterhin das Smartphone umklammert hielt. Gabriel löste es aus meinem Griff und stoppte die Aufnahme.

»Das Eis schmilzt«, sagte er und führte mich zurück zu unserem Tisch.

Der Tag hätte nun einfach weiterlaufen können. Die Ferien lagen vor uns, eine Rekordleistung beim Rodeo hinter mir, auf der Straße tobte eine grandiose Party, vor mir tropfte Fudge-Eis auf den Unterteller und trotzdem war der Tag für mich vorbei. Nicht im wörtlichen Sinn. Ich blieb mit Gabriel noch eine ganze Weile in der Eisdiele und schlenderte dann mit ihm im Schneckentempo über den Boulevard. Aber es war nur mein Körper anwesend. Meine Gedanken kreisten unaufhörlich um den Jungen mit den grünen Augen.

Ich verstand nicht, was gerade mit mir geschah. Ich hielt heimlich nach ihm Ausschau und fragte mich im Sekundentakt, ob er mich überhaupt wahrgenommen hatte, während ich in dem Bergsee seiner Augen ertrunken war. Aber noch mehr fragte ich mich, wer er war und ob ich ihn je wiedersehen würde. Und vor allem: ob er mich erkennen würde.

KAPITEL 2

KAUM WACHTE ICH AUF, waren die grünen Augen wieder da. Es war zum Verrücktwerden. Sie waren das Letzte, was mir vor dem Einschlafen im Kopf herumgespukt war, und nun das Erste, was mich am Morgen begrüßte. Energisch zwang ich mich, meine Gedanken auf die vor mir liegende Arbeit zu richten. Es würde hektisch werden, wie jedes Jahr am ersten Tag der großen Ferien, wenn die Hausgäste kamen. Ich streckte mich ausgiebig und wühlte mich stöhnend aus der Decke. Der gestrige Rodeo-Ritt hatte seine Spuren hinterlassen. Meine Oberschenkelinnenseiten waren genauso von blauen Flecken übersät wie meine Knie, mein rechter Oberarm war gezerrt und die Schulter schmerzte von dem Sturz.

»Josie!« Die Stimme meines Vaters drang fordernd durch die geschlossene Tür.

»Komme!«, rief ich und schlüpfte hastig in Jeans, T-Shirt und Sweatjacke. Ein Blick auf den Wecker zeigte mir, dass ich spät dran war.

In der Küche saßen mein älterer Bruder und mein Vater am Frühstückstisch. Ihre Teller waren vollgebröselt und ihre Tassen halb leer. Die Haare meines Bruders waren noch feucht vom Duschen und auf seinem T-Shirt klebte ein Marmeladentoastkrümel. Wenn Patrick neben meinem Vater saß, war die Familienähnlichkeit unverkennbar. Das gleiche aschblonde Haar, die gleichen blauen Augen, der gleiche Mund mit der etwas kräftigeren Unterlippe. Die O'Leary-Gene hatten sich zu hundert Prozent in Patricks und meinem Äußeren durchgesetzt. Und bei Patrick auch in seiner ruhigen, vernünftigen Art, ganz im Gegensatz zu mir – ich kam voll und ganz nach meiner Mutter, die gerne mal die Vernunft außen vor gelassen hatte, wenn die Sache es erforderte.

»Guten Morgen«, sagte ich gähnend und setzte mich auf meinen Platz.

Patrick nickte gnädig, ohne von dem Arbeitsplan vor ihm aufzusehen.

»Was soll ich als Erstes tun?«, fragte ich, während ich Zucker in meinen Kaffee rührte. Er schob mir den Plan zu. Ich überflog meine Aufgaben – und hätte beinahe den Kaffee zurück in die Tasse gespuckt.

»Bist du irre? Ich muss um fünf bei Dana sein«, protestierte ich. »Wie soll ich das denn schaffen?«

»Martha ist krank«, sagte Patrick nur, als würde die Tatsache, dass unsere gutmütige Haushaltshilfe ausfiel, mein Problem lösen.

Mein Vater griff nach der Liste und strich drei Posten durch. »Das kann ich noch übernehmen.«

Ich lächelte ihn dankbar an, Patrick hingegen warf ich einen strafenden Blick zu. Zwar wusste ich nicht, warum er seit Wochen mit Sturmwolken im Gesicht herumlief, aber was immer ihn umtrieb, ich hatte es satt, dass er mich wie seine persönliche Angestellte behandelte. Grimmig nahm ich mir einen Toast und beschmierte ihn fett mit Butter und Honig.

»Stimmt es, dass du gestern beim Bullriding mitgemacht hast?«, fragte mein Vater. Der leise Vorwurf in seiner Stimme war nicht zu überhören.

»Ja.« Es zu leugnen wäre bei der Menge an Zeugen völlig unsinnig gewesen. Ich hätte mir denken können, dass mein Auftritt sich in Lichtgeschwindigkeit bis zur Ranch herumsprechen würde.

»Du weißt, dass ich dir das nie erlaubt hätte.«

»Es war ein mechanischer Bulle auf einem Luftkissenpolster. Was soll da bitte passieren?«

»Echt?«, mischte Patrick sich ein. »Du bist auf so einem dämlichen Plastikbullen geritten? Ist dir eigentlich gar nichts peinlich?«

»*Ich* traue mich wenigstens, bei so was mitzumachen«, gab ich zurück und biss verärgert in meinen Toast. Diese Spaßbremse. Früher hätte Patrick ganz vorne gestanden und mich angefeuert. Er wäre stolz auf mich gewesen. Stolz auf die kleine Schwester, die ihm so ähnlich sah und doch so anders war. Aber das war früher gewesen.

Sein Handy piepte. Er nahm es, las die Nachricht, die er erhalten hatte, zog die Brauen hoch und kurz darauf schallte mein Name durch die Küche. »Jo-sie, Jo-sie«, Johlen und Pfeifen und wieder und wieder mein Name, bis die Rufe in tosendem Applaus endeten. Auf dem Bullen waren mir die dreizehn Sekunden deutlich kürzer vorgekommen, aber da musste ich auch nicht den Gesichtsausdruck meines Bruders ertragen. Er wechselte von peinlich berührt über verwundert zu ungläubig.

»Dreizehn Sekunden?« Er reichte das Handy meinem Vater, doch der schüttelte den Kopf. Klar, dass er nicht sehen wollte, wie ich von einem Bullen abgeworfen wurde. »Das ist… echt krass.« Er nickte anerkennend, und für einen Moment sah ich den alten Stolz auf seine furchtlose kleine Schwester aufflammen. »Aber glaub nicht, dass du dich aus Jobs rausreden kannst, nur weil dir jetzt der Hintern wehtut.«

Der Moment war vorbei und Patrick fiel wieder in seine neue »Ich bin hier der Boss«-Rolle zurück.

Ich griff nach der Liste. »Keine Angst. Ich habe weder vor die Gästezimmer noch das Abendessen mit meinem *Hintern* vorzubereiten.«

Trotz der Zerrung und der leichten Prellung in der Schulter kam ich gut voran. Allerdings hätte ich die Aufgaben auch im Schlaf erledigen können, selbst die Jobs, die normalerweise Martha übernahm. Ich fing im Gästehaus an. Es hatte zehn Zimmer. Ich weiß, das klingt nicht besonders viel, wenn man sie jedoch alle herrichten muss, sind es eindeutig zu viele. Es kostete mich trotz der zügigen Arbeitsgeschwindigkeit gut drei Stunden. Als Nächstes nahm ich den Küchenjob in Angriff und bereitete den Eintopf für den Abend vor, in Gedanken immer bei den grünen Augen des Greenys.

Wenn ich wenigstens seinen Namen wüsste! Ich überlegte, wen ich fragen, auf welchem Weg ich ihn erfahren könnte. Bei der letzten Kartoffel war das Herausfinden seines Namens zu einer fixen Idee geworden. Wobei es mir heute unbegreiflich ist, warum mir das so wichtig erschien – was hätte mir sein Name gebracht?

Gegen eins kam eine Nachricht von Dana. *Cooles Video! Wer ist Yummy-Man?* Zuerst begriff ich nicht, was sie meinte, dann fiel es mir wie Schuppen von den Augen. Gabriel musste das Video mit meinem verhinderten Treppensturz gestern an Dana geschickt haben. Natürlich. Das Programm fragte einen automatisch, ob man das Video versenden wollte. Er musste auf

Senden gedrückt haben, nachdem er die Aufnahme gestoppt hatte. Mit zittrigen Fingern suchte ich die Datei und spielte sie ab. Ich sah mich, Gabriel, das bunte Treiben in der Eisdiele, ich hörte Lachen, Reden und Musik, dann kam der viel zu schnelle Schwenk, als ich ins Leere getreten war, ich sah die Decke, den Boden, Beine, Rücken, Köpfe – und dann sah ich ihn. Mein Herz stockte. Da war sein Gesicht, halb von vorn, halb von der Seite, schräg von oben aufgenommen. Bei jedem anderen Menschen wäre die Aufnahme unvorteilhaft gewesen, die Nase hätte absurd groß, der Mund absurd klein gewirkt, doch *sein* Gesicht war perfekt im Fokus der Kamera. Ich drückte auf Pause und vertiefte mich in das Standbild. Prägte mir jedes Detail seines Gesichtes ein. Die hohen Wangenknochen, die dunklen Brauen über den grünen Augen, deren Grün noch intensiver und heller war als in meiner Erinnerung. Die gerade, etwas breite Nase, den leicht geöffneten Mund, als wollte er Hoppla! sagen, die winzige Lücke zwischen den oberen Schneidezähnen, das eckige Kinn.

Wie lange ich auf das Standbild gestarrt hatte, kann ich beim besten Willen nicht mehr sagen, aber es muss ziemlich ausgiebig gewesen sein, denn irgendwann rief mein Vater nach mir, verwundert, warum ich noch immer nicht zum Ausmisten erschienen war.

Ertappt steckte ich das Handy weg und lief zum Stall. In Windeseile mistete ich die Boxen aus und versorgte die Pferde mit frischem Stroh. Ich hoffte, die Arbeit würde mich etwas ablenken, doch das Gegenteil war der Fall. Nun waren es nicht mehr nur die grünen Augen, die mich verfolgten, es war sein ganzes Gesicht, das sich im Sekundentakt vor meine Augen schob. Anstatt den geheimnisvollen Greeny zu vergessen, stellte ich mir vor, dass er auf der Ranch als Sommerjobber anheuerte und mit mir gemeinsam die Pferde versorgte. Ich stellte mir vor, mit ihm die ein- und zweijährigen Jungpferde anzuleiten sowie die Dreijährigen und die Mustangs zuzureiten. Und ich war überzeugt, dass er der perfekte Kandidat für den Job war, besonders bei den wilden Mustangs, denen in den nächsten Tagen das erste Satteltraining bevorstand.

»Josie!« Mein Vater eilte auf mich zu und riss mich aus meinen Tagträumen. »Bist du von allen guten Geistern verlassen?«

»Warum?«, fragte ich und überlegte panisch, was ich angestellt haben könnte.

»Du kannst doch nicht den Eintopf unbeaufsichtigt auf dem Herd lassen! Der ist völlig verkocht!«

Ich Idiot! Siedend heiß fiel mir ein, dass ich beim Verlassen der Küche vergessen hatte, den Herd abzustellen.

»Tut ... tut mir leid«, stammelte ich, doch mein Vater hatte sich schon kopfschüttelnd umgedreht und ging zur Küche zurück, wahrscheinlich um zu retten, was noch zu retten war.

Schuldbewusst wandte ich mich wieder der Stallarbeit zu, darauf bedacht, keine weiteren Fehler zu machen. Ich brachte die Pferde, die heute nicht bewegt werden würden, in die Führanlage und sattelte Bo, um mit ihr auf die Koppeln zu reiten und dort nach dem Rechten zu sehen. Da vibrierte mein Handy. Eine weitere Nachricht von Dana. *WER ist denn nun Yummy-Man? Ich glaube, er steht gerade vor dem Laden.*

WAS??? Bist du dir sicher?, antwortete ich mit zitternden Fingern, während ich vor lauter Schreck kaum noch Luft bekam.

Nicht 100%. Warte.

Ich wartete – obwohl es mir extrem schwerfiel. Und auch Bo hielt es kaum aus. Ich spürte, wie sie immer nervöser wurde und nicht begriff, warum ich mit ihr im Stall stand, anstatt endlich loszureiten. Aber ich konnte nicht. Sobald ich mich weiter als ein paar Hundert Yards von der Ranch entfernte, gab es kein Netz mehr. Gebannt starrte ich auf mein Handy, dann endlich vibrierte es erneut.

☹ *Ist weitergelaufen, als ich raus bin. Steht wohl nicht so auf Koreanerinnen mit Igel-Look* ☺ *Wann kommst du? Gabe muss heute früher weg.*

Enttäuscht, aber irgendwie auch erleichtert tippte ich: *So bald, wie's geht, spätestens 5.*

Dann ritt ich los. Ein paar Minuten zügelte ich Bos Drang zu galoppieren, während ich über meine Reaktion auf Danas Antwort nachgrübelte. Warum war ich erleichtert, dass sie ihn nicht mehr angetroffen hatte? Wo ich mir doch den ganzen Tag nichts anderes gewünscht hatte, als ihm zu begegnen. War ich nicht mehr ganz richtig im Kopf?

Ich schnalzte mit der Zunge und trieb Bo mit einem ultraleichten Druck meiner Unterschenkel in den Galopp. Es freute mich immer wieder, wie gut sie reagierte. Sie war perfekt zugeritten, und das war allein mein Werk. Nachdem wir regelrecht über die Felder geflogen waren, hielt ich zuerst bei der Koppel mit den Jungpferden, dann bei den Trekkingpferden, prüfte die Tränken und verteilte ein paar Leckerlis. Auf dem Rückweg hatte ich schließlich die Antwort auf meine Frage gefunden: Ich hatte Angst. Ich wollte ihn wiedersehen, das ja, aber allein der Gedanke, dass das wirklich passieren könnte, löste einen Schweißausbruch allererster Güte bei mir aus. Denn ich sah nur zwei Möglichkeiten, wie die Sache ausgehen konnte, und keine davon gefiel mir besonders.

Wenn er mich nicht wiedererkannte, würde ich vor Scham zerfließen und als Pfütze seine Erheiterung spiegeln.

Und falls er mich wiedererkannte, würde ich vor ihm stehen und nicht wissen, was ich sagen sollte. *Hi, ich bin Josie, und wer bist du?* Wahrscheinlich könnte ich ohnehin gar nichts sagen, weil mir vor Aufregung schlecht werden würde und ich zur nächsten Toilette rennen müsste. Und wie peinlich wäre das denn?

Nein, es gab einen guten Grund, warum ich erleichtert war, dass Dana ihn nicht angetroffen hatte, und der Grund war meine eigene Unzulänglichkeit in genau diesen Dingen. So tough und angstfrei ich war, wenn es darum ging, einem wilden, wütenden, bockenden Pferd zu zeigen, wer der Boss war, so sehr versagte ich in der Disziplin Coolness gegenüber Jungs, ganz besonders, wenn ein Junge mich irgendwie interessierte.

Trotzdem zog es mich mit aller Macht zum Virtual Reality Dome – vielleicht kam er ja zurück? Mein Benehmen war, aus heutiger Sicht gesehen, so rational wie das eines Kleinkindes vor dem Süßigkeitenregal. Ich brachte Bo schnell in ihre Box, vergewisserte mich, dass alle Türen ordentlich verschlossen waren, verpasste mir eine Speed-Dusche und stand um zwanzig vor fünf bei Dana im Laden.

Er war einfach eingerichtet, ein halbes Dutzend Tische mit je vier Stühlen, eine Getränke- und Essenstheke, eine separate Kasse mit Ausgabe der Brillen und Spiele, die man in speziellen Kabinen im ersten Stock benutzte. Die Wände allerdings waren extrem lässig: 3-D-Fototapeten mit Filmszenen aus *Dead Man Walking*, *Iron Man* und *Speedster*.

Natürlich wollte Dana alles über Yummy-Man, wie sie ihn beharrlich nannte, wissen. Also erzählte ich ihr alles – was erstaunlich wenig war angesichts der Tatsache, dass ich den ganzen Tag an nichts anderes gedacht hatte. Es war niederschmetternd. Und natürlich begann Dana sofort, hirnrissige Pläne zu schmieden, wie ich Yummy-Man finden und rumkriegen könnte – die ich allesamt vehement ablehnte. Zum einen waren fast alle Aktionen todpeinlich, zum anderen störte mich das mit dem »Rumkriegen«.

»Wozu dann der Aufwand?«, fragte Dana mich, inzwischen leicht genervt von meinem »Geziere«, wie sie es nannte.

»Welcher Aufwand?« Ich verstand wirklich nicht, was sie mit ihrer Frage meinte. Dass sie vorhin für mich auf die Straße gerannt war, um nachzusehen, ob der Typ am Fenster wirklich der Greeny aus dem Video war? Noch hatte ich schließlich nichts getan, außer meine Gedanken an ihn zu verschwenden. Doch sie ignorierte meine Gegenfrage.

»Ob du willst oder nicht, Babe, wenn er hier reinkommt, spreche ich ihn an.«

Irgendwie hatte ich das befürchtet. Gerade als ich ihr den Plan ausreden wollte, kam ein Pulk Gäste durch die Tür, und die nächste Stunde hatten wir alle Hände voll zu tun. Es war nicht das erste Mal, dass ich bei Dana im Laden aushalf. Die Arbeit erforderte keine nennenswerte Denkleistung. Dennoch musste ich mich heute besonders konzentrieren, denn ich merkte, wie sehr ich mich von jedem Schatten, der an den Ladenfenstern vorbeihuschte, ablenken ließ. Irgendwo in meinem Hinterkopf saß ein kleiner Teufel, der andauernd meinen Kopf Richtung Straße drehte.

»Dich hat es wirklich erwischt.« Dana kam zu mir, als der Besucherstrom abriss und ich mich mit einer Cola an einen der Fenstertische – klar, wo sonst – setzte.

Gedankenverloren nuckelte ich am Strohhalm und sah hinaus auf die Straße. Und plötzlich war da ein Gefühl der Leere in mir. Den ganzen Tag war ich aufgepeitscht gewesen, getragen von unsinnigen Träumen, die mir mit einem Mal nur noch albern erschienen.

»Kann sein«, murmelte ich und zwang mich, nicht zum Fenster zu schielen, sondern meine Augen auf Dana zu richten. »Aber ich will mich nicht zum Clown machen, klar?«

Dana kicherte. »Du und Clown? Ganz sicher nicht. Ich habe das Video von deinem Ritt gesehen. Du bist so cool...«

Ich stöhnte. Mein Bruder hatte das Video, Dana hatte es und wahrscheinlich die Hälfte der Einwohner von Angels Keep. Ich war heilfroh, dass Ferien waren. Mir graute vor der Vorstellung, was mir heute in der Schule geblüht hätte – im Mittelpunkt zu stehen gehörte nicht zu meinen Stärken, deshalb war ich auch froh, dass Dana immer die Aufmerksamkeit auf sich zog, wenn wir gemeinsam unterwegs waren. In diesem Moment kam ein Junge auf uns zu. Ich schätzte ihn etwa so alt wie Dana und mich, und da ich ihn nicht kannte, nahm ich an, dass er nicht aus Angels Keep war. Er tippte mir auf die Schulter und ich sah fragend zu ihm hoch.

»Möchtest du etwas trinken?«

»Bist du das Bullriding-Mädchen?«, fragte er schüchtern.

Ich spürte, wie ich augenblicklich errötete.

»Sie ist es«, sagte Dana. »Rodeo-Josie live im Virtual Reality Dome. Ist heute im Preis inbegriffen.«

»Das war... echt Wahnsinn«, stotterte der Junge. »Wo kann man das lernen?«

Ich lächelte ihn freundlich an. »Man wächst auf einer Ranch auf und fängt mit vier Jahren an zu reiten.«

»Oh. Ach so«, sagte er, offenbar enttäuscht, dass ich ihm keinen Crash-Kurs in totaler Körperbeherrschung anbieten konnte. Aus den Augenwinkeln sah ich, dass Dana mühsam gegen einen Lachanfall kämpfte.

»Vielleicht nehme ich mal einen Bullriding-Kurs in unser Ferienprogramm auf«, sagte ich, noch immer lächelnd. »Ich mach dann hier einen Aushang.«

»Oh, cool. Dann...« Hilflos starrte er auf seine Hände.

»Vielleicht doch eine Cola?«, fragte Dana.

»Nee, ich... muss... äh, los«, stammelte er mit einem unsicheren Seitenblick auf mich und verließ eilig den Laden.

Dana lachte, doch ich konnte nicht einstimmen. Würde ich erneut vor dem Greeny stehen, ich würde genauso stotternd und hilflos auf meine Hände starren.

Wie nicht anders zu erwarten, war der Greeny auch den Rest des Abends nicht mehr aufgetaucht. Um zehn war meine Schicht vorbei und ich fuhr gleich nach Hause, trotz Danas Versuchen, mich noch zu einer Spritztour in Billy's Diner zu überreden. Ich war müde und hatte keine Lust, noch weiter über den geheimnisvollen Unbekannten zu reden.

Zu Hause meldete ich mich nur kurz zurück und schlich sofort auf mein Zimmer. Kaum lag ich im Bett, zog ich mein Handy hervor und spielte erneut das Video ab. An der Stelle mit dem Sturz schaltete ich auf Pause. Wie hypnotisiert glotzte ich das Standbild an. Ich war definitiv in einem Zustand völliger geistiger Verwirrung.

Je länger ich auf sein Gesicht starrte, desto mehr ärgerte ich mich über mich selbst. Ich benahm mich wie all die Mädchen, für die ich sonst nur ein müdes Lächeln übrighatte. Solche, die das Poster eines Popstars anhimmelten und sich stundenlang für ein Autogramm in eine Schlange stellten und dann vor lauter Aufregung in Ohnmacht fielen, wenn der Star endlich auftauchte. Ich stand mit meinem Verhalten auf genau dieser Stufe des Irrsinns und das gefiel mir nicht.

Also entschied ich, es auf der Stelle zu beenden. Ich schloss das Video, um es zu löschen, als mein Handy vibrierte.

Dana.

Ich öffnete die Nachricht. Ein Foto, aufgenommen in Billy's Diner, im Fokus des Bildes ein Mann, so verschwommen, dass er wie ein Schatten wirkte. Darunter Danas Kommentar: *Ist er das?*

Ich schüttelte den Kopf, unsicher, ob ich mich ärgern oder lachen sollte über ihren Versuch, mich aufzuziehen: mein geheimnisvoller Unbekannter als Schattenmann. Typisch Dana. Schließlich musste ich grinsen und fragte mich, welchen Fotoeffekt sie wohl verwendet hatte, um den Schatten so gut hinzubekommen.

KAPITEL 3

ALS ICH AM NÄCHSTEN MORGEN erwachte, war die Macht der grünen Augen zum Glück verblasst. Der Greeny schwirrte zwar lästig wie eine surrende Fliege in meinen Kopf herum, aber ich konnte ihn schnell vertreiben. Es war sechs Uhr und meine Schulter schmerzte noch ein wenig, die Zerrung im Arm hatte jedoch bereits deutlich nachgelassen. Ich zog mich an und gesellte mich zu meinem Bruder in die Küche, um das Frühstücksbuffet für die Feriengäste vorzubereiten – auch das war normalerweise Marthas Job, und ich hoffte, dass ihre Sommergrippe bald vorbei war.

»Auch schon da«, begrüßte mich Patrick und ich verkniff mir eine sarkastische Antwort. Schweigend widmeten wir uns unseren Aufgaben; wir waren perfekt aufeinander eingespielt, und es brauchte keine Worte, um dem anderen zu sagen, was noch zu tun war. Als das Buffet aufgebaut und die Tische eingedeckt waren, schenkte Patrick mir einen Kaffee ein.

»Ich hab mal nachgedacht.«

Fragend sah ich ihn über den Rand meiner Kaffeetasse an.

»Das mit dem Bullriding«, sagte er zögernd. »Wir könnten

daraus Kapital schlagen.« Er zog ein Blatt Papier aus der Hosentasche. »Du bist jetzt so was wie eine Berühmtheit, du könntest Kurse anbieten, wie man sich auf dem Ding halten kann. Ich hab mal ausgerechnet, was wir an Leihgebühren und Werbung investieren müssten und was unterm Strich für uns hängen bleiben würde.« Er reichte mir den Zettel und ich überflog seine Zahlen. Zugegeben, sie waren vielversprechend, allerdings schätzte ich sein veranschlagtes Interesse an dieser Art von Vergnügen als zu optimistisch ein. So viel Zulauf Bullriding bei Festen auch hatte, es war nur ein Spaß, ein paar Sekunden Adrenalin. Wer würde sich außerhalb eines Festes ernsthaft damit beschäftigen wollen?

»Ich hab auch schon einen Slogan: *Bodytraining für stahlharte Kerle.*«

Ich musste grinsen. »Superidee. Und dann kommen sie und treffen auf mich. Was bin ich dann? Die stahlharte halbe Portion?«

Er schürzte die Lippen. Ein Zeichen, dass er darüber nachdachte, wie er den Makel an seiner Verkaufsstrategie beseitigen könnte. »Überlegst du es dir?«

Ich verdrehte die Augen.

»Bitte, Josie«, sagte er drängend. »Das könnte echt was abwerfen. Wir können es uns nicht leisten, solche Chancen zu ignorieren.«

Ich hob verwundert die Brauen. Was meinte er damit? So schlecht konnte es um die Ranch doch nicht stehen, dass wir auf irgendwelchen Jahrmarktfirlefanz zurückgreifen mussten. Vor allem jetzt, wo die Mustang-Saison begann und wir bereits sieben feste Bestellungen für Wildpferde hatten, die von mir zugeritten waren.

Ein Klopfen an der Küchentür unterbrach meine Gedanken.

Ein großer, hagerer Mann mit schütterem braunen Haar steckte den Kopf durch die Tür.

»Entschuldigung«, sagte er, »ich bin Eli Brown. Ich bin gestern zu spät für die Einweisung gekommen, wo ist denn der Frühstücksraum?«

Automatisch setzte ich mein Pensionswirtinnenlächeln auf. »Die nächste Tür rechts. Aber Frühstück gibt es erst in zwanzig Minuten. Soll ich Ihnen in der Zwischenzeit den Rest der Ranch zeigen?«

Sein Gesicht hellte sich auf, als hätte ich ihm gerade eine Gratismahlzeit versprochen. »Sehr gerne.«

Da wir bereits im Hauptgebäude waren, begann ich dort die Sondertour für Eli Brown. Ich führte ihn von der Küche in das geräumige Esszimmer mit Zugang zu der überdachten Veranda, auf der im Sommer die Mahlzeiten eingenommen wurden – außer es regnete oder die Mücken waren zu lästig. Von dort ging ich zu dem im Westernstil eingerichteten Aufenthaltsraum, dessen wild zusammengeschusterte Sitzgruppen inzwischen schäbig wirkten, doch ich verkaufte das bunte Chaos immer als Flair der frühen Pionierzeit. Als ich seinen skeptischen Gesichtsausdruck bemerkte, erklärte ich ihm schnell, wo das Büro und die Gästetoiletten waren.

»Und wo geht es dort hin?«, fragte er und deutete auf die Treppe, als ich ihm im Flur den Durchgang zum Gästehaus zeigte.

»Das ist unser Privatbereich. Wir bitten alle Gäste, das zu respektieren.«

»Ihr wohnt dort oben?«

»Ja.«

Er sah mich nachdenklich an. »Stört euch das nicht, wenn hier immerzu Gäste durch das Haus laufen?«

Ich lachte den Funken Wahrheit in seiner Annahme weg. Es störte nicht nur, sondern nervte manchmal sogar gewaltig, wenn unten das Lachen bis in die Morgenstunden nicht enden wollte und die Toiletten- und Durchgangstüren permanent auf- und zugeschlagen wurden. »Viel störender wäre es, wenn *keine* Gäste durch das Haus laufen würden.«

Er runzelte kurz die Stirn, dann lächelte er. »Ich verstehe.«

Da er das Gästehaus schon gesehen hatte, setzte ich die Tour draußen fort und führte ihn zum Hauptstall. Dort wanderte er von Box zu Box und studierte jede einzelne der zwanzig Tafeln. »Das sind alles eure Pferde?«

»Nein.« Ich zeigte auf die zehn Boxen auf der linken Seite. »Die ersten sieben sind unsere Zuchtstuten, in Box acht und neun werden die Pferde eingestellt, die zu uns zur Schulung gebracht werden, und in der letzten Box ist mein Pferd.« Mein Arm wanderte zur rechten Seite des Stalls. »Box eins bis neun sind vermietet, dort sind die Einstellpferde, die von uns versorgt werden. Und –«

»Zur Schulung?«, unterbrach Eli Brown mich.

»Ja. Wenn Pferde Befehle nicht verstehen oder zu schnell scheuen oder zum Springen oder für die Dressur ausgebildet werden müssen.«

»Und dafür habt ihr spezielle Trainer?«

Ich zögerte kurz und versuchte abzuschätzen, was er mit seinen Fragen bezweckte: War es reine Neugier? Oder hatte er Pferde, die geschult werden mussten, und war auf der Suche nach einem guten Trainer? Ich *war* gut, dennoch schreckte es potenzielle Kunden zunächst oft ab, wenn sie erfuhren, dass ihre wertvollen Pferde bei uns von einem Schulmädchen auf Vordermann gebracht wurden. Schließlich entschied ich mich, bei der Wahrheit zu bleiben.

»So oft es geht, mache ich das, sonst holen wir einen externen Trainer.«

»Du?« Er sah mich erstaunt an und ich erriet seine nächste Frage.

»Ich bin sechzehn«, kam ich ihm zuvor. »Früher hat das meine Mutter gemacht. Vielleicht haben Sie von ihr gehört? Emily O'Leary. Sie war die beste Dressurreiterin im Staat Washington«, sagte ich stolz. »Die Leute sind über dreihundert Meilen zu uns gefahren, um ihre Pferde von ihr ausbilden zu lassen.«

»Ah«, sagte er nur, und ich wunderte mich, dass er keine weiteren Fragen zu meiner Mutter stellte. Warum sie zum Beispiel heute keine Schulungen mehr machte. Aber da sprach er schon weiter.

»In aller Herrgottsfrühe aufstehen, um das Frühstück herzurichten, Pferde zureiten – und da kommt sicher noch das ein oder andere dazu... Ist das nicht hart?«

Hart. Bilder, die ich nie wieder in meinen Kopf lassen wollte, schossen mir vor Augen, und ich schluckte schwer gegen den Kloß an, der sich in meiner Kehle festzusetzen drohte. Eli Brown hatte keine Ahnung, was hart war. Um sechs Uhr aufzustehen, Wurst- und Käseplatten zu belegen und Pferde zuzureiten gehörte jedenfalls nicht in diese Kategorie.

»Ich habe damit kein Problem«, sagte ich leichthin und hoffte, dass das Thema damit für ihn erledigt war.

»Und dein Bruder?«, bohrte er weiter, und ich frage mich heute, ob ich in dem Moment nicht hätte merken müssen, dass hinter Eli Browns freundlichem Interesse nicht einfach nur Neugier steckte.

»Was ist mit meinem Bruder?«

»Ist er auch so fleißig?«

»Wir tun beide, was getan werden muss. So funktioniert eine Ranch. Jeder hilft mit«, antwortete ich ausweichend. Eli Brown musste nicht wissen, dass Patrick inzwischen den Hauptteil der Verwaltungsarbeiten übernommen hatte und seine Ausbildung zum Pferdefachwirt nur deshalb nicht abbrechen musste, weil die Schule ihm eine Sondererlaubnis für ein Fernstudium erteilt hatte.

Doch Brown gab nicht so leicht auf. »Verdienst du wenigstens ordentlich?«

Ich erstickte den Lacher, der mir entschlüpfen wollte, und nickte. »Ich habe alles, was ich brauche.« Es war nicht einmal eine Lüge. Bis vor Kurzem zumindest, bevor mein Bruder auch den Part mit den Finanzen übernommen und den von meinem Vater großzügig geöffneten Geldhahn rigoros zugedreht hatte. Aber auch das musste Eli Brown nicht wissen. Überhaupt wurde mir seine Fragerei langsam zu viel, also zeigte ich demonstrativ auf zwei Türen im hinteren Bereich des Stalls und sagte schnell: »Dort sind Sattel- und Futterkammer und da drüben ...« Ich führte ihn hinaus und ging mit ihm zu dem halb offenen Unterstand neben dem Heuschober. »Hier sind die Trekkingpferde im Winter untergebracht.«

Sein Blick wanderte zu den Baracken, die am Waldrand standen. »Und was ist das?«

»Unterkünfte für die Rancharbeiter«, erklärte ich knapp und blickte hastig auf meine Uhr. »Oh! Schon fast acht! Tut mir wirklich leid, aber ich muss Patrick mit dem Frühstück helfen.«

»Natürlich.« Brown lächelte schuldbewusst. »Wie unaufmerksam von mir. Ich habe schon viel zu viel von deiner Zeit in Anspruch genommen.«

Ich lächelte zurück und eilte in die Küche, wo Patrick das Rührei und die Würstchen zubereitete. Die ersten Gäste eroberten gerade ihre Plätze. Ich nahm den Kaffee und ging hinaus, gespannt, mit wem ich nächste Woche die Ranch teilen würde.

Der Tag war wie im Flug vergangen und zu meiner großen Erleichterung waren die meisten Gäste nett und unkompliziert. Nur einer schien von der Ranch und dem Programm enttäuscht zu sein. Sein Name war Marcus Dowby, und er hatte keine Gelegenheit ausgelassen, sich über Nichtigkeiten zu ereifern und die anderen Gäste auf Unzulänglichkeiten im Service hinzuweisen. Glücklicherweise waren Patrick und mein Vater außer Hörweite, als er geschlagene zehn Minuten über das ungenießbare Abendessen wetterte und sich und den anderen Gästen ausmalte, aus welcher Tonne wir wohl die Zutaten für den heutigen Fraß wühlen würden. Ich presste schuldbewusst die Lippen zusammen und tat so, als würde ich seine Gemeinheiten nicht hören. Zugegeben, das gestrige Essen hatte ich gründlich verhunzt, heute Abend jedoch würde sich niemand beschweren können. Mein Vater hatte sich selbst zum Küchendienst eingeteilt und ich war ehrlich gesagt froh darüber. Kochen gehörte nicht gerade zu den Dingen, in denen ich brillierte.

Patrick hatte ich seit dem Frühstück nicht mehr gesehen. Während ich zielstrebig meine Aufgaben abarbeitete und mir in den Pausen stoisch verbat, das Video mit dem Greeny anzuschauen oder allzu intensiv die Möglichkeiten auszuloten, ihm heute Abend bei Dana über den Weg zu laufen, war er damit beschäftigt, die zwei neuen Sommeraushilfen einzuweisen. Je näher das Ende meiner Arbeitszeit rückte, desto sorgfältiger vermied ich es, ihm vor die Füße zu laufen und so die Chance zu geben, mich erneut auf sein Bullriding-Projekt anzusprechen. Dann endlich konnte ich in mein altes Auto steigen und mit fünfzehn Minuten Verspätung zu Dana in den Virtual Reality Dome fahren.

Kaum betrat ich den Laden, winkte sie mich aufgeregt hinter die Theke. Auf der anderen Seite diskutierte eine Gruppe Jungs, und ich hörte an ihrer Stimmlage, dass sie verärgert waren.

»Was ist los?«, flüsterte ich Dana zu.

»Irgendein Problem mit den Brillen«, erklärte sie. »Ich habe Gabriel angerufen. Er kommt gleich noch mal her.«

Einer der Jungen, ein großer Blonder, den die anderen offenbar zum Wortführer auserkoren hatten, wandte sich nun an Dana. »Wir wollen unser Geld zurück.«

»Geht's noch? Ihr habt fast eine Stunde gespielt«, konterte sie.

»Ja, und es gab die ganze Stunde Aussetzer.«

»Warum habt ihr euch dann nicht früher beschwert?« Dana stemmte ihre Arme in die Hüften.

»Wir dachten, es gehört zum Spiel.«

»Vielleicht gehört es das.« Sie zog die Brauen zusammen. »Was ist eigentlich das Problem?«

Inzwischen waren zwei weitere Spieler aus dem ersten Stock dazugestoßen und knallten ihre Brillen auf den Tresen. »Was ist das denn für ein Dreck? Habt ihr die Billigware von zu Hause mitgebracht?«

»Chinesischer Schrott, eindeutig«, fügte der andere hinzu.

Ich linste zu Dana. Auf ihrer Stirn zeichneten sich bei der Anspielung auf ihre Herkunft Gewitterwolken ab. Nicht, dass sie sich für ihre koreanischen Wurzeln schämte. Aber es ärgerte sie, wenn jemand sie aufgrund ihrer schwarzen Haare und ihrer asiatischen Gesichtszüge in die Schublade *Chinesin* steckte.

»Kannst du *genau* erklären, was das Problem ist?«, mischte ich mich ein, bevor Dana einen ihrer berüchtigten Ausraster bekam.

»Die Bilder sind gestört«, sagte der Typ, der die Brillen als chinesischen Schrott bezeichnet hatte. »Erst ist alles normal und plötzlich rauscht es und die Bilder sind zerhackt oder ganz weg. Dann sind sie wieder da, aber total verwackelt, und dann ist wieder alles normal, bis die Scheiße von vorne losgeht.«

»Und manchmal sind Schatten in den Bildern«, fügte der Blonde hinzu.

»Zerhackte Bilder und Rauschen?«

Ich sah auf, als ich Gabriels Stimme vernahm. In dem ganzen Hin und Her hatte ich nicht gehört, wie er den Laden betreten hatte. Er machte sein »Lass mich mal sehen«-Gesicht, stellte sich neben den Blonden und nahm ihm die Brille aus der Hand. »Läuft das Spiel noch?«

Der Typ nickte.

Gabriel setzte sich die Brille auf und schaltete auf Funkmodus. Er drehte ein paarmal den Kopf von links nach rechts, dann setzte er die Brille wieder ab. »Scheint alles normal zu sein.«

Als lautstarker Protest folgte, hob Gabriel die Hand. »Ich habe nicht gesagt, dass alles gut ist, es scheint nur auf den ersten Blick alles in Ordnung zu sein. Wir müssen prüfen, was das Problem ist.«

»Wir wollen unser Geld zurück«, forderte der Blonde erneut für seine Gruppe.

»Das Problem sind die Brillen«, blökte der andere Typ und wiederholte seine abfällige Bemerkung von vorhin: »Die sind chinesischer Schrott.«

»Sind sie nicht!«, fuhr Dana ihn an. »Bis eben haben sie hervorragend funktioniert. Und übrigens«, sie zeigte auf die Herstellerangabe auf der Innenseite der Brille, »kommt der *chinesische* Schrott original aus Wyoming und ist das mit Abstand beste Modell, das zurzeit auf dem Markt ist.«

Wie auf Kommando prüften alle ihre Brillen.

»Ist es nicht sehr ungewöhnlich, dass alle Brillen gleichzeitig einen Aussetzer haben?«, fragte ich nachdenklich. Dass mal das ein oder andere nicht funktionierte, konnte vorkommen. Aber vor uns standen acht Kunden, und das hieß, acht Brillen oder, falls das Problem in der Übertragung lag, acht Stationen waren gleichzeitig kaputt.

»Ist es«, stimmte Gabriel mir zu. Auch er sah jetzt sehr nachdenklich aus. »Ich glaube nicht, dass es an den Brillen liegt.«

»Ist mir doch egal, was das Problem ist, wir wollen unser Geld zurück«, forderte der Blonde gereizt und erntete zustimmendes Nicken.

»Kann ich verstehen«, sagte Gabriel, worauf Dana ihm prompt einen warnenden Blick zuwarf. »Nur wird das heute nicht möglich sein.«

Protestgemurmel erhob sich und Gabriel beeilte sich, die Kunden zu beschwichtigen. »Mr und Mrs Wang sind nicht da und Dana hat keinen Stornoschlüssel. Also, ich schlage Folgendes vor: Ihr trinkt jetzt eine Gratiscola, Josie und ich testen die Brillen. Falls wir das Problem beheben können, spielt ihr nachher weiter, falls nicht, bekommt ihr einen Gutschein.«

Ich sah ihn an. Glaubte er wirklich, das alles ließ sich so einfach beheben, oder war es nur eine Taktik, um die Gemüter zu beruhigen?

Während sich die verärgerten Jungs mit ihren Gratisgetränken an die Tische setzten und Dana die neu eintrudelnden Kunden vertröstete, gingen Gabriel und ich mit zwei der Brillen in eine der Spielkabinen. Gabriel prüfte das Spiel.

»*Zombie 4 – Das letzte Versteck*. Gute Wahl«, murmelte er, streifte die Schuhe ab, befestigte die Klettgurte der Spielstation an seinem Körper und nahm seine Waffe auf. Ich verzog das Gesicht. Eine gute Wahl hätte bei mir anders ausgesehen, aber wir taten das ja nicht zu unserem Vergnügen, sondern erledigten einen Job. Also ging ich zu meiner Station, stellte mich auf das Pad, das meine Schritte in das Spiel übertrug, und schnallte mir ebenfalls den Gurt um, der mich beim Laufen in meiner Station hielt. Der Vorspann verlief reibungslos, dann kamen die Wahl des Levels und die Frage nach der Anzahl der Spieler. Bevor ich reagieren konnte, hatte Gabriel die Antworten bereits eingeloggt und das Spiel begann.

Ich hasste *Zombie 4 – Das letzte Versteck*. Ich hasse es, wenn ich durch die Straßen hetzte und plötzlich einer oder gleich mehrere der gruseligen Zombies mit ihren absurd eckigen Bewegungen und blutverschmierten Gesichtern vor mir auftauchten. Dana und Gabriel war es unbegreiflich, warum mir diese Kreaturen mit ihren toten Augen Angst machten. Schließlich sei es nur ein Spiel, es gäbe ja keine Zombies, wie Dana jedes Mal betonte. Dennoch bekam ich regelrecht Panik, wenn ich in einer Sackgasse landete und ein Mob Untoter knurrend auf mich zuwankte, die ekligen Klauen gierig nach mir ausgestreckt.

Auch an diesem Tag flößte es mir Angst ein; mehr als einmal musste ich dem Drang widerstehen, mir die Brille herunterzureißen, um den virtuellen Monstern zu entkommen. Und das bereits in den ersten zehn Minuten. Es gab eine Menge Grusel, aber kein Rauschen, keine zerhackten Bilder oder Schatten, die uns gestört hätten.

»Können wir aufhören?«, fragte ich Gabriel.

Da passierte es. Zuerst war es nur ein feines Knistern. Die Bilder begannen zu flimmern, während es in meinen Ohren immer lauter rauschte. Dann hörte ich sie. Stimmen. So leise und abgehackt, dass nicht zu verstehen war, was sie sagten. Ich versuchte sie dem Spiel zuzuordnen und lauschte noch intensiver. Schließlich kristallisierte sich ein Dialog heraus, doch die Stimmen sprachen in einer mir unverständlichen Sprache und passten überhaupt nicht zu den flirrenden Bildern. Plötzlich glaubte ich meinen Namen zu hören. Nur ein Wispern. »Josie« und wieder »Josie«. Ich erstarrte, wagte kaum noch zu atmen. Dann wurden die Bilder wieder normal, das Rauschen verstummte. Ich atmete auf, glaubte, der Spuk sei vorbei. Entspannte mich.

Und *wosh!* setzte das Rauschen ein weiteres Mal ein, die wispernden Stimmen schwollen an, die Bilder flimmerten auf. Eine Gänsehaut überzog meinen Körper, ich kämpfte gegen das Gefühl an, mir die Brille vom Kopf reißen zu müssen.

»Nur ein Spiel«, flüsterte ich und konzentrierte mich auf die Stimmen und die zerhackten Bilder, versuchte ein Störmuster zu erkennen. Doch es gab keins. Bild da, Bild weg, Bild klar, Bild gestört. Eben noch grau-schwarzes Flimmern, dann starrte ich einem Zombie direkt in die toten, glasigen Augen. Er riss den blutverschmierten Mund auf und streckte die Hand nach mir aus. Ich schrie auf und lief panisch rückwärts. Es war so unfassbar real, dass ich wirklich glaubte, eine Hand auf meiner Schulter zu fühlen.

Und dann lösten sich plötzlich Schatten von den Zombies und flirrten durch das Bilderchaos. Ich versuchte zu verstehen, aus welcher Sequenz sie kamen, ob sie das Resultat von Bildüberschneidungen oder Teil dieses Levels waren, als einer der Schatten auf mich zulief, viel schneller als die Zombies.

Ich rannte wie verrückt, das Laufpad unter meinen Füßen bebte, ich rannte schneller und schneller durch die Gassen, schlug Haken, links, rechts, kletterte und sprang über Zäune, Kartons, Mülltonen. Doch der dunklen Gestalt war nicht zu entkommen. Ich drückte auf Stopp und die Bilder gefroren zu Standbildern.

Nur der Schatten lief weiter.

Als gehörte er nicht zu dem Spiel. Als wäre er real.

Panisch riss ich mir die Brille vom Gesicht.

»Gabriel, mach aus!«, schrie ich.

Mein Herz klopfte wie verrückt. War der seltsame Schatten noch da? Ich sah mich um. In der Kabine waren nur Gabriel und ich. Keine Schatten, keine Zombies, kein Rauschen, keine Stimmen. Trotzdem wollte ich nur noch raus aus der Kabine. Mit zitternden Fingern löste ich die Klettverschlüsse und stolperte vom Laufpad. Ich verstand, warum die Spieler ihr Geld zurückwollten. Das hier war kein Spiel, das war ein Albtraum.

Gabriel reagierte sofort. Er musste gesehen haben, wie verstört ich war, denn er lief augenblicklich zu mir und legte seinen Arm um mich.

»He, es ist nur ein Spiel, nur tote Bilder«, sagte er beruhigend, doch ich sah ihm genau an, dass er ebenso gut wie ich wusste, dass dies nicht *nur* ein Spiel war. Etwas stimmte nicht. Und dieses Etwas war so beängstigend, dass ich keinen Ton herausbrachte.

Gabriel strich behutsam über meinen Rücken, und ich bemerkte, dass ich am ganzen Körper zitterte.

»W… was war das?«, stammelte ich schließlich.

»Keine Ahnung. Aber normal ist das nicht. Und es hat ganz sicher nichts mit den Brillen zu tun.«

»Ein Fehler im Spiel?«, fragte ich.

»Eher in der Anlage. Hast du auch die Stimmen unter dem Rauschen gehört? Totales Kauderwelsch.«

»Sie haben nicht zu den Bildern gepasst.« Ich löste mich aus seinem Arm und zog meine Sneakers an.

»Vielleicht ein Wackler im System«, sagte er nachdenklich und schlüpfte ebenfalls in seine Schuhe. »Ich kann es mir nur so erklären, dass verschiedene Spiele gleichzeitig verhackstückt abgespielt werden.«

»Kannst du das reparieren?«

Gabriel schüttelte den Kopf. »Keine Chance. Da müssen die Profis ran.« Er machte eine kleine Pause. »Ich fürchte, Dana kann den Laden erst mal dichtmachen.«

Mir entschlüpfte ein Ächzen. Die Wangs würden durchdrehen, wenn sie davon erfuhren. Sie waren ja nicht hier, um mit eigenen Augen zu sehen, wie das System verrücktspielte. Nein, es musste ausgerechnet dann passieren, als sie Dana das erste Mal allein den Laden schaukeln ließen. Bedrückt gingen wir zu Dana zurück und berichteten ihr von dem Spiel. Natürlich ließ sie es sich nicht nehmen, sich die seltsame Störung selbst anzusehen. Und so abgebrüht sie inzwischen bei Virtual Reality-Spielen war, sie erschien mir ungewöhnlich blass, als sie wieder aus der Kabine kam.

»Gee, das glaubt mir mein Vater nie.« Sie zerzauste ihre Igelhaare. »Was für ein Mist. Entweder ich verkaufe diese abgefahrene Scheiße zum doppelten Preis als Horrorversion oder ich mach den Laden dicht. Was meint ihr?«

Gabriel und ich sahen uns an. Wir kannten Dana gut genug, um zu wissen, dass das kein Scherz war. Sie wäre durchaus fähig, aus dem Systemfehler Kapital zu schlagen – nur was, wenn ein Kunde keine Horrorvision *wollte*?

»Laden dicht«, sagte Gabriel, ohne zu zögern. »Stell dir vor, die Flatterbilder stören den Herzschrittmacher von einem Kunden oder so was Blödes, dann kannst du den Laden *wirklich* zumachen. Das ist das Risiko nicht wert. Ruf den Kundendienst an.«

Eine gute Stunde später saßen wir zu dritt in der Eisdiele von Gabriels Tante. Verstohlen scannte ich die Tische nach einem schwarzen Pferdeschwanz ab und ärgerte mich still über mich selbst. Die Wahrscheinlichkeit, dass er da sein würde, tendierte gegen null. Aber ich konnte einfach nicht anders.

Gemeinsam löffelten wir den Giganten-Eisbecher, der zwar nicht mehr auf der Karte stand, den Gabriels Tante aber extra für Dana gezaubert hatte.

Während der Eisberg schrumpfte, rätselten wir weiter über die Ursache der Störung, überlegten, ob es Hacker sein konnten oder Spannungsschwankungen im Stromnetz, Programmierfehler in den Spielen oder ein Wackelkontakt im System.

Nur auf die wahre Ursache kamen wir nicht. Wie auch? Niemand bei Verstand hätte auch nur eine Sekunde ernsthaft in diese Richtung gedacht. Heute dagegen wäre das wahrscheinlich mein erster Gedanke.

Also beschlossen wir, den Laden zu schließen, bis der Kundendienst die Störung behoben hatte, was uns allerdings vor mehrere Probleme stellte. Zum einen musste Dana es ihren Eltern mitteilen, woraufhin diese wahrscheinlich sofort ihren Geburtstagsbesuch abbrechen würden – auch auf die Gefahr hin, dass bei ihrer Rückkehr wieder alles reibungslos lief. Zum anderen hatte ich keinen bezahlten Ferienjob mehr, was unseren geplanten gemeinsamen Kurztrip zum Scheitern verurteilte. Und zu guter Letzt konnten Dana und Gabriel nun Däumchen drehen, bis der Fehler behoben war.

Bei Dana war das kein Problem, sie würde sich zu beschäftigen wissen, aber für Gabriel war der Gedanke, die Tage zu Hause mit seinen Brüdern verbringen zu müssen, eine Horrorvorstellung.

»Können wir nicht bei euch aushelfen?«, schlug Gabriel mit noch vollem Mund vor und verteilte bunte Streusel auf dem Tisch.

»Auf der Ranch?«

»Ist Martha nicht krank? Ihr braucht sicher jemand, der kurzfristig einspringt.« Er stupste Dana an. »Na, was meinst du? Ein paar Tage Ranchluft?«

Dana kräuselte die Nase. »Wow. Pferdemist und einsame Waldromantik? Klingt nach einer *super* Idee.«

»Komm! Sei keine Spielverderberin! Du kochst, ich helfe im Stall. Das wird lustig.«

Ich dachte kurz nach. Im Grunde genommen keine schlechte Idee. Dana war im Gegensatz zu mir eine brillante Köchin. Patrick, Dad und ich würden entlastet und ich hätte meine besten Freunde in der Nähe.

»Ich frage meinen Vater«, sagte ich, »aber ich warne euch: Die Bezahlung ist unterirdisch.«

KAPITEL 4

ES WAR SCHON NACH ELF, als ich endlich zu Hause eintrudelte. Diesmal hatte ich mich noch von Dana und Gabriel breitschlagen lassen, mit zu Billy's Diner zu gehen – natürlich in der Hoffnung, dort dem Greeny zu begegnen. Als ich aus dem Auto stieg, schwor ich mir – wie tags zuvor –, dass nun endgültig Schluss war und ich die Gedanken an diese lästigen grünen Augen nicht weiter in meinem Kopf herumspuken lassen würde.

Im Aufenthaltsraum waren noch ein paar Gäste, mein Vater und mein Bruder waren jedoch bereits nach oben gegangen, also ging ich ebenfalls in mein Zimmer. Hundemüde legte ich mich ins Bett, nur einschlafen konnte ich nicht. Diesmal jedoch nicht wegen des Greenys. Es waren die Untoten aus dem Spiel, die sich hartnäckig in meinen Kopf schlichen, sobald ich die Augen schloss. Ich hörte das Murmeln und Rauschen und sah die blutverschmierten Gesichter und abgehackten Bewegungen so real vor mir, als wären die Figuren aus dem Spiel entwichen und direkt in mein Schlafzimmer gewandert. Es machte mir Angst und ich rief mir Gabriels Worte in Erinnerung: »*Es ist nur ein Spiel, nur tote Bilder.*« Nichts, wovor man sich fürchten musste.

Wie hätte ich auch ahnen können, dass ich jeden Grund dazu hatte, mich zu fürchten!

Stattdessen sagte ich die Worte wie ein Mantra auf und versuchte wieder, meine Augen zu schließen. Vergeblich. Entnervt gab ich schließlich auf und schnappte mir mein Buch vom Nachttisch.

Irgendwann musste ich dann doch eingenickt sein, denn der Ruf eines Käuzchens ließ mich aus einem unruhigen Schlaf hochschrecken. Das Licht war noch an. Ich lauschte dem heiseren Buhuu und legte das Buch auf den Nachttisch. Das Buhuu verstummte und ich tastete nach dem Lichtschalter, als etwas gegen mein Fenster klopfte. Ich erstarrte. Mein Fenster war im ersten Stock, es gab weder einen Balkon noch ein Rankgerüst, an dem man hochklettern konnte – kurz, es war unmöglich, dort zu klopfen. In dem Moment klopfte es erneut, geradezu, als wollte jemand meine Überlegungen verhöhnen. Mein Puls schoss in ungeahnte Höhen. Ich setzte mich kerzengerade auf und sah gebannt zum Fenster. Das Käuzchen flatterte vor der Scheibe hin und her, dann flog es direkt darauf zu und klopfte mit dem Schnabel dagegen. Ohne weiter nachzudenken, sprang ich aus dem Bett. Ein Käuzchen, das an ein Fenster klopft! Wie verrückt war das denn! Ich riss das Fenster auf und streckte meinen Oberkörper ins Freie.

Doch anstatt eines erneuten Käuzchenrufes hörte ich Wiehern aus dem Stall. Ich erkannte sofort, dass dies kein normales Wiehern war, es war durchzogen von Angst und Schmerz. Es war das eines Pferdes in Todesangst.

Blitzschnell schnappte ich mir meine Kleider vom Boden und zog sie an. Sekunden später rannte ich die Treppe nach unten, aus dem Haus und in den Stall. Dort machte ich das Licht an und lief die Boxen entlang zu dem wiehernden Pferd. Es war

Hisley, unser Zuchthengst. Er hatte sich hingelegt, der Bauch war gebläht, er rollte wild mit den Augen, sein Fell glänzte vor Schweiß. *Eine Kolik!* Ich wusste sofort, wie kritisch die Lage war – ohne Hilfe würde ich ihn nicht mehr zum Aufstehen bewegen können. Also rannte ich zum Haus zurück, nahm immer zwei Stufen auf einmal und stürmte in Patricks Zimmer.

»Pat!«, rief ich atemlos und schüttelte ihn gleichzeitig. »Schnell, Hisley hat eine Kolik! Wir brauchen Dr. Ramirez!«

»Was?« Patrick fuhr hoch.

»Hisley fängt jeden Moment an sich zu wälzen!«

»Scheiße!« Patrick sprang aus dem Bett. Ich grapschte sein Handy vom Nachttisch, und während er sich anzog, wählte ich Dr. Ramirez' Nummer. Es tutete und tutete, schließlich antwortete die Mailbox. Hastig hinterließ ich eine Nachricht und schaute auf Patricks Wecker. Es war drei Uhr morgens. Ein Kloß drückte sich meine Kehle hoch. Hisley war der Hengst meiner Mutter gewesen. Er war unser wertvollstes Pferd. Er durfte nicht sterben, nur weil sich unser Tierarzt nicht in seiner Nachtruhe stören lassen wollte!

Gemeinsam mit Patrick rannte ich zum Stall zurück.

»Liegt er?«, fragte Patrick im Rennen.

»Er liegt, rollt die Augen, Bauch gebläht, schweißiges Fell...«

»Scheiße, scheiße, scheiße!«, rief Patrick. »Wenn er sich wälzt, verlieren wir ihn.«

Ich antwortete ihm nicht, weil ich kein Wort herausbrachte. Wir wussten beide, was das hieß. Es war nicht Hisleys erste Kolik. Das letzte Mal hatten sich seine Gedärme beim Wälzen so verheddert, dass Dr. Ramirez ihn notoperieren musste. Einen zweiten Eingriff würde er nicht überstehen.

Keuchend erreichten wir den Stall. Schon von Weitem sah ich, dass die Tür zu Hisleys Box offen stand. Ich überlegte fieberhaft, ob ich sie vorhin geöffnet hatte, konnte mich aber beim besten Willen nicht daran erinnern. Ich hatte Hisley gesehen und war zu Patrick gerannt – ohne die Tür auch nur zu berühren.

»Hast du die Box offen gelassen?«, keuchte Patrick neben mir.

»Nein!« Ich erreichte die Box und blieb so plötzlich stehen, dass mein Bruder in mich hineinrumpelte. Wie angenagelt verharrte ich auf der Schwelle.

Es musste ein Traum sein.

Ein völlig verrückter, irrer, absurder Traum.

Ich überlegte, wohin ich mich zwicken sollte, um endlich aufzuwachen, als Patrick mich unsanft zur Seite schob.

»Mach schon Platz.«

Gehorsam ließ ich ihn an mir vorbei, gespannt, was der Traum mir als Nächstes bieten würde. Mein Blick war ungebrochen auf die Szene vor mir gerichtet: *Mein* Greeny stand neben Hisley und half ihm auf die Beine. Nicht eine Sekunde zweifelte ich daran, dass es sich um den Greeny aus meinem Sturzvideo handelte. Ich hätte ihn unter Tausenden wiedererkannt. Allerdings zweifelte ich an meinem Verstand.

Es konnte nur ein Traumbild sein, denn auf der Ranch arbeiteten keine Greenies. Was also tat er um drei Uhr morgens in unserem Stall? Und wie konnte er Hisley allein und ohne Hilfsmittel in diesem Zustand zum Aufstehen bewegen?

»Ray!«, rief mein Bruder erleichtert. »Josie hat mir nicht gesagt, dass du schon bei Hisley bist.« Er wandte sich vorwurfsvoll an mich. »Du hättest mir sagen können, dass Ray sich um Hisley kümmert.«

Ray?

Ich hätte ihm sagen sollen, dass …?

Genug.

Unauffällig zwickte ich mich in den Arm. Ich spürte den Schmerz, doch das Traumbild blieb.

Der Greeny – *Ray* – drehte kurz seinen Kopf von Hisley zu Patrick. »Sie hat nicht gewusst, dass ich bei ihm bin«, sagte er mit seiner unverwechselbar schnurrenden Raubtierstimme. »Sie ist zum Haus gelaufen, als ich kam.«

»Und?«, fragte Patrick. »Wie schlimm ist es?«

Langsam sickerte es in mein gelähmtes Gehirn: Es war kein Traum. Ich roch den Stall, hörte Ray und Patrick über Hisley reden, spürte das Streu in die nackte Haut zwischen Schuh und Jeans pieken. Es war verrückt. Während ich auf der Suche nach ihm in Angels Keep vom Virtual Reality Dome zur Eisdiele und zu Billy's Diner getingelt war, hatte er auf der Ranch in Ruhe zu Abend gegessen und danach wahrscheinlich das Footballspiel im Fernsehen verfolgt. Patrick musste sich über Vaters Regel hinweggesetzt haben – und Ray musste eine der beiden Sommeraushilfen sein, die mein Bruder heute eingearbeitet hatte.

Und ich Idiot hatte den ganzen Tag einen Bogen um Patrick gemacht, damit er mich nicht auf seine Rodeo-Idee ansprechen konnte!

»... muss in Bewegung bleiben«, hörte ich Ray sagen. Den Anfang des Satzes hatte ich nicht mitbekommen, aber es war klar, dass er damit Hisley meinte.

»Josie?« Mein Bruder stupste mich an und winkte Richtung Sattelkammer.

»Äh, ja, natürlich.« Ich rannte los und holte Hisleys Halfter. Es durchlief mich heiß und kalt. Ray musste mich für grenzdebil halten; jedes Mal, wenn wir uns über den Weg liefen, glotzte ich ihn an, als wäre er ein Außerirdischer. Was ein guter Vergleich war, denn ungefähr so wirkte er auf mich.

Ich stutzte. Nichts an Rays Gesichtsausdruck hatte auch nur

ansatzweise verraten, dass *er mich* wiedererkannt hatte. Blut schoss heiß in mein Gesicht. Wenigstens hatte ich bislang noch nichts gesagt. Nichts sagen war eindeutig besser, als was Dämliches zu sagen.

Ich hastete zur Box zurück und reichte Patrick das Halfter. Patrick gab es an Ray weiter und sah mich kurz mit gerunzelter Stirn an. Wahrscheinlich fragte er sich, warum ich das Halfter nicht Ray direkt gegeben hatte – was ich bei jedem anderen auch getan hätte. Ray hingegen schien das nicht weiter zu wundern. Er legte Hisley das Halfter um, befestigte den Führstrick und brachte ihn durch die Stallgasse auf den Hof.

Patrick und ich gingen hinter ihm her. »Bleibst du bei Hisley? Ich kann Ray schlecht bitten, den Rest der Nacht allein hier Runden zu drehen«, sagte Patrick. »Ich übernehme dann das Frühstück mit Dad und du kannst länger liegen bleiben.«

Ich nickte und presste ein »Klar« hervor, das hoffentlich normal genug klang, um nicht Patricks Misstrauen zu wecken. Ich würde ganz allein mit Ray sein. Auf der Ranch mit ihm zusammen ein Pferd versorgen, so wie ich es mir in meinen Tagträumen herbeigesehnt hatte. Ich hätte vor Freude hüpfen und kreischen sollen, doch ich war starr vor Panik.

»Gut«, sagte Patrick und lief zu Ray. »Meine kleine Schwester übernimmt Hisley. Sie kann besser mit Pferden als ich. Wäre trotzdem gut, wenn du noch ein paar Minuten dabeibleibst, falls Hisley sich wieder hinlegen will.«

»Kein Problem«, antwortete Ray, ohne das Schritttempo zu verändern. »Ich laufe noch ein bisschen mit.«

»Danke.« Patrick wandte sich ab und ging zum Haus zurück. Ich sah ihm kurz nach, dann nahm ich meinen ganzen Mut zusammen und beschleunigte meinen Schritt, bis ich neben Ray herging.

In meinem Kopf schwirrte es. Ich hatte das Gefühl, etwas sagen zu müssen, aber keine Ahnung, wie ich das Schweigen brechen sollte, und mit jeder Minute, die wir stumm nebeneinander her stapften, wurde es schwerer, die richtigen Worte zu finden. Ich setzte hundertmal zum Reden an, doch jedes Mal verwarf ich den so wichtigen ersten Satz unserer Bekanntschaft und blieb stumm.

Hisleys Schritt war inzwischen fester geworden, und die Wahrscheinlichkeit, dass er sich wieder hinlegen würde, schwand mit jedem Meter. Es war zum Haareraufen! Ich sah Ray schon in seine Baracke verschwinden, ohne auch nur ein einziges Wort mit ihm gewechselt zu haben. Schließlich nahm ich all meinen Mut zusammen.

»Ich bin Josie«, sagte ich so beiläufig wie möglich.

»Dachte ich mir.«

Ich drehte verwundert meinen Kopf zu ihm.

»So hat dein Bruder dich vorhin genannt.«

Ich spürte, wie ich errötete, und war froh über die Dunkelheit. Nun hatte ich so viel Zeit gehabt, mir einen guten, sinnvollen ersten Satz als Einstieg für eine Unterhaltung zu überlegen, und alles, was ich dabei zustande gebracht hatte, war eine Information, von der ich wissen musste, dass er bereits über sie verfügte.

»Du hast heute bei uns angefangen?«

»Ja«, sagte er knapp.

Ich begann zu schwitzen. Entweder Ray war eher der schweigsame Typ oder er hatte schlicht keine Lust, mit mir zu reden.

»Hast du dich schon eingelebt?«, bohrte ich weiter. Hier und jetzt war vielleicht die einzige Chance, mit ihm ins Gespräch zu kommen, und ich würde die Flinte nicht so schnell ins Korn werfen.

»Passt.«

»Du bist ein Gre ... ein Yowama?«, verbesserte ich mich hastig.

»Ja.«

Puh. Es gestaltete sich wirklich zäh. Ich musste ihm eine Frage stellen, die man nicht mit einem Wort beantworten konnte.

»Warum bist du zum Stall gekommen?« So, jetzt musste er einen ganzen Satz sagen.

»Ich habe das Wiehern gehört.«

Na also. Ich lächelte in mich hinein. Ein Satz. Schnell fragte ich weiter. »Wie hast du es geschafft, Hisley auf die Beine zu bringen?«

»Magie.«

Ich musste mich verhört haben. Oder Ray nahm mich gerade auf den Arm. »Magie?«, fragte ich nach.

Er lachte. Es war das erste Mal, dass ich sein Lachen hörte, und ich liebte es auf Anhieb. Es war dunkel und voll, nicht meckernd wie das meines Bruders oder mit kleinen Grunzlauten versehen wie bei Gabriel.

»Er hat begriffen, dass es für ihn besser ist, aufzustehen.«

Seine Antwort erklärte zwar nicht, *wie* er Hisley dazu gebracht hatte, dies zu begreifen, aber immerhin war es eine zusammenhängende Aussage gewesen.

»Aha«, sagte ich, um die Zeit zu überbrücken, bis ich eine Strategie entwickeln konnte, um das einseitige Frage- und Antwortspiel in eine echte Unterhaltung zu wandeln. Wir hatten inzwischen die Koppeln mit den Mustangs erreicht und Ray fasste den Führstrick kürzer. Ich befürchtete zwar nicht, dass Hisley sich in seinem Zustand auf einen Streit mit einem der Pferde dort einlassen würde, aber Rays Aufmerksamkeit erstaunte mich. Entweder Patrick hatte ihn heute ausdrücklich auf die Rivalitäten zwischen Hisley und ein paar der Mustangs hingewiesen oder er verfügte über ein außergewöhnlich gutes Gespür.

»Vielen Dank, dass du nicht weitergeschlafen hast, sondern in den Stall gekommen bist«, sagte ich. »Ich weiß nicht, ob ich Hisley wieder hochgebracht hätte.«

Er blieb stumm. *Natürlich*, es war ja auch keine Frage gewesen. »Hisley ist sehr wichtig für uns. Er ist unser Zuchthengst.«

»Für deinen Bruder ist er euer Zuchthengst«, korrigierte er mich. »Für dich ist er mehr.«

Ich schluckte, zu perplex, um gleich zu antworten. Wie konnte Ray das wissen? Patrick hatte keinen Bezug zu Hisley, außer dass sich Fohlen mit seinem Namen im Stammbaum gut verkaufen ließen und er ordentlich Geld in die Kasse spülte, wenn er ein wichtiges Turnier gewann. Für mich dagegen war Hisley *das* Pferd meiner Mutter. Sie war es, die Hisley zu den Siegen geführt hatte, die ihn heute als Zuchthengst so wertvoll machten. Sie war es, die mir auf Hisley das Dressurreiten beigebracht hatte, die Stunde um Stunde mit mir auf dem Reitplatz verbracht und Hisley und mich gemeinsam gedrillt hatte. Für mich war Hisley nicht nur eine Geldmaschine. Er war die letzte Verbindung zu meiner Mutter. Saß ich auf Hisley, hörte ich ihre Stimme. Betrat ich mit ihm den Reitplatz, wanderte mein Blick sofort zu dem Trainerstuhl. Für alle anderen war er leer, aber für mich saß dort noch immer meine Mutter und rief mir die Befehle zu.

»Er war das Turnierpferd meiner Mutter«, sagte ich leise.

»War?«, fragte er. »Ist sie –«

»Ja«, sagte ich schnell, bevor er aussprechen konnte, was auf der Ranch *keiner* aussprechen durfte. Als könnte man das Unfassbare dadurch ungeschehen machen.

»Das tut mir leid.« Seine Stimme war ein warmes Schnurren.

»Ja«, sagte ich mühsam beherrscht. »Mir auch.« So sehr ich meinen Alltag wieder im Griff und das Unfassbare als Tatsache akzeptiert hatte, es fiel mir noch immer schwer, darüber zu reden.

Erneut legte sich Schweigen über uns. Aber diesmal störte es mich nicht. Ich suchte nicht mehr nach Gesprächsstoff, ich musste nicht mehr mit ihm reden, um ihm näherzukommen, ich *war* ihm nah. Damit meine ich nicht, dass wir nur dreißig Zentimeter voneinander entfernt durch die Nacht liefen, sondern dass die Mauer verschwunden war, an der vor ein paar Minuten noch jeder meiner unbeholfenen Sätze abgeprallt war.

»Siowa cha maquwama«, sagte er nach einer kleinen Ewigkeit. »Die Toten wachen über uns.«

Ich sagte nichts. Tief in meinem Herzen glaubte ich daran, dass meine Mutter, wo auch immer sie jetzt sein mochte, über uns wachte. Weil ich daran glauben wollte, jedem Zweifel zum Trotz, selbst in den Tagen, als die Umstände es mir schier unmöglich machten. Ich glaubte daran, dass irgendetwas von ihr noch immer bei uns war, weil es mir Trost gab, wenn ich ihn brauchte. Trotzdem blieb es eine abstrakte Vorstellung, die durch nichts zu beweisen war und die ich sicher nicht laut in der Öffentlichkeit aussprechen würde.

»Vielleicht hat *sie* mir heute geholfen, Hisley wieder auf die Beine zu stellen.«

Zweifelnd blickte ich zu ihm. Meinte er das ernst?

Im Mondlicht sah ich zwar die Konturen seines Gesichts, aber den Ausdruck darauf konnte ich nicht erkennen. Seine Augen jedoch leuchteten so grün und hell wie die einer Katze in der Nacht. Die Bezeichnung Greeny hatte eindeutig ihre Berechtigung.

»Vielleicht hat sie das«, sagte ich zögerlich. »Ich wüsste allerdings nicht, wie.«

»Es ist nicht das, was wir wissen, was etwas wahr macht, sondern das, was geschieht.«

Ich sah ihn überrascht an. An solche Aussagen war ich nicht gewöhnt.

»Menschen müssen alles sezieren und untersuchen und beweisen, um etwas zu glauben. Können sie das nicht, leugnen sie die Existenz oder verschreien es als Unsinn. Das ist das Gleiche, wie einem Pferd Scheuklappen aufzusetzen, damit es nicht nervös wird.«

Ich war sprachlos. Ich weiß nicht, was ich mir von dem Gespräch erwartet hatte, aber ganz sicher nicht das.

»Nimm deine Scheuklappen ab, Rodeo-Girl. Du brauchst sie nicht.«

Mein Herzschlag setzte aus. *Rodeo-Girl.* Er hatte sich an mich erinnert! Nun war ich völlig durcheinander. Ich überlegte, ob ich ihn auf unsere erste Begegnung ansprechen sollte, verwarf den Gedanken aber sofort wieder. Da bemerkte ich an Hisleys Hufgeklapper, dass wir den gepflasterten Weg zum Hof erreicht hatten.

»Ich glaube, die größte Gefahr ist vorbei.« Er steuerte auf den Stall zu. »Es ist halb sechs. Geh schlafen, ich bleibe bei Hisley im Stall und passe auf ihn auf.«

Wir erreichten den Hof und im zarten Licht der ersten Morgensonne blieb er stehen. Trotz der kurzen Nacht wirkte er kein bisschen müde, doch um seinen Mund lag ein seltsam trauriges Lächeln. »Gute Nacht, Josie«, sagte er so bestimmt, dass ich nicht wagte zu widersprechen. »Ich habe mich gefreut, dich kennenzulernen.«

»Ich mich auch«, murmelte ich und wandte mich schnell ab, damit er die Röte nicht sah, die sich mal wieder ungefragt auf meine Wangen schlich.

✶ ✦ ✶

KAPITEL 5

DAS PENETRANTE PIEPSEN des Weckers riss mich aus einem traumlosen Schlaf. Ich war erstaunt, dass ich nach der letzten Nacht überhaupt geschlafen hatte, und noch erstaunter, als ich merkte, dass es bereits zehn Uhr war. Da ich den Wecker auf acht gestellt hatte, mussten Patrick oder mein Vater ihn umgestellt haben, während ich schlief. Was sicher nett gemeint war, aber ich hasste es, wenn sie meine Entscheidungen eigenmächtig unterwanderten. Ich war kein kleines Kind mehr, und wenn ich um acht aufstehen wollte, war das allein meine Sache.

Schnell und doch mit deutlich mehr Sorgfalt als sonst unterzog ich mich meiner Morgentoilette und stand dann einige Minuten grübelnd vor meinem Kleiderschrank. Zum ersten Mal in meinem Leben stellte ich mir die Frage, was ich zum Arbeiten auf der Ranch anziehen sollte. Es war nicht so, dass ich mir die Frage nach dem richtigen Outfit nie stellte, nur eben nicht im Zusammenhang mit meiner Arbeit zu Hause. Dafür reichte ein gedankenloser Griff in den Schrank. Jeans oder Reithose, ein T-Shirt und ein Longsleeve oder eine Sweatjacke. Hauptsache praktisch und unempfindlich. Heute wählte ich eine blaue

Reithose, dazu eine blassblaue Bluse, die weder in die Kategorie praktisch noch unempfindlich fiel, dafür aber meine blauen Augen besonders zur Geltung brachte.

Die Küche war verlassen, und ich war froh, meinen Kaffee in Ruhe und vor allem ohne Fragen zur gestrigen Nacht trinken zu können. Die Tasse in der Hand, zog ich den Arbeitsplan unter dem Magnetsticker am Kühlschrank hervor und suchte meinen Namen auf der Liste.

»Was?«, entfuhr es mir. Ungläubig starrte ich auf den Plan. Das Satteltraining mit den Mustangs war für elf Uhr angesetzt. Dahinter zwei Namen: Ray und Peter. Der zweite Name war mir nicht bekannt, wahrscheinlich die Sommeraushilfe, die Patrick gestern zusammen mit Ray eingearbeitet hatte. Drehte mein Bruder jetzt durch? Wie kam er dazu, mir die Mustangs wegzunehmen? Ich prüfte meinen Einsatzort um elf: Stall ausmisten, danach Halftertraining mit den Einjährigen. Anfängerjobs. Wut stieg in mir hoch.

Die Mustangs waren *mein* Revier. Die Arbeit mit ihnen mochte hart und gefährlich sein, aber ich liebte diese Wildpferde und bereitete mich monatelang auf die Arbeit mit ihnen vor.

Patricks Plan war schlicht inakzeptabel. Ich stampfte los, um ihm meine Meinung dazu zu sagen, doch dann besann ich mich eines Besseren. Ich würde es gar nicht erst auf einen Streit ankommen lassen, sondern ungefragt mit Peter tauschen.

Statt zu Patricks Büro ging ich also schnurstracks zur Koppel, auf der wir die Mustangs hielten. Es war kurz vor elf und Ray und Peter richteten gerade Sattel, Lasso und Führstrick her. Kaum erblickte ich Ray, streikten meine Beine. Ich musste mich regelrecht zwingen weiterzulaufen. Mit tiefen Atemzügen bekämpfte ich meine Nervosität, um wieder einigermaßen normal zu wirken, bis ich die beiden erreichte.

»Hi, Ray«, sagte ich bemüht gelassen.

Er nickte mir kurz zu und murmelte ein knappes »Morgen«.

Ich ging zu seinem Kollegen, einem schlaksigen Typ, kaum älter als ich, mit Undercut und schmalem Gesicht, die Züge verkniffen. Mein freundlichstes Lächeln auf den Lippen, hielt ich ihm die Hand hin. »Ich bin Josie O'Leary. Willkommen auf der Ranch. Du bist Peter?«

»Ja.« Er nahm meine Hand und schüttelte sie, mit einem Händedruck, so schwach, dass er kaum spürbar war. Neben ihm wieherte einer der Hengste und Peters Blick zuckte nervös zur Seite. Es war eindeutig. Peter hatte Angst. Die eine Sache, die man bei diesem Job nicht haben durfte, wenn man ihn heil überstehen wollte.

»Im Plan ist ein Fehler.« Ich verstärkte mein Lächeln. »Tut mir leid, Peter. Du bist falsch eingetragen. Du hast jetzt Stalldienst und danach Halftertraining mit den Einjährigen.«

Anstelle von Protest breitete sich ein erleichtertes Lächeln auf seinen Zügen aus. Es ließ ihn noch jünger, aber auch sympathisch wirken.

»Gut«, sagte er, »kein Problem.« Er drehte sich kurz zu Ray. »Wir sehen uns dann beim Essen.«

Ich blickte ihm nach und jubilierte innerlich. Wenn sich alle Probleme so einfach lösen ließen… Doch mein Triumph war nur von kurzer Dauer.

»Fehler im Plan?« Rays Brauen waren zweifelnd zusammengezogen. »Sieht dein Bruder das auch so?«

»Es ist *mein* Training.« Mit erhobenem Kopf ging ich an ihm vorbei und zeigte auf einen braun gescheckten Hengst. »Wir fangen mit ihm an.«

Ich spürte Rays Augen in meinem Rücken und drehte mich um. »Spricht was dagegen?«

Nun hob er die Brauen und sah mich prüfend an. »Bist du sicher?«

»Er ist das Leittier.«

»Bist du sicher, dass *du* das machen solltest?«

»Hast du ein Problem, weil ich ein Mädchen bin?«, fragte ich schärfer als beabsichtigt und zog mir demonstrativ meine Handschuhe an.

Seine Augen ruhten auf mir, als suche er nach einer passenden Antwort. Dann zuckte er mit den Schultern. »Du bist der Boss.«

Mit einem Satz schwang er sich über das Gatter und schnappte sich eines der Lassos. Ich folgte ihm, zugegebenermaßen mit deutlich weniger Eleganz, und griff nach dem zweiten Lasso. Seines wirbelte durch die Luft und legte sich bereits beim ersten Versuch um den Hals des Hengstes. Der Mustang bäumte sich auf, und ich brauchte drei Versuche, bis auch mein Lasso sich um seinen Hals legte. Gemeinsam zogen wir an den Seilen, um ihn von den anderen Mustangs zu separieren. Der Hengst war wild und wütend und fest entschlossen, sich unserem Willen zu widersetzen. Meine Arme brannten von der Anstrengung, ihn in unsere Richtung zu ziehen, aber ich war nicht gewillt, auch nur einen Millimeter nachzugeben, solange ein Funken Kraft in meinen Armen übrig war. Dann ließ der Zug plötzlich nach und der Mustang schoss auf mich zu. Ich verlor das Gleichgewicht und fiel rücklings ins Gras, sah, wie der Hengst mit wilden Sprüngen auf mich zugaloppierte. Blitzschnell wälzte ich mich zur Seite, um auf die Beine zu kommen, bevor seine Hufe mich erwischen konnten. Da stand mit einem Mal Ray zwischen mir und dem Hengst.

»Ho, ho!« Er breitete die Arme aus.

Ich sprang hoch und brachte mich aus der Gefahrenzone. Der

Hengst stieg direkt vor Ray, und ich schrie ihm eine Warnung zu, überzeugt, ein Huf würde ihm in der nächsten Sekunde den Kopf zerschmettern. Doch Ray hob nur den Arm über den Kopf, spreizte die Finger und stieß einen gutturalen Ton aus. Wie von Geisterhand geführt, wich der Hengst auf den Hinterbeinen zurück und kam dann einen guten Meter vor Ray mit den Vorderhufen auf dem Boden auf. Schnaubend stand er da und scharrte mit den Hufen. Die Hand ausgespreizt nach vorn gestreckt, machte Ray einen Schritt auf ihn zu, dann noch einen und redete ruhig auf ihn ein. Das Schnauben verstummte, das Scharren stoppte, der Mustang hielt still und ließ sich von Ray an den Nüstern berühren.

Ungläubig verfolgte ich das Schauspiel. Es war wie Zauberei. *Magie*, schoss es mir durch den Kopf. Seine Antwort gestern, als ich ihn gefragt hatte, wie er Hisley vom Boden hochbekommen hatte. Und im selben Moment, in dem mir das Wort durch den Kopf schoss, verwarf ich es wieder. Magie und Zauberei gab es genauso wenig wie den Weihnachtsmann oder den Osterhasen. Aber es war bekannt, dass Greenies einen besonderen Zugang zu Tieren hatten.

Mit zittrigen Beinen ging ich zu Ray und dem Mustang.

»Da...danke«, stammelte ich.

»Du kannst ihn jetzt nehmen.« Er reichte mir sein Lasso und der Hengst ließ sich von mir willig zu dem bereitstehenden Sattel führen.

Schweigend absolvierten wir das Satteltraining. Es bedurfte keiner Worte, um unsere Handgriffe aufeinander abzustimmen. Weder bei dem Leithengst noch bei den anderen Mustangs, die uns aufmerksam beobachtet hatten und danach das Training ziemlich problemlos über sich ergehen ließen. Es war, als hätten Ray und ich schon immer zusammengearbeitet. Und doch befriedigte mich unsere stumme und professionelle Hand-in-Hand-Arbeit nicht so, wie sie es hätte tun sollen. Denn etwas fehlte: die Nähe, die ich gestern zwischen uns gespürt hatte. In der vergangenen Nacht hatte ich das Gefühl gehabt, er hätte, zumindest einen Moment lang, das Mädchen Josie in mir gesehen. Heute fühlte ich mich nicht als Josie wahrgenommen, sondern nur als beliebig austauschbaren, unpersönlichen Jobpartner.

Ich nahm gerade dem letzten Mustang den Sattel wieder ab, als mein Vater zu uns gelaufen kam.

»Josie!«

»Hallo, Dad«, sagte ich und lobte den Mustang, bevor ich ihn mit einem Klaps zu den anderen Tieren zurückschickte.

»Was zum Teufel machst du hier?« Er funkelte mich böse an und ignorierte Ray, als wäre er Luft.

»Satteltraining.«

»Dafür warst du nicht eingeteilt.«

»Ich hätte dafür eingeteilt sein sollen«, erwiderte ich und bemerkte aus den Augenwinkeln, dass Ray die Szene genau beobachtete. Es war mir furchtbar peinlich. Sowohl dass mein Vater mich vor Ray behandelte wie ein unartiges Kind als auch dass er Ray so offensichtlich ignorierte. Am liebsten hätte ich ihn einfach stehen lassen. Stattdessen sagte ich mit zusammengepressten Zähnen: »Und außerdem sind wir fertig.«

Ich drehte mich zu Ray, der gerade den Sattel und die Lassos auf dem Bollerwagen verstaute. »Danke. Du warst...« Ich suchte nach dem richtigen Wort.

Er winkte ab, bevor ich meinen Satz beenden konnte, und zog mit dem Bollerwagen an mir vorbei Richtung Stall. Ich sah ihm verunsichert nach. Am liebsten wäre ich ihm hinterhergerannt und hätte mich für das unmögliche Verhalten meines Vaters entschuldigt. Dass ich es nicht tat, lag einzig und allein daran, dass ich wusste, es würde die Situation für uns beide nur verschlimmern. Für ihn, weil es ihn seinen Job kosten könnte, für mich, weil ich auf keinen Fall wollte, dass Ray die Ranch verließ.

»Josie.« Mein Vater berührte mich an der Schulter, seine Stimme war wieder weich und liebevoll. Doch ich schüttelte seine Hand ab und stürmte davon.

Die darauffolgende Krisensitzung fand im Büro statt. Patrick saß hinter dem großen, mit Papieren überschwemmten Schreibtisch, mein Vater auf dem altersschwachen Ledersessel vor dem Regal mit den unzähligen Ordnern. Nur ich stand, die Lippen wütend aufeinandergepresst, die Augen zu Schlitzen verengt.

»Wie kommst du dazu, meinen Plan zu ändern?«, fragte Patrick.

»Wie kommst du dazu, *mein* Satteltraining einem Anfänger zu geben?«, fragte ich zurück.

»Was macht ein Greeny auf unserer Ranch?«, fragte mein Vater.

»Ich habe ihn eingestellt«, sagte Patrick.

Das Gesicht meines Vaters verdunkelte sich. »Du weißt, dass ich keine Greenies hier dulde«, polterte er los. »Noch bin ich hier der Chef.«

»Und ich kümmere mich um das Personal.« Patrick tippte mit seinem Kugelschreiber auf den Block vor ihm. »Also lass mich meinen Job so machen, wie es für die Ranch am besten ist.«

»Nicht, wenn du dabei meine Verbote missachtest.«

»Verdammt, Dad!«, brauste Patrick auf. »Wir können uns deinen... Tick mit den Greenies nicht leisten, kapierst du das endlich?«

»Rede nicht so mit mir!« Das Gesicht meines Vaters lief dunkelrot an. »Noch bin ich hier der –«

»Chef«, fiel Patrick ihm mit erhobener Stimme ins Wort. »Dann benimm dich auch wie einer und boykottier nicht andauernd meine Arbeit! Wie stellst du dir das eigentlich vor? Josie soll nicht die Mustangs zureiten und ich soll keine Greenies einstellen. Wer genau soll denn mit den Mustangs arbeiten? Du weißt, dass wir keine Saisonarbeiter kriegen, die das hinbekommen, und mit einem Profitrainer wird das mit den Mustangs ein Minusgeschäft.«

Mein Mund klappte auf und blieb offen stehen. Ich sollte nicht mit den Mustangs arbeiten?

»Dann streichen wir die Mustangs eben aus unserem Angebot«, sagte mein Vater stur.

Patrick verdrehte die Augen. Und ich fand endlich den Muskel, der meinen Mund wieder zuschnappen ließ.

»Keine Greenies«, sagte mein Vater und stand auf.

»Stopp!« Ich spürte, wie etwas in mir explodierte. »Seid ihr beide noch zu retten? Ihr beschließt hinter meinem Rücken, dass ich nicht mehr mit den Mustangs arbeiten darf?«

»Es ist nur zu deinem Besten«, antwortete mein Vater.

»Nein!«, rief ich. »Es ist zu *deinem* Besten. Weil du eine Glaskuppel über mich stülpen willst. Aber so funktioniert das Leben nicht, Dad.«

»Du wärst letztes Jahr um ein Haar zu Tode getrampelt worden«, verteidigte sich mein Vater, doch ich sah an seinem Blick, dass meine Worte ihn verunsicherten.

»Und? Das passiert«, erwiderte ich, während mir die Bilder von Ray, wie er sich zwischen mich und den Hengst schob, vor Augen schossen. Mein Vater durfte ihn nicht fortschicken! »Genau deshalb ist es wichtig, dass ich mit jemandem zusammenarbeite, der weiß, was er tut. Wenn du mich schützen willst, dann stell mir einen Profi wie Ray an die Seite.« Ich hielt inne, versuchte den Blick meines Vaters zu deuten. Würde er einlenken? Nein, von der eben noch aufgeflackerten Verunsicherung war nichts mehr zu sehen.

»Was ist dir wichtiger?«, fragte ich und konnte nicht verhindern, dass meine Stimme einen harschen Klang annahm. »Meine Sicherheit oder dein absurder Hass auf die Greenies?«

Ein wütender Blick traf mich, doch mein Vater wies mich wegen meiner ungewohnten Kritik an ihm nicht zurecht.

»Wenn du nicht mit diesen Mistviechern arbeiten würdest, hätten wir das Problem nicht.«

»Wir können nicht darauf verzichten, solange wir keine Ersatzeinnahmequelle haben«, rief Patrick ungeduldig und warf entnervt den Kugelschreiber von sich. »Wie oft soll ich dir das noch vorrechnen?«

Mein Vater presste die Lippen zusammen. »Wir finden eine Lösung.«

»Ich werde nächstes Jahr siebzehn«, sagte ich, um einen ruhigen Ton bemüht. »Wie lange, glaubst du, kannst du mir die Glaskuppel aufzwingen? Du weißt, dass ich die Arbeit mit den Wildpferden nicht aufgeben werde. Glaubst du ernsthaft, ich werde hierbleiben, wenn du mich mit Anfängerjobs abspeist? Ich bin zu gut dafür.«

Er sah mich mit so großen Augen an, als hätte ich ihm gerade eröffnet, dass die Erde eine Scheibe ist, von der ich ihn demnächst in den Abgrund stoßen würde. Ich wartete auf eine gepfefferte Antwort, etwas, das die Ordnung seines Hierarchiesystems wieder herstellen würde. Doch er sah mich nur stumm an. Auch Patrick und ich blieben stumm, aber die Stimmung war so explosiv wie ein kaputter Gaskessel.

»Ist da wer?«, fragte Patrick plötzlich und sah angespannt zur Tür.

Ich lauschte. Schlich da jemand über den Flur?

Schnell ging ich zur Tür und riss sie auf. Auf der anderen Seite des Flurs klappte die Tür zur Gästetoilette zu. Nur ein Gast, der die Toilette aufsuchte. Ich schloss die Bürotür wieder. Mein Vater starrte mich noch immer an.

»Du kannst mich nicht ändern, Dad, ich bin so, wie ich bin«, sagte ich leise. »Ich werde diese gefährlichen Jobs machen. Spätestens, wenn ich erwachsen bin. Wenn du mich schützen willst, dann gib mir die Gelegenheit, von Greenies wie Ray zu lernen und besser zu werden.«

Er stand reglos da, die Augen mit einer Mischung aus Trauer und Wut auf mich gerichtet. Dann schüttelte er den Kopf. »Du bist deiner Mutter ähnlicher, als es gut für dich ist.« Er räusperte sich. »Taugt der Greeny was?«

»Er ist der Beste, den ich je getroffen habe«, antwortete ich, ohne zu zögern. »Ich kann viel von ihm lernen.«

»Dann lern – und werde besser als er.«

»Danke, Dad«, sagte ich erleichtert, doch er verließ das Büro, ohne Patrick oder mich eines weiteren Blickes zu würdigen, die Schultern gebeugt, als trage er eine unendlich schwere Last.

Patrick nickte mir zu und streckte beide Daumen in die Höhe. Wir hatten gewonnen, ja, aber ich konnte mich über den Sieg nicht freuen. Es war ein Sieg auf Kosten meines Vaters, dem nur die Ohnmacht des untätigen Zuschauers blieb: Je mehr er mich zu beschützen versuchte, desto eher würde er mich verlieren.

Meine Worte hatten ihn getroffen. Schlimmer noch, sie hatten ihn an seiner empfindlichsten Stelle getroffen.

Er konnte mich nicht vor den Tücken des Lebens beschützen. Genauso wenig, wie er meine Mutter hatte beschützen können.

✦ ✦ ✦

KAPITEL 6

DAS GESPRÄCH MIT MEINEM VATER spukte noch lange in meinem Kopf herum. Ich bereute nicht, für mich selbst und Ray eingetreten zu sein, aber ich litt darunter, meinem Vater seine für ihn so lebenswichtige Illusion genommen zu haben: mich auf ewig vor allem Übel der Welt beschützen zu können. Und vor allem hatte ich Angst, damit seine labile Gemütsverfassung erneut aus dem Gleichgewicht gebracht zu haben.

Abgesehen davon verlief der Rest des Tages ohne weitere Zwischenfälle – okay, fast ohne Zwischenfälle. Marcus Dowby versuchte während der Pferdekunde die anderen Gäste gegen mich aufzuhetzen, weil ich beim Striegeln angeblich nicht bei der Sache war. Sein Einwand war nicht ganz unberechtigt, daher war ich froh, als mein Handy klingelte und ich eine Entschuldigung hatte, mich kurz aus der Kampfzone zu entfernen.

»Hallo?«

»Hi, ich bin's, Dana.«

Ein Schreck durchfuhr mich. Die Nacht, der wenige Schlaf, der Vorfall mit Ray – ich hatte völlig das Zeitgefühl verloren. War ich etwa schon zu spät dran?

»Der Typ vom Kundendienst ist immer noch da«, klagte Dana. »Und er hat keine Peilung, woher die Störung kommt...«

»Soll ich trotzdem vorbeischauen?« Ich schielte auf meine Uhr. Halb fünf.

Sie schnaufte. »Ich glaub nicht, dass ich den Laden aufmache. Und wenn, kann ich dich ja anrufen. Oh Mann! Falls die den Mist heute nicht auf die Reihe bekommen, muss ich meine Eltern anrufen.«

»Hast du noch nicht?«

»Du kennst doch meine Eltern!« Dana stöhnte, und ich konnte hören, wie genervt sie war. »Die sitzen im nächsten Flieger, kaum dass ich aufgelegt habe... nee, und wenn sie hier sind und es läuft wieder alles, dann bin ich die Dumme, die Opas Geburtstag ruiniert hat.«

»Kann ich was tun?« Sie tat mir ehrlich leid. Seit Monaten fieberte sie auf die sturmfreie Zeit hin und nun zerplatzte der Traum wegen dieses gruseligen Defekts in den Spielstationen.

»Beten.« Sie lachte, allerdings klang es mehr hysterisch als belustigt. »Das hat der Arsch vom Kundendienst vorhin gesagt: *Du kannst es ja wegbeten, wenn ich dir nicht schnell genug bin.* Nur weil ich gefragt habe, wie lange das noch dauert. Echt, Josie, manchmal hab ich es so satt, ein Mädchen zu sein. Gabriel hat er natürlich eine vernünftige Antwort gegeben.«

»Soll ich doch kommen?«

»Gabe bleibt hier, bis der Knallkopf weg ist. Wenn du eine Auszeit von der Stallluft brauchst, komm, ansonsten sehen wir uns morgen. Aber erwarte dir nicht zu viel – wir müssen die ganze Zeit bei den Tests helfen, ich bin fett genervt.«

Ich zögerte. Eigentlich brannte ich darauf, nach Angels Keep zu fahren und Dana jedes Detail der Nacht und des heutigen Tages zu erzählen. Aber nicht, wenn sie alle fünf Minuten aufspringen musste und mit den Gedanken ganz woanders war. Und nicht, wenn Gabriel dabei war. Ich stutzte. *Nicht, wenn Gabriel dabei war?*

»Dann sehen wir uns morgen«, sagte ich. »Ich drück die Daumen, dass es klappt.«

Nachdenklich ging ich zum Stall zurück. Gabriel war neben Dana mein bester Freund, warum wollte ich ihm nicht von Ray erzählen?

»Josie! Warte!«

Ich drehte mich um. Patrick lief auf mich zu, und ich sah sofort, dass etwas passiert sein musste. Dad? Mein Herz sackte eine Etage tiefer. Schnell lief ich ihm entgegen.

»Was ist los?«

»Dr. Ramirez hat sich Hisley angesehen. Die Kolik wurde durch falsche Nahrung hervorgerufen.«

Ich glotzte ihn an. *Falsche Nahrung?* Hisley wurde ausschließlich von mir oder Larry, einem unserer beiden festen Stallarbeiter, gefüttert. Ich hatte Hisley nichts Falsches gegeben und Larry mit Sicherheit auch nicht. Was nur eins bedeuten konnte. »Du meinst, jemand hat die Kolik absichtlich herbeigeführt?«

Patrick nickte, seine Unterlippe zitterte vor Wut. »Ganz genau.«

»Aber...«, begann ich, zu verwirrt, um einen klaren Gedanken zu fassen. »...wer?«

»Keine Ahnung. Jemand, der uns schaden will. Jemand, der weiß, wie wertvoll Hisley für uns ist.«

Perplex drehte ich meinen Kopf Richtung Stall und wieder zurück. Wer sollte uns schaden wollen? Und warum? »Kein Irrtum möglich?«

»Ausgeschlossen«, antwortete Patrick grimmig. »Ich möchte, dass du Augen und Ohren offen hältst.«

»Klar«, sagte ich, wobei mir absolut unklar war, was er damit meinte. Die Gäste belauschen? Die Mitarbeiter und Pferdebesitzer bespitzeln? Ich konnte mir weder das eine noch das andere vorstellen.

Patrick ging zum Büro zurück und ich setzte meinen Weg zum Stall fort. Da meine Gästegruppe sich inzwischen aufgelöst hatte, holte ich Bo aus ihrer Box. Wenn etwas meinen überforderten Kopf beruhigen würde, dann ein langer Ritt.

Der Ritt war länger als lang ausgefallen, und als ich Bo zurück in den Stall brachte, war es bereits kurz nach sechs. Ich nahm mir trotzdem Zeit, sie ausgiebig trocken zu reiben und ihr ein paar Karotten und Leckerlis zuzustecken. Ich hatte keine Verpflichtungen mehr und damit keinen Grund zu hetzen. Im Gegenteil, schlug ich zu früh im Haus auf, fanden Patrick oder mein Vater sicher noch einen Job für mich.

Auf einmal hörte ich ein Geräusch.

Es klang wie ein leises Schaben, als ziehe jemand Schubladen auf oder schleife etwas über den Boden. Reglos verharrte ich in der Stallgasse und lauschte. Das Geräusch kam aus der Futterkammer. Patricks Worte schossen mir durch den Kopf.

Jemand hatte Hisley etwas ins Futter getan.

Und jetzt war jemand in der Futterkammer.

Es war aber niemand im Stall, der einen Grund gehabt hätte, dort zu sein. Die Pferde waren alle versorgt.

Auf Zehenspitzen und mit hämmerndem Puls näherte ich mich der geschlossenen Tür. Das Geräusch verstummte und ich hielt inne, wagte nicht einmal zu atmen. Dann begann wieder das Schaben und ich war kurz davor, einfach wegzulaufen. Aber ich tat es nicht. Ich dachte an Patricks Worte, an Hisleys rollende Augen und stieß abrupt die Tür auf.

»Du?«, rief ich erstaunt.

Ray fuhr herum, in seinem Gesicht ein Ausdruck zwischen Überraschung und Scham, als hätte ich ihn bei etwas Verbotenem ertappt. *Nicht Ray!*, schrie es in mir, während eine andere Stimme dagegenhielt: *Warum war er gestern Nacht im Stall?* Ich wollte das nicht denken, ich wollte Ray nicht verdächtigen. Von allen Menschen, die sich auf der Ranch aufhielten, war Ray der Letzte, den ich für fähig hielt, Hisley absichtlich Schaden zuzufügen. Und doch stand er hier, mit diesem schuldbewussten Ausdruck im Gesicht, den Mund zusammengekniffen, während die Augen unruhig von mir zur Tür und zurück wanderten.

»Was machst du hier?«, fragte ich und trat ganz in die Futterkammer.

»Nichts.« Verstohlen schob er den Deckel über einen Eimer mit Kraftfutter, der halb von seinem Rücken verdeckt war.

»Nichts«, wiederholte ich. »Aha.« Unschlüssig trat ich von einem Bein aufs andere. So konnte ich das nicht stehen lassen; die Frage, was er hier wirklich machte, würde mich verfolgen.

Er versenkte seine unglaublich grünen Augen in meine, und mit jeder Sekunde, die er mich ansah, wurde ich nervöser. Ich wünschte, ich wäre meinem ersten Impuls gefolgt und einfach aus dem Stall gerannt.

»Ich suche mein Amulett«, sagte er schließlich. »Es hat einen grünen Stein, hängt an einem Lederband und ist etwa so groß.« Er formte mit Daumen und Zeigefinger einen Ring.

Ich erinnerte mich an das Amulett, das er bei unserer ersten Begegnung um den Hals getragen hatte. Ich war so erleichtert, dass ich am liebsten aufgelacht hätte. Mein Blick wanderte zu seinem Hals. Tatsächlich: kein Amulett. »Soll ich dir helfen?«

Er neigte den Kopf zur Seite und musterte mich. Ich wand mich unter seinem Blick und wunderte mich, was es bei dieser simplen Frage so lange zu überlegen gab. Um ein Amulett zu suchen, musste man wohl kaum besonderen Anforderungskriterien entsprechen.

»Gerne«, sagte er schließlich und das Prüfende in seinem Blick verschwand. Er zeigte auf die rechte Seite der Kammer. »Die Eimer habe ich alle durch.«

»Du suchst im Futter?«

»Ich weiß nicht, wann und wo ich es verloren habe. Es kann überall sein.«

Ich stöhnte auf. Patrick hatte ihn gestern eingearbeitet, und das hieß, er war so ziemlich überall auf der Ranch gewesen und heute noch dazu auf den Koppeln. Fieberhaft versuchte ich mich daran zu erinnern, ob er heute Vormittag das Amulett getragen hatte oder nicht, doch ich konnte es beim besten Willen nicht sagen. Ich hatte nicht darauf geachtet. »Na dann...«

Eifrig machte ich mich auf die Suche. Die Zeit verging, während wir systematisch Futterkammer, Sattelkammer, Waschplatz und Putzplatz absuchten. Von dem Amulett keine Spur.

»Bleiben die Boxen«, sagte er.

»Ich hole die Halfter.« Schon lief ich Richtung Sattelkammer, als er mich zurückrief.

»Wozu?«

»Um die Pferde festzumachen«, antwortete ich.

»Wozu?«, fragte er erneut.

Ich zog die Brauen hoch. Er hatte doch wohl nicht vor, die Boxen zu durchkämmen, während die Pferde *darin* standen? Hinter den Hufen eines Pferdes herumzukriechen war grundsätzlich eine denkbar schlechte Idee, aber in einer Box? Dass dies ein No-Go war, lernte man in der allerersten Reitstunde.

Er winkte mich zu sich und öffnete die erste Box. Noch ehe ich protestieren konnte, trat er hinein, streckte die gespreizte

Hand aus, bis sie die Nüstern des Pferdes berührte, und sagte etwas, was ich nicht verstand, aber für Yowama hielt. Das Pferd, ein nervöser brauner Fuchs, schnaubte sanft in seine Hand und tänzelte zur Seite, bis es parallel zur Seitenwand der Box stand. Ray nahm die Heugabel, die er an die Boxentür gelehnt hatte, und begann das Stroh umzuheben. Es dauerte nicht lange, und ich verstand, was er vorhatte. Anstatt auf allen vieren über den Boden zu kriechen, warf er das Stroh in die Luft und sah ihm beim Fallen zu. Wäre das Amulett darunter, würde er es sehen. Clever. Als er zu der Wand kam, an der der Fuchs geduldig dastand, redete er kurz auf ihn ein und der Fuchs ging zur anderen Seite. Mit offenem Mund verfolgte ich das Schauspiel. Es war völlig verrückt.

»Wie ... wie machst du ... das?«, stammelte ich, als er die Box verließ und sich der nächsten zuwandte.

»Ich erkläre ihm, dass ich seine Hilfe brauche, weil ich etwas suche, und es für uns beide einfacher wäre, wenn er mir kurz Platz macht.«

Ich lachte und wartete auf ein verräterisches Grinsen in seinem Gesicht, das mir zeigte, dass er mich gerade veräppelt hatte. »Okay, jetzt im Ernst. Wie machst du das?«

»Wie ich es gesagt habe.«

»Yeah. Du redest mit den Pferden, und als Nächstes erzählst du mir, dass sie dir antworten.«

»Er war einverstanden. Hast du gesehen, wie er in meine Hand geschnaubt hat?«

Ich schlug mir vor die Stirn. »Stimmt. Hatte ich vergessen. Leise Schnauben heißt *Ja* auf Pferdisch«, sagte ich sarkastisch.

Jetzt grinste er. »Nimm die Scheuklappen ab, Josie. Reicht es nicht, dass es funktioniert?«

Nun schnaubte *ich*. Nein, das reichte mir ganz und gar nicht, denn ich wusste, dass so etwas nicht ging, auch wenn ich es gerade selbst gesehen hatte. Das musste reines Glück gewesen sein.

»Pass auf.« Er stellte sich genau vor mich und nahm meine Hand. Ein Stromschlag durchzuckte mich, was Ray zum Glück nicht zu bemerken schien. Er streckte meinen Arm aus, spreizte meine Finger und schob sie in Richtung seiner Stirn. »Jetzt konzentriere dich auf mich.«

Konzentrieren? In mir gellten tausend Sirenen, in meinem Kopf herrschte Chaos. Ich spürte nur seine Hand um mein Gelenk.

»Konzentrieren!«, forderte er und ließ meinen Arm los. Dort, wo seine Finger mich berührt hatten, fühlte sich meine Haut heiß und prickelnd an, aber wenigstens verstummten die Sirenen in meinem Kopf. »Denk nur an mich.«

Sehr witzig, dachte ich, *was glaubst du, mache ich seit Tagen?*

»Denk nur daran, was du möchtest, dass ich jetzt tue.«

Was? Ich spürte, wie sich alles in mir verkrampfte. Auf keinen Fall würde ich daran denken, was ich wollte, dass er tat. Ich blockierte meine Gedanken, bevor sie ihm verraten konnten, was ich mir wünschte: dass er mich wieder berührte.

Er schüttelte den Kopf. »So klappt das nicht.«

Wortlos führte er mich zu Hisleys Box und schob mich hinein. Hisley warf nervös den Kopf hin und her und tänzelte. Ich fragte mich, ob er heute eine gute Wahl war. Hisley war ganz offensichtlich nicht zu Scherzen aufgelegt.

»Lass es uns gemeinsam versuchen«, schnurrte Ray in mein Ohr und trat hinter mich. Mir wurde heiß. Er nahm meinen Arm und stand dabei so dicht hinter mir, dass ich seinen Atem in meinem Haar spürte. Ich wagte nicht, mich zu bewegen.

»Spreiz die Finger.« Er hob meinen Arm etwas höher. »Und jetzt konzentriere dich auf Hisley. Rede mit ihm. Sag, was du von ihm willst. Laut oder leise, ist egal. Es reicht, wenn du intensiv denkst. Bau Kontakt zu ihm auf.«

Rays Nähe überforderte mich. Es war mir schlicht nicht möglich, mich auf etwas anderes zu konzentrieren. Ich nahm seinen Geruch wahr, seine Wärme, sein ...

»Josie! Verdammt! Was macht ihr da?«

Die Stimme meines Vaters dröhnte in meinen Ohren. Hisley wieherte, Ray riss mich zur Seite und stellte sich vor mich, den Arm Hisley entgegengestreckt. Ich spürte seine Anspannung. Hisley schnaubte und scharrte unzufrieden, aber er stieg nicht. Mein Vater zerrte mich aus der Box, die Augen schmal vor Wut.

»Du kommst sofort mit«, herrschte er mich an. Dann wandte er sich an Ray. »Und wir sprechen uns noch.«

Wie vom Blitz getroffen, stolperte ich hinter meinem Vater aus dem Stall. In mir brodelte es. Ich war erschrocken und fühlte mich ertappt – obwohl es keinen Grund dafür gab. Ray und ich hatten nichts Unrechtes getan. Und ich fühlte mich beschämt. Weil mein Vater mich wie ein Kind aus dem Stall gezerrt hatte und Ray das Gefühl vermittelt haben musste, etwas Schlimmes verbrochen zu haben.

Wir waren kurz vor dem Haupthaus, als ich mich so weit unter Kontrolle hatte, meinen Vater anzusprechen, ohne eine weitere Eskalation zu provozieren. Rays Position auf der Ranch war wackelig, und ich wollte nicht diejenige sein, die ihn zu Fall brachte.

»Was ist dein Problem?«, fragte ich meinen Vater und strengte mich an, meinen Ton neutral klingen zu lassen.

»Das ist also der Greeny, von dem du lernen sollst? Ist das seine Vorstellung von Sicherheit? Mit dir in der Box eines unberechenbaren Hengstes Atemübungen zu machen?«

»Er hatte die Situation voll unter Kontrolle.«

»Ha!« Mein Vater blieb abrupt stehen und blitzte mich wütend an. »Ich war dabei, Josie, also erzähl mir keine Märchen! Hisley war nervös. Er hat getänzelt, und ich kenne ihn gut genug, um zu wissen, dass er kurz davor war zu steigen.«

»Ja«, antwortete ich, und leider gelang es mir nun keinesfalls mehr, neutral zu klingen. Ich klang sauer.

Ich *war* sauer. »Er wäre fast gestiegen, weil *du* wie ein Irrer in seine Box gepprescht bist. Du sagst selbst, dass du Hisley gut genug kennst. Du weißt, was passiert, wenn man ihn erschreckt, und dass man nicht in seine Box stürmen darf. Und jetzt ist Ray schuld? Weil *du* einen Fehler gemacht hast?«

Er blinzelte, was bedeutete, dass mein Ausbruch ihn aus der Fassung gebracht hatte.

»Er hätte mit dir nicht zu Hisley in die Box gehen dürfen.«

»Dad! Ich gehe jeden Tag zu Hisley in die Box! Also, was ist *wirklich* dein Problem?« Im selben Moment, als ich die Frage stellte, wünschte ich mir einen Rückspulknopf für gesprochene Worte. Ich wusste schließlich genau, was sein Problem war: ein Greeny auf seiner Ranch, in Kontakt mit seiner Tochter. Es war kein kluger Schachzug, ihn daran zu erinnern. Also fuhr ich schnell fort: »Ray hat mir einen Trick gezeigt. Und dass Hisley letztlich nicht gestiegen ist, verdanken wir genau diesem Trick.«

»Einen *Trick*?«

»Wie man zu Hisley Kontakt aufbaut. Nur über die eigenen Gedanken. Das ist der Wahnsinn, Dad, das musst –«

»Pah!« Mein Vater winkte meine Begeisterung weg wie eine lästige Fliege. »So ein Humbug.«

»Ich habe es gesehen, Dad«, sagte ich leise, mit einem Mal traurig über seine Reaktion. »Er leitet die Pferde an, ohne sie zu berühren oder ihnen Befehle zu geben. Er hat die Mustangs dazu gebracht – ach, egal.«

Ich verstummte. Es hatte keinen Sinn, ihm noch weiter von Rays Begabung zu erzählen. Meine Mutter hätte meine Begeisterung garantiert geteilt und meinen Vater mit ihrer Euphorie überzeugt, aber ich bezweifelte stark, dass mein Vater das jetzt hören wollte.

KAPITEL 7

IN DER NACHT BESUCHTEN mich neben Ray, meinem Vater und meiner Mutter auch Hisley und mehrere der gruseligen Untoten aus dem verhackstückten Spiel im Virtual Reality Dome. Es war ein grotesker Albtraum-Mix, schlimm genug, dass das Läuten des Weckers eine Erlösung war.

Wie erschlagen schleppte ich mich in die Küche. Dort versuchte ich, meinem Bruder nicht zu sehr im Weg herumzustehen, und erledigte nur die Aufgaben, bei denen ich nicht Gefahr lief, mir eine Fingerkuppe abzuschneiden oder mich zu verbrühen. Als ich endlich selbst zum Frühstücken kam, las ich mir die Aufgabenliste des Tages durch. Küchendienst, Kochdienst, Putzdienst, Wäschedienst, geführte Wanderung zum Wawaicha Lake mit einigen der Gäste *und* meinem Vater.

Patrick blieb kurz bei mir stehen. »Sorry. Ist nicht auf meinem Mist gewachsen. Was hast du angestellt?«

»Nichts«, sagte ich, einigermaßen sprachlos über die Offensichtlichkeit dieser Strafmaßnahme.

»Hat es was mit Ray zu tun?«

»Wie kommst du darauf?«, fragte ich und erstarrte innerlich.

»Dad hat mich gestern gefragt, ob wir Ray wirklich so dringend brauchen.«

Patricks Worte trafen mich wie eine saftige Ohrfeige. Mein Dad hatte Ray feuern wollen!

»Und nachdem ich ihm klargemacht habe, dass wir ohne Ray die Saison abschreiben können, hat er beim Planen darauf geachtet, dass ihr euch nicht seht«, fuhr mein Bruder fort und sah mich neugierig an.

Ich senkte den Kopf über den Toast und verschmierte die Butter so gründlich, bis sie eine völlig ebenmäßige Fläche bildete. Das also steckte hinter dem absurden Arbeitsplan: Ray zu kündigen war schwierig, also musste mein Vater mir eben so zeigen, dass *er* bestimmte und mich sehr wohl in Watte packen konnte. Und ich musste gute Miene zu dem blöden Spiel machen. Denn morgen, dessen war ich mir sicher, würde Patrick mich wieder meinen normalen Aufgaben zuteilen dürfen.

Während der Hausarbeit hielt ich Ausschau nach Rays Amulett. Jedenfalls überall dort, wo Patrick ihn im Rahmen der Einarbeitung herumgeführt haben könnte. Ich hoffte inständig, es zu finden, nicht zuletzt, um Ray damit an einer seiner Arbeitsstationen abzufangen und mich für das Benehmen meines Vaters zu entschuldigen. Doch es blieb verschwunden.

Um kurz nach vier kamen wir von der Wanderung zum Wawaicha Lake zurück und ich hatte offiziell Feierabend. Ich spielte mit dem Gedanken, Ray zufällig über den Weg zu laufen, aber angesichts der Laune meines Vaters wollte ich keine weitere Eskalation riskieren und beschloss, lieber etwas früher zu Dana zu fahren. Im Haus fing Patrick mich ab.

»Na, Ausflug überstanden?«, fragte er mit einem mitleidigen Grinsen.

Ich zog eine Grimasse. »Dad hat mich zwei Stunden lang ignoriert. Ich fahr zu Dana.«

»Ah, halt. Dana hat angerufen. Du sollst nicht kommen. Sie ist mit Gabriel nach Lakewood gefahren. Stationen in der Werkstatt testen, was immer das bedeuten soll. Sie meldet sich später.«

Ich stöhnte. Das war die Krönung des Tages.

»Übrigens ist Martha die ganze Woche krankgeschrieben«, setzte Patrick noch einen drauf. Also weiterhin jeden Morgen Frühstücksdienst. Großartig. »Ich weiß, du hattest einen Scheißtag, aber kannst du bitte die Tische für das Abendessen eindecken? Dad fährt gleich in die Stadt, die Einkäufe erledigen.«

»Hab eh nichts Besseres vor«, murmelte ich und trollte mich in Richtung Küche.

»Vergiss nicht, heute ist Grillabend«, rief er mir nach. »Und wenn du schon hier bist, solltest du auch mitessen.«

Fünf Minuten später deckte ich die Tische auf der Veranda ein, zugegebenermaßen lieblos im Vergleich zu den blümchengeschmückten Gedecken, die Martha immer für die Gäste zauberte. Aber mir stand definitiv nicht der Sinn nach hübsch arrangierter Blumen- und Kerzendeko. Ich war gerade mit dem letzten Tisch fertig, als ich leise meinen Namen hörte. Wie vom Blitz getroffen fuhr ich herum und mein Puls schoss innerhalb des Bruchteils einer Sekunde auf zweihundert. Ich hatte mich nicht getäuscht. Es war Rays Stimme.

Er stand am Fuß der Veranda. Reglos, als wüsste er nicht, ob er mich zu sich winken oder selbst hochkommen sollte. Ich nahm ihm die Entscheidung ab und flog regelrecht die Stufen hinunter, nur um dort abrupt zu bremsen. Leider hatte ich mir damit die wenigen Sekunden genommen, die geblieben wären, um mir erklärende Worte für das Verhalten meines Vaters zurechtzulegen.

»Ich wollte mich entschuldigen«, sagte Ray unvermittelt. »Es war sehr unklug, in Hisleys Box zu üben.«

»Hat mein Vater dir das eingeflüstert?«

»Dein Vater?« Ray hob die Brauen. »Nein. Ich habe mit deinem Vater nicht geredet. Es war einfach unklug. Nur weil Hisley mir nichts tun kann – dich kann er verletzen.«

Im Nachhinein wundere ich mich, dass ich damals nicht über diesen Satz gestolpert bin. *Nur weil Hisley mir nichts tun kann, dich kann er verletzen.* Vielleicht lag es an meinem galoppierenden Puls. Vielleicht lag es auch an Rays Nähe, die mich wieder einmal verwirrte und meinen Kopf von jedem sinnvollen Gedanken befreite.

Ray wandte sich zum Gehen. Für ihn war das Thema offenbar erledigt und weiter hatten wir nichts miteinander zu tun.

»Ray!«, rief ich ihn zurück.

Er drehte sich um.

»Ich ... habe im Haus nach deinem Amulett gesucht. Dort ist es nicht. Hast du es inzwischen gefunden?«

Er schüttelte den Kopf, in seinem Blick Bedauern. »Nein, aber danke. Das ist nett von dir.«

»Soll ich die Gäste fragen, ob sie es gesehen haben?«

»Nein.« Er hob abwehrend die Hände. »Können wir das mit dem Amulett für uns behalten? Es ist mir ... peinlich.«

»Äh ... okay.« Ich war mir nicht sicher, wie ich darauf reagieren sollte. Warum war ihm das unangenehm? Wenn er an dem Teil hing, warum sollte ich dann nicht nachfragen? Oder war das ein Männer-Ding, dass man nicht nach einer Kette suchte?

Als Ray sich erneut zum Gehen wandte, überlegte ich fieberhaft, wie ich ihn zum Bleiben animieren könnte. Ich wusste, er hatte jetzt frei, aber was sollte ich zu ihm sagen? Mein Kopf blieb leer, also sagte ich das Einzige, was keine Denkleistung erforderte.

»Ray ... warte.«

Er hielt in der Bewegung inne, doch er drehte sich nicht gleich um. Es war kein langes Zögern, aber lang genug, um mich weiter zu verunsichern. Nervte ich ihn? Schließlich hatte er Feierabend und jetzt hielt die Tochter des Chefs ihn auf.

»Ja?« Nun stand er wieder vor mir, die grün-grün-grünen Augen auf mein Gesicht gerichtet, und ich sah darin keine Genervtheit. Stattdessen diese eigentümliche Traurigkeit, die mir zuvor schon aufgefallen war, daneben Neugier und ein ganz klitzekleines bisschen auch Lachen, als wüsste er genau, dass ich eigentlich gar nichts zu sagen hatte.

Allerdings täuschte er sich in diesem Punkt, denn plötzlich war die Denkblockade so abrupt verschwunden, als hätte jemand ein Rollo hochschnalzen lassen.

»Als ich vorhin mit ein paar Gästen am Wawaicha Lake war, haben sie mich einiges über die Yowama gefragt, und ich musste bei den meisten Fragen passen. Würdest du mir ein wenig über euch erzählen?«

Die Neugierde und besonders das Lachen verschwanden aus seinen Augen, und das erste Mal, seit ich ihn kannte, glaubte ich, so etwas wie Unsicherheit in seinen Zügen zu sehen. »Erzählen ... über die Yowama?«, fragte er gedehnt.

»Ja. Bitte.« Ich kam mir ziemlich dumm vor. »Wir sind schließlich Nachbarn und da müsste man doch mehr übereinander wissen. Das meinen jedenfalls unsere Gäste«, fügte ich rasch hinzu, als ich seine zusammengepressten Lippen bemerkte.

Klar. Was hatte ich auch erwartet? Es war kein Geheimnis,

dass die Yowama lieber unter sich blieben und Yowama-Tratsch so rar war wie Goldnuggets in Pferdemist – er existierte schlicht und ergreifend nicht. Aber ich wollte auch keinen *Tratsch*, ich wollte ernsthafte Informationen, solche, die man auch im Sachunterricht lernen würde. Also ignorierte ich seinen verschlossenen Gesichtsausdruck und sprach hastig weiter. »Die glauben jetzt, ich habe in der Schule nicht aufgepasst – oder interessiere mich nicht für die Geschichte der Gegend hier.«

»Und? Ist es nicht so?« Er sah mich prüfend an. »Ich bin sicher, die Geschichte des Reservats ist Schulstoff.«

»Weiß nicht«, murmelte ich. »Wahrscheinlich habe ich damals gerade gefehlt...« Ich hob entschuldigend die Schultern, panisch darauf bedacht, auf keinen Fall zu erröten. Denn ja, natürlich war das Schulstoff gewesen. Schon vor Jahren, aber da hatte es mich einfach noch nicht interessiert.

Nun schlich sich ein Grinsen auf sein Gesicht und das Lachen kehrte in seine Augen zurück. Nur dass es diesmal keine Minidosis war, sondern ein großes, fettes, unübersehbares Lachen, das das Grün seiner Iris zum Funkeln brachte wie die Sonne einen Smaragd. Ich hätte mich ohrfeigen können. Meine Begegnungen mit Ray endeten regelmäßig als Lehrstück für *Wie mache ich mich lächerlich? Volume 1, Nachschlagewerk für Erstverliebte.*

Wenigstens hatte er meine Bitte noch nicht abgelehnt. Und ich war am Zug. »Aber *jetzt* interessiere ich mich dafür«, hielt ich seinem Grinsen trotzig entgegen und trumpfte noch mit einer meiner Oma-Weisheiten auf. »Besser spät als nie.«

»Je nachdem... manches geschieht besser nie als spät«, relativierte er den Spruch, machte aber einen Schritt auf mich zu. »Was möchtest du wissen?«

»Alles?«

Er lachte. »Wie viel Zeit hast du?«

»Ich habe frei.«

»Ich auch.« Er sah auf seine Uhr. Sah zu mir, die Augen zu Schlitzen verengt, als kämpfe er mit sich. Ich wartete. Hoffte. Dann nickte er. »Okay. Ich zeige dir etwas, das dir unsere Kultur verständlich machen dürfte.«

Ich war so perplex, dass ich zu stottern begann. »Je... jetzt?«

»Du hast frei. Ich habe frei. Klingt nach einem guten Zeitpunkt.«

Im Hintergrund hörte ich den Dodge meines Vaters starten. Es war definitiv ein guter Zeitpunkt. Ray wandte sich zum dritten Mal um.

»Kommst du?«

Ich warf einen letzten Blick zur Veranda – fehlte noch etwas? Ich machte einen Speedcheck im Kopf, hoffte, nichts vergessen zu haben, und eilte zu Ray, als mein Handy zu läuten begann.

Ich zog das Handy aus der Tasche. Gabriel.

»Geh ruhig ran«, sagte Ray.

»Hi, Gabe, habt ihr das Problem behoben?«, übersprang ich die üblichen Begrüßungsfloskeln.

»Hi, Josie, wohl eher nicht. Wir machen uns jetzt auf den Rückweg. Ich kapier's nicht. In Lakewood haben die Scheißteile alle funktioniert. *Einwandfrei* steht auf dem Kundendienstwisch. Und die Firma ist raus aus der Sache.«

»Ist das gut?«, fragte ich vorsichtig, denn Gabriel klang alles andere als enthusiastisch.

»Wenn die Teile jetzt bei Dana im Laden auch funktionieren, ja, aber das glaube ich nicht.«

»Warum sollte es dort nicht funktionieren?«

»Weil es vorhin auch nicht ging und seitdem an den Dingern nichts gemacht wurde. Dana hat sich so lange geweigert, das

Büro von dem Kundendienst-Typen zu verlassen, bis er nachgegeben hat und jetzt Überstunden schiebt, um uns alles wieder anzuschließen. Danach testen wir noch mal.«

Trotz der unlustigen Situation musste ich grinsen, als ich mir Dana beim Sitzstreik vorstellte.

»Meldet ihr euch, wenn ihr Klarheit habt?«

»Ja. Aber ich weiß jetzt schon, dass es nicht funktionieren wird.« Gabriel senkte seine Stimme. »Da stimmt was nicht in Danas Laden. Ich habe keine Ahnung, was, aber es ist ... irgendwie ungut.«

Gabriels Aussage verwirrte mich, und ich wusste nicht, was ich darauf antworten sollte. Was meinte er mit »ungut«? Einen Kurzschluss in der Elektronik? Eine Wasserader oder ein Magnetfeld, das die Anlage störte? Aber warum gerade jetzt?

»Josie?«, sagte Gabriel.

»Ja?«

»Hast du deinen Vater gefragt?«

Ich stand auf dem Schlauch. *Gefragt? Weswegen?*

»Ob wir bei euch aushelfen können.«

Es durchfuhr mich siedend heiß. Verdammt! Bei all den Ereignissen der letzten zwei Tage war mir das völlig durchgerutscht.

»Noch nicht«, gestand ich. »Mein Vater ist gerade nicht ansprechbar. Wenn du wüsstest, was hier los war, würdest du verstehen, warum. Und außerdem stand ja noch gar nicht fest, ob Dana *wirklich* zumacht«, fügte ich zu meiner Ehrenrettung hinzu.

»Wieso *los war*?«, fragte Gabriel sofort in einem alarmierten Ton.

»Nichts Schlimmes«, wiegelte ich ab. »Kann ich dir das später erzählen?«

»Oh. Du kannst gerade nicht reden?«

»Schlecht.«

»Okay, ich ruf dich an.«

Ich stellte mein Handy auf lautlos und steckte es weg. »Sorry«, murmelte ich.

»Kein Problem«, sagte Ray. Dann marschierte er los und ich verdrängte Gabriels seltsame Andeutungen.

Wir gingen am Stall vorbei und bogen neben den Unterkünften der Rancharbeiter auf den kleinen Trampelpfad Richtung Wald ab.

Dort blieben wir zunächst auf dem überwucherten Pfad, doch schon bald schlug Ray einen nicht nachvollziehbaren Zickzackweg mitten durch das Gehölz ein. Ich hielt mich dicht hinter ihm, die Hände leicht nach vorn gestreckt, um unkontrolliert nach hinten schnalzende Äste abzufangen, was allerdings nicht nötig war, denn Ray achtete darauf, dass keiner schnalzte. Der Boden war weich und elastisch unter den Füßen und die Luft roch nach Tannennadeln und Erde. Ich liebte diesen Geruch, er erinnerte mich an die Räuberspiele am Waldrand, als Patrick noch mein Spielgefährte und nicht mein selbst ernannter Boss gewesen war.

Je weiter wir in den Wald vordrangen, desto dunkler wurde es, und desto mehr begriff ich, was hinter der ewigen Warnung meiner Kindheit steckte: *Geht ihr in den Wald, wird er euch verschlingen.* Würde Ray sich in der nächsten Sekunde in Luft auflösen, ich würde nie wieder zurückfinden.

Nach gut zwanzig Minuten hielt Ray vor einem Kwaohibaum. Er war riesig, deutlich mächtiger als der Kwaohibaum in der Nähe des Waldrandes, den ich in meiner Kindheit oft besucht hatte.

»Der Baum ist wie unser Volk«, sagte Ray und zeigte auf das mächtige Exemplar. Noch ehe ich fragen konnte, wie er das meinte, nahm er meine Hand. Die Berührung prickelte wie eine Elektroladung durch meinen Körper, während er mich zu der mannshohen Öffnung im Stamm zog. Sie war so schmal, dass ich mich seitlich hindurchzwängen musste, um ihm in das Innere des Baumes zu folgen. Er war hohl, wie alle Kwaohibäume, allerdings war dieser so riesig, dass man zu zweit und wahrscheinlich auch zu dritt bequem darin stehen konnte. Es war das erste Mal, dass ich das Innere eines Kwaohibaumes betrat, und ich war überrascht, wie dunkel es trotz der großen Öffnung war. Ich roch den intensiven Duft nach Harz und bemerkte plötzlich die völlige Stille. Kein Vogelzwitschern, kein Rascheln, nicht einmal unser Atmen war zu hören. Geradezu als sauge der Baum alle Geräusche in sich auf. Ein Frösteln überlief mich, und ich war froh, dass Ray nach wie vor meine Hand hielt. Es war so dunkel, dass ich kaum etwas erkennen konnte, Ray hingegen bewegte sich so leichtfüßig, als liefe er im hellen Tageslicht. Er führte mich zum inneren Rand und legte meine Hand an die Rinde.

»Spürst du das?«, fragte er. Seine Stimme klang anders. Klarer und irgendwie weicher, als schlucke der Baum sogar das Raubtiergrollen.

»Glatt und kühl«, antwortete ich. »Wie Stein.«

»Weißt du, was das Besondere an diesen Bäumen ist?«

»Sie sind hohl?«, riet ich.

»Es gibt eine Menge Bäume, die hohl werden.«

»Sie sind innen glatt?«

»Das Holz hohler Bäume ist oft innen glatt.«

»Sie…« Ich vollendete den Satz in meinem Kopf. *Sie erfüllen Wünsche, wenn man ihnen ein Opfer bringt.* Doch das würde ich auf keinen Fall laut sagen. Ich kam mir bei dem Rätselraten ohnehin schon ziemlich blöd vor, auch ohne Ray mit den alten Ammenmärchen meiner Oma zu erheitern.

»In ihnen wohnt Magie.« Er trat dichter an mich heran und legte seine Hand auf meine. Ich hatte das Gefühl, meine Körpertemperatur schnelle um zehn Grad nach oben, und hoffte, dass Ray die Hitzeschübe, die er in mir auslöste, nicht bemerkte. »Innen sind sie kalt wie der Tod, außen sind sie warm wie das Leben. Die äußere Rinde ist weicher als die anderer Bäume und sie haben ein Vielfaches an Blättern. Von der Statik her dürfte ein Kwaohibaum gar nicht stehen können, der hohle Stamm ist viel zu dünn, um die Blätterpracht zu tragen.«

»Aber er steht«, warf ich ein.

»Und er ist unzerstörbar.«

Das war mir neu. Allerdings hatte ich mir diese spezielle Frage auch noch nie gestellt.

»Ein Kwaohibaum kann nicht gefällt werden«, fuhr Ray fort und bewegte meine Hand über die kühle, glatte Fläche. »Sobald eine Axt oder Säge die äußere Rinde durchstoßen hat, trifft sie auf diese innere Schicht. Sie ist härter als jeder Stahl, härter sogar als Diamant. Unzerstörbar.«

»Das wusste ich nicht«, sagte ich mit einer Mischung aus Faszination und Ehrfurcht.

»Das wissen die wenigsten.« Er nahm meine Hand von der glatten Fläche und legte sie auf meine Wange. Sie war eiskalt. »Abgestorbene Rindenpartikel werden zu dieser Schicht und übernehmen den Schutz des äußeren Lebens. Wenn man bei einem Kwaohibaum die Rinde verletzt, wächst sie nach und schließt sich über dem absterbenden Gewebe. Manche bringen dem Kwaohibaum Opfer, um die Gesundheit oder den Wohlstand zu erhalten.«

»Man steckt etwas in die Rinde und wünscht sich was«, murmelte ich und dachte an meinen Taufanhänger.

»Genau«, stimmte Ray mir zu. Er hob seine Hände, und kurz

dachte ich, er wollte meine ergreifen, doch dann ließ er sie wieder sinken. Trotz der Dunkelheit sah ich, wie seine Hände sich zu Fäusten ballten. »Man steckt etwas in die Rinde«, fuhr er fort. »Schmuck, eine Locke... Es muss nicht teuer sein, es muss nur für den Menschen wertvoll sein, der es in die Rinde steckt. Zum Beispiel der erste Zahn seines Kindes. Die Rinde verschließt sich darüber und der Baum behält das Opfer für die Ewigkeit. Es wird von der kalten, also der toten Schicht aufgenommen.«

»Und...« Ich schluckte. »Gibt es auch Geschichten darüber, ob solche Wünsche in Erfüllung gehen?«

Ray lachte und das Lachen hallte hell in dem hohlen Baum wider. »Warum? Willst du es ausprobieren?«

Ich war froh um die Dunkelheit, denn so wie mir das Blut in den Kopf schoss, lief ich gerade puterrot an.

Er lachte noch mehr. »Du *hast* es ausprobiert!«

Spätestens jetzt wusste ich, dass die Legende über die nachtsehenden Yowama keine Legende, sondern die Wahrheit war.

»Und wie erklärt mir das hier dein Volk?«, lenkte ich ihn von dem peinlichen Thema ab.

»Wir sind die kalte Seite des Kwaohibaumes. Wir schützen diesen Wald und dieses Land. Wir sind ein Teil dieser Natur. Sie ernährt uns und schenkt uns ihren Reichtum und wir umschließen sie mit unserem Schutz. Das ist unsere Bestimmung.«

Es war eine schöne Metapher, auch wenn ich ihre Bedeutung nicht recht verstand. Ein Yowama-Glaube, der für mich so fremd und unverständlich war wie die unbefleckte Geburt Jesu Christi für einen Atheisten.

«Komm.« Er ergriff erneut meine Hand und führte mich aus dem Baum heraus.

Sogleich fühlte sich der Wald, den ich zuvor als dunkel empfunden hatte, hell und freundlich an, und ich hatte so stark das

Bedürfnis, die Luft tief in meine Lungen zu saugen, als hätte ich im Inneren des Baumes nicht geatmet.

Ray führte mich ein Stück weiter durch den Wald. Nach einer Weile wurde er lichter, und ich dachte, wir steuerten auf den Waldrand hinter den Arbeiterhütten zu. Umso größer war meine Überraschung, als wir auf einer Lichtung landeten. Sie war etwa so groß wie unser Reitplatz und die Wiese war übersät mit bunten Blumen. Ray ging mit mir zu einem flachen Felsen.

»Setz dich«, sagte er und zeigte auf den bemoosten Stein.

Folgsam setzte ich mich und sah ihm befremdet zu, wie er eine Art Tanz aufführte. Ich war so auf die Bewegungen seiner Arme und seines Oberkörpers konzentriert, dass ich den Schmetterlingsschwarm erst bemerkte, als er um meinen Kopf herumschwirrte. Ray stoppte die schlangenartigen Gebärden und machte mit seinen Fingern eine Bewegung, als würde es regnen. Das Schwirren der Schmetterlinge veränderte sich. Sie flogen über meinen Kopf, und plötzlich spürte ich, wie sie sich ganz zart auf mein Haar setzten. Völlig reglos saß ich auf dem Stein. Wie machte Ray das? Das grenzte an – nein, das war Zauberei.

Dann warf Ray seine Arme in die Luft und die Schmetterlinge flogen aus meinem Haar in den Himmel hinauf.

»So«, sagte Ray und hielt mir die Hand hin. »Genug gesehen.« Er zog mich von dem Felsen hoch. »Wir sollten zurück, nicht dass du meinetwegen noch mehr Ärger bekommst.«

Wie im Traum stapfte ich hinter ihm durch den Wald zurück zur Ranch und fragte mich, wie Ray in diesem Labyrinth so zielsicher den Weg fand. Eigentlich hätte er mir spätestens jetzt Angst machen müssen. Aber ich fürchtete mich kein bisschen. Ray faszinierte mich. Es war mir egal, wie er das mit den Pferden und den Schmetterlingen machte, es gab Zauberkünstler, die weit seltsamere Dinge auf einer Bühne vorführten und deshalb nicht der Hexerei bezichtigt wurden. Und das genügte mir als Erklärung.

Irgendwann, für mein Empfinden viel zu schnell, traten wir aus dem Wald und die Arbeiterhütten lagen vor uns.

»Da wären wir«, sagte er und tippte sich an die Stirn. »Guten Appetit, Rodeo-Girl.«

»Danke«, antwortete ich und fügte schnell ein »bis morgen« hinzu, um ihm zu signalisieren, dass ich hoffte, ihn morgen wiederzusehen. Denn das hoffte ich von ganzem Herzen. Bis eben war Ray nicht mehr als ein verrückter Spleen gewesen, ein grünäugiger Blitzeinschlag, der aus heiterem Himmel gekommen war und mich von meinen so realitätsgeprüften Füßen gerissen hatte. Doch nun war er mehr. Mehr als grün-grüne Augen und ein markantes Gesicht. Er war geheimnisvoll und rätselhaft und zog mich in seinen Bann, wie ich mir es niemals hätte vorstellen können.

KAPITEL 8

ICH KAM GERADE RECHTZEITIG, um bei den letzten Vorbereitungen zum Grillabend zu helfen. Patrick lief gestresst zwischen Küche und Veranda hin und her, denn ich hatte beim Eindecken die Grillsoßen und Servietten vergessen. Doch seine Hektik perlte an mir ab wie Wassertropfen auf einem Ölfilm.

Wie in Trance verteilte ich die Salate und Beilagen, faltete Servietten und ließ die gemeinsame Stunde mit Ray in meinem Kopf Revue passieren. Die Metapher mit dem Kwaohibaum beschäftigte mich besonders. Ich versuchte zu verstehen, was er damit hatte sagen wollen, und verstaute es schließlich in die Schublade unbegreifliche Religionsmetaphern: ein Apfelbiss, der die Menschheit aus dem Paradies vertrieb, eine Arche mit Abertausenden von Tieren – solche Bilder hatten bei mir schon immer eher Skepsis als Ehrfurcht hervorgerufen.

Obwohl ich den ganzen Tag kaum etwas gegessen hatte, verspürte ich keinen Hunger. Ich wollte nur auf mein Zimmer, meine Kopfhörer aufsetzen, meine Lieblingsmusik aufdrehen und mich in einen Tagtraum flüchten, der Ray in der Hauptrolle beinhaltete.

Allerdings war das ein frommer Wunsch.

Zunächst musste ich den Grillabend überstehen. Den einzigen Abend, an dem mein Vater, Patrick und ich mit den Gästen gemeinsam aßen. Kundenbindung nannte Patrick das noch relativ neue Konzept und auch hier erschloss sich mir der Sinn nicht so ganz. Schließlich verbrachte ich jeden Tag Zeit mit den Gästen, wozu also diese Extrastunden Smalltalk über einem kross gegrillten Hüftsteak?

Neugierig prüfte ich, wen Patrick mir zugeteilt hatte, und stöhnte auf. Ausgerechnet Eli Brown und Marcus Dowby saßen an meinem Tisch. Der Neugierige und der Unsympath. Na herzlichen Dank. Doch selbst das konnte mir meine gute Laune nicht vermiesen, nichts konnte mir nach dem Ausflug mit Ray meine Laune verderben – dachte ich jedenfalls.

Vom Grill waberten verlockende Düfte zur Veranda und brachten meinen vernachlässigten Magen zum Knurren. Mein Vater und Larry holten das erste halbe Dutzend Hüftsteaks vom Feuer, während nach und nach die Gäste eintrudelten und sich auf die Tische verteilten. An meinem saß außer Eli Brown und Marcus Dowby noch die nette Familie, deren elfjährige Tochter Louise mir heute bei dem Ausflug zum Wawaicha Lake ein Loch in den Bauch gefragt hatte.

Ich setzte mich als Letzte an den Tisch und wurde sogleich freudig von Louise begrüßt. Bevor sie ihre Fragestunde vom Nachmittag jedoch fortsetzen konnte, meldete Eli sich zu Wort.

»Oh! Da ist ja unsere fleißige Josie!« Er reichte mir die Salatschüssel. »Ich habe dich heute gar nicht bei den Ställen gesehen.«

»Ich hatte Innendienst«, antwortete ich.

»Innendienst?«

Ich zeigte auf die diversen Salate und Beilagen und Eli verzog beifällig den Mund. »Ein Mädchen mit vielen Talenten, ich muss schon sagen ... du beeindruckst mich immer mehr.«

»Aber du warst doch mit uns am See«, sagte Louise.

»Von zwei bis vier. Davor habe ich den Karotten und Gurken und ihren Kollegen den Garaus gemacht. Und der Ausflug zum See ... das war keine Arbeit, sondern Vergnügen, oder?« Ich zwinkerte ihr zu und bekam ein begeistertes Nicken zurück. Langsam begann ich zu verstehen, was mein Bruder mit Kundenbindung meinte.

»Dann hattet ihr offenbar mehr Spaß als ich. Wart ihr alle am Wawaicha Lake?«, fragte Marcus Dowby.

Eli Brown schüttelte den Kopf. Louise und ihre Eltern nickten.

»Ich war bei der Trekkingtour.« Dowby stieß eine Art Grunzen aus. »Macht das ja nicht. So einen Dreck Trekkingtour zu nennen, ist eine bodenlose Frechheit.«

Ich horchte auf. Laut Plan müsste Ray die Tour geleitet haben. »Warum?«, fragte ich so ruhig wie möglich. »Die Leute sind sonst recht angetan davon.«

»Dieser Greeny.« Er schnaubte verächtlich. »Denkt, er kann den großen Macker raushängen lassen, dabei weiß jeder hier, dass diese Eingeborenen dumm wie Kuhdung sind.«

Ich schnappte nach Luft. Wie konnte dieser ekelhafte Fiesling es wagen, so über Ray und die Yowama zu reden? Ausgerechnet die Yowama, die als klug und weise geachtet wurden. Ich öffnete meinen Mund, um zu einer gepfefferten Antwort anzusetzen, da legte mein Vater seine Hand auf meine Schulter.

»Tut mir leid, das zu hören, Mr Dowby«, sagte er. »Was ist denn vorgefallen?«

»Na, dieser aufgeblasene Indianer wollte mich vom Pferd werfen«, empörte sich Dowby.

»Vom Pferd werfen?«, rief ich völlig verdattert aus.

»Erzählen Sie, was passiert ist«, forderte mein Vater ihn auf.

»Dieser Hinterwäldler hat uns die gesamte Tour nur im Schritt gehen lassen, dabei –«

»Natürlich hat er das«, fiel ich Dowby ins Wort. »Es war eine Anfängergruppe. Er darf nur Schritttempo vorlegen.«

»Ich bin aber kein verdammter Anfänger«, plusterte Dowby sich auf. »Ich bin erwachsen und kann gut selbst entscheiden, was ich tue und lasse. Also wollte ich eine Runde traben, und dieser arrogante Eingeborene hat mir verboten, aus dem Treck auszu–«

»Jeder Trekkingführer hätte das untersagt«, fiel ich ihm erneut ins Wort. Was für ein Idiot! Kapierte er nicht, dass er mit seinem Verhalten die Anfänger im Treck gefährdet hätte? »Wenn *Sie* lostraben, traben die Pferde hinter Ihnen auch an.«

»Lass Mr Dowby ausreden, Josie«, ermahnte mein Vater mich. »Und da wollte Ray Sie vom Pferd werfen?«

»Er hat es versucht. Er hat hektisch den Arm hochgerissen und mein Pferd so erschreckt, dass es gestiegen ist. Sie haben Glück, dass ich so ein guter Reiter bin und Sie jetzt nicht verklagen muss.«

»Der Vorfall tut mir sehr leid, Mr Dowby«, sagte mein Vater beherrscht. In seinem Gesicht stand unverhohlene Wut, und zwar nicht auf Dowby. Nein, er hatte endlich etwas gefunden, das ihm einen Grund lieferte, Ray zu feuern – und er würde keine Argumente gelten lassen, dass Ray nur versucht hatte, die Anfänger im Treck zu schützen.

»Aber so war es nicht«, piepste Louises schüchterne Stimme dazwischen.

Dowby warf ihr einen verwunderten Blick zu. »Ach? Ich dachte, du warst beim Wawaicha Lake?«

»Aber Lenja und Charley waren dabei und sie haben mir die Geschichte ganz anders erzählt.«

»Lenja und Charley?« Er wischte Louises Worte verächtlich weg. »Die haben davor noch nie auf einem Pferd gesessen, was verstehen die schon?«

Mein Vater nahm die Hand von meiner Schulter und richtete sich auf. »Ich habe genug gehört. Ich werde mich darum kümmern, Mr Dowby.«

»Warten Sie«, mischte sich nun auch Eli Brown ein. »Ich würde gerne hören, was Lenja und Charley gesehen haben. Einfach aus Interesse. Louise, würdest du Lenja mal kurz herbitten?«

»Lenja!«, rief Louise über die Veranda und winkte einer brünetten Frau Mitte dreißig zu. Ich erinnerte mich an sie, sie war mit Louise gestern bei meinem Einführungskurs in Pferdekunde gewesen.

»Lenja«, sagte Louise aufgeregt. »Erzähl noch mal, was du mir vorhin über die Trekkingtour gesagt hast. Das mit Ray.«

»Was soll das hier werden, eine Märchenstunde oder was?« Dowby grunzte abfällig.

Lenjas Blick fiel auf ihn und verdunkelte sich.

»Hat Ray das Pferd von Mr Dowby absichtlich erschreckt und zum Steigen gebracht, indem er hektisch seinen Arm hochgerissen hat?«, fragte Eli Brown.

»Hat *der*«, sie zeigte auf Dowby, »das etwa erzählt?«

»Ja«, bestätigte ich.

»*Der*«, ihr Finger zeigte immer noch auf Dowby, der sich plötzlich sichtlich unwohl fühlte, »hat uns alle in Gefahr gebracht mit seinem Terror, von wegen Traben und langweilige Veranstaltung und so. Ich war hinter ihm und mein Pferd war total nervös. Ich hatte Angst. Seinetwegen.«

»Und was hat Ray gemacht?«, fragte ich ungeduldig.

»Nichts«, sagte Lenja. »Er hat langsam die Hand gehoben«,

sie hob die Hand auf Kopfhöhe und spreizte die Finger, »und ganz ruhig *stopp* gesagt.«

In meinem Magen grummelte es. Lenja lag falsch, Ray hatte nicht »nichts« gemacht, er hatte genau das gemacht, was Dowby ihm vorwarf. Er hatte ihn gestoppt, indem er das Pferd zum Steigen gebracht hatte, und das zu Recht. Allerdings würde mein Vater das garantiert nicht so sehen, und ich hatte ganz sicher nicht vor, Lenja zu korrigieren. Ich hoffte inbrünstig, dass mein Vater mir nicht genau zugehört hatte, als ich ihm von Rays besonderer Begabung erzählt hatte, mit den Pferden Kontakt aufzunehmen und sie ohne Berührung oder erkennbaren Befehl anzuleiten.

»Mein Pferd ist gestiegen!«, empörte sich Dowby. »Oder wollen Sie das jetzt auch leugnen?«

»Ihr Pferd ist gestiegen, weil Sie an den Zügeln gerissen haben und sich aufgeführt haben wie ein Vollidiot.« Ich drehte mich um. Charley war inzwischen zu uns gestoßen und legte einen Arm um Lenja. »Sagt bloß, der schiebt das jetzt Ray in die Schuhe? Ray hat nur dafür gesorgt, dass die Pferde nicht alle durchgehen. Lenja und ich waren heilfroh, einen so besonnenen und erfahrenen Führer zu haben.«

»Danke«, sagte Eli Brown, »dann hätten wir das wohl geklärt. Jede Geschichte hat zwei Seiten, und es ist immer gut, sie beide zu kennen, bevor man ein Urteil fällt.« Er lächelte mir zu.

Ich lächelte zurück, einfach weil mir gerade ein Fünfzig-Kilo-Gewicht vom Herzen fiel. Nach dieser Aussage konnte mein Vater Ray unmöglich vor die Tür setzen, ohne sein Gesicht zu verlieren.

Warum Eli Brown allerdings nur mich anlächelte, darüber machte ich mir in dem Moment keine Gedanken. Obwohl er, wenn ich mich ganz genau zurückerinnere, verschwörerisch ausschaute. Doch ich war einfach nur erleichtert – selbst als mein Vater sich wortlos abwandte und die Veranda verließ.

Gegen Viertel nach zehn hatten Patrick und ich Veranda und Küche fertig aufgeräumt und im Esszimmer die Tische fürs Frühstück eingedeckt.

»Ach«, sagte Patrick, als ich mich in mein Zimmer zurückziehen wollte, »Gabriel hat angerufen. Er konnte dich nicht erreichen.«

Mein Handy! Ich hatte es auf lautlos gestellt, als ich mit Ray in den Wald gegangen war. Hastig zog ich es hervor. Vier verpasste Anrufe, drei von Gabriel, einer von Dana.

»Genau hab ich es nicht verstanden, aber es gibt Probleme in Danas Laden, und er hat gefragt, ob Dana und er hier aushelfen können.«

»Und?«, fragte ich und mein schlechtes Gewissen nagte an mir. Ich hatte Gabriel und Dana völlig vergessen.

»Sie kommen morgen früh. Wir können Hilfe brauchen, solange Martha krank ist. Ich habe Gabriel gesagt, dass die Bezahlung schlecht ist, aber es war ihm egal.« Patrick zupfte nachdenklich eine Serviette zurecht. »Weißt du, was da los ist? Ich hatte den Eindruck, das Geld war ihm egal, weil er unbedingt Dana aus Angels Keep wegbringen wollte. Er will sogar auf seinen Lohn verzichten, wenn sie bei uns wohnen kann, bis ihre Eltern zurück sind. Hat Dana Probleme?«

Ich erzählte Patrick von den Störungen bei dem Spiel.

»Und es ist kein technischer Defekt?«

»Gabe sagt, die Teile laufen einwandfrei – außerhalb von Danas Laden.«

»Seltsam.« Er ließ von der Serviette ab. »Ganz schön mies für

Dana. Sie hat die Verantwortung für den Laden und jetzt muss sie ihn dichtmachen. Weißt du, ob Wangs das finanziell tragen können? Die Ausgaben laufen ja weiter, und wenn auf der anderen Seite nichts reinkommt...«

Ich zuckte die Schultern. Danas Eltern verdienten nicht schlecht mit dem Virtual Reality Dome, aber sie hatten auch mächtig investiert und zahlten Kredite ab und Leasinggebühren für die Geräte. Ich hatte keine Ahnung, wie viel sie auf der hohen Kante hatten und wie lange sie ohne Einnahmen auskämen. Und ich ahnte damals vor allem nicht, wie lange der Laden dicht bleiben würde.

»Ich hoffe, das klärt sich bald«, sagte Patrick und wollte gehen.

»Patrick, warte!« Mein Bruder blieb stehen und sah mich fragend an. »Kannst du Dana eher Innendienstjobs geben? Sie ist eine super Köchin und hasst Stallarbeit. Und sie hilft ihren Eltern oft mit dem Bürokram, vielleicht kann sie dich dabei unterstützen.«

»Okay. Aber sag jetzt nicht, dass Gabriel auch keine Mistgabel anrührt.«

Ich grinste. »Gabriel macht alles. Aber kochen würde ich ihn nicht lassen, außer du willst, dass die Gäste panikartig abreisen.«

Endlich in meinem Zimmer, versuchte ich Dana und Gabriel anzurufen, jedoch erfolglos. Ich hoffte, dass sie nicht böse mit mir waren, und freute mich, dass sie morgen auf die Ranch kamen. Es gab so viel zu erzählen; unglaublich, dass es erst zwei Tage her war, seit wir uns das letzte Mal gesehen hatten.

Todmüde ging ich zu Bett. Ich las noch ein paar Seiten, schaffte es aber nicht, mich auf die Story zu konzentrieren. Ich las die Worte und Sätze, aber sie verbanden sich in meinem

Kopf nicht zu einer Geschichte. Meine Gedanken waren viel zu sehr damit beschäftigt, zu Ray und unserem gemeinsamen Ausflug zu driften. Ich versuchte, mich an jedes Detail zu erinnern, mir das Gefühl seiner Berührung zurückzuholen, als er seine Hand über meine gelegt und sie über die kalte Innenseite des Baumes bewegt hatte. Also schob ich das Buch beiseite, machte mir leise Musik an und gab mich meinen Träumen hin.

Ich musste relativ schnell eingeschlafen sein, denn als ich aufwachte, war es kurz vor Mitternacht, nur etwas über eine Stunde, nachdem ich das Lesen aufgegeben hatte.

Donner hatte mich geweckt. Regen prasselte heftig gegen mein Fenster. Eigentlich gehöre ich nicht zu den Menschen, die bei Gewitter panisch alle elektronischen Geräte ausschalten oder unruhig zum Fenster schielen und darauf warten, von einem Kugelblitz verfolgt zu werden. Doch in dieser Nacht schielte ich zum Fenster, erfasst von einer seltsamen Unruhe. Ein Blitz erhellte es. Mit einem Ruck saß ich im Bett. Starrte auf die Scheibe, die nun wieder rabenschwarz war, und fragte mich, was ich da eben gesehen hatte. Ein Muster, gezeichnet von Regentropfen?

Ich lachte mich selbst aus. Wie konnte ich mir nur so einen Unsinn einbilden! Doch das Adrenalin in meinem Körper verriet mir, dass ich sehr wohl etwas gesehen haben *musste*. Ich wollte aufstehen und hinlaufen, aber ich war wie an mein Bett gefesselt.

Ein gewaltiger Donnerschlag folgte, Regen prasselte unverwandt gegen die Scheibe. Dann kam der nächste Blitz.

Es war eindeutig. Ein Muster auf dem Fenster. Gemalt von Regentropfen, die wie von Geisterhand ein Bild auf die Scheibe zauberten.

Es war verrückt.

Regen hinterließ vertikale Streifen und Tropfen. Das gebot die Schwerkraft, soweit hatte ich im Unterricht aufgepasst. Aber Regen hinterließ *keine* wellenartigen Querstreifen und *keine* Sonne und ganz besonders *keinen* Totenkopf. Ich griff an meine Brust, mein Herz schien schier zu explodieren. Dann hielt ich es nicht mehr aus. Ich sprang aus dem Bett, machte das Licht an und lief zum Fenster.

Vertikale Tropfenstreifen.

So wie sie sein sollten.

Ich stand dort, die nackten Füße auf den warmen Holzdielen, und starrte auf die langweiligen, physikalisch perfekt verlaufenden Streifen.

Vorsichtig, als wäre die Scheibe ein unberechenbares Tier, streckte ich die Hand aus und berührte sie. Sie war kühl vom Regen und fühlte sich völlig normal an.

Es war verrückt.

Ich war verrückt.

Nun sah ich bereits Dinge, die nicht da waren. Weil ich mich noch halb im Traum befunden hatte, als ich aufwachte? Aber ich erinnerte mich an keinen Traum mit einem Bild wie dem, das ich mir eingebildet hatte.

Wie lange ich dort gestanden habe, die Hand am Fenster, kann ich nicht sagen, aber es kann nicht sehr lange gewesen sein, denn ich hatte zum ersten Mal in meinem Leben Angst vor dem nächsten Blitz.

Eilig kehrte ich in mein Bett zurück und drehte mich vom Fenster weg. Das Licht ließ ich an, ebenfalls zum ersten Mal. Ich nannte mich albern und hysterisch und forderte mich selbst auf, die Lampe zu löschen, doch etwas in mir weigerte sich. Also schnappte ich mir mein Buch und verbiss mich in die Sätze.

Zwang mich, der Geschichte in meinem Kopf mehr und mehr Platz einzuräumen, bis ich das Gewitter und das Prasseln nur noch als Hintergrundrauschen wahrnahm und schließlich über dem Buch einschlief.

KAPITEL 9

GEGEN NEUN VERNAHM ICH das Knattern von Danas altem Auto. Ich ließ alles stehen und liegen und rannte zur Tür. Dana und Gabriel waren gerade dabei, ihre Rucksäcke und Sporttaschen zu schultern. Ich lief zu ihnen und umarmte Dana so innig, als hätten wir uns Monate nicht gesehen. Und irgendwie fühlte es sich in dem Moment auch so an. Seit wir das letzte Mal Tschüss gesagt hatten, war Ray in mein Leben getreten und hatte es so gnadenlos durcheinandergewirbelt wie Marthas Mixer ihre berühmte Müslimischung.

»He, wow, was hat Gabe dir erzählt? Dass wir aus der Todeszone geflohen sind?«, scherzte sie. »Das kommt erst noch, wenn meine Eltern in Angels Keep aufschlagen und mein Vater den amerikanischen Schrott in fünf Minuten zum Laufen bringt.«

Ich stimmte in ihr Lachen ein, doch ihre Augen lachten nicht mit. Sie versuchte ihre Anspannung zu überspielen, und hätte ich sie nicht so gut gekannt, wäre ihr das auch bestens gelungen. Ich ließ von ihr ab und ging zu Gabriel. Auch ihn umarmte ich, nicht so innig wie Dana, allerdings presste er mich fest und deutlich länger als sonst an sich.

»Danke, Josie«, flüsterte er in mein Ohr. »Danke, dass wir hier sein können. Dana braucht uns jetzt. So wie heute früh habe ich sie noch nie erlebt. Sie war fast hysterisch. Hat behauptet, im Laden spukt es. Nimm ihr die gute Laune nicht ab, sie ist total am Ende.«

»Ich weiß«, flüsterte ich zurück.

Er presste seine Lippen an mein Ohr. »Und sag ihr ja nicht, dass ich dir das mit dem Spuken erzählt habe.«

In dem Moment hörte ich Patrick: »Hi, Dana, hi, Gabriel«, sagen.

Gabriel ließ mich los und zu meinem Entsetzen sah ich neben meinem Bruder Ray stehen.

Es durchlief mich heiß und kalt.

Verdammt!

Für Ray musste es ausgesehen haben, als wären Gabriel und ich in eine innige Umarmung vertieft. Ich versuchte seinen Gesichtsausdruck zu deuten, doch er war vollkommen neutral.

»Hi«, brachte ich mühsam hervor, was er mit einem kurzen Nicken beantwortete.

Mist. Mist. Mist.

Kein Lächeln, kein Zwinkern, kein gar nichts, das irgendwie darauf hätte schließen lassen, dass wir immerhin schon ein paar Sachen gemeinsam durchlebt hatten. Oder war all das, was für mich so bedeutend war – die Nacht mit Hisley, der Vorfall bei den Mustangs, die Lehrstunde im Stall, der Ausflug zu dem Kwaohibaum –, für ihn einfach nur Teil seines Jobs? Immerhin war ich die Tochter des Chefs; sich mit mir gut zu stellen, war nie falsch ...

»Wir fahren zum Futterhändler«, sagte Patrick und öffnete die Tür des Dodge. »Ich denke, in ein bis zwei Stunden sind wir zurück.«

Bedröppelt ging ich mit den beiden ins Haus. *Eine tolle Freundin bist du,* dachte ich, und verbannte meine Enttäuschung über Rays nichtssagendes Nicken in die hinterste Ecke meines Kopfes.

»Kommt, ich zeig euch eure Zimmer«, sagte ich aufgesetzt fröhlich. »Dana schläft im Gästezimmer neben mir. Und du, Gabriel, auf dem Dachboden.« Wir stiegen die Stufen zum ersten Stock hinauf und ich öffnete die Tür zum Gästezimmer.

»O-kay«, sagte Dana gedehnt, was mich zum Kichern brachte. »Ganz dein Geschmack, was?«

Dana warf Tasche und Rucksack auf die geblümte Tagesdecke, die auf dem alten, verschnörkelten Bett lag, und sah sich um. So ziemlich alles in diesem Zimmer hatte entweder Rüschen oder Blümchen, selbst die lavendelfarbene Tapete.

»Meine Mutter und meine Oma hatten einen Deal«, erklärte ich. »Oma durfte sich hier austoben, dafür blieb der Rest des Hauses blümchenfrei. Und nach Omas Tod haben wir es so gelassen.«

Während Dana kopfschüttelnd begann, ihre Sachen auszupacken, führte ich Gabriel zu dem riesigen Raum auf dem Dachboden, dessen hintere, durch einen Vorhang abgetrennte Hälfte als Abstellraum diente.

Gabriel legte seine Sachen ab, inspizierte kurz die einfache Einrichtung – Bett, Stuhl, Tisch, Schrank, ein schwarzer Fatboy – und nickte zufrieden. Gabriel eben. Er würde auch mit der Hitze hier oben klarkommen, ohne morgens über Schlaflosigkeit zu klagen.

Nachdem wir Dana aus dem Blümchenparadies abgeholt hatten, gingen wir in die Küche. Ich stellte eine Flasche Mineralwasser und drei Gläser auf den Tisch, zeigte ihnen den Arbeitsplan und erklärte kurz ihre Aufgaben.

»Wir haben noch etwas Zeit«, sagte ich, nachdem das Offizielle geklärt war. »Also, was ist jetzt mit dem Dome?«

»'n Dreck is'.« Dana setzte ihr Glas so hart auf dem Tisch ab, dass Wasser über den Rand spritzte. Ich reichte ihr ein Küchenhandtuch. »Wenn es nicht total verrückt wäre, würde ich sagen, es spukt dort.« Rote Flecken breiteten sich auf ihren Wangen aus. »Heute Nacht ... Leute, ich hatte echt Schiss, und ihr kennt mich.«

Dana und Angst, das war in der Tat ungewöhnlich. Sie war von uns dreien die Abgebrühteste. Selbst die fiesesten Schocker, die wir noch legal schauen durften, entlockten ihr keine Regung, während ich mit zusammengepressten Augen und zugehaltenen Ohren dasaß und mich fragte, warum ich meinen Nerven das antat.

»Hast du nachgesehen, was es war?«, hakte ich nach.

»Eine der Stationen war an und es lief ein Spiel.« Die roten Flecken auf ihren Wangen intensivierten sich. »Mann, ich schwöre euch, ich habe *alle* Stationen ausgeschaltet. Hundert Prozent positiv.«

»Kann es sein, dass der Kundendiensttyp einen Timer eingestellt hat?«, fragte Gabriel.

»Hab ich geprüft.« Dana nahm noch einen Schluck Wasser. »Dieses Ding hat sich von allein angeschaltet.«

»Das gibt's doch nicht!«, sagte ich. »Ein Kurzschluss vielleicht?«

»Was soll das denn für ein Kurzschluss sein?« Dana schüttelte den Kopf. »Nee, Leute, da ist so was von der Wurm drin, ich bin echt froh, dass ich hier bin.«

Ich setzte mich neben sie und drückte sie. »Ich bin auch froh, dass du hier bist. Wann kommen deine Eltern zurück?«

»In zwei Tagen.« Sie rollte die Augen. »Das gibt Ärger.«

»Wieso? Du kannst doch nichts dafür!«

»Erzähl das mal meinen Eltern. Sie fahren weg und zwei Tage später muss ich den Laden dichtmachen. Ich weiß genau, was sie gerade denken.«

»Mach dir deswegen keinen Stress«, beruhigte Gabriel sie. »Ich komme mit zum Flughafen und erkläre deinen Eltern, was Sache ist. Du weißt, mich halten sie für vernünftig.«

»Na toll.« Schmollend verschränkte Dana die Arme vor der Brust. »Danke für den Hinweis, dass *meine* Eltern *dich* für fähiger halten als *mich*.«

»Das liegt an meiner Brille«, sagte Gabriel und kippelte an seinem Gestell. »Eine Brille verströmt eine Aura von Weisheit. Igelhaare, knallrote Lippen und Klamotten im Manga-Stil dagegen... warte, das lässt auf... durchgeknallt, rebellisch, liest zu viele Comics schließen.« Er zwinkerte ihr zu. »Glaub mir. Eine bessere Tarnung gibt es nicht. Mit Brille kannst du tonnenweise Comics lesen, ohne dass dich jemand für fließtextinkompatibel hält.«

Dana verpasste Gabriel einen freundschaftlichen Hieb auf den Arm. »Du bist doof«, sagte sie, aber die roten Flecken zogen sich langsam von ihren Wangen zurück.

»Ich weiß.« Er grinste. »Aber mir sieht man es nicht an.«

Kurz darauf ließen wir Dana mit ihrem Kochauftrag in der Küche zurück und ich erklärte Gabriel seine Arbeit im Stall. Es waren einfache Dinge und einiges davon war ihm bereits von früheren Hilfsaktionen auf der Ranch bekannt. Trotzdem sah er mich am Ende meiner Ausführungen zweifelnd an.

»Ich bin da, wenn du Fragen hast. Ich helfe den ganzen Vormittag dem Hufschmied im Stall.« Ich sah auf die Uhr. »Hmm. Er müsste eigentlich schon da sein.«

»Josie.« Gabriel fasste mich am Arm. »Ich muss dir noch was sagen.«

»Ja?«

»Bei meiner Tante ist das komplette Kühlsystem ausgefallen.« Gabriel sah mich ernst an.

»In der Eisdiele?«, fragte ich bestürzt.

Er nickte. »Sie hat das fertige Eis vorübergehend bei der Verwandtschaft untergebracht. Aber eine Eisdiele ohne Eis ist nun mal so nutzlos wie Danas Laden ohne Spielstationen. Dana weiß nichts davon. Ich wollte sie nicht noch mehr beunruhigen.«

Ich runzelte die Stirn. »Was hat das mit Dana zu tun?«

Gabriel zögerte einen Moment. »Der Installateur kann die Ursache des Schadens nicht finden«, sagte er schließlich. »Die Truhen laufen, aber sie kühlen nicht mehr.«

»Oh.« Mir dämmerte es. »Du meinst ... die beiden Ereignisse hängen zusammen?«

»Möglich. Ich habe gestern die halbe Nacht im Internet verbracht. Ich dachte, vielleicht finde ich etwas Richtung kosmische Störung. Irgendwelche Störquellen, die von außerirdischen –«

»Stopp!«, unterbrach ich ihn. »Komm schon, Gabe, du willst mir jetzt nicht ernsthaft einreden, dass Aliens dafür verantwortlich sind!«

Er zuckte die Schultern. »Wir leben in einem *Universum*. Ganz ehrlich, wer heute noch glaubt, dass wir die *einzigen* Lebewesen sind, die es bevölkern, steht auf einer Stufe mit den Leuten, die im Mittelalter behauptet haben, die Erde sei eine Scheibe.«

»Man wusste es damals nicht besser.«

»Doch. Dass die Erde rund ist, war bereits in der griechischen Antike bekannt. Es hat später nur nicht in das Glaubensbild der Kirche gepasst. Und Aliens passen da auch nicht rein.«

»Okay, Aliens gibt es, etwa drei Millionen Lichtjahre entfernt.« Ich winkte ab, eine Diskussion über Aliens erschien mir nun wirklich zu absurd.

»Denk an *Men in Black*«, sagte Gabriel ernst – für meinen Geschmack einen Tick zu ernst. »Aliens könnten unter uns sein. Auch in Angels Keep. Tarnung ist alles.«

Ich stöhnte. »Das ist ein *Film*.«

»Und? Hast du dir mal Gedanken darüber gemacht, wie viele Dinge aus Science-Fiction-Filmen Realität werden?« Gabriel seufzte. »Ich finde es ja nur seltsam, dass in beiden Fällen elektrische Geräte betroffen sind. Da liegen doch Interferenzen nahe.«

»Interfer-was?«, fragte ich nach.

»Interferenzen. Anders ausgedrückt: wenn zwei Kraftfelder sich gegenseitig stören.«

Plötzlich hatte ich das seltsame Bild an meinem Fenster vor Augen. Ich überlegte, ob ich ihm etwas davon sagen sollte. Gabriels Theorie mochte auf die Eisdiele seiner Tante zutreffen und auf Danas Laden, aber wie würde er die Zeichnung an meiner Scheibe erklären? Also erzählte ich ihm von dem Bild, das der Regen auf meinem Fenster hinterlassen hatte.

Er lachte mich nicht aus. Er fragte mich auch nicht, ob ich mir das Ganze nur eingebildet haben könnte. Er stand nur vor mir und rieb sich die Nasenwurzel über der Brille.

»Das ist ...«, sagte er nach einigen Denkminuten. »... sehr ... ungewöhnlich. Ich finde weder einen gemeinsamen Nenner noch eine Erklärung. Aber ich glaube trotzdem, dass die drei Ereignisse zusammenhängen.«

»Hallo?«, dröhnte da eine Stimme durch den Stall.

Ich drehte mich um und sah am Eingang einen kräftigen, nicht besonders großen Mann stehen.

»Ich glaube, das ist der neue Hufschmied«, sagte ich zu

Gabriel und lief zu dem Neuankömmling. Erstaunt stellte ich fest, dass er nur wenig älter als Patrick war, vielleicht einundzwanzig oder zweiundzwanzig. Er hatte die für die Gegend typischen aschblonden, glatten Haare und die grünsten Augen, die ich je bei einem Nicht-Greeny gesehen hatte. Ich denke, es waren diese grünen Augen, die ihn mir auf Anhieb sympathisch machten. Er reichte mir die Hand.

»Mike«, sagte er nur.

»Josie«, antwortete ich.

»Ich bin der neue Hufschmied. Bei wem soll ich mich melden?«

»Bei mir.« Ich grinste. »Ich kümmere mich um die Pferde.«

»Na, dann wollen wir mal, ich bin leider etwas spät dran.«

Während er seine Utensilien bereitlegte, holte ich das erste der Einstellpferde aus dem Stall und brachte es zu ihm. Ich beobachtete seine Handgriffe und den Umgang mit dem Wallach und war zum zweiten Mal erstaunt. Die Routine und Sicherheit, mit der er vorging, passte nicht zu seinem Alter und der noch relativ geringen Berufserfahrung, die er gesammelt haben konnte. Schon bald fühlte ich mich einigermaßen unnütz, denn der Wallach verhielt sich so kooperativ, dass es mich als Hilfsperson nicht brauchte.

»Seit wann machst du das schon?«, fragte ich Mike.

»Zwei Jahre.« Er stutzte dem Wallach den letzten Huf und suchte das passende Eisen aus.

»Nicht schlecht. Du bist gut.«

»Ich weiß«, sagte Mike, ohne dass es auch nur im Ansatz überheblich klang. »Schöne Ranch. Hab schon einiges gehört, aber so groß habe ich sie mir nicht vorgestellt.«

Er brachte das Hufeisen an, prüfte es und ich führte den Wallach in seine Box zurück und holte das nächste Pferd, eine braune Fuchsstute. Etwas bohrte in mir. Die grünen Augen. Der extrem entspannte Umgang mit dem Tier – aber er konnte kein Greeny sein. Von einem Greeny mit aschblondem Haar hatte ich noch nie gehört.

Ich führte das nächste Pferd zu ihm und folgte jedem seiner Handgriffe. Er übernahm es, spreizte die Finger, nahm Kontakt auf und der Schimmel machte drei Schritte rückwärts zu der exakten Position, in der er ihn brauchte.

»Bist du ein Greeny?«, platzte es aus mir heraus.

Er sah mich prüfend an. »Zur Hälfte. Ist das ein Problem?«

»N...nein. Natürlich nicht.«

»Ich habe gehört, dass ihr keine Greenies mehr einstellt. Das klingt, als hättet ihr ein Problem mit ihnen. Darf ich fragen, warum?«

Ich hätte mich ohrfeigen können.

Es war total unhöflich, jemanden, den man gerade kennenlernte, nach seiner Abstammung zu fragen. Und da ich genau das getan hatte, war es nicht verwunderlich, dass Mike mir nun genau die Frage stellte, die ich ihm auf keinen Fall beantworten würde. Also ging ich in die Offensive.

»Wer sagt denn so was? Wir beschäftigen sehr wohl Greenies hier. Also zurzeit genau genommen einen.«

»Ich habe gehört, dass dein Vater ihn feuern wollte.« Mike legte seinen Kopf schief. »Korrigier mich, wenn ich was Falsches gehört habe, aber hast nicht *du* deinem Vater gedroht, die Ranch zu verlassen, wenn er ihn rausschmeißt?«

Meine Kinnlade klappte herunter. Woher wusste Mike das?

»Das ist ziemlich beeindruckend. Ich würde den Greeny gern kennenlernen, für den du dich so einsetzt.«

»Woher weißt du das?«, brachte ich schließlich hervor.

»Ach, man hört so dies und das... du weißt doch, ein Hufschmied kommt herum ...« Er lächelte und zeigte eine Reihe gerader Zähne.

In meinem Kopf schwirrte es. Wer hatte ihm das gesteckt? Es waren nur mein Vater, Patrick und ich im Büro gewesen, als wir über Ray geredet hatten. Jemand musste uns belauscht haben. Natürlich! Patrick hatte jemanden gehört. Und als ich in den Flur gesehen hatte, war derjenige in die Gästetoilette verschwunden. Nur wer? Ein Gast? Oder ein Mitarbeiter? Da waren neben Ray und Peter noch Larry und Sarah, die fest bei uns angestellt waren und sich um die Koppeln, Ställe und Zuchtstuten kümmerten. Sie alle hatten freien Zugang zum Haupthaus. Sie alle hätten das Gespräch belauschen können.

»Ich glaube, da wartet jemand auf dich.« Mike zeigte hinter mich. Ich drehte mich um – und begegnete Rays starrem Blick.

»Stimmt das?«, fragte er und spießte mich mit seinem grünen Blick regelrecht auf. »Du hast deinem Vater wegen mir gedroht?«

»Ich ...« Ich schaute zu Boden. Er hätte nie hören dürfen, dass mein Vater ihn feuern wollte. Und auch nicht, dass ich Dad seinetwegen unter Druck gesetzt hatte.

»Das hättest du nicht tun dürfen. Du musst dich bei ihm entschuldigen. Sonst kann ich nicht bleiben.« Abrupt machte er kehrt und lief aus dem Stall.

Ich sah ihm nach, die Augen gefühlt so groß wie die der Manga-Figuren aus Danas Comics.

»Tja, so sind sie, die Greenies«, sagte Mike. »Der Respekt vor den Vätern ist heilig. Solange er zwischen dir und deinem Vater steht, kann er nicht bleiben.«

»Na toll.« Ich stöhnte. Das war nach dem Abgang meines Vaters gestern Abend genau das Gespräch, das ich unbedingt mit Ray führen wollte.

Rays Reaktion ließ mich nicht mehr los. Es war aber auch zu dämlich: Ich brach einen Streit vom Zaun, um ihn zu halten, nur damit er dann deswegen kündigte.

Schließlich hielt ich es nicht mehr aus. Ich erklärte Mike, welche Pferde heute beschlagen werden sollten, und gab Gabriel den Auftrag, Mike zur Hand zu gehen, falls er Hilfe brauchte, was ich jedoch bezweifelte. Anschließend machte ich mich auf den Weg zu Dana.

Es war allerhöchste Zeit für ein Gespräch mit meiner besten Freundin.

Die Küche roch betörend nach Koriander und Zitronengras und ich setzte mich mit der Kartoffelschüssel zu ihr an den Tisch und begann zu schälen.

»Du stinkst.« Dana rümpfte die Nase.

Ich schnupperte an mir. »Hufmaniküren-Deo«, sagte ich. »Das kommt von dem verbrannten Horn. Riech ich gar nicht mehr.«

Sie rümpfte weiter ihre Nase und ich hielt ihr ein Büschel Koriander hin. »Kann ich dir was erzählen?«

»Was ist das denn für eine Frage?« Sie nahm den Koriander und sog seinen Duft ein.

Also erzählte ich ihr von Ray, von den Ereignissen der letzten Tage, von dem Streit mit meinem Vater und von Rays Auftritt gerade eben im Stall. Dana unterbrach mich kein einziges Mal, nicht einmal an der Stelle, als ich ihr eröffnete, dass Ray auf der Ranch arbeitete.

Ihre Nase in den Koriander getaucht, sah sie mich aufmerksam an, nickte an der einen Stelle, schüttelte den Kopf an einer anderen.

»Und jetzt?«, fragte ich abschließend und nahm die nächste Kartoffel in Angriff.

»Oje.« Dana legte den Koriander auf den Tisch. »Auf unkompliziert stehst du einfach nicht, oder?«

Ich lächelte schwach. »Nicht meine Stärke.«

»Ich sehe zwei große Probleme hier.«

»Zwei?«

»Deinen Vater und Ray.«

»Die beiden *sind* das Problem.«

»Nein. Dein Vater ist *ein* Problem und Ray ein anderes. Dein Vater hasst Greenies, wir wissen, warum, und das wird sich in absehbarer Zeit auch nicht ändern, egal wie sehr du auf die Barrikaden gehst. Du kannst ihm alle vierzehn Tage eine vor den Latz knallen, er fliegt um, rappelt sich mit deiner Hilfe wieder hoch und – Überraschung! – alles ist wie immer.«

Ich neigte zustimmend den Kopf zur Seite. Sie hatte die Situation treffend zusammengefasst.

»Und Ray...« Dana kräuselte die Nase und dieses Mal lag es nicht an meinem Hufmanikürendeo. »Als wir heute früh hier ankamen, hat er dich mit Gabriel gesehen, und er hat null reagiert. Er –«

»Du hast Ray erkannt?«, fiel ich ihr ins Wort.

»Na ja, ich hab mich gefragt, ob das der Yummy-Man von dem Video ist. Jedenfalls ist er der Typ, den ich neulich in Billy's Diner fotografiert habe. Und als er so gar nicht auf dich reagiert hat, habe ich gehofft, dass er es nicht ist. Sorry, Babe«, sagte sie entschuldigend, »aber Greenies sehen sich in meinen Augen nun mal alle ähnlich.«

»Sagst ausgerechnet du!«

Sie grinste. »Immerhin verwechsle ich nur Greeny mit Greeny und nicht Chinese mit Koreaner. Egal. Heute früh hat Ray allerdings null reagiert, er hat dich ja nicht mal richtig begrüßt. Und jetzt schnalzt er dir so eine Ehre-deinen-Vater-Machoscheiße vor die Füße. Und das, nachdem du dich für ihn eingesetzt hast.« Sie ließ das Korianderbüschel fallen, griff über den Tisch und nahm meine Hände. »He, Josie. Wir sind Schwestern im Herzen, und wenn Rays Augen dich nicht so komplett hirnblöd gebeamt hätten, würdest du erkennen, dass das Interesse hier ziemlich einseitig ist. Ein *Wow, Josie, wie soll ich dir je dafür danken* wäre die angebrachte Reaktion gewesen. Er hätte dich spontan ins Kino einladen müssen oder einen Strauß Waldrosen pflücken.«

»Es gibt keine Waldrosen«, murmelte ich, was Dana geflissentlich überhörte.

»Wach auf, Babe. Wenn Ray in dir mehr sehen würde als die Tochter des Chefs, hätte er inzwischen genug Gelegenheit gehabt, dir das zu zeigen.«

»Und was ist mit dem Ausflug zu dem Kwaohibaum?«, flüsterte ich, denn mehr brachte meine vor Enttäuschung zugestopfte Kehle nicht zustande. »Und den Schmetterlingen?«

»Ego polieren, indem man bei der Tochter des Hauses mit abgefahrenen Tricks Eindruck schindet?«, entgegnete Dana ungerührt. Dann stand sie auf und schaltete den Herd herunter. Als sie sich wieder zu mir umdrehte, war ihre Stimme etwas weicher. »Du rennst gerade Kopf voraus gegen eine Steinmauer, und zwar mit Karacho.« Sie klopfte auf ihr Igelhaar. »Glaub mir, ich hab Erfahrung mit Kopf gegen Wand, ist scheiße.«

Mechanisch schälte ich weiter die Kartoffeln. Das Schlimmste an Danas Worten war, dass sie meine eigenen Befürchtungen im Kern trafen.

Ich war mir äußerst unsicher, ob Ray meine Gefühle auch nur im Ansatz erwiderte, oder ob ich in seine Worte und Taten schlicht das hineininterpretierte, was ich darin zu sehen erhoffte.

Er hätte im Baum seine Hand nicht auf meine legen müssen – warum also hatte er das getan? Und was hatte er dabei gespürt? Das gleiche wie ich? Oder hatte er dabei weder etwas gedacht noch gespürt?

Dana schmeckte ihr Hühnercurry ab, dann kam sie zu mir an den Tisch zurück. Liebevoll legte sie die Hand auf meine Schulter. »Ich wünschte, ich könnte dir mehr Mut machen. Aber jetzt ist es, glaube ich, das Beste, bei deinem Vater das Ruder rumzureißen, bevor er wieder in seine Deprihölle fällt. Und zwar unabhängig davon, ob Ray bleibt oder nicht. Geh zu deinem Vater. Für dich und für ihn.«

KAPITEL 10

MEIN VATER REAGIERTE NICHT. Weder auf mein Klopfen noch auf mein leises Rufen. Alarmiert öffnete ich die Tür und schlüpfte in das abgedunkelte Zimmer.

»Dad?«

Wieder keine Antwort.

Aus Erfahrung verzichtete ich darauf, das Licht anzumachen, und blieb einen Moment auf der Türschwelle stehen, um meine Augen an das Zwielicht zu gewöhnen. Erst dann bewegte ich mich vorsichtig durch den Raum auf meinen Vater zu. Er saß in dem Ohrensessel, auf dem Tischchen daneben zeichnete sich die Kontur einer Flasche ab. Es war also wieder so weit. Jetzt noch das Ruder herumzureißen war praktisch aussichtslos.

»Dad«, sagte ich erneut und tastete mich auf den Stuhl neben dem Sessel. »Ich möchte mich entschuldigen. So was zu sagen, war falsch. Du weißt, ich werde dich nicht verlassen. Und Patrick genauso wenig.«

Er antwortete nicht. Einzig an seinem Atem erkannte ich, dass er nicht schlief.

»Wir gehören zusammen. Wir sind ein Team, das weißt du doch. Oder?«

Schnauben. Immerhin.

»In einem Team sollten alle sagen dürfen, was sie fühlen. Und wenn du und Patrick über meinen Kopf hinweg bestimmt, was ich tun darf und was nicht, dann macht mich das wütend. Und deshalb habe ich gesagt, was ich gesagt habe.« Vorsichtig streckte ich meine Hand aus und tastete nach seinem Arm. »Dad? Keiner zweifelt an, dass du hier der Chef bist, aber du musst dich auch wie einer benehmen. Das funktioniert nicht, wenn du dich hier vergräbst. Komm, die letzten Monate waren so gut. Waren sie doch, oder? Wir haben so viel geschafft. Lass uns das nicht wieder kaputtmachen, nur weil ich in meiner Wut etwas Dummes von mir gegeben habe.«

Ich nahm meine Hand von seinem Arm und griff nach der Flasche auf dem Tisch. Der Form nach Gin. Sein bester Freund in diesen Phasen. Sofort schoss seine Hand vor und umklammerte die Flasche.

»Lass die stehen«, knurrte er harsch.

Ich hasste es. Unser Arzt hatte mir ausführlich erklärt, dass mein Vater in solchen Momenten nicht er selbst war und ich Geduld mit ihm haben sollte, aber es fiel mir extrem schwer. Wir waren darüber weg gewesen. Wir hatten diesen dunklen Schlund hinter uns gelassen und ihn zurück ins Licht geholt. Sollten all die Monate des Kampfes umsonst gewesen sein? Wegen eines Streits?

Ich spürte die Wut zurückkehren, die ich in den dunklen Monaten so oft zu bändigen gelernt hatte. Und ich war oft wütend gewesen. Als ob ich niemanden verloren hätte! *Ich habe meine Mutter verloren!,* wollte ich ihm tausendmal entgegenschreien. *Ich habe sie genauso verloren wie du! Ich bin genauso entsetzt und traurig und verzweifelt und einsam wie du! Und jetzt verliere ich auch noch meinen Vater, weil du uns mit der ganzen Verantwortung für die Ranch allein lässt.* Aber ich hatte die Wut immer unterdrückt. Weil der Arzt mich darum gebeten hatte.

Doch jetzt spürte ich, wie sie zurückkehrte. Schäumend drückte sie meinen Magen hoch und nahm mir die Luft zum Atmen. Vielleicht war es seine Hand gewesen, die nach der Flasche gegriffen hatte, vielleicht war es auch die Enttäuschung, dass ich mir den Mund fusselig reden konnte, ohne eine Reaktion zu bekommen, er auf eine Ginflasche aber sehr wohl reagierte. Jedenfalls konnte ich sie nicht länger zurückhalten, die Wut. Sie schäumte haltlos aus mir heraus.

»Sie ist tot, Dad!«, schrie ich. »Seit über einem Jahr ist Mom tot! An ihrem Geburtstag hast du dich ins Koma gesoffen und Thanksgiving und Weihnachten haben wir ohne dich verbracht. Wir haben sechs Monate lang die Ranch am Laufen gehalten, ohne dass du dich ein einziges Mal um etwas gekümmert hast. Ich habe zwölf Mustangs zugeritten, damit wir das Futter bezahlen können, und ja, ich wäre fast tot getrampelt worden und du hättest es nicht einmal mitbekommen, wenn Larry sich letzten Monat nicht verplappert hätte! Und jetzt, plötzlich, bin ich für das Satteltraining zu unerfahren? Was erwartest du? Dass ich mich dafür bedanke? Was glaubst du, was das mit Patrick und mir macht, dich wieder so zu sehen?« Ich sprang von dem Stuhl auf und zog ihm mit Gewalt die Flasche aus der Hand. »Reiß dich zusammen, verdammt, sonst verlierst du alles. Patrick, mich und die Ranch.« In mir brüllte eine Stimme *Stopp!*, doch ich war noch nicht fertig. »Du hast kein Recht, uns noch mal durch dieselbe Hölle zu schicken. Wir sind deine Kinder! Ist das etwa deine Vorstellung davon, uns zu beschützen? Die Probleme auf uns abzuwälzen und dir mit diesem verschissenen Gin die

Birne wegzuballern? Glaubst du, Mom hätte das gewollt? Reiß – dich – verdammt – noch mal – zusammen!«

Ich stürmte zur Tür, stolperte über den Zeitungsständer und schlug mir das Schienbein an. Fluchend verließ ich das Zimmer und knallte die Tür hinter mir zu.

Im Flur lehnte ich mich erschöpft an die Wand. Ich wusste, ich hätte meine Wut nicht so herauslassen dürfen. Ich wusste, es war falsch gewesen, es würde meinen Vater nur noch tiefer in seinem Sumpf versinken lassen. Aber es war nötig gewesen.

Für mich.

Um nicht an meiner Wut zu ersticken.

»Was ist hier los?« Patrick stand vor mir. Sein Blick fiel auf die Flasche in meiner Hand. »Scheiße.«

»Ja.«

»Hast *du* gerade so gebrüllt?«

»Ja.«

Er seufzte. Doch anstatt mir eine Strafpredigt zu halten, nahm er mich in den Arm. »Wir schaffen das, Josie. Gib nicht auf. Wir brauchen dich.«

Ich erwiderte seine Umarmung, die Flasche noch immer in der Hand, und fühlte mich ihm so nah wie seit Monaten nicht mehr. Natürlich würde ich nicht aufgeben. Allein für Patrick. Und für meine Mutter – wie könnte ich all das, wofür sie gelebt hat, zugrunde gehen lassen? Ihr Geist lebte in der Ranch weiter. Und auch für meinen Vater. Für den wunderbaren, liebevollen Vater, der er mir fünfzehn Jahre lang gewesen ist und der in den letzten Monaten immer öfter wieder zum Vorschein gekommen war.

Nein, ich würde nicht aufgeben. Aber ich fühlte mich schrecklich müde.

Den Rest des Tages wandelte ich wie eine Aufziehpuppe umher. Ich erledigte meine Aufgaben, löste Gabriel im Stall ab und vereinbarte einen weiteren Termin mit Mike, gab Louise und Lenja Reitstunden und schaffte es sogar, mit ihnen zu scherzen. Selbst Eli Browns Neugierde ertrug ich mit einem Lächeln, als er mich bat, mir beim Halfter- und Longentraining mit den Einjährigen zuschauen zu dürfen.

Ich war froh, als ich endlich Bo satteln konnte, um mit ihr einen wohlverdienten Ausritt über die weite Ebene vor den Wäldern anzutreten. Doch kaum war sie gesattelt, kam Gabriel zu mir.

»Darf ich mit?«

Ich zögerte kurz. Im Gegensatz zu Dana konnte Gabriel reiten, ganz passabel sogar, aber mit ihm würde ich mein Tempo stark drosseln müssen. Andererseits war er mein Freund und er hatte den ganzen Tag für uns gearbeitet und sich diesen Ausritt mehr als verdient.

»Klar«, sagte ich, bevor er mein Zögern bemerken konnte, und holte unsere sanfteste Stute aus der Box.

Kurz darauf ritten wir gemächlich an den Koppeln vorbei. Schon von Weitem sah ich Ray und wandte meinen Kopf demonstrativ Gabriel zu.

Ich würde mir keine Blöße mehr geben.

Wenn er gehen wollte, bitte schön. Bei dem, was mich die nächsten Wochen erwartete, würde ein Krümel Liebeskummer nicht weiter ins Gewicht fallen.

Schon beim Denken war mir bewusst, dass ich mich gnadenlos selbst belog. Zum einen war es unrealistisch, bei meinem Gefühlschaos von einem Krümel Liebeskummer auszugehen. Es würde ein Krümelberg sein, so hoch wie Mount Baker vor unserer Haustür. Und zum anderen würden wir mit Ray ausgerechnet jetzt den besten Arbeiter verlieren, den wir gerade hatten. Nicht einmal Larry mit all seiner Erfahrung konnte ihm das Wasser reichen.

»Was ist los?«, fragte Gabriel.

Ich seufzte tief. Dann erzählte ich ihm von dem Gespräch mit meinem Vater.

»Das war gut«, sagte er, nachdem ich geendet hatte.

»Gut?«

»Lange überfällig.« Er brachte seine Stute zum Stehen. Sich auf zwei Dinge gleichzeitig zu konzentrieren war nicht Gabriels Stärke. »Du glaubst gar nicht, wie oft Dana und ich uns überlegt haben, deinem Vater mal einen Besuch abzustatten und ihm gehörig die Meinung zu geigen.«

»Es ist eine Krankheit«, nahm ich meinen Vater in Schutz.

»Ist mir bekannt. Aber wenn das jetzt wieder von vorne losgeht, dreht Patrick durch und hat bald einen Burn-out oder so was.« Er klopfte den Hals der Stute, dann wandte er sich wieder an mich. »Du weißt selbst am besten, wie sehr Patrick sich verändert hat.«

Unsicher sah ich Gabriel an. »Was meinst du damit?«

Gabriel zögerte einen Moment. »Wann habt ihr das letzte Mal zusammen gelacht?«

Ich versuchte mich daran zu erinnern, aber es gelang mir nicht. So sehr ich mich bemühte, ich sah nur Patricks sorgenvolle oder gestresste Miene vor mir.

»Du hast wenigstens die Schule, du hast Dana und mich und nette Clowns wie Jake, der es sich nach dem Tod deiner Mutter zur Aufgabe gemacht hat, dich einmal am Tag zum Lachen zu bringen.«

»Wirklich?«, fragte ich verdattert.

»Ja. Und nicht nur er. Damit das geklappt hat, brauchte er eine

Menge Freiwillige, die sich zum Deppen degradieren ließen, damit Dana und ich später mit dir darüber lachen konnten.«

Ich war sprachlos. *Für mich?* Diese vielen Slapstick-Einlagen waren für mich *inszeniert* worden?

»Endlich bist du wieder so weit, dass du Jake nicht mehr brauchst, um mal fröhlich zu sein«, sprach Gabriel weiter. »Du bist über den Berg, also lass dich nicht wieder runterziehen.«

»Das habt ihr ... für *mich*?«

»Komm schon, mach den Mund wieder zu.« Gabriel grinste. »Ja, für dich. Die Leute mögen dich, weil du unkompliziert und hilfsbereit bist. Du drängst dich nie in den Vordergrund, obwohl du allen Grund dazu hättest. Jeder andere hätte nach dem Rodeoritt einen auf *Ich bin der Größte* gemacht, du bist nicht mal im Ring geblieben, um dir deinen Applaus abzuholen.«

Verlegen kratzte ich einen Fleck von Bos Sattel. Solche Komplimente war ich von Gabriel nicht gewohnt.

»Mike hat mir erzählt, dass du dich für den Greeny stark gemacht hast. Das war richtig. Und dass du deinem Vater endlich gesagt hast, er soll sich zusammenreißen, war auch richtig.« Er hielt kurz inne, als wollte er mir Gelegenheit geben, etwas zu sagen, aber ich wusste beim besten Willen nicht, wie ich auf sein Loblied reagieren sollte. Es war mir peinlich.

»Josie, du bist der wunderbarste Mensch, den ich kenne. Es gibt niemanden, mit dem ich lieber Zeit verbringe und den ich mehr bewundere. Ich –«

»Und Dana?«

»Dana ist grandios und ... ganz schön anstrengend.« Er verdrehte die Augen. »Ich will eigentlich nur sagen ...« Er verstummte.

»Was willst du sagen?«, bohrte ich nach.

Er schüttelte mit der gleichen Hoffnungslosigkeit den Kopf,

die er an den Tag legte, wenn er mir Integralgleichungen nahezubringen versuchte. »Pass auf dich auf. Und meinetwegen noch auf Patrick – aber du kannst nicht die ganze Welt retten.« Er trieb seine Stute an. »Und jetzt komm, die gucken schon.«

Ich drehte meinen Kopf und sah Ray, der uns aufmerksam beobachtete. Hitze stieg in mir auf.

Konnte er unsere Unterhaltung gehört haben?

Wir waren etwa zwanzig Meter entfernt, aber wenn man ungünstig stand, trug der Wind die Worte manchmal deutlich weiter. Und wie es aussah, standen wir sehr ungünstig.

Also trieb ich Bo ebenfalls an, fiel in einen leichten Trab und ritt nachdenklich hinter Gabriel her.

Was er über meine Mitschüler an der Angels High erzählt hatte, ließ mich fassungslos zurück. Und gleichzeitig führte es mir vor Augen, wie privilegiert ich gewesen war.

Patrick hatte niemanden, der ihn aufmunterte. Er war nach dem Tod unserer Mutter zurück auf die Ranch gezogen und studierte nun mit Sondergenehmigung von zu Hause aus. Nicht einmal ich hatte mich bemüht, ihn zum Lachen zu bringen. Ich hatte mich immer nur beschwert, dass alle auf der Ranch verlernt hatten fröhlich zu sein, und mich der gedämpften Stimmung angepasst.

Auf die Idee, dass ich selbst das Lachen zurückbringen könnte, war ich nie gekommen.

Es wäre mir wie ein Verrat an der Trauer um meine Mutter vorgekommen. Obwohl, und das ist das Absurde daran, ich in der Schule ohne jedes schlechte Gewissen lachen konnte.

Stumm dankte ich Gabriel für seine ehrlichen Worte und schwor mir, mich mehr um Patrick zu bemühen.

✶ ✦ ✶

KAPITEL 11

MEIN VATER WAR WIE ERWARTET nicht zum Essen erschienen.

Das hatte zumindest ein Gutes, denn die Gäste stürzten sich wie die Hyänen auf Danas Curry und ließen kaum genug für Gabriel, Dana, Patrick und mich übrig. Patrick zog sich nach dem Essen gleich wieder in sein Büro zurück, wohingegen wir drei uns eine Partie Rommé gönnten – bis Gabriels und Danas Gähnen derart überhandnahm, dass wir das Spiel abbrachen.

In meinem Zimmer dachte ich erneut über Gabriels Worte nach und eine Welle der Dankbarkeit durchflutete mich.

Ich überlegte, wie ich mich bei meinen beiden besten Freunden revanchieren konnte, allerdings fiel mir absolut nichts Sinnvolles und vor allem nichts realistisch Durchführbares ein.

Da hörte ich ein Geräusch.

Es kam vom Fenster.

Sofort war ich auf der Hut.

Seit der Sache mit dem Käuzchen und dem Totenkopf-Regenbild war mir dieses Fenster nicht mehr geheuer. Ich vermied regelrecht es anzusehen.

Da. Wieder ein leises Prasseln.

Ich zwang mich zum Fenster zu sehen.

Sand flog dagegen und rieselte von der Scheibe. Ich schaute auf die Uhr. Wer bitte schön warf um zehn Uhr abends Sand gegen mein Fenster?

Neugierig ging ich hin und sah in den Hof hinunter.

Ray!

Überrascht riss ich das Fenster auf.

»Ist etwas passiert?«

»Fang!«, sagte er und warf etwas zu mir hoch.

Gekonnt fing ich den Gegenstand auf. Er war faustgroß und so schwer wie ein Stein dieser Größe, was nicht verwunderlich war, denn es *war* ein Stein, eingepackt in ein Stück extrem dünnes, fein gegerbtes Leder. Ich wickelte den Stein aus und kapierte schnell, dass er nur dazu diente, das Leder in den ersten Stock zu transportieren. Auf der gegerbten Oberfläche war eine Zeichnung zu sehen.

Ein Wildpferd, das stark an Bo erinnerte, und mehrere Schriftzeichen, die mir fremd waren.

Ich streckte meinen Kopf zum Fenster hinaus, um Ray zu fragen, was es damit auf sich hatte, doch er war bereits verschwunden.

»Diese verdammte Luftauflösenummer, verflixt noch mal«, fluchte ich und schlüpfte in meine Schuhe. Kurz vor den Hütten der Rancharbeiter holte ich ihn ein.

»Ray«, rief ich leise.

Er blieb stehen und wartete auf mich.

»Was ist das?«, fragte ich.

»Eine Art Brief.«

»Aha.« Ratlos starrte ich auf die Zeichnung in meiner Hand. »Und was steht da?«

»Danke.«

»Danke? So viele Zeichen für so ein kleines Wort?«

»Es ist ein großes Wort.« Er lächelte. »Es tut mir leid, dass ich im Stall so unfreundlich war. Du hattest ein Dankeschön verdient, keinen Anpfiff. Also: Danke, Rodeo-Girl. Du bist ungewöhnlich für eine ... eine ...«

»Normale Weiße, deren Wurzeln nicht in Amerika, sondern in Irland liegen?«, half ich ihm aus.

Er zuckte die Schultern, was Antwort genug war.

»Danke«, sagte ich.

Nun sah er mich verwundert an. »Wofür?«

»Dass du dich bedankt hast.«

Er lachte. »Du bist wirklich *sehr* ungewöhnlich.«

Ich war mir nicht sicher: War das nun ein Kompliment? Oder einfach eine Feststellung? Danas Worte schossen mir durch den Kopf: *Wenn Ray in dir mehr sehen würde als die Tochter des Chefs, hätte er inzwischen genug Gelegenheit gehabt, dir das zu zeigen.*

Ich musste ihn dazu bringen, Farbe zu bekennen – sofern es denn irgendeine nennenswerte Farbe in seinen Gefühlen mir gegenüber gab. Immerhin hatte er mir einen Brief gemalt. Das machte man nicht für jeden. Auch nicht bei den Greenies.

»Darf ich dir etwas zeigen?«, fragte ich.

»Ich bin gespannt.«

Ich lief voraus und führte ihn zum Waldrand hinter den Hütten. Schon mit dem ersten Schritt in das Dickicht der Bäume verwandelte sich das Dämmerlicht der offenen Ebene in Dunkelheit. Doch hier brauchte ich kein Licht, um mich zurechtzufinden. Ich kannte den kurzen Weg in- und auswendig.

Dann blieb ich vor meinem Kwaohibaum stehen. Sein Durchmesser betrug nur etwa achtzig Zentimeter, ein lächerliches Maß gegen den mächtigen Baum, den Ray mir gezeigt hatte. Ich legte eine Hand auf die Rinde.

»Das ist mein Baum«, sagte ich.

»Deiner?«

»Er hat meinen Taufanhänger verschluckt.«

»Ich wusste es«, sagte er und ein triumphierendes Lächeln stahl sich auf sein Gesicht. »Was hast du dir gewünscht?«

»Großes Indianergeheimnis.«

»Dann ist es bei mir ja in guten Händen.« Er lachte und legte ebenfalls eine Hand auf die Rinde. Einen Moment durchzuckte mich ein Schreck. Konnten Greenies die Wünsche, die man einem Baum anvertraute, von seiner Rinde ablesen? Da nahm er die Hand schon wieder weg. Sie verharrte in der Luft, als sei er unschlüssig, was er mit ihr machen sollte. Und mit einem Mal veränderte sich etwas in seinen Augen. Das Grün wurde heller, der Blick sanfter und plötzlich lag seine Hand an meiner Wange.

Ich wagte kaum mehr zu atmen. Die Haut unter seiner Hand schien zu glühen, überhaupt, mein ganzer Körper wurde so heiß, als fließe Lava anstelle von Blut hindurch.

»Warum zeigst du mir das?«, schnurrte er sanft.

»Ich weiß es nicht.« Verlegen nahm ich meine Hand von der Rinde. »Ich hab das noch nie jemandem gezeigt. Nicht einmal meinen besten Freunden.«

»Warum?«

»Es ... es war mir peinlich.«

Seine Hand löste sich von meiner Wange und er kam einen Schritt näher. Zwischen uns waren nun keine zehn Zentimeter Abstand mehr. Ich konnte den Duft seiner Haut riechen, eine Mischung aus Harz und Limone, so betörend, dass ich kaum dem Drang widerstehen konnte, den restlichen Abstand zwischen uns auf null zu reduzieren.

»Weil deine Freunde Scheuklappen aufhaben?«, fragte er.

»Wahrscheinlich«, hauchte ich und konzentrierte mich mit aller Macht darauf, genau dort stehen zu bleiben, wo ich war.

»Erzähl es mir. Ich glaube an die Macht des Kwaohibaums. Bei mir muss es dir nicht peinlich sein.«

»Gut«, gab ich nach, froh um jede Ablenkung von meinem übermächtigen Wunsch, ihn jetzt sofort zu berühren. Ich räusperte mich. »Als ich vierzehn war, hab ich ... hab ich mich wie eine graue Maus gefühlt.« Ich machte eine Pause. *Und jetzt? Wie weiter?* Ich konnte Ray doch nicht von meinem ersten Schwarm und dem Kuss und der schnöden Behandlung am nächsten Tag erzählen! »Ich ... äh«, stotterte ich, während mein Hirn krampfhaft nach einem plausiblen Ersatzgrund für mein Graues-Maus-Gefühl suchte. »Meine Mom war so schön und wild und berühmt und die Mädchen in meiner Klasse waren total gestylt und ich ... ich war einfach nur ein Ranchgirl.« Ich zog eine Grimasse. »Das klingt jetzt ziemlich doof, aber ich wollte ein bisschen so sein wie die Heldinnen in meinen Büchern ...«

Was ich mir ganz genau gewünscht hatte, das mit der aufregenden Bestimmung, der großen Liebe und so, ließ ich bei meiner Beichte natürlich weg.

Ray trat ein winziges Stück näher, geradezu als wollte er meine Willenskraft austesten. »Was ist mit deiner Mutter passiert?«

Die Frage kam unerwartet. Aber sie lenkte mich wenigstens ab. »Sie hatte einen Unfall.«

»Mit dem Pferd?«

»Auto.« Ich schloss die Augen und drängte die Tränen zurück, die in mir hochquollen. Ich war nicht darin geübt, über den Unfall meiner Mutter zu reden. Doch jetzt schien Rays Nähe meine Zunge zu lösen. »Mein Vater ist gefahren. Es war Nacht und die Straße eng und nass und ihnen kam ein Auto auf der falschen Straßenseite entgegen. Mein Vater hat versucht auszuweichen, ist ins Schleudern geraten und gegen einen Baum gekracht. Meine Mutter war sofort tot, mein Vater schwer verletzt. Er wird nie wieder reiten können.«

»Das... das tut mir leid«, sagte Ray leise. »Und das andere Auto?«

»Ist weitergefahren. Wir haben nie herausgefunden, wer den Unfall verursacht hat, aber mein Vater glaubt, es war...« Ich zögerte, unsicher, ob ich dieses Detail mit ihm teilen sollte. »... ein Greeny«, vollendete ich schließlich den Satz. »Seitdem hasst er alle Greenies.«

Ray zog mich an sich und brachte seine Lippen an mein Ohr. »Und du nicht?«

Seine Nähe war wie ein Schock. Überdeutlich spürte ich jeden Zentimeter seines Körpers, der meinen berührte, und mein zu Lava mutiertes Blut explodierte in unzählige Schauder, die über meinen Rücken liefen. Ich wollte meine Arme um seinen Hals schlingen, doch anstatt meinem Befehl zu gehorchen, hingen sie nur nutzlos und schlaff herab.

»Und du nicht?«, fragte er abermals.

»Nein«, antwortete ich angestrengt in sein T-Shirt hinein und versuchte die Schauder zu ignorieren. »Dad hat den Fahrer nur undeutlich gesehen. Mittellange schwarze Haare, und das Auto war einer der typischen Trucks, die Greenies hier oft fahren.«

»Und deshalb hast du mich verteidigt?«

»Auch.«

»*Auch?*«

Ich sah zu ihm hoch. Unsere Gesichter waren nur noch einen Hauch voneinander entfernt. »Ich wollte, dass du hierbleibst.«

»Warum?«, fragte er so leise, dass es kaum mehr als ein Hauchen war, die Lippen so dicht an meinen Wangen, dass ich ihre Bewegung spürte.

»Weil...«, flüsterte ich und wusste nicht weiter.

Weil ich mich in dich verliebt habe, als ich dich das erste Mal gesehen habe?

Weil du seit dem Rodeo-Ritt wie ein Virus in meinem Kopf wütest?

Weil ich dich... liebe?

Ich erschrak vor diesem Wort, das ich selbst in all meinen Tagträumen bislang vermieden hatte. Es war eine Nummer zu groß für mich. Nicht nur dass ich noch Jungfrau war, ich war sogar mehr oder weniger ungeküsst, wenn man von dem einen Kuss absah, den ich mit vierzehn von meinem großen Schwarm abgestaubt hatte. Danach himmelte ich ihn noch ein gutes Jahr aus der Ferne an. Und als ich endlich so weit war, mich von Dana in Sachen Jungs und Coolness an die Hand nehmen zu lassen, verunglückte meine Mutter und das Thema war vom Tisch.

Also wiederholte ich nur hilflos: »Weil...«

Er drehte seinen Kopf. Jetzt waren unsere Lippen so nah, dass sie sich bei jedem seiner Worte wie das zarte Vorbeistreichen eines Schmetterlings berührten. »Ich wüsste, warum ich wollen würde, dass du bleibst, wenn die Situation anders herum wäre.«

»Warum?«, wisperte ich und spürte, wie meine Lippen wieder seine berührten.

Seine Antwort war stumm. Er schlang seine Arme um mich, während seine Lippen sich auf meine legten und sie mit sanftem Druck öffneten. Ich schlang meine Arme ebenfalls um ihn und erwiderte seinen Kuss. Unsere Münder und Zungen verschmolzen und er presste mich fest und doch sanft an sich.

Und wieder einmal blieb die Welt um mich herum stehen. Der Wald, der Abendgesang der Vögel, alles verschwand, es gab nur noch Ray und mich. Er schmeckte nach Waldbeeren, seine Lippen lagen weich und fest auf meinen. Irgendwann begannen seine Hände über meinen Rücken zu wandern. Ich spürte seine Finger in meinem Haar, an meinem Kopf; es waren zarte Berührungen, die Ministromstöße durch meinen Körper jagten.

Plötzlich stieß er mich jäh von sich.

Die Welt kehrte zurück, ich hörte ein lautes Rascheln, nahm Rays hektische Kopfbewegungen wahr, als sehe er sich nach dem Verursacher des Raschelns um.

»Verdammt«, sagte er keuchend. »Es tut mir leid, Josie.«

Es tat ihm leid?

Ich verstand nicht. *Was* tat ihm leid? Dass er unseren Kuss so jäh unterbrochen hatte? Er musste doch nur weitermachen.

»Das hätte nie passieren dürfen!«

Rauschen, heftig wie das eines Wasserfalls, füllte meinen Kopf. Wie konnte er so etwas sagen?

»Es tut mir so leid«, wiederholte er. »Bitte verzeih mir.«

»Wa...was?«, stotterte ich benommen. »Warum? Weil ich die Tochter des Chefs bin? Weil mein Vater Greenies hasst?«

»Weil es nie hätte passieren dürfen! Nie. Nie. Nie.« Seine Faust krachte so unvermittelt gegen den Kwaohibaum, dass ich erschrocken zur Seite sprang. Doch dann sah ich sein Gesicht. Sah die Angst darin, und das verwirrte mich noch mehr.

Er nahm meine Hand und zog mich energisch mit sich. »Ich bringe dich jetzt zurück, und dann vergessen wir, dass das je passiert ist.«

»Warum?«, protestierte ich.

Das konnte doch nicht wahr sein!

Alles in mir schrie nach einer Wiederholung des Kusses – und er wollte ihn ungeschehen machen?!

»Bitte«, sagte er und blieb stehen. Er ließ meine Hand los, trat einen Schritt zurück. Dann streckte er seinen Arm aus und spreizte die Finger. »Bitte. Vertrau mir, wenn ich sage, es *darf* nicht sein. Wir können nicht mehr sein als... als...« Er brach ab und ließ den Arm sinken. Schüttelte den Kopf. Schließlich packte er erneut meine Hand und zog mich weiter mit sich.

Als wir die Arbeiterhütten erreichten, ließ er mich los. »Du bist die Tochter des Chefs und ich bin einer eurer Saisonarbeiter. Mehr nicht.« Er hob mein Kinn und zwang mich ihn anzusehen. Im Licht der Hütten erkannte ich das stumme Flehen in seinen Augen. »Versprichst du es mir?«

Tränen schossen mir in die Augen.

Ich wollte es ihm auf keinen Fall versprechen.

Ich wollte es nicht vergessen. Und doch nickte ich brav mit dem Kopf. Dann wandte ich mich ab und rannte in mein Zimmer.

KAPITEL 12

NÄCHTE KÖNNEN LANG SEIN. Vor allem wenn man sich von einer Seite zur anderen wälzt und zu begreifen versucht, was ich zum damaligen Zeitpunkt beim besten Willen nicht hätte begreifen können. Wie auch? Wie hätte ich auf den wahren Grund für Rays plötzlichen Rückzug kommen sollen? Ich war einfach verletzt – und hoffnungslos verliebt.

Und deshalb durchlebte ich den Kuss gefühlte tausendmal, und wenn ich sage durchlebte, meine ich das auch so. Es war, als könnte ich Rays Lippen und Hände spüren, die Wärme seines an mich gepressten Körpers, als könnte ich seinen frischen, harzigen Duft riechen, und mein Körper reagierte mit den gleichen Hitzewallungen, die schon im Wald meine Körpertemperatur auf gefühlte 42 Grad hatten steigen lassen.

Dennoch muss ich irgendwann eingeschlafen sein, denn als der Wecker klingelte, fühlte ich mich schwer und benommen. Dabei war es bereits acht Uhr.

Ich quälte mich aus dem Bett und war heilfroh, dass Dana und Patrick heute Frühschicht hatten.

In der Küche war nur noch mein Frühstücksgedeck auf dem

Tisch, auf dem Teller ein handgeschriebener Zettel, dahinter ein Strauß frisch gepflückter Mohnblumen, meine Lieblingsblumen.

Mein erster Gedanke: *Ray! Er hat es sich doch anders überlegt!*

Ich flog regelrecht zu meinem Platz und schnappte mir den Zettel vom Teller.

Danke! Dad. PS: Ich bin froh, dass du so viel von deiner Mutter hast, und ich bin sehr stolz auf dich und Patrick.

Das Stück Papier in der Hand setzte ich mich. Ich war froh und gerührt – und doch war ich enttäuscht, dass die Blumen und der Zettel nicht von Ray waren, so abwegig die Vorstellung auch war: Ray, der herausfand, was meine Lieblingsblumen waren, und in unsere Küche spazierte, um mir ein Liebesbriefchen offen auf den Teller zu legen.

Mit der ersten Tasse Kaffee schluckte ich meine Enttäuschung hinunter und überließ der Freude über die Wiederauferstehung meines Vaters den gebührenden Platz in meinem Herzen. Ich war wirklich extrem erleichtert, dass er den Absprung geschafft hatte.

Die Küchentür öffnete sich und Gabriel setzte sich zu mir. Er zeigte auf die Blumen. »Siehst du! Es war richtig, dass du mal sauer geworden bist.«

»Glück gehabt«, nuschelte ich, den Mund voll Honigtoast. »Hätte auch schiefgehen können.«

»Und wenn du einfach mal zulässt, dir selbst auf die Schulter zu klopfen? Ist das so schwer?«

»Wahrscheinlich«, sagte ich und erinnerte mich an die Dauertonschleife meiner Oma. *Bescheidenheit, Josephine, ist eines Mädchens Zier.* Etwas davon war wohl in meinem Unterbewusstsein hängen geblieben.

»Mike ist da«, sagte Gabriel. »Er muss um elf gehen und wollte deshalb schon früher anfangen.«

Ich rumpelte von meinem Stuhl hoch.

»Langsam, langsam.« Gabriel winkte mich wieder auf den Stuhl zurück. »Er muss erst sein Zeug herrichten, du kannst deinen Kaffee ganz in Ruhe austrinken.«

Ich setzte mich wieder. »Wo ist Dana?«

»Hilft Patrick im Büro. Das haben sie wohl beim Frühstückmachen so beschlossen.«

»Und wer kocht?«

»Dana.« Gabriel schnitt eine Grimasse. »Und ich bin ihr Küchensklave. Dein Vater kauft gerade ein.« Die Grimasse verwandelte sich in ein breites Grinsen. »Du hättest sein Gesicht sehen sollen, als Dana ihm die Einkaufsliste in die Hand gedrückt hat. Bei der Hälfte der Sachen wusste er nicht, was das sein soll.«

»Und er hat nicht protestiert?« Ich war ehrlich erstaunt.

»Nachdem drei Gäste den Kopf zur Küche reingesteckt haben, um das gestrige Abendessen zu loben?« Gabriel leckte sich über die Lippen. »War aber auch echt gut. Und ohne Rezept, einfach mal so aus dem Ärmel geschüttelt. Deine Oma hätte gesagt, das sei Danas Bestimmung.« Er malte mit der Hand ein Schild in die Luft. »*Dana's Deli.*«

Ich lächelte. »Träum weiter. Du weißt genau, dass ein Wirtschaftsstudium geplant ist. Und dann baut sie ein Virtual-Reality-Imperium auf.« Ich erhob mich.

»Wir werden sehen.« Gabriel stand auf und hielt mir die Hand hin. »Ich setze auf *Dana's Deli.*«

Im Stall hatte Mike bereits alles hergerichtet und das erste Einstellpferd für heute aus der Box geholt.

»Hi, Josie«, begrüßte er mich freundlich. »Alles gut bei dir?«

»Äh, ja. Guten Morgen.«

»Du siehst müde aus.«

»Ich *bin* müde.«

»Hast du das mit dem Greeny noch geklärt?«

»Glaub schon«, murmelte ich und fragte mich, ob Mike einfach nur höflich sein wollte oder sich ehrlich dafür interessierte, ob Ray bleiben würde oder nicht.

»Gut aussehender Typ«, bemerkte er und beugte sich über den Huf der Stute.

»Hmm«, machte ich vage. Für meinen Geschmack geriet die Unterhaltung gerade in gefährliches Fahrwasser. »Er ist phänomenal gut mit den Pferden«, lenkte ich das Thema in eine andere Richtung.

»Sind alle Greenies. Das liegt uns im Blut.« Er stellte den Huf ab.

»Du bist halb-halb, oder?«

»Vater Greeny, Mutter halb Schwedin, halb Amerikanerin. Ziemlicher Mischmasch.«

Nun wurde ich neugierig. Mike war der lebende Beweis, dass eine Liebe zwischen Greeny und Nicht-Greeny möglich war. Was also sollte Rays Panik wegen des Kusses?

»Und als was fühlst du dich?«

»Als Mike.« Er lachte. »Spaß beiseite. Ich bin in der Stadt aufgewachsen und hatte kaum Kontakt zu den Yowama. Außer zu meinem Vater. Ich fühle mich als Weißer, war aber ein schwieriger Prozess.«

»Warum?«

»Liegt das nicht auf der Hand? Wie lange hast du gebraucht, bis du mich gefragt hast, ob ich ein Greeny bin?«

»Nicht lang«, gab ich zu.

»Eben. Ich bin weder Weißer noch Greeny. Ich gehöre weder hier noch dort dazu und das ist … Mist. Kann ziemlich scheiße sein auf dem Pausenhof.«

»Das tut mir leid.«

»Warum? Kannst du ja nichts dafür. Und...«, er wischte mit der Hand ein unsichtbares Gewicht von der Schulter, »... was einen nicht umbringt, macht einen stärker. Alter Spruch von meinem Dad.«

»Hmm«, brummelte ich und in mir brannten tausend weitere Fragen. Ich kam mir vor wie Eli Brown mit seiner unstillbaren Neugierde und machte mir eine mentale Notiz, das nächste Mal offener auf seine Fragen zu reagieren. »Warum seid ihr nicht im Reservat geblieben? Wäre es dort nicht einfacher für dich gewesen?«

Mike lachte hell auf. »Einfacher? Du hast wirklich keine Ahnung von Greenies, stimmt's?«

Ich spürte, wie leichte Röte meine Wangen überzog. Leider traf Mike mit seiner Einschätzung ins Schwarze.

Greenies waren Greenies. Sie gehörten einfach dazu, und ich hatte mir, bevor ich auf Ray traf, noch nie Gedanken über sie gemacht. Ich wusste, dass sie hervorragend mit Pferden umgehen konnten und meine Mutter deshalb auf sie schwor, und ich wusste, dass sie meist im Reservat blieben. Manche arbeiteten wie Ray im Sommer als Saisonarbeiter und ein paar hatten Jobs in Angels Keep, aber man sah sie selten in gemischten Gruppen. Sie blieben lieber unter sich. Eine Tatsache, die ich als gottgegeben akzeptiert und nie hinterfragt hatte.

»Stimmt«, gab ich etwas beschämt zu. »Aber ich würde gern mehr über sie wissen.«

Mike sah mich mit einem merkwürdigen Blick an und lächelte dann, als begreife er auf einmal, woher meine plötzliche Wissbegierde stammte. »Die Greenies haben meine Mutter nicht akzeptiert. Und da sie bereits mit mir schwanger war und mein Dad meine Mutter nicht aufgeben wollte, musste er gehen.«

Ich runzelte die Stirn. »Ich dachte immer, die Greenies respektieren die Weißen.«

»Klar, solange sie nicht in ihrem Revier rumpfuschen.« Mike klang mit einem Mal bitter. Er schien es selbst zu bemerken, denn er fiel sogleich in den locker-leichten Ton zurück, den er bisher an den Tag gelegt hatte. Er nahm den nächsten Huf auf und löste die Nägel. »Mit jemandem Geschäfte machen, mal ein Bier trinken, ein paar Monate wo arbeiten... das klappt immer. Greenies sind selten aggressiv, sie sind ehrlich und wissen mehr über die Gegend als alle anderen. Aber das heißt nicht, dass sie jemand von außen in ihren Kreis lassen.« Er nahm das Eisen ab, inspizierte den Huf, anschließend sah er zu mir und fixierte mich. »Glaub mir, Josie, sich näher mit einem Greeny einzulassen ist keine gute Idee. Das führt zu 'ner Menge Ärger.«

Er machte eine Pause, dann widmete er sich wieder dem Huf, doch ich sah, dass er mit sich kämpfte. Als wollte er noch etwas sagen. Ich überlegte, ob ich nachfragen sollte, entschied mich aber dagegen. Das waren bereits mehr Fragen gewesen, als es einem normalen Interesse an Greenies geschuldet sein konnte. Vor allem aber fielen alle Antworten in die Kategorie Hoffnungskiller. Wenn es für Greenies so schwer war, sich zu einem Partner außerhalb der Gemeinschaft zu bekennen, war Rays abrupter Rückzug nur zu verständlich. Er wollte mich nicht verletzen. Er wollte uns schützen. Trotzdem weigerte ich mich zu akzeptieren, dass das Schicksal von Mikes Eltern auch auf Ray und mich zutreffen sollte. Ray und ich, das war anders, das war... ich weiß nicht, wie ich es beschreiben soll, es war... verdammt, ich fasse nicht, dass ich das schreibe: Es war, als sei er meine Bestimmung.

Nachdem Mike das neue Eisen befestigt hatte, stellte er den Huf ab. Dann sah er zu mir und stieß einen Seufzer aus. »Es geht mich nichts an, Josie, das weiß ich, aber ich habe es nun mal selbst miterlebt. Was ich sagen will: Wenn du dich für diesen Greeny aus einem anderen Grund als der Begeisterung für seine Arbeit einsetzt, solltest du dir im Klaren sein, dass für *ihn* die Konsequenzen deutlich drastischer sind als für dich. Er müsste alles aufgeben, was ihm wichtig ist. Und für Greenies ist die Gemeinschaft im Reservat ihr Lebensinhalt.« Er überlegte einen Moment. »Stell dir vor, du müsstest die Ranch aufgeben. Oder Pferde überhaupt. Nie wieder reiten. Du ziehst in eine Wohnung in der Stadt und spürst nie wieder den Wind im Gesicht, wenn du über die Felder galoppierst. Du riechst nie wieder den Geruch von Heu und Stroh. Kannst du dir das vorstellen?«

Hoffnungskiller.

Ich fühlte mich wie eines der Souflés meiner Mutter, deren hübsche, luftgefüllte Kronen wegen unsachgemäßer Backzeit jedes Mal schlapp in sich zusammenfielen.

Mikes Botschaft zwischen den Zeilen war überdeutlich: Wenn dieser Greeny dir so sehr am Herzen liegt, dass du dich seinetwegen mit deinem Vater zoffst, dann überleg dir gut, ob du ihm das antun möchtest.

In meine Gedanken vertieft, hörte ich Marcus Dowby erst, als er neben mir stand.

»Ich möchte mich beschweren«, begann er. In letzter Sekunde unterdrückte ich ein entnervtes Augenverdrehen. Was anderes kam ohnehin nicht aus seinem Mund. Beschwerden oder Beleidigungen.

»Was ist passiert?«, fragte ich, ohne mir ein Pensionswirtinnenlächeln abzuringen. Das hatte er erstens nicht verdient und zweitens war es an ihn verschwendet.

»Ich habe ein Pferd für einen Ausritt gebucht und was macht dieser Halbwilde? Will mir einen von diesen lahmen Trekkinggäulern andrehen.« Dowby sah sich im Stall um, ging dann an den Boxen entlang. Ausgerechnet vor Hisleys Box blieb er stehen, worauf Hisley mit einem nervösen Wiehern reagierte. »Den will ich reiten.«

»Der ist für Gäste nicht verfügbar«, sagte ich blitzschnell.

»Was soll das heißen?« Dowby warf mir einen unwirschen Blick zu. »Wir zahlen Premiumpreise und bekommen B-Ware?«

Ich atmete tief durch. »Das ist unser Zuchthengst und er –«

»Pah! Als ob Zuchthengste nicht geritten werden!«, fiel Dowby mir ins Wort.

»Wird er. Von meinem Bruder und mir. Wir trainieren ihn für die nächsten Turniere, um seinen Wert zu erhalten.«

»Albern. Was soll dem Pferd denn passieren, wenn ich eine Stunde darauf reite?« Er zückte eine Geldbörse. »Was muss ich drauflegen, um ihn zu reiten?«

»Zweitausend Dollar«, sagte ich trocken. »Und eine Million Kaution.«

Dowbys Mundwinkel zuckten, der arrogante Gesichtsausdruck schlug erst in Unglauben, dann in Verärgerung um.

»Das ist doch… So etwas Unverschämtes habe ich noch nie gehört! Sag doch gleich, dass du nicht willst, dass ich dein kostbares Pferd reite!«

»Hab ich ja.«

»Eine Million! Zweitausend Dollar!«, ereiferte er sich. »So ein Schwachsinn. Kein Pferd ist eine Million wert.«

»Manche Pferde sind deutlich wertvoller.«

»Willst du allen Ernstes behaupten, jemand würde für den Gaul hier eine Million zahlen?«

»Das habe ich nie gesagt«, erwiderte ich und versuchte ruhig zu bleiben. »Würden wir Hisley jetzt verkaufen, würden wir nicht einmal mehr fünfzigtausend bekommen, weil er die letzte

Turniersaison ausgefallen ist und eine OP hinter sich hat. Aber sein *wirtschaftlicher* Wert liegt um ein Vielfaches höher, weil er noch viele Turniere gewinnen kann und Pferde mit seinem Namen im Stammbaum sich teuer verkaufen lassen.«

Die Logik meiner Argumentation schien sogar Dowby zu überzeugen, denn er wandte sich von Hisley ab und ging zur nächsten Box.

»Dann reite ich die da.«

»Tut mir leid. Bo ist ebenfalls gesperrt.«

»Ist die etwa auch eine Million wert?« Seine Stimme war so ätzend wie Säure.

»Nein, sie ist noch in Ausbildung.« Ich schielte zu den Boxen neben Bo und war froh, dass Larry und Sarah die Zuchtstuten bereits auf die Koppel gebracht hatten und ich ihm nicht gleich die nächste Abfuhr erteilen musste.

»Damit lasse ich mich nicht abspeisen. Ich habe gesehen, wie du auf ihr geritten bist, sie reagiert perfekt!« Dowby verschränkte die Arme vor der Brust. »Ich weiß, du kannst mich nicht leiden und willst deswegen nicht, dass ich ein Pferd reite, mit dem Reiten auch Spaß macht.«

Aus den Augenwinkeln sah ich, wie Mike aufstand. Obgleich er nicht besonders groß war, war er kräftig gebaut, und mit den in die Hüften gestemmten Armen und den böse blitzenden grünen Augen wirkte er einigermaßen einschüchternd.

»Sie haben gehört, was die Lady gesagt hat, Mister. Nehmen Sie eins der Pferde, die für Gäste vorgesehen sind, oder lassen Sie es bleiben. Wenn Sie so viel von Pferden verstehen, wie Sie behaupten, wissen Sie, dass die Entscheidungen der Lady vernünftig sind und absolut gar nichts mit Ihnen persönlich zu tun haben.«

Dowby sah Mike mit offenem Mund an, sichtlich verwirrt,

welche Rolle Mike auf der Ranch wohl innehatte. Dann machte er auf dem Absatz kehrt und stürmte aus dem Stall.

»Danke«, sagte ich, als Mike sich wieder auf seinen Schemel setzte.

Er lächelte mich an. »Gerne. Was für ein Idiot.«

Allerdings, stimmte ich ihm im Stillen zu, denn es war ein ungeschriebenes Gesetz, mit Fremden nie schlecht über Gäste zu reden. Der Kunde war König, auch wenn er sich so unterirdisch und geschäftsschädigend benahm wie Dowby. Langsam fragte ich mich jedoch, warum er eigentlich hier war, wenn ihm kein einziges unserer Freizeitangebote zusagte.

Beim Satteltraining sollte ich laut Plan endlich, endlich auf Ray treffen. Mir war ziemlich mulmig zumute. Einerseits konnte ich es kaum erwarten, ihn zu sehen, andererseits hatte ich Angst vor seiner Reaktion. Ich wollte ihm sagen, dass ich ihn verstand und er sich wegen des Kusses nicht schlecht fühlen sollte. Doch anstelle von Ray erwartete mich Larry bei den Mustangs.

Ich hoffte, er würde mir meine Enttäuschung nicht zu sehr anmerken, denn ich war maßlos enttäuscht. Vor allem weil ich mir bereits denken konnte, dass die Planänderung diesmal nicht auf dem Mist meines Vaters gewachsen war, sondern auf Rays Kappe ging. Mühsam schluckte ich meine Enttäuschung hinunter und konzentrierte mich auf das Training.

Zumindest machten wir gute Fortschritte. Bald würden wir mit dem Zureiten beginnen können, was mich freute und anspornte und wenigstens eine Stunde von meinem Verlangen ablenkte, endlich mit Ray über den Kuss zu reden.

Den Rest des Tages jedoch kämpfte ich mit einer zermürbend prickelnden Nervosität. Hinter jedem Busch, hinter jeder Ecke hoffte ich auf Ray zu treffen – nur leider tauchte er nirgendwo auf. Nicht einmal da, wo er eigentlich hätte auftauchen müssen.

Zum Ende meiner offiziellen Arbeitszeit hin war es ziemlich eindeutig: Ray mied mich.

Die Erkenntnis war wie ein Schlag in den Magen. Mir war zum Heulen zumute, und ich wollte mich gerade in mein Zimmer zurückziehen, als Gabriel mich bat, ihn und Dana nach Angels Keep zu begleiten. Er musste gespürt haben, dass Dana immer unruhiger wurde, und wollte im Laden nach dem Rechten sehen.

Zu Recht, wie sich herausstellte. Denn als wir den Laden aufschlossen, bemerkte Dana sofort, dass etwas nicht stimmte.

»Das habe ich da nicht stehen lassen«, sagte sie und zeigte auf ein leeres Colaglas auf dem Tresen.

»Sicher?«, fragte ich. »Es wird wohl kaum jemand hier einbrechen, um ein Glas Cola zu trinken.«

»Da stand kein Glas. Ich habe alles doppelt kontrolliert und den Laden tipptopp hinterlassen. So, wie meine Eltern es mir eingebläut haben.«

»Vielleicht hat Gabe es dort abgestellt, *nachdem* du alles überprüft hast?«, warf ich ein.

Gabriel schüttelte vehement den Kopf und Dana zeigte auf die Tür. »Ich habe dort gestanden und vor dem Zusperren noch mal genau den Tresen und die Tische gecheckt. Da stand nichts«, beharrte sie, und ich spürte die Beklemmung, die sich zwischen uns ausbreitete.

»Hast du schon mal von Geistern gehört, die Cola trinken?«, fragte Gabriel.

Ich stufte die Frage als lahmen Versuch ein, die Situation mit einem Scherz zu entspannen, und stieg darauf ein. »Klar. Die müssen nicht auf ihr Gewicht achten...«

»Pssssst«, machte Dana, die Brauen zusammengezogen. Ihr Körper war so angespannt, als stünde sie auf einer Sprengmine.

Gabriel und ich verstummten und lauschten ebenfalls. Da hörte ich es auch. Das Geräusch kam aus dem ersten Stock und klang, als spiele jemand bei offener Tür.

Dana wandte sich zu uns, das Gesicht noch bleicher als sonst. »Die Station muss sich allein angeschaltet haben, wie neulich in der Nacht...«

»Ich geh hoch«, sagte Gabriel und trat zu Dana.

»Ich komme mit«, antwortete sie. »Josie, du wartest hier unten.«

Gemeinsam verschwanden sie auf Zehenspitzen die Treppe hinauf und ließen mich allein. Nervös blieb ich in der Nähe der Tür und vergewisserte mich, dass sie sich problemlos öffnen ließ, falls ich hinausrennen musste, um Hilfe zu holen. Ich horchte angestrengt, jederzeit auf einen Schrei von Dana gefasst.

Dann hörte ich Schritte und Stimmen.

»Alles gut«, rief Dana und erschien auf der Treppe. Sie sah so gelöst aus wie seit Tagen nicht, und ich rätselte, wie ihre offensichtliche Erleichterung mit den Geräuschen aus der Spielkabine zusammenhängen konnte.

Da tauchte ihr Vater hinter ihr auf.

»Meine Eltern sind zurück. Sie haben einen Flug früher genommen.«

Nun kamen auch Mrs Wang und Gabriel die Treppe herunter. Danas Mutter sah ziemlich verschreckt aus und setzte sich an einen Tisch.

»Das ist furchtbar«, sagte sie leise. »Was kann das nur sein?«

Mr Wang brachte seiner Frau eine Cola und nahm neben ihr Platz. Er sah sehr ernst, aber kein bisschen verärgert aus. »Und so ist das, seit wir weg sind?«

»Es hat am zweiten Tag spätnachmittags angefangen. Davor war alles normal«, erzählte Dana und ließ sich ebenfalls auf einen der Stühle sinken.

»Den Laden zu schließen war die richtige Entscheidung«, sagte Mr Wang. »Können wir durchgehen, was der Kundendienst gesagt hat?«

Dana winkte Gabriel zu sich und ich kam mir etwas unnütz vor. Ich hatte von Danas und Gabriels Mühen relativ wenig mitbekommen und konnte zu der Unterhaltung nichts beisteuern. Gleichzeitig überkam mich wieder diese prickelnde Nervosität, die mir den ganzen Tag schon keine Ruhe gelassen hatte.

Ich musste Ray heute noch sprechen, sonst würde ich in der Nacht kein Auge zumachen.

»Ist es okay, wenn ich schon auf die Ranch zurückfahre? Ich kann euch nachher wieder abholen.«

»Ich ruf dich an«, sagte Dana und lächelte mich das erste Mal seit Tagen mit ihrem normalen Lächeln an.

KAPITEL 13

ZURÜCK AUF DER RANCH lief ich als Erstes in die Küche, um auf dem Arbeitsplan nachzusehen, wo Ray sein könnte.

Verdammt! Seine Schicht endete in fünf Minuten!

Hastig versuchte ich seinen Einsatzort zu entziffern. Nur leider hatte jemand über den ursprünglichen Eintrag gekritzelt, ohne dabei den Plan abzunehmen. Ich brauchte eine Ewigkeit, bis ich schließlich *Koppel, Tränke prüfen* entzifferte.

Erleichtert atmete ich auf. Die Koppeln waren der beste Ort für das, was ich vorhatte. Erstens waren wir dort garantiert allein, und zweitens hatte ich den gesamten Rückweg, um Ray davon zu überzeugen, dass wir trotz des Kusses miteinander arbeiten konnten. Wenn ich ihn schon nicht als Freund haben konnte, wollte ich ihn wenigstens sehen, mit ihm reden und arbeiten.

Und wenn *er* das nicht wollte? Mein Magen krampfte sich zusammen. Plötzlich stand Patrick neben mir.

»Ich dachte, du bist mit Dana und Gabriel unterwegs?«

Ich klärte ihn kurz auf. Sehr kurz, denn die Zeit lief und ich musste ja noch zu den Koppeln fahren.

»Oh.« Er schien enttäuscht zu sein. »Dann verlassen Dana und Gabriel die Ranch?«

»Keine Ahnung. Sie ruft nachher an.«

»Und du suchst nach einer Arbeit?«, witzelte er. Er sah zu dem Plan, und ich merkte zu spät, dass mein Finger noch auf Rays Spalte lag.

»Oh«, sagte er wieder. »Läuft da was zwischen euch?«

Innerhalb einer Zehntelsekunde sammelte sich all mein Blut in den Wangen – so fühlte es sich zumindest an.

»Äh ...«, stammelte ich, »na ... natürlich nicht.«

»Komisch. Warum wollte Ray dann heute, dass Larry mit ihm tauscht?«

Ich schluckte. Zwar hatte ich es mir schon gedacht, als ich Larry bei den Mustangs antraf, aber es von Patrick bestätigt zu bekommen, war eine ganz andere Nummer.

»Hör mal, Josie, Ray ist der beste Arbeiter, den wir gerade haben. Was immer da zwischen euch läuft, ich will nicht, dass er plötzlich kündigt, weil es ein Problem gibt. Er wollte heute nicht mit dir zusammen eingeteilt werden, und das solltest du respektieren.«

»Das tue ich ja«, murmelte ich, »aber ich muss ihn trotzdem kurz sprechen.«

»Ray arbeitet hier«, sagte Patrick und sah mich mit demselben Laserblick an, den ich bei Dad so hasste. »Du bist gewissermaßen sein Boss, und es ist nicht fair, ihm etwas aufzuzwingen. Du weißt, was Mom immer gesagt hat: *Nur wer seine Mitarbeiter respektiert, hat gute Mitarbeiter verdient.*«

»Ich *respektiere* Ray!«, rief ich aus. »Deswegen muss ich ja mit ihm reden!«

»Aber nur, wenn er das will. Ich sage ihm Bescheid und bis dahin hältst du die Füße still, okay?«

Ich antwortete nicht. Der Wunsch, mit Ray zu sprechen und ihn von seinem Schuldgefühl mir gegenüber zu befreien, war inzwischen übermächtig.

»Josie?«, hakte Patrick nach. »Hast du mich verstanden?«

»Ja«, nuschelte ich, denn *verstanden* hatte ich ihn. Dass ich seine Anweisung nicht befolgen würde, stand auf einem anderen Blatt.

Patrick schüttelte den Kopf, seufzte und verließ die Küche.

Ich wartete, bis er die Bürotür hinter sich geschlossen hatte, dann rannte ich hinaus. Genau in dieser Sekunde fing Rays Feierabend an, und wahrscheinlich war er bereits auf dem Rückweg zur Ranch, was meine Zeit mit ihm enorm verkürzen würde.

Im Hof schnappte ich mir eines der Fahrräder, die für alle zur freien Benutzung herumstanden, und trat wie eine Verrückte in die Pedale. Ich würde Ray nicht unter Druck setzen, das hatte ich nie vorgehabt; ich wollte mit dem Gespräch exakt das Gegenteil bewirken. Ich wollte ihm sagen, dass ich seine Situation verstand und respektierte und mich freuen würde, wenn wir trotz des Kusses weiter zusammen arbeiten könnten. Zumindest redete ich mir das ein. Dass ich in Wahrheit viel mehr von Ray wollte, verriet allein schon mein Pulsschlag, sobald ich an den Kuss dachte. Ich roch Rays Duft, diese besondere Mischung aus Harz und Limone, und verbat mir die Vorstellung, ihn nie wieder berühren zu dürfen.

Mein Rad ratterte über den Schotter. Mit letzter Puste erreichte ich die Koppeln. Dort sah ich Ray im Eiltempo vier Zweijährige von der vorletzten Koppel führen.

Was tat er da?

Ich versuchte die Situation zu begreifen, doch was ich sah, ergab wenig Sinn. Die Einjährigen, die sich mit den Zweijährigen die Koppel teilten, hatte Ray bereits gut dreißig Meter außerhalb des Zauns auf drei Bäume verteilt festgebunden. Nun steuerte er mit den Zweijährigen auf die nächste Baumreihe zu.

Warum holte er alle Pferde von der Koppel? Laut Plan sollte er doch nur die Tränke überprüfen. Kopfschüttelnd fuhr ich weiter und hielt direkt auf Ray zu, der hektisch die Führstricke der Zweijährigen um die Baumstämme schlang.

Vor Schreck wäre ich beinahe gestürzt. Das war es! Rays Hektik passte nicht zu dieser Situation! Und da begriff ich: Er band die Pferde an, damit sie nicht mehr an die Tränke gingen.

Aber warum? War das Wasser verseucht? Vergiftet? Von derselben Person, die auch Hisleys Kolik verschuldet hatte? Ein heftiges Wiehern ließ mich zur hintersten Koppel sehen.

»Hisley!«, rief ich aus. Was zum Teufel machte Hisley dort hinten? Er war an einen Baum am Ende der Koppel gebunden. Da verstand ich. Die beiden Koppeln teilten sich die Tränke, und was immer den Jungpferden schaden würde, würde Hisley ebenso gefährden. Das Wiehern steigerte sich, wurde zorniger, dann riss Hisley sich los und stürmte zur Koppel zurück. Direkt auf die Tränke zu.

Ich trat so fest in die Pedale, dass die Kiesel unter den Reifen wegspritzten.

»Josie!«, brüllte Ray.

Er winkte mir hektisch zu. Nein, er winkte mich hektisch *weg*!

Warum wollte er nicht, dass ich auf die Koppel ging? Ich konnte Hisley doch nicht zurück zur Tränke lassen! Also raste ich weiter. An der Koppel warf ich das Rad ins Gras, sprang über das Gatter und lief auf Hisley zu. Er hatte die Tränke fast erreicht.

»Hau ab!«, brüllte Ray und rannte von der anderen Seite auf Hisley zu. »Josie, runter von der Koppel!«

Endlich stand ich vor Hisley. Er war extrem aufgebracht und tänzelte mit angelegten Ohren nervös vor mir.

»Ho«, sagte ich, so ruhig es mir mein keuchender Atem erlaubte. »Ho, Hübscher. Ich bin's. Alles ist gut.« Ich streckte meinen Arm aus und grapschte nach dem mickrigen Rest des gerissenen Führstricks. Hisley beruhigte sich, und ich führte ihn von der Tränke weg, als Ray auf uns zurannte.

»Lauf!«, brüllte er.

Prompt bäumte Hisley sich auf. Der Führstrick entglitt meiner Hand, ich sah noch wie Ray ihm eine aufs Hinterteil drosch und Hisley davonstürmte – dann sah ich nichts mehr.

Ray warf sich mit seinem ganzen Gewicht auf mich. Während wir zu Boden stürzten, krachte es, als ob zehn Donnerschläge auf einmal die Luft zerrissen. Die Erde bebte, ich vernahm ein lautes Prasseln. Dann wurde es still.

Absolut still.

Es war gespenstisch.

Ich spürte Rays Gewicht auf mir, aber ich spürte keine Bewegung. Er lag auf mir wie ein Zentnersack Kraftfutter. Schwer und still drückte er mich in den weichen Boden. Ich roch Erde, Staub und Gras, und – noch etwas anderes. Etwas, das ich nicht gleich zuordnen konnte. Es war beißend und scharf.

Und dann war die Stille vorbei. In meinem Kopf pfiff ein greller Ton. Ich wollte meine Hände auf die Ohren pressen, doch sie lagen wie festgenagelt unter meinem Körper, von Rays und meinem Gewicht ins Gras gepresst. Ächzend schob ich meinen Kopf unter Rays Schulter hervor, damit ich etwas anderes als die Grashalme direkt vor meinen Augen sehen konnte.

Über dem Boden waberten Rauchschwaden und aus der Erde ragten scharf gezackte Metallteile. Langsam sickerte in mein Gehirn, was geschehen sein musste.

Die Tränke war explodiert.

Doch ich begriff beim besten Willen nicht, wie ein Wassertank explodieren konnte – und noch weniger, wie Ray das hatte wissen können. Denn er musste es geahnt haben, sonst hätte er nicht die Pferde von der Koppel geführt und sich wie ein lebender Schutzschild auf mich geworfen. In dem Moment dämmerte mir die grauenhafte Ursache von Rays Reglosigkeit.

»Ray«, presste ich mühsam hervor. »Bitte sag was! Ray!«

Doch er reagierte nicht.

Weil er an meiner statt von den Splittern getroffen worden war.

Weil er gerade verblutete.

Weil er bewusstlos auf mir lag.

»Ray!«, versuchte ich zu schreien, doch sein Gewicht nahm mir die Luft und aus meiner auf die Erde gepressten Kehle kam kaum mehr als ein Röcheln.

Ich musste etwas tun! Vielleicht konnte er gerettet werden, wenn ich schnell genug Hilfe holte.

Mit aller Kraft kämpfte ich meine Arme frei und wand mich unter Ray hervor.

Sein ganzer Körper war mit Splittern übersät.

Sie steckten in seinem Rücken. Seinen Beinen. Seinen Armen. Dann sah ich den Splitter in seinem Hals.

Faustgroß und absolut tödlich.

In meiner Panik bemerkte ich nicht, dass etwas nicht stimmte. Ganz und gar nicht stimmte.

Ich starrte nur auf Ray. Er brauchte Hilfe. Schnellstens. Nur wie sollte ich sie holen, ohne ihn allein zurückzulassen? Mein Handy hatte hier keinen Empfang. Mir blieb nur, zur Ranch zurückzuradeln und Ray liegenzulassen. Doch ich konnte nicht.

Ich kniete neben ihm und fühlte mit zitternden Fingern an seinem Handgelenk nach dem Puls. Vergeblich.

Ray war tot.

Und ich war schuld. Er hatte mich weggescheucht.

Er hatte »Hau ab, Josie!« geschrien, doch ich hatte ihn ignoriert.

Ray hatte sich für mich geopfert.

Ich vergrub mein Gesicht in den Händen und weinte, wie ich seit dem Tod meiner Mutter nicht geweint hatte.

»Es tu...tut mir so... leid. So leid«, schluchzte ich. »Du bist tot... und ich bin... schuld! Weil... ich nicht gehört habe.« Rotz und Tränen sammelten sich salzig auf meinen Lippen. »Ich würde alles tun... wirklich alles, wenn... ich... es rückgängig machen könnte!« Ein Schluchzer schüttelte mich. Da war so viel, was ich ihm noch sagen wollte. Dass ich ihn liebte und er mich faszinierte, dass ich ihn nie vergessen würde.

Doch es war zu spät.

Wieder war es zu spät.

Da tippte ein Finger auf meine Schulter.

»Kannst du mir helfen?«, fragte Ray.

Ich fuhr hoch.

Wie...? Ich rieb mir die Augen. Kniff sie zusammen.

»Hallo! Ich könnte wirklich Hilfe gebrauchen!«

Ich spürte eine Hand an meinem Arm und Ray half mir vom Boden hoch. Ich starrte ihn an. Kein Zweifel. Ray lebte. Er stand vor mir und zerrte an dem Splitter, der in seinem Hals steckte. Mit einem Ruck zog er ihn heraus. Eine klaffende Wunde blieb zurück, und da bemerkte ich, was ich schon viel früher hätte sehen müssen: Es floss kein Blut. Kein einziger Tropfen, obwohl mir eine Fontäne hätte entgegenspritzen müssen. Auch an keiner seiner anderen Verletzungen war Blut zu sehen.

Und in diesem Moment begriff ich.

Wir waren beide tot.

»Josie!«, rief Ray ungeduldig. Er zog einen Splitter aus seiner Wade und warf ihn achtlos ins Gras. »Du musst mir *jetzt* helfen. Bevor jemand kommt.« Er zeigte auf seinen Rücken. »Ich komm da nicht ran. Zieh sie mir raus. Schnell!«

Mechanisch befolgte ich seinen Befehl. Zog einen Splitter nach dem anderen aus seinem Körper und beobachtete fasziniert und fassungslos zugleich, wie sich jede Wunde von selbst verschloss, als halte ein Magier seinen Zauberstab darüber.

Wir waren tot.

Nach dem Unfall meiner Mutter hatte ich mich unzählige Male gefragt, wie es sich anfühlte, von einer Sekunde auf die andere aus dem Leben gerissen zu werden. Doch so ein Szenario hatte ich mir nie vorgestellt: dass eine Tote einem anderen Toten Splitter aus dem Rücken zog. Es ergab auch keinen Sinn, denn wenn Tote sich hübsch herrichten konnten, bevor sie gefunden wurden, warum wurden dann so viele Todesopfer in solch gruseligem Zustand geborgen?

Es ergab keinen Sinn.

Es ergab einfach keinen Sinn.

Ich zog den letzten Splitter aus Rays Rücken und setzte ihn an meinem Arm an. Mit einer raschen Bewegung ritze ich über die Haut.

Blut quoll aus der Wunde.

Wunderschönes, warmes, hellrotes Blut.

Ich hatte genug Krimis gesehen, um zu wissen, dass postmortale Verletzungen nicht so stark bluteten, denn das Blut pulsierte ja nicht mehr in den Adern. Und das konnte nur eines bedeuten: Ich lebte.

»Was machst du da?«, fragte Ray zornig und riss mir den Splitter aus der Hand. »Meinst du, ich lass mich durchlöchern wie ein Sieb, nur damit du dich anschließend selbst umbringst?«

»Was bist du?« Ich entfernte mich von ihm. Schritt für Schritt. Keine Sekunde ließ ich ihn aus den Augen, voller Panik, was als Nächstes passieren würde.

»Ich...« Er hielt einen Moment inne, zögerte. Dann atmete er tief durch. »Ich bin tot.« Mit diesen Worten zog er sein Hemd aus und kam auf mich zu.

Nun verstand ich gar nichts mehr.

»Wir sind tot?«, würgte ich hervor.

Denken, Josie. Du musst denken!

Wenn er tot ist und ich mit ihm reden kann, muss ich ebenfalls tot sein. Ich äugte auf meinen Arm. Das Blut quoll weiter aus der kleinen, aber tiefen Wunde.

Und der Schnitt *schmerzte*.

Ich lebte.

Kein Zweifel. Ich lebte.

Es konnte schließlich nicht sein, dass man tot war und Schmerzen hatte. Das wäre irgendwie... unfair.

Da hatte Ray mich auch schon eingeholt und griff nach meinem blutenden Arm.

»*Ich* bin tot«, wiederholte er so selbstverständlich, als verkünde er nach zwei Steaks, dass er satt sei. »*Du* lebst. Und jetzt bleib verdammt noch mal stehen, damit ich deinen Arm verbinden kann.«

Mein Instinkt schrie: *Stehen bleiben? Hör nicht auf ihn! Renn, Josie, renn um dein Leben! Er ist ein Monster! Ein Zombie! Ein Vampir!* Und mein völlig überforderter Kopf wiegelte ab: *Das ist Ray. Wenn er dir etwas antun wollte, hätte er sich dann als Schutzschild auf dich geworfen? Und würde er deinen Arm verbinden wollen, nur um dich danach auszusaugen?*

»Was bist du?«, fragte ich also erneut.

Ray riss einen Streifen aus seinem zerfetzten Hemd und begann, den Stoff um meinen Arm zu wickeln.

»Ich bin tot.« Mit einem Ruck zertrennte er das Ende des Streifens und verknotete die beiden Hälften über der Wunde. Sie tat nun richtig weh.

Lebendig weh.

»Und warum kann ich dann mit dir reden?«

»Lange Geschichte.« Ray ließ meinen Arm los.

»Egal. Ich muss sie hören«, stieß ich hervor.

»Das geht nicht!« Er sah mich an. Dunkelgrüne Augen bohrten sich in meine. Langsam hob er den Arm und strich mir eine Strähne aus dem Gesicht. »Du musst vergessen, was du gesehen hast.«

»Vergessen?«, rief ich. »Wie soll ich *das* vergessen?«

Er sagte etwas auf Yowama, das ich nicht verstand, aber vom Tonfall her wie ein ausgiebiger Fluch klang.

»Ich kann das nicht vergessen, Ray!«, wiederholte ich eindringlich. »Du... du machst mir Angst.«

Er schloss seine Augen, atmete tief ein. Schüttelte den Kopf, so schwer, als treffe er eine schwierige Entscheidung.

Dann öffnete er die Augen wieder und durch das eben noch tiefe Grün zogen sich helle Kreise. Ernst führte er meine Hand an seine Brust. »Schwöre, dass es unter uns bleibt. Dass du kein Wort darüber verlierst. Kein einziges.«

»Ich schwöre«, sagte ich.

Motorengeräusch näherte sich. Ray und ich sahen uns um. Der Dodge meines Vaters bretterte über den Feldweg auf uns zu.

»Ich bin vor ein paar Tagen gestorben«, sagte Ray hastig, »und ohne mein Amulett kann ich nicht über die Deathline. Kein Wort, zu niemandem! Du hast es geschworen!«

Der Dodge kam mit quietschenden Reifen zum Stehen, die Türen öffneten sich und Patrick und mein Vater sprangen gleichzeitig heraus.

»Ich schweige«, versprach ich Ray, »aber ich will alles wissen. Heute Abend, zehn Uhr an meinem Kwaohibaum.«

»Okay.« Ray ging auf Patrick und meinen Vater zu und ich folgte ihm, überrascht, dass er tatsächlich auf meine Forderung eingegangen war.

Mein Vater riss mich in seine Arme. Er war totenbleich und sah aus, als würde er sich jeden Moment übergeben. Nachdem er meinen Brustkorb bis zur Atemlosigkeit gequetscht hatte, ließ er mich los und bemerkte den verbundenen Arm. »Was...«

»Nur ein Kratzer«, beruhigte ich ihn.

Doch schon schimpfte er los: »Was zur Hölle hast du hier draußen zu suchen?«

Ich brachte nicht einmal ein Stammeln hervor. Die Wahrheit – nämlich dass ich mit Ray über den Kuss reden wollte – kam nicht infrage, und um mir auf die Schnelle eine Lüge auszudenken, war mir viel zu schwummrig.

»Josie wollte mit Ray über das Mustangtraining reden«, sprang Patrick mir bei. »Weil sie das Satteltraining heute mit Larry absolviert hat.«

Ich sah ihn an. Nicht erstaunt oder dankbar, was ich beides hätte sein können, sondern froh, dass der richtige Patrick, mein Bruder, mit dem ich Hand in Hand bis ans Ende der Welt gehen würde, sich gerade aus seiner »Ich bin hier der Boss«-Haut schälte.

Mein Vater antwortete nicht. Stattdessen stapfte er zu den Überresten der Tränke.

Patrick sah ihm kopfschüttelnd nach und wandte sich an Ray und mich. »Was ist passiert?«

»Als ich nach dem Wasser sehen wollte, habe ich die Bombe entdeckt«, erklärte Ray, während er sein zerrissenes Hemd zusammenrollte und sich um die Hüften band.

Ich linste verstohlen zu seinem nackten Oberkörper. Er hatte wirklich nicht einmal einen Kratzer.

»Laut Zeitzünder blieben mir noch zwölf Minuten«, fuhr Ray fort. »Die habe ich genutzt, um die Pferde in Sicherheit zu bringen.«

»Eine ... *Bombe*?« Patricks Stimme überschlug sich fast. »Wer zum Henker packt eine Bombe in eine Viehtränke?«

Ray hob die Schultern. »Wer hätte einen Vorteil davon?«, fragte er nachdenklich.

Ich sah zu Patrick, sah, wie es in ihm arbeitete. Dann schüttelte er den Kopf. »Ich weiß es nicht. Aber wer immer das ist, meint es ernst. Erst Hisleys Kolik, jetzt das ...«

»Meinst du, beides hängt zusammen?«, fragte ich. »Ohne Ray hätte es Hisley diesmal erwischt.«

Patricks Augen weiteten sich. »Was? Hisley ist ...«

Ich zeigte zum anderen Ende der Koppel. Hisley lief hektisch am Zaun entlang.

Es würde zweifelsohne Wochen dauern, um sein ohnehin seidenzartes Nervenkostüm wieder annähernd auf Trainingsstärke hochzupäppeln.

»Danke, Ray«, sagte mein Bruder und reichte ihm die Hand. »Du hast dir heute einen ordentlichen Bonus verdient.«

»Schon gut.« Ray winkte ab. »Ich habe nur meinen Job gemacht.«

Ha!, wollte ich rufen. *Nur deinen Job gemacht? Du hast nicht nur Hisley und den Jungpferden das Leben gerettet, sondern auch mir.* Und da wurde mir klar, wie undankbar ich Ray erscheinen musste – anstatt ihm für mein Leben zu danken, stellte ich Forderungen an ihn.

»Wir müssen die Koppel von den Metallteilen säubern. Die sind messerscharf.« Mein Vater war zu uns zurückgekehrt.

»Patrick, bring Josie ins Haus, ich will, dass sie sich hinlegt. So weiß, wie sie ist, kippt sie gleich um. Und schick Larry und Sarah zu mir.«

Ich protestierte nicht. Meine Beine waren wacklig und ich so verwirrt, dass ich mich nur noch nach der Stille meines Zimmers sehnte.

KAPITEL 14

KAUM HATTE ICH MEIN ZIMMER betreten, machten meine Beine schlapp. Sie zitterten so unkontrolliert, dass ich nicht einmal die wenigen Meter zum Bett schaffte. Ich ließ mich zu Boden gleiten und lehnte mich an das Türblatt.

Die Explosion und Rays Wiederauferstehung liefen wie ein Film vor meinem inneren Auge ab. Ein unwirklicher, fantastischer Film mit unwirklichen, fantastischen Helden.

Er hatte nur einen Fehler: Die Helden sahen aus wie Ray und ich.

Wieder und wieder tippte Ray mir auf die Schulter, wieder und wieder zog ich ihm die Splitter aus dem Körper. Es war zu verrückt, um real sein zu können – und doch war es mir eben passiert.

Ich bin vor ein paar Tagen gestorben und ohne mein Amulett kann ich nicht über die Deathline. Rays Erklärung für das Unerklärliche tönte als Endlosschleife in meinem Kopf. Als könnte die ewige Wiederholung sie verständlich machen. Doch genau das Gegenteil war der Fall. Je mehr ich über den Satz nachdachte, desto unverständlicher wurde er.

Wenn er vor ein paar Tagen gestorben war – warum lebte er dann noch? Entweder man war tot oder man lebte. Beides zusammen ging nicht. Und was zum Teufel war eine Deathline?

Das Einzige, was ein wenig Sinn ergab, war der Teil mit dem Amulett. Rays Amulett war verschwunden und er suchte danach. Weil er es für diese Deathline brauchte?

Aber wie sollte das funktionieren? Beamte einen das Amulett über die Deathline, wenn man starb? Nur – wo landete man dann? Und was war mit den Menschen, die kein Amulett besaßen?

»Deathline«, murmelte ich kopfschüttelnd. »So ein Unsinn.« Ich rappelte mich hoch, setzte mich an den Schreibtisch und gab den Begriff *Lebende Tote* in meinen Laptop ein. Eine Reihe Bilder erschien: Frankensteins eckiger Narbenkopf neben einer Auswahl an eckzahnbewehrten Vampiren, blutverschmierten Zombies und einer stattlichen Anzahl an Kreaturen, die ich keiner Kategorie zuordnen konnte. Es waren zumeist grausige, blutrünstige und extrem abstoßende Monster. Ein Schauder lief über meinen Rücken. Was tat ich hier? Das alles hatte nichts mit Ray zu tun! Er war kein Monster. Er war ein Mensch! Ein wunderbarer, schöner, mutiger Mensch!

Trotzdem klickte ich auf einige der Bilder und erfuhr, dass es sich um Guhle und Wiedergänger handelte, die in diversen Mythen und Legenden eine Rolle spielten. Es war eindeutig nicht das, wonach ich suchte. Ray gehörte in keine dieser Kategorien. Ich musste einen anderen Suchbegriff eingeben. Aber welchen?

Ich bin vor ein paar Tagen gestorben. Das waren seine Worte gewesen.

Also suchte ich: *Leben nach dem Tod.* Wieder erschienen reihenweise Links und ich las mich durch ein gutes Dutzend

Nahtod- und Out-of-Body-Erfahrungsberichte. Sie alle liefen auf dasselbe hinaus: Soeben Verstorbene sahen sich selbst beim Sterben zu, bevor sie mit einer schmerzhaften Stromladung von ihrem luftigen Logenplatz ins Leben zurückgebeamt wurden.

Auch das passte nicht.

Als Nächstes gab ich *Deathline* ein. Auf dem Bildschirm ploppten Filmvorschläge auf, deren Beschreibung allein Schlafstörungen garantierten. Ich scrollte dennoch durch die Ergebnisliste und stieß auf einen Artikel, dessen Kurzzusammenfassung mich sofort packte. *Die Rolle der Deathline beim Übergang vom Diesseits ins Jenseits.*

Ich spürte, wie mein Herz schneller schlug, und öffnete die Seite. Meine Augen flogen über die Zeilen.

Die Deathline ist die Schwelle zum wahrhaftigen Jenseits. Nur wer diese überschreitet, verschafft der Seele ewige Ruhe, nachdem er das Diesseits in körperlicher Form verlassen hat. Übertritt der Verstorbene sie nicht, ist er dazu gezwungen, wieder und wieder in körperlicher Form zu erscheinen.

Ich hielt den Atem an. Ob es das war, was sich vorhin auf der Koppel zugetragen hatte? War Ray, nachdem er die Deathline nicht überschreiten konnte, wieder zurückgekommen, genau wie nach seinem »ersten« Tod? Es klang logisch – soweit man hier von Logik sprechen konnte. Nachdem Ray von den Splittern durchlöchert worden war, hatte ich ihn für tot gehalten. Dann hatten sich seine Wunden geschlossen und er war so lebendig gewesen, als wäre nichts passiert.

Wie in Trance las ich weiter, stolperte über Begriffe wie »Wiedergeburt« und »transzendentale Sphären« – nichts, was zu Ray passte –, bis ich schließlich auf eine Abhandlung über alte Kulturen stieß. Waren die Yowama nicht auch eine alte Kultur?

Besonderes Augenmerk liegt auf der abweichenden Definition von Leben und Tod. Der Tod als solcher ist nur das Tor zur Weiterführung des Lebens in einer anderen Dimension.

Ich zog die Brauen hoch. Andere Dimension? Was sollte das sein? Ray war hier! Stirnrunzelnd las ich weiter.

Ungewöhnlich ist hierbei die Wahlmöglichkeit des Betroffenen – er kann sich für oder gegen das Überschreiten der Deathline entscheiden.

Es folgten Details über Riten und Helfershelfer, die das Überschreiten der Deathline ermöglichten, allerdings wurde kein Amulett erwähnt. Schließlich kam ich zu der Stelle, wo es um die andere Variante ging: *Verweigert der Tote das Überschreiten der Deathline, verschreibt er sich auf ewig dem Bösen und mutiert zu einem Wesen, das in der christlichen Welt als Dämon definiert wird.*

Dämon?

Ich schluckte. Ich glaubte nicht an Dämonen oder Geister. Allerdings glaubte ich auch nicht an Tote, die weiterlebten. Und doch war Ray tot und lebte. Aber ein Dämon?

Nein.

Ray war kein Dämon! Er hatte mir gerade das Leben gerettet, verdammt!

Ich klappte den Laptop zu. Das alles half mir nicht weiter. Das Unerklärliche konnte mir nur einer begreiflich machen: Ray.

In diesem Augenblick platzten Dana und Gabriel in mein Zimmer. Dana stürzte sich auf mich und drückte mir einen fetten Schmatzer auf die Wange. »Mann, was machst du für Sachen? Dein Bruder hat uns gerade erzählt, was passiert ist«, schimpfte sie, als ich schon Gabriels Arme um mich spürte.

»Mach das nie wieder! Patrick sagt, du hast echt Schwein gehabt, dass dich keine Splitter getroffen haben.«

Nicht Schwein, dachte ich. *Einen Toten.*

»Wer macht denn so was?« Gabriel drückte mich noch einmal, dann setzte er sich auf die Tischkante und schüttelte nachdenklich den Kopf.

Ich zuckte die Schultern. »Keine Ahnung. Aber wenn es der Gleiche ist, der schuld an Hisleys Kolik ist, dann meint er es ernst.«

Dana ließ sich hinter mir aufs Bett fallen. »Jemand, der eine Bombe in einen Tank steckt, meint es auf jeden Fall ernst. Egal ob derjenige auch hinter der Kolik steckt oder nicht.«

Ich schwang den Schreibtischstuhl zu Dana herum. »Da hast du wohl recht. Nur warum sollte es jemand auf uns abgesehen haben?«

»Rache?«, fragte Gabriel. »Hat dein Vater nicht einem eurer festen Mitarbeiter gekündigt?«

»Natürlich!«, sprang Dana ihm bei. »Letzten Winter. Der alte Greeny. Ich weiß noch genau, wie sauer du gewesen bist!« Sie warf mir einen vielsagenden Blick zu. »Seit wann arbeitet Ray hier?«

»Vergiss es!«, protestierte ich, denn ich konnte mir genau vorstellen, worauf sie hinauswollte. Dazu kannte ich Dana inzwischen gut genug. Für ihren Geschmack waren hier zu viele Zufälle im Spiel. Doch dass die beiden Vorkommnisse ausgerechnet in den Zeitraum fielen, seit Ray bei uns angestellt war, bewies gar nichts. »Ray würde so etwas niemals tun«, sagte ich deshalb nachdrücklich. »Du kennst ihn nicht.«

Natürlich waren mir diese Zufälle auch aufgefallen – dass Ray bei Hisleys Kolik genau im richtigen Moment im Stall war. Oder vorhin auf der Koppel, um die Pferde zu retten. Dennoch hielt ich Ray schlicht nicht für fähig, so etwas zu tun.

Allerdings ahnte ich zu dem Zeitpunkt auch nicht, *wozu* Ray fähig war – sonst hätte ich Danas Theorie sicherlich nicht so leichtfertig vom Tisch gewischt.

Da schallte Patricks Stimme durchs Haus. »Dana!«

Sie erhob sich ächzend vom Bett. »Der Boss ruft. Die Gäste haben wohl Hunger.«

Kaum hörte ich ihre Schritte auf der Treppe, drehte ich mich zu Gabriel um. »Was ist denn mit Danas Eltern los?«, fragte ich ihn, und er verstand sofort die darin liegende Frage, warum Dana auf die Ranch zurückgekehrt war, obwohl ihre Eltern nun wieder in Angels Keep waren.

»Ihre Mom hält die Ranch für sicherer«, sagte er und lächelte schief. »Dass hier Tränken in die Luft gesprengt werden, hat sie wohl nicht erwartet.«

»Für *sicherer*?«

»Du warst ziemlich fertig, nachdem du das Spiel mit mir getestet hast, erinnerst du dich?«

Ich nickte. Die zerhackten Bilder der Zombies, das Rauschen und die rätselhaften Schatten waren nach wie vor sehr präsent in meiner Erinnerung.

Zombies...

Ich schüttelte den Begriff ab.

Ray war kein Zombie. Er war einfach nur tot.

Im selben Moment, als ich das dachte, wurde mir bewusst, wie sich mein Begriff von Normalität gerade verschob. Tote, die einen küssten, bekamen wie selbstverständlich einen Platz darin eingeräumt; Tote, die einen fraßen, wurden als abwegig daraus verbannt. Im Rahmen des gesunden Selbstschutzes war dies zwar nachvollziehbar, aber Sinn ergab es nicht. Jedenfalls nicht in dem Leben, das ich *bisher* als normal erachtet hatte.

»Danas Mom war total am Ende, vor allem, weil die Geräte in Lakewood einwandfrei funktioniert haben. Sie ist krass abergläubisch, und jetzt ist sie fest davon überzeugt, dass im Laden ein Poltergeist haust.« Gabriel grinste halbherzig und ich spürte:

Auch wenn ihm die ganze Sache selbst nicht geheuer war, die Version Poltergeist klang für seinen Geschmack dann doch zu sehr nach Steven Spielberg.

»Aber du glaubst auch, dass in Angels Keep was nicht stimmt?«

Das Grinsen verschwand aus seinem Gesicht. »Auf jeden Fall. Meine Tante hat immer noch die Probleme mit ihrem Kühlsystem und gestern haben bei meinem Cousin die Zündungen von sieben Autos ausgesetzt.«

Ich wusste sofort, von wem er sprach – dem Cousin mit dem Gebrauchtwagenhandel. Wir hatten uns dort schon öfter ein Auto für eine Spritztour ausgeliehen.

»Und dann noch die Bombe«, murmelte ich. »Glaubst du, das steht in Zusammenhang mit den Ereignissen in Angels Keep?«

»Nein«, sagte er, ohne zu zögern. »Das ist eindeutig das Handwerk einer *Person*. Meine Theorien zu den Vorfällen in Angels Keep kennst du – da steckt mehr dahinter. Aber kein Poltergeist.«

Nein, natürlich kein *Poltergeist*. Bei Gabriel waren es *kosmische Interferenzen* und *Aliens*: Was in meinem Weltbild hinsichtlich des Realitätsgehalts in etwa auf einer Stufe stand. Zugegebenermaßen standen Tote, die lebten und dazu auch noch hervorragend küssten, bis vor einer guten Stunde auch noch auf dieser Stufe.

Wie schnell ein Weltbild doch im wahrsten Sinne des Wortes in Stücke gesprengt werden konnte.

✶ ✦ ✶

KAPITEL 15

LAUTES GELÄCHTER WECKTE MICH. Es war dunkel, und ich brauchte einen Moment, um zu begreifen, warum ich angezogen auf meinem Bett lag. Allerdings wusste ich weder, wann ich eingeschlafen war, noch wie lange ich geschlafen hatte, und sah auf die Uhr. Es war Viertel vor zehn. Panikartig sprang ich aus dem Bett. *Ray!*

Um zehn Uhr waren wir am Kwaohibaum verabredet!

Ich rannte die Treppe hinunter und aus dem Haus, über den Hof und an den Ställen vorbei. Bei den Unterkünften der Rancharbeiter blieb ich atemlos stehen.

Ich war mit einem Toten verabredet.

Den ich geküsst hatte.

Von dem ich nicht wusste, wer oder was er wirklich war.

In meinem Kopf meldete sich eine leise Stimme. *Und wenn er tatsächlich ein Dämon ist? Er ist nicht über die Deathline gegangen. Niemand weiß, wie Dämonen aussehen. Sie können sich verstellen und in jede beliebige Form verwandeln...* Eine Gänsehaut lief über meinen Rücken.

»Nein!«, rief ich in die Nacht und sah mich erschrocken um,

ob Larry oder Sarah ihren Kopf aus dem Fenster ihrer Unterkunft streckten. »Es gibt keine Dämonen«, flüsterte ich mir selbst zu. *Und was ist Ray?,* fragte die leise Stimme in meinem Kopf. Darauf hatte ich keine Antwort und genau das bestärkte mich darin, weiterzugehen und sie mir von Ray zu holen. Ich erreichte den Waldrand und hielt mich rechts. Es war kurz nach zehn. Je näher ich dem Kwaohibaum kam, desto nervöser wurde ich. Mein Magen kribbelte, meine Beine waren fast so wackelig wie vorhin in meinem Zimmer. Ich stolperte über einen Stein und bückte mich danach. Unschlüssig wog ich ihn in der Hand. Sollte ich mich damit bewaffnen? Kopfschüttelnd ließ ich ihn auf die Erde zurückfallen. Ray hatte sich, ohne mit der Wimper zu zucken, einen fetten Metallsplitter aus dem Hals gezogen – was glaubte ich mit einem Stein ausrichten zu können? Ich atmete tief durch. Ging langsam weiter. Versuchte mich zu beruhigen. Es war Ray, der auf mich wartete. Ray, der mir zwei Mal das Leben gerettet hatte. Ray, der mich geküsst hatte. Er würde mir nichts tun. Egal, was er war.

Dann stand ich vor dem Kwaohibaum.

Allein.

Ich lehnte mich an den Stamm, enttäuscht und beruhigt zugleich, als er plötzlich vor mich trat.

»Du bist gekommen«, brach es mit so großer Erleichterung aus ihm heraus, dass seine Stimme meine Angst einfach wegspülte.

Dann riss er mich an sich und küsste mich. Noch intensiver, noch länger, noch leidenschaftlicher als bei unserem ersten Kuss. Ich roch ihn, schmeckte ihn, seine Zunge war warm und lebendig.

Lebendig!

Dieses Mal stieß *ich* Ray jäh von mir. Wie konnte ich ihn

küssen, ohne zu wissen, was hinter seiner unerklärlichen Wiederauferstehung steckte! »Was bist du?«

»Ich bin …« Ray streckte seine Hand nach mir aus. »Ich bin tot.«

Ich wich zurück.

Tot.

Er war tot.

Tot. Tot. Tot.

»Wie kannst du tot sein und trotzdem … leben?«

Er trat zu mir und diesmal wich ich nicht zurück. Erneut streckte er seine Hand aus, berührte mein Haar und strich sanft eine Strähne hinter mein Ohr. »Es ist ein Yowama-Geheimnis, das niemals, wirklich niemals verraten werden darf.«

Ich legte meine Hand aufs Herz. »Ich werde es nicht weitererzählen. Weder was ich gesehen habe noch was du mir sagst. Ich schwöre es.« Ich spürte, wie er seine Hand von meinem Haar nahm. »Bitte. Ich werde verrückt, wenn ich nicht weiß, was du bist!«

Ray seufzte. Doch dann nickte er. »Manche von uns bekommen bei der Geburt ein Amulett«, begann er leise. »Dieses Amulett öffnet seinem Träger den Weg ins Jenseits. Und weil ich ein Amulett-Träger bin, kann ich ohne es nicht über die Deathline. Das heißt, ich bin hier gefangen.«

Ich versteifte mich. *Gefangen …* Ich verstand nicht, was er damit sagen wollte. Er hatte hier gelebt, also warum bezeichnete er seine Wiederauferstehung als Gefangenschaft? Der Artikel über die Deathline kam mir in den Sinn. Ich versuchte mich an den Wortlaut zu erinnern. *Ewig dem Bösen verschrieben oder verhaftet – oder so ähnlich – mutiert derjenige, der sich weigert, die Deathline zu überschreiten, zu einem Dämon.* Meinte Ray das mit »gefangen«? Dass er als Dämon dazu verdammt war, hier dem Bösen zu dienen? Nein. Mutieren bedeutet Veränderung, aber Ray hatte sich nicht verändert. Ich verscheuchte den Gedanken an das unbekannte Böse und sah Ray an. Seine Augen leuchteten grün, sein Gesicht wirkte im Mondlicht weicher als sonst, keineswegs dämonenhaft, einfach nur menschlich und... schön. Seine Schultern waren nach vorn gesackt, sein Kopf leicht gesenkt, die Arme hingen kraftlos nach unten. *Hoffnungslos*, schoss es mir durch den Kopf. *So steht jemand da, der verzweifelt ist.* Meine Kehle wurde eng. Das Wort »gefangen« ergab plötzlich Sinn. Er fühlte sich hier gefangen, weil er ins Jenseits *wollte*. Weg von diesem Leben, weg von... mir.

Ich kämpfte gegen den Kloß in meinem Hals. Mit einem Mal war es nicht mehr wichtig, dass er vor meinen Augen von den Toten auferstanden war. Es zählte nur, dass er hierblieb. *Gefangen...* Ein winziger Hoffnungsschimmer regte sich in mir. Wenn er als Toter so lebendig in diesem Leben gefangen war, dann könnte er doch einfach tot weiterleben!

War das nicht unsere Chance? Nachdem ich nun wusste, dass er anders war, konnten wir auch zusammen sein, oder nicht? Da legte er seine Hände um mein Gesicht.

»Ich habe vierundzwanzig Tage, um das Amulett zu finden und über die Deathline zu gehen.« Er hielt inne. Seine Hände glitten von meinem Kopf zu meinen Händen und er umschloss sie. »Josie. Ich bin jetzt den sechsten Tag tot und mir rennt die Zeit davon. Ich dachte, ich krieg das allein hin, aber... Ich brauche deine Hilfe.« Seine Stimme war drängend. »Wir müssen das Amulett finden.«

Den sechsten Tag tot? Blitzschnell rechnete ich nach. Dann hatte er beim Straßenfest noch gelebt!

»Aber...« Ich räusperte mich. Versuchte das Ausmaß seiner Worte zu begreifen. Er wollte, dass ich ihm dabei half, dieses

Leben – *mich* – zu verlassen! *Nein, nein, nein!* »Was meinst du damit, dir rennt die Zeit davon? Kannst du nicht einfach hierbleiben?«

»Nein. Wenn ich bleibe, verwandle ich mich in...« Er verstummte und ließ meine Hände los.

»In... was?«, fragte ich zaghaft nach, obwohl ich die Antwort bereits erahnte.

»Ich weiß es nicht. Es...« Er presste seine Hände gegen seine Schläfen und starrte auf den Boden. Schließlich hob er den Kopf. Er sah mir direkt in die Augen und mir war, als hätte das eben noch in der Dunkelheit schimmernde Grün seine Leuchtkraft verloren. »...ist böse«, vollendete Ray seinen Satz. »Es... es zwingt mich Dinge zu tun, die ich niemals tun würde.« Er schloss kurz die Augen, dann verriet mir das leuchtende Grün wieder, wo er war. »Es wird jeden Tag stärker, Josie, ich kämpfe dagegen an, aber... Ich habe Angst, etwas zu tun, das ich nie wieder gutmachen kann.«

Unwillkürlich trat ich einen Schritt zurück.

»Ho, Rodeo-Girl. Jetzt passiert nichts. Es beginnt um Mitternacht und endet jeden Tag eine Stunde später. Noch bin ich tagsüber okay. Aber bald nicht mehr. Das Böse verändert mich. Es wird von Tag zu Tag stärker.« Er machte einen unbeholfenen Schritt auf mich zu und dann wieder zurück, als witterte er meine Angst. »Es tut mir leid, das muss alles sehr... verwirrend für dich sein. Du hättest es niemals erfahren dürfen.«

»Ja«, sagte ich und meinte damit das »verwirrend«.

»Aber ich konnte dich nicht sterben lassen.« Nun machte er zwei Schritte auf mich zu und streckte zaghaft seine Hand aus.

Ich zögerte, bereit, jederzeit die Flucht zu ergreifen. Mein Kopf schrie: *Renn weg!* Mein Herz jedoch befahl mir stehen zu bleiben und ihm zuzuhören.

»Ich hätte dich sterben lassen müssen, um mein Geheimnis – das Geheimnis der Yowama – zu wahren, aber ich konnte nicht. Ich konnte es einfach nicht«, wiederholte er noch einmal, als versuche er zu begreifen, was heute auf der Koppel geschehen war. »Wir geben unser Geheimnis nicht preis. Niemals. Lieber sterben wir. Der Tod ist für Amulett-Träger nur ein Übergang von einem Leben in das nächste: Wir gehen über die Deathline und beschützen das Land, das unser Volk ernährt.« Er hielt kurz inne. »Stell es dir wie… wie Naturgeister vor. Ich weiß nicht, welche Form ich annehmen werde, wenn ich auf der anderen Seite bin, aber meine Aufgabe wird es sein, das Reservat zu schützen.«

Ich blinzelte nervös. Ich versuchte ja seinen Worten zu folgen, und es erklärte sogar, warum die Greenies so zurückgezogen lebten, aber das mit dem Landbeschützen, *nachdem* man gestorben war, das war… einfach zu fantastisch.

Noch bevor ich etwas sagen konnte, zog er mich an sich und versenkte seine Lippen in mein Haar. Er war so warm und stark, sein ganzer Körper eine einzige Verheißung.

Er war Ray.

Das war alles, was zählte.

Ich schlang meine Arme um seinen Hals und schmiegte mich an ihn. »Warum bist du hier?«, murmelte ich in seine Halsbeuge. »Warum die Ranch?«

»Das Amulett ist hier.«

»Weil du es hier verloren hast, ja. Aber das meine ich nicht«, entgegnete ich. »Ich meine, warum bist du hierhergekommen und nicht gleich über die Deathline gegangen?«

»Ich habe es nicht verloren.« Er löste meine Arme von seinem Hals und sah mich an. »Mein Mörder hat es auf der Ranch versteckt.«

»Dein Mörder?«, rief ich. Erst da merkte ich, dass ich ihm diese Frage noch nicht gestellt hatte. »Wie bist du gestorben?«

Er zuckte die Schultern. »Ich weiß es nicht.«

»Aber...« Ich sah ihn ungläubig an. »Wenn du nicht weißt, wie du gestorben bist, woher weißt du dann, dass du ermordet wurdest?«

»Weil derjenige, der mich getötet hat, mir auch mein Amulett genommen hat«, stieß er hervor. »Aber ich weiß nicht, *wie* er mich getötet hat. Vielleicht bin ich erschossen worden. Oder erstochen. Oder erschlagen.«

Ich schauderte. Das war das seltsamste Gespräch, das ich je in meinem Leben geführt hatte – ich meine, wann fragt man schon sein Gegenüber, wie es gestorben ist, und bekommt dann drei verschiedene Tötungsarten zur Auswahl?

»Ich weiß nur«, fuhr er leise fort, »ich lag im Straßengraben, mein Amulett war weg und ich war... unverwundet.«

Ich nickte stumm. Das ergab Sinn, schließlich hatte ich selbst gesehen, wie schnell seine Wunden heilten.

»Und du glaubst, der Mörder ist auf der Ranch?« Vor einer Sekunde hatte ich noch gedacht, nichts auf dieser Welt könnte mich mehr schocken. Aber... ein Mörder? Auf unserer Ranch? Ich sog scharf die Luft ein. »Woher weißt du überhaupt, dass dein Amulett hier ist?«

»Weil es mich am Leben hält. Ich kann mich nur in einem bestimmten Radius um das Amulett bewegen.« Er zeigte in Richtung Ranch. »Das Amulett zieht mich an. Stell es dir wie einen Magneten vor«, fügte er hinzu. »Deshalb müsste ich es eigentlich leicht finden können. Aber ich finde es nicht. Sobald ich auf der Ranch bin, hört der Sog auf, und ich weiß nicht, warum.«

Ich schluckte schwer. »Willst du damit sagen, dein Mörder ist hier... auf der Ranch?«

»Möglich. Oder jemand hat es hier versteckt, damit ich herkomme und es suche.« Er griff wieder nach meiner Hand. »Hör zu, Josie«, sagte er so eindringlich, dass sich mir die Härchen im Nacken aufstellten. »Wenn das so ist, dann benutzt mich jemand. Dann weiß derjenige, was mit mir passiert, und will, dass ich hier Schaden anrichte.«

Ein Mörder! Auf unserer Ranch!

Ich hatte das Gefühl, jemand quetsche meinen Brustkorb zusammen. Die Bombe im Wassertank. War das nicht Beweis genug? Aber wer steckte dahinter?

»Und du hast keine Ahnung, wer dich ...?«, fragte ich leise.

Er schüttelte den Kopf. »Bitte, Josie«, sagte er drängend und in seiner Stimme schwangen Angst und Verzweiflung mit. »Hilf mir! Wir müssen das Amulett finden. Ich suche jede Nacht, aber ich komme nicht in die Zimmer.«

»Ich helfe dir«, sagte ich tonlos. »Wir finden dein Amulett.«

Ich spürte, wie Tränen kribbelnd in meine Nase stiegen.

Endlich verliebte ich mich.

So richtig, richtig heftig.

Und dann entpuppte sich mein Traumprinz als Toter.

Der in wenigen Tagen im Jenseits verschwinden würde.

Oder zum Dämon mutierte.

Ganz gleich, wie: Ich würde Ray verlieren. So oder so.

Plötzlich packte mich eine unglaubliche Wut. »Und deinen Mörder finden wir auch«, setzte ich zischend hinterher und konnte zum ersten Mal nachvollziehen, warum mein Vater so besessen nach dem Fahrer des Unfallautos fahndete.

Ray würde sein Amulett bekommen.

Und ich seinen Mörder.

Atemlos vom Rennen erreichte ich mein Zimmer. Ich zog meine Jeans aus, doch anstatt sie auf den Stuhl zu legen, schleuderte ich sie auf den Boden und kickte sie durch den Raum.

Vor sieben Tagen war ich Ray zum ersten Mal begegnet. Bei dem Straßenfest hatte er noch gelebt.

Was bedeutete: Ich hatte mich in einen Lebenden verliebt – und einen Toten kennengelernt.

Ich trat gegen das Bett. So viel Pech konnte ein Mensch allein doch gar nicht haben! Erst meine Mutter, dann der Zusammenbruch meines Vaters und nun Ray! Dem ich jetzt auch noch helfen musste, genau das Teil zu finden, das ihn mir für immer entreißen würde. Ging es noch fieser? Ihn zu retten bedeutete, ihn für immer zu verlieren!

Viel zu heftig riss ich die Schublade meiner Kommode auf und wühlte nach einem Schlafshirt. Ich schnappte mir das erstbeste und knallte die Schublade wieder zu. Wenn Rays Mörder wirklich auf der Ranch war ... Schnaubend zwängte ich den Kopf durch den zugeknöpften Ausschnitt. Ein Knopf sprang ab und kullerte über den Boden, und ich musste mich zurückhalten, um nicht die restlichen Knöpfe ebenfalls abzureißen. Ich würde dieses Schwein finden und dann ... dann ... Ja, was dann?

Ich hatte keine Ahnung, aber die unbändige Wut, die wie ein Zementklumpen in meiner Kehle saß, machte mir Angst.

Dana. Ich musste mit ihr reden. Jetzt sofort.

Ohne weiter nachzudenken, lief ich zu ihrem Zimmer und wollte eben anklopfen, als sie die Tür öffnete.

»He, ich wollte gerade rüber zu dir«, sagte sie. »Spielst du Rugby mit deinen Puppen oder was ist das für ein Lärm?«

Ich schob mich an ihr vorbei und ließ mich so schwungvoll auf das alte Bett plumpsen, dass es gefährlich krachte.

Dana sah mich erwartungsvoll an, doch ich blieb stumm.

Denn ich konnte ihr ja nichts erzählen. Ich *durfte* nicht. Nicht das mit Ray, nicht das mit dem Amulett und schon gar nicht von dem Mörder. Da setzte sich Dana zu mir und knüllte eines der geblümten Kissen vor ihrem Bauch zusammen.

»Ist wegen heute Nachmittag, oder?« Sie lächelte mich schief an. »Muss ein ganz schöner Schock gewesen sein.«

»Hmm«, brummte ich, während ich überlegte, wie ich sie um Rat fragen konnte, ohne Rays Geheimnis zu verraten.

»Ich hab noch mal nachgedacht«, sagte sie zögernd. »Das mit dem Tank. Patrick sagt, Hisley war auf der Koppel.« Sie sah mich an. »Was würde passieren, wenn Hisley stirbt?«

Ich stützte mich auf die Ellenbogen. Das war eine gute Frage. Hisley war ein starkes und berühmtes Pferd. Er sollte dieses Jahr wieder in die Wettkämpfe einsteigen; wir hatten uns für alle wichtigen Turniere qualifiziert, und damit gab es eine Menge Leute, denen es äußerst gelegen käme, wenn Hisley ausfallen würde. Er war vor ein paar Tagen noch in Bestform gewesen und ich ebenfalls.

Vor der Kolik und vor ... heute.

Selbst ohne körperliche Verletzungen würde der Schreck Hisley um Wochen zurückwerfen.

»Läuft Hisley nicht wieder als Favorit?«, hakte Dana nach.

»Ja. Und wenn ich meine Sache gut mache, kann ich den Wertverlust vom letzten Jahr ausbügeln und ein paar ordentliche Preisgelder einstreichen.«

Dana warf das Kissen auf den Blümchensessel und ließ sich auf die Bettdecke fallen. »Da geht es um 'ne Menge Kohle, oder?«

»Ja.«

»Und jeder kann als Gast hierherkommen und nach Belieben auf der Ranch rummarschieren, gucken, wann die Situation günstig ist...«, sinnierte sie weiter. »Und wenn man sich die Finger nicht selbst schmutzig machen will, kann man auch jemanden beauftragen, sich hier einzuquartieren und ein wenig nachzuhelfen, damit Hisley nicht antritt.«

»Du meinst, jemand soll Hisley ausschalten?« Ich stöhnte. Ray glaubte, sein Mörder war hier, Dana vermutete einen skrupellosen Saboteur unter den Gästen und Gabriel Aliens in Angels Keep. Das war doch nicht normal!

»Ich sag ja nicht, dass Hisley gleich abgemurkst werden soll«, wiegelte Dana ab. »Ist auch nicht nötig. Jeder, der Hisley mal erlebt hat, weiß, was für ein Weichei dein Superhengst ist. Der scheut doch schon vor einer linksdrehenden Ameise. Was meinst du, wie der jetzt bei einem Turnier abgeht, wenn es irgendwo knallt?«

Ich ließ mich neben Dana aufs Bett zurückfallen und starrte auf die roséfarbene Azaleentapete an der Decke. Früher hatte ich oft hier gelegen und die Blüten gezählt, während meine Großmutter mir von den Zeiten erzählte, als mein Vater noch ein Kind gewesen und die Ranch von ihrem Gründer, Theobald Dervine, bewohnt worden war. Dabei waren es die Geschichten über die geheimnisvollen Greenies, die mich immer am meisten fasziniert hatten. Ich tastete nach Danas Hand. »Dana?«

»Ja?«

»Glaubst du, dass die Greenies besondere... Fähigkeiten haben?«

»Möglich.«

Danas Antwort war bezeichnend. Wahrscheinlich hätten die meisten aus der Gegend so geantwortet. Am besten kann man das mit dem Voodoo-Zauber in Louisiana vergleichen. Niemand würde ernsthaft zugeben, dass er glaubt, ein bei Mitternacht abgehacktes Hühnerbein oder eine mit Nadeln durchpikste Puppe könnte einer Person ernsthaft Schaden zufügen. Aber so richtig an sich selbst würde man das dann doch nicht ausprobieren wollen. Weil einem irgendwo tief im Inneren ein großer Respekt vor mitternächtlichen Hühnerbeinen und durchpiksten Puppen eingepflanzt wurde.

»Warum fragst du?«, wollte Dana wissen.

»Nur so.« Ich spürte ihren bohrenden Blick und fixierte weiter die Tapete. Ich wollte ihr so unbedingt von Ray erzählen, dass es mich schier zerriss. Schließlich rappelte ich mich vom Bett hoch. »Ich bin müde«, erklärte ich, und bevor Dana protestieren konnte, war ich schon in mein Zimmer zurückgeflitzt.

Ich war tatsächlich müde, trotzdem war an Schlafen nicht zu denken. Die Ereignisse der letzten Stunden geisterten in meinem Kopf herum, und ich ertappte mich immer wieder dabei, mir einzureden, dass meine Liebe groß genug war, um Rays Verwandlung in das große unbekannte Böse zu verhindern. Um mich von dem Chaos in meinem Kopf abzulenken, schnappte ich mir ein Buch und begann zu lesen.

Plötzlich nahm ich eine Bewegung wahr und blickte auf.

Ich erstarrte.

Die Schatten aus dem Spiel im Virtual Reality Dome bewegten sich durch mein Zimmer. Umzingelten mein Bett. Ich wollte aufspringen, weglaufen, doch ich konnte mich nicht bewegen. Panisch versuchte ich meine Beine zu heben, ich musste weg! Da waren die Schatten schon so nah bei mir, dass ich nur noch Schwarz sah. Ich bekam keine Luft mehr, schrie…

»He, Josie! Wach auf!«

Ich schreckte hoch, geblendet von der Deckenlampe. »Was? Was ist los?«

Dana rüttelte mich. »Du schreist.«

»Was?« Ich blinzelte ins Licht.

»Du hast geschrien.« Sie setzte sich auf die Bettkante. »Die Explosion, oder?«

»Ich ... uffz.« Ich ließ meinen Kopf aufs Kissen zurückplumpsen, noch immer in den Bildern meines Traums gefangen.

»Mach dich nicht so dick.« Dana schubste mich Richtung Bettmitte, schlüpfte zu mir unter die Decke und zupfte sie gerecht über uns beide.

»Und wer macht jetzt das Licht aus?«, fragte ich.

»Keiner.« Dana verschränkte die Hände über der Decke. »Hier stimmt was nicht«, sagte sie. »In dieser ganzen verfluchten Gegend stimmt was nicht. Und jetzt schieß los. Was ist mit Ray?«

»Äh, was?« Perplex drehte ich den Kopf zu ihr. Wie meinte sie das?

»Er ist tot und küsst sehr gut und du liebst ihn und musst ihn in die ewigen Jagdgründe schicken, sonst mutiert er zu Dracula 3.0.«

»A...aber... wie? W...was?« Woher konnte Dana das wissen?

»Hab ich was ausgelassen?« Sie hob einen Finger in die Höhe. »Das Amulett. Genau. Du musst das Amulett suchen.«

Ich setzte mich mit einem Ruck im Bett auf. »Woher weißt du das?«

»Hey, du verwurstelst die ganze Decke!«, beschwerte sich Dana. »Woher soll ich es schon wissen? Du hast es mir gerade erzählt.«

»Ich?«

»Du hast geschrien, ich habe dich gerüttelt, du hast mir eine filmreife Story mit dir in der Hauptrolle gepitcht und dann hast du wieder angefangen zu schreien. Also habe ich fester gerüttelt und du bist endlich richtig wach geworden.« Sie zog mich an der Schulter zurück aufs Kissen. »Also, nachdem ich jetzt eh schon alles weiß: Willst du es mir noch mal so erzählen, dass ich es auch *verstehe*?«

Ich seufzte. »Du wirst mir nicht glauben.«

»Hm, warte – meine Mutter hat mich zu euch geschickt, weil sie in unserem Laden einen Poltergeist vermutet. Wenn es je einen Tag geben sollte, an dem ich offen für alternative Horrorszenarios bin, dann heute.«

»Gut«, gab ich nach, »aber...« Ich zog Daumen und Zeigefinger über meine Lippen, als würde ich einen Reißverschluss verschließen. »Auch nicht zu Gabriel.«

Dana nickte und kuschelte sich in meinem Bett zurecht.

Also begann ich zu erzählen.

Und Dana hörte zu.

Ihr Mund blieb nach dem ersten »Was?« offen, die Augen weit aufgerissen. Sie unterbrach mich kein einziges Mal, und das lag mit Sicherheit vor allem daran, dass sie tatsächlich heute zum ersten Mal in ihrem Leben offen war für Dinge, die sie normalerweise mit einem Naserümpfen in die Schublade *Totaler Unsinn* stecken würde.

»... und deshalb müssen wir das Amulett finden«, schloss ich meinen Bericht.

Dana starrte mich noch immer mit offenem Mund an. »Das ist... das...« Sie schüttelte den Kopf. »Und du bist dir ganz sicher, dass du das nicht geträumt hast?«

»Ja, ganz sicher.« Ich packte sie an der Schulter. »Scheiße, Dana, was sollen wir denn jetzt tun? Ein Mörder! Auf der Ranch!«

»Nicht zu vergessen ein Toter, der sich in ein Wesen verwandelt, über das wir nur wissen, dass es böse Dinge tut.« Sie stöhnte. »Verdammt, Josie! Das ist echt 'ne Nummer zu groß für uns. Wir müssen es Gabriel sagen – und Patrick und deinem Vater und –«

»Nein!«, rief ich, denn plötzlich wurde mir bewusst, wie brisant das Wissen um Rays Zustand wirklich war. Auch wenn ich damals das wahre Ausmaß der Folgen noch bei Weitem nicht überblickte. Geriet diese Information in die falschen Hände, wären die Konsequenzen für Ray katastrophal. Man würde Experten vom FBI und CIA nach Angels Keep schicken, ihn untersuchen, an ihm herumexperimentieren, ja, ihn vielleicht sogar als Bedrohung der nationalen Sicherheit einstufen. Es könnte die gesamte Existenz der Yowama gefährden. Dass ich meinen Schwur gebrochen hatte, war gefährlich genug. Aber ich vertraute Dana. Ich verstärkte meinen Griff um ihre Schulter und sah sie eindringlich an. »Wir werden es niemandem sagen, Dana, hörst du! Ich habe es Ray geschworen! Was glaubst du, was passiert, wenn bekannt wird, dass Ray tot ist und trotzdem lebt?«

»Du meinst... die holen ihn?«, fragte sie erschrocken.

Ich nickte.

»Alles klar.« Sie fuhr mit zwei Fingern über ihre Lippen. »Ich halte dicht!«

KAPITEL 16

ALS ICH AM NÄCHSTEN MORGEN erwachte, duftete mein Zimmer nach Kaffee, und Gabriel saß auf der Bettkante und unterhielt sich flüsternd mit Dana. Ich schielte zum Wecker – halb neun!

»Das Frühstück!«, rief ich.

»Haben Patrick und ich voll im Griff.« Gabriel gab mir eine Tasse Kaffee. »Dana und ich haben gerade überlegt, ob wir drei heute Abend nach Bellingham fahren sollen. Etwas Ablenkung nach dem Schreck mit der Bombe gestern. Was meinst du?« Er sah mich erwartungsvoll an, sichtbar begeistert von der Idee, die Ranch und Angels Keep einen Abend hinter sich zu lassen.

»Hmm...« Wollte ich das? Ablenkung war das Letzte, was ich jetzt gebrauchen konnte. Wahrscheinlich würde ich mit ihnen in Bellingham sitzen, die ganze Zeit nur an Ray denken und mir wünschen bei ihm zu sein und die wenige Zeit zu nutzen, die uns noch blieb. Außerdem musste ich jeden verdammten Stein auf der Ranch umdrehen, um Rays Amulett zu finden.

Ich spürte, wie mich die Wut über Rays Schicksal von Neuem

packte, und rang mir ein Lächeln ab. »Kann ich dir nachher sagen, ob ich das gut finde?«

Gabriels erwartungsvolles Lächeln sank auf Halbmast.

»Ja dann...« Er wandte sich zum Gehen. »...sehen wir uns unten. Übrigens war gestern der Sheriff noch da – als du geschlafen hast. Du sollst ihn nachher –«

Da rumpelte Patrick ins Zimmer. »Gabriel, Dana, Josie, schnell!«, rief er atemlos. »In der Scheune ist ein Wasserrohr geplatzt, wir müssen das Heu ins Trockene bringen!«

Ich verschluckte mich an meinem Kaffee und spuckte eine braune Fontäne über das weiße Bettzeug. Wie zum Teufel konnte das passieren?

»Los! Wir müssen alle mithelfen!« Schon rannte Patrick wieder aus dem Zimmer, gefolgt von Gabriel.

Ich sprang aus dem Bett und zog mich blitzschnell an, nur Dana blieb ungerührt sitzen und trank in aller Ruhe ihren Kaffee aus. »Meinst du, mit *alle* hat er auch mich gemeint?«

»Ja, Dana.« Ich schlüpfte in meine Sneakers. »Und jetzt komm!«

Es war eine Riesensauerei. Vor der Scheune hatte sich ein graubrauner Matschsee gebildet, auf dem Heu schwamm, in der Scheune stand das Wasser noch immer gute fünf Zentimeter hoch, genau auf Höhe der Schwelle, die das weitere Ablaufen verhinderte. Patrick teilte mich mit Sarah ein, das Wasser von den Ecken der Scheune zu Peter, Gabriel und meinem Vater zu wischen, die es in Eimern auffingen und nach draußen brachten, während Larry, Ray und er selbst das Heu ins Freie schafften.

Keiner sprach mehr, als nötig war, jeder gab sein Bestes, selbst Dana, die tatsächlich gekommen war und Peter am Eimer ablöste. Ich beobachtete Ray – er schuftete für drei, das Gesicht starr und verbissen. Er hatte mich bis jetzt nicht eines Blickes gewürdigt. Plötzlich durchzuckte mich ein Gedanke wie ein Stromschlag. *Schuldbewusst.* Ray wirkte schuldbewusst. Mir wurde übel. Konnte es sein, dass *er* für diese Sauerei verantwortlich war – oder vielmehr der Teil von ihm, der böse war? *Es zwingt mich, Dinge zu tun, die ich sonst niemals tun würde,* hatte Ray gesagt. Ich brannte darauf, ihn zur Rede zu stellen, hielt mich jedoch zurück. Es wäre ein äußerst schlechter Zeitpunkt gewesen, mit all den Zeugen um uns herum. Dennoch fiel es mir extrem schwer, nicht zu ihm zu gehen.

Als wir gegen Mittag die Situation schließlich unter Kontrolle hatten, waren alle erschöpft und hungrig, und Patrick schickte die Helfer zum Essen auf die Veranda. Ich linste zu Ray, der gerade die Scheune verließ, aber nicht Richtung Veranda, sondern Richtung Unterkunft ging, und wollte ihm nach, als Patrick mich an der Schulter packte. Er wirkte sehr ernst und angespannt, was irgendwie nicht passte. Die Situation war wieder unter Kontrolle und der Schaden überschaubar.

»Das musst du dir ansehen.« Er drehte mich um hundertachtzig Grad und bugsierte mich in die Scheune zurück.

»Was?«, fragte ich ungeduldig.

»Schau es dir an.« Er führte mich zu den alten Rohren, die noch aus der Zeit stammten, als die Scheune nicht Scheune, sondern Stall gewesen war, und kniete sich vor der Leitung auf den Boden. »Aber kein Wort zu den anderen. Es ist komplett verrückt, und ich habe keine Ahnung, was ich davon halten soll...«

Ich starrte auf die Leitung. Noch nie hatte ich so etwas gesehen. Leitungen konnten platzen, brechen, rosten, und wenn man sich besonders ungeschickt anstellte, konnte man sie sogar versehentlich von der Wand treten, aber wie, bitte schön, machte man einen Knoten in eine extrem stabile, noch mit Blei ausgekleidete Metallleitung?

»Krass.« Mehr fiel mir in dem Moment als Kommentar nicht ein. Denn ich hatte nur einen Gedanken.

Ray.

Das konnte kein *normaler* Mensch getan haben. Solche Kräfte hatte kein normaler Mensch. Aber warum hatte Ray das Rohr zerstört? Hatte er es bewusst getan? Missbrauchte ihn sein Mörder, um uns zu schaden?

Unruhe erfasste mich. Zu was war Ray noch fähig?

»Ich habe keine Erklärung dafür.« Patrick fuhr über das verbogene Rohr und zog dann so plötzlich die Hand zurück, als hätte sich der Knoten bewegt. »Verdammt, du kennst mich, Josie, ich glaub an nichts, was ich nicht sehe. Aber das hier *sehe* ich ... und es ergibt trotzdem keinen Sinn.«

Für dich nicht, für mich schon, dachte ich. Aber das konnte ich ihm natürlich nicht sagen.

»Weißt du«, fuhr er fort, »ich habe mir schon überlegt, ob es was mit dem Phänomen zu tun hat, das in Angels Keep Danas Eltern und Gabriels Tante so viel Ärger macht. Nur – uns hat der Knoten den Arsch gerettet.«

»Hä?«

Patrick zeigte auf das andere Ende des zerstörten Rohrs. »Jemand hat die Leitung mit Gewalt kaputt geschlagen. Das Wasser ist so lange rausgelaufen, bis jemand – wie auch immer – den Knoten reingemacht hat. Wann immer das war, es hat verhindert, dass das Wasser weiter gestiegen ist.«

Der Knoten. Ray hatte ihn in die Leitung gebogen, um das Wasser zu *stoppen*!

Ich wäre Patrick am liebsten um den Hals gefallen. Und

gleichzeitig stellte sich mir die Frage, wer die Leitung beschädigt hatte. Es war Absicht gewesen. Zweifellos.

Ebenfalls Ray? Hatte er die Leitung zuerst zerstört – gesteuert von dem Bösen in ihm – und dann versucht, den Schaden zu begrenzen, nachdem er wieder er selbst war? Oder hatte jemand anders die Leitung zerstört und Ray hatte es mitbekommen und versucht zu retten, was zu retten war? Aber warum dann der verbissene Blick den ganzen Vormittag über? Ray hatte sich benommen wie das verkörperte schlechte Gewissen. Und ich wollte wissen, wieso.

Leider musste ich mich noch etwas gedulden, denn nach dem Mittagessen beorderten mein Vater und Patrick mich ins Büro.

»Jemand hat mit Gewalt die Wasserleitung zerstört«, eröffnete Patrick das Gespräch. Er saß wie üblich hinter dem Schreibtisch, vor sich einen Zettel mit Zahlen. »Das war der dritte Anschlag auf die Farm. Erst Hisleys Kolik, dann die Tränke, jetzt die Wasserleitung. Jemand will uns schaden, und wir müssen rausfinden, wer, bevor er uns komplett ruiniert.«

»Wie hoch ist der Schaden?«, fragte mein Vater, wobei er unablässig seine Hände knetete.

»Tränke und Wasserschaden – über den Daumen gepeilt: dreitausend Dollar inklusive neuem Tausend-Liter-Wassertank, zwei Tränken und Reparatur der Leitung«, sagte Patrick wie aus der Pistole geschossen. »Wie hoch der Schaden in Bezug auf Hisleys Leistung bei den Turnieren ist, kann ich noch nicht abschätzen. Josie und ich trainieren ihn heute zusammen, dann können wir mehr sagen.«

»Verdammt«, knurrte mein Vater.

»Genau. Das muss aufhören«, sagte mein Bruder energisch.

»Wir müssen herausfinden, wer uns fertigmachen will. Und ich glaube, er hält sich auf der Ranch auf.«

Ich spürte Hitze in meinen Kopf steigen. Sollte ich Patrick zustimmen? Oder lieber dagegenhalten, um von Ray abzulenken?

»Jemand von hier?«, rief mein Vater ungläubig. »Wie kommst du darauf?«

»Wie sonst könnte jemand unbemerkt in den Stall gelangen? Auf die Koppeln und in die Scheune?« Patricks Mund war spitz. »Wer immer dafür verantwortlich ist, er kennt die Ranch und er ist niemandem aufgefallen.«

»Ein Fremder hingegen *wäre* aufgefallen…«, murmelte mein Vater zustimmend. Ich sah, wie es in ihm arbeitete, und wünschte, ich könnte seine Gedanken lesen. Hatte er einen konkreten Verdacht? Ray? Weil er ein Greeny war und für ihn ohnehin ein rotes Tuch?

»Wir könnten die Zimmer der Gäste durchsuchen«, schlug ich hastig vor und dachte dabei an Rays Amulett.

»Super Idee«, stimmte Patrick zu. »Ich teile dich für die Zimmer ein und bitte Sarah, deine Reitstunden zu übernehmen.«

»Seid ihr wahnsinnig?«, rief mein Vater aufgebracht. »Das ist strafbar!«

»Bomben legen und Wasserleitungen demolieren auch.«

»Wenn ihr dabei erwischt werdet, können wir den Gästebetrieb dichtmachen.« Er schüttelte den Kopf.

»Und wenn die nächste Sprengladung im Haupthaus hochgeht und einen Gast erwischt, haben wir eine Millionenklage am Hals.« Patrick sah meinen Vater herausfordernd an. »Was schlägst du als Alternative vor?«

»Übertreibst du nicht etwas?«, gab mein Vater zurück. »Ich glaube nicht, dass hier noch mehr Sprengladungen hochgehen.«

»Wie kannst du dir so sicher sein?« Patrick stand auf. »Wenn du keinen Alternativvorschlag hast, plädiere ich dafür, Josies Idee anzunehmen.«

Mein Vater seufzte. »Ihr macht ja eh, was ihr wollt.«

»Nein, Dad, wir machen, was nötig ist, um die Ranch zu retten.«

Ich sah von meinem Vater zu Patrick. Irgendwann in den letzten Monaten hatte sich das Kräfteverhältnis zwischen den beiden verschoben. Patrick war tougher und selbstbewusster geworden und traf immer öfter Entscheidungen gegen den Willen meines Vaters. Und mein Vater gab immer öfter nach. Nicht weil er Patricks Entscheidungen als die besseren einstufte, sondern weil er sich ihnen beugte, als habe er keine andere Wahl. Ich fragte mich, woher diese schleichende Verschiebung der Autoritäten rührte. Welchen Grund hatte er, sich auf einmal Patricks Willen zu beugen?

Mit Putzwagen und Staubsauger bewaffnet klapperten Dana und ich die Gästezimmer ab. Wir gingen immer nach demselben Schema vor. Zuerst machten wir blitzschnell das Zimmer fertig, dann stellte sich Dana an die Tür und tat so, als hole sie etwas aus dem Putzwagen. Ich dagegen suchte das Amulett und einen Hinweis darauf, wer uns schaden wollte. Mein so leicht dahingeworfener Plan hatte jedoch zwei Schwachstellen.

Erstens war ich für das Durchwühlen fremder Zimmer nicht geeignet. Im Fernsehen sah das immer so einfach aus. Schublade auf, witsch, watsch durchgekramt, Schublade zu, fertig. Im wahren Leben ist das aber ganz anders, denn jede Schublade und jedes Schrankfach, das ich durchsuchte, war ein Vertrauensbruch gegenüber unseren Gästen, die ich zum größten Teil mochte, und das fühlte sich mies an. Und außerdem wusste ich nicht einmal, wonach genau ich neben dem Amulett suchte, was den Suchvorgang erheblich erschwerte.

Wir hatten gut die Hälfte geschafft, als wir zu Eli Browns Zimmer kamen. Nach der Blitzreinigung stellte sich Dana wieder auf den Flur und ich begann das Zimmer zu filzen. Als Erstes stellte ich fest, dass Eli Brown sowohl in der Wahl seiner Toilettenartikel als auch seiner Unterwäsche einen deutlich exklusiveren Geschmack hatte, als man angesichts seiner eher einfach wirkenden Hosen und Hemden vermuten würde. Auch seine Reisetasche war elegant und teuer. Weiches, glattes Leder, gute Verarbeitung. Ich suchte nach dem Hersteller und pfiff leise durch die Zähne.

Die Tasche allein kostete mehr als der von ihm gebuchte zweiwöchige Aufenthalt auf der Ranch.

War das schon verdächtig? Ganz offensichtlich versuchte er ärmer zu erscheinen, als er war – aber wieso? Weil er sich an das einfache Flair unserer Ranch anpassen oder weil er seinen Wohlstand bewusst verbergen wollte? Es war nicht ungewöhnlich, dass reiche Gäste kamen. Sie entschieden sich bewusst für uns, weil wir authentisches Ranch-Leben versprachen. Nur trugen sie über ihrer Edelunterwäsche auch ihre Designerreithosen und Tausenddollarstiefel.

Ich öffnete die Reisetasche. Darin war ein Aktenkoffer derselben Nobelmarke. Ich nahm ihn heraus, durchsuchte die nun leere Tasche nach dem Amulett und wandte mich dann dem Aktenkoffer zu.

Ohne große Hoffnung drückte ich auf den Verschluss und war umso überraschter, als der Deckel aufsprang. Der Koffer war voll mit Dokumenten, und ich überlegte, ihn einfach wieder zuzumachen.

Eli Brown war ein besonders netter Gast. Etwas neugierig,

aber immer freundlich und hilfsbereit. Er brachte sein Geschirr in die Küche und bot regelmäßig an, beim Auftragen des Essens zu helfen, was wir jedes Mal höflich ablehnten.

Trotzdem holte ich den gesamten Inhalt aus dem Aktenkoffer, peinlich darauf bedacht, dass ja keines der Papiere aus den Mappen rutschte. Flink öffnete ich die erste – und stutzte. Es waren Unterlagen zu unserer Ranch und der Gegend. Berichte, Prospekte, Artikel.

Ich schnappte mir die nächste Mappe und sog scharf die Luft ein, als mein Blick auf eine Kolonne Zahlen und Berechnungen fiel. Die Anzahl unserer Pferde, ihr Geldwert. Die Stallungen und Nebengebäude, die Mitarbeiter, Kostenschätzungen, Hochrechnungen der Einnahmen...

»Die Handtücher sind aus, Josie!«, rief Dana.

Verdammt! Der Code! Eli Brown war auf dem Weg zu seinem Zimmer.

Blitzschnell schlug ich die Mappe zu und verstaute sie in dem Aktenkoffer. Ich ließ ihn zuschnappen, steckte ihn zurück in die Reisetasche und versuchte den Reißverschluss zu schließen. Nur – er hakte! Ich fluchte leise. Auf dem Flur hörte ich Dana und Eli miteinander reden. Ich verstand nicht, was sie sagten, aber es war völlig klar, dass Dana verzweifelt versuchte ihn aufzuhalten.

Ich zerrte und zerrte. Es war einfach nicht zu fassen, dass eine so teure Tasche einen defekten Reißverschluss hatte! Die Stimmen kamen näher. Eli musste das Zimmer betreten haben. Er brauchte nur zwei Schritte ums Eck zu machen, dann konnte er sehen, dass ich mich noch immer mit dem Oberkörper in seinen Schrank und über seine Reisetasche beugte. Dana rief ihn. Seine Stimme entfernte sich wieder etwas, er war wohl erneut auf den Flur hinausgetreten.

Dann, endlich, gab der Reißverschluss nach. Schweißgebadet schloss ich leise die Schranktür, hastete ins Badezimmer, grapschte mir zwei frische Handtücher, zerknüllte sie und ging gemächlich um die Ecke.

»Wo bleiben denn die Handtücher?«, maulte ich und verbarg meine zitternden Hände in dem Stoffknäuel. »Oh, Mr Brown, ich habe Sie gar nicht gesehen. Entschuldigung.«

»Ach, Josie. Heute Zimmerdienst?« Er lächelte mich gewohnt freundlich an.

»Wegen des Lecks in der Leitung heute früh haben sich die Dienstpläne verschoben. Haben Sie doch mitbekommen?«

»Ja. Wie ärgerlich. Ich hatte meine Hilfe angeboten.«

»Das ist sehr freundlich von Ihnen«, sagte ich artig. »Wir dürfen nur keine Hilfe von Gästen annehmen.«

»Wieso?«, fragte er natürlich prompt.

»Wegen der Versicherung. Sie sind bei uns als Gast versichert, wenn Sie mitarbeiten und sich dabei verletzen, ist das ein Arbeitsunfall.«

»Dann zahlt die Versicherung nicht«, sagte er und sah mich wieder mit diesem nachdenklichen Blick an, der mir bei ihm schon ein paarmal aufgefallen war. Doch jetzt bekamen dieser Blick und seine Neugier eine völlig neue Bedeutung. Die Unterlagen in seinem Zimmer warfen Fragen auf, die zur Abwechslung gerne *ich* ihm gestellt hätte ... aber nicht jetzt. Es war höchste Zeit, das Feld zu räumen.

✭ ✦ ✭

KAPITEL 17

DER TRAILER STANK. Mit zugehaltener Nase riss ich die Fenster auf und ließ frische Luft in den uralten, zum Materiallager umfunktionierten Wohnwagen.

Ich hatte angenommen, dass der Gast, der sich über den Gestank beschwert hatte, mit seiner empfindlichen Stadtnase den starken Pferdegeruch nicht ertrug. Doch das hier war kein Pferdegeruch. Es stank faulig und süß nach totem Tier, und ich hoffte, dass der Geruch sich noch nicht in den Westen und Helmen festgesetzt hatte.

Mit der freien Hand schnappte ich eine der Reitwesten und trug sie aus dem Trailer.

Was für ein beschissener Tag! Erst der Schuppen, dann die erfolglosen Zimmerdurchsuchungen, nicht zu vergessen der Zwischenfall mit Eli Brown und nun das.

Als wäre die Ranch verhext.

Nein, als wäre *mein Leben* verhext. Oder eher verflucht.

Das passte wohl besser zu der Situation mit Ray. Meine Grübeleien darüber hingen wie giftiger Nebel in meinem Kopf fest. Denn es gab keine Lösung, egal wie ich es drehte und wendete.

Hielt ich mein Versprechen und fand für ihn das Amulett, so würde er für immer verschwinden. Hielt ich es nicht, würde er sich in das Böse verwandeln, vor dem er selbst sich am meisten fürchtete. Ich zerrte so heftig an der Weste, dass der Bügel auf den Boden knallte.

»Boah«, stöhnte Gabriel hinter mir und riss mich aus meinen Gedanken. Ich winkte ihn näher. Mit zugehaltener Nase und angeekeltem Gesicht betrat er den Trailer. »Was ist *das* denn?«

»Totes Tier«, sagte ich, ohne dabei meine Hand von der Nase zu nehmen. »Wahrscheinlich hat der Katze eine Maus nicht geschmeckt, jetzt gammelt sie hier vor sich hin. Aber bevor wir nach ihr suchen, müssen wir erst mal alles rausräumen und auslüften lassen.«

Gemeinsam trugen wir die Westen aus dem Trailer und breiteten sie im Gras aus. Ich arbeitete für meine Verhältnisse eher langsam, denn ich wusste, dass Ray demnächst von der Trekking-Spezialtour zurückkommen musste.

»Habt ihr in den Gästezimmern was gefunden?«, fragte Gabriel, als er die letzte Weste im Gras ablegte.

»Nicht das, wonach wir gesucht haben. Nur Unterlagen über die Ranch. Bei Brown. Und Dowby war auf dem Zimmer, da konnten wir nicht rein.«

»Unterlagen über die Ranch?«, fragte Gabriel nach.

Nachdem ich ihm beschrieben hatte, worauf ich in Eli Browns Zimmer gestoßen war, schob er seine Brille hoch und massierte sich nachdenklich den Nasenrücken. »Was will er damit?«

»Keine Ahnung.«

Gabriel rückte seine Brille zurecht. »Der Mist ist, wir können ihn nicht darauf ansprechen. Sonst müsstest du ihm erklären, woher du das weißt.«

Ich seufzte. »Ja, leider.«

Schweigend trugen wir als Nächstes die Helme nach draußen. Nach einer Weile fragte Gabriel: »Was ist jetzt mit Bellingham heute Abend?«

»Hmm«, machte ich und zögerte meine Antwort hinaus. Ich verspürte keinerlei Wunsch, die Ranch heute zu verlassen – außer Ray würde sie ebenfalls verlassen. Was er aber, wenn ich ihn recht verstanden hatte, gar nicht konnte, solange das Amulett hier versteckt war. Zumindest musste er im Umkreis der Ranch bleiben, und das würde ich natürlich auch tun. »Ganz ehrlich, ich bleibe lieber hier. Gestern der Schock und heute der Wasserschaden, ich bin so durch, Bellingham wäre total verschwendet an mich.«

»Wir können auch –«, begann Gabriel, doch ich gab ihm erst gar keine Chance, mich mit weiteren Plänen in die Enge zu treiben.

»Fahr mit Dana. Ihre Mutter hat ihr vorhin eröffnet, dass in zwei Tagen eine Art Exorzist oder so was in den Laden kommt. Wenn jemand ordentlich Stadtluft schnuppern muss, dann sie. Irgendwo ohne Poltergeister«, setzte ich als Scherz hinterher.

»Aber –«

»Im Ernst«, drängte ich ihn. »Dana hat das echt mitgenommen. Sie schwankt die ganze Zeit zwischen *Meine Mutter ist reif für die Klapse* und *Hilfe, bei uns wohnt ein Poltergeist*. Bring sie auf andere Gedanken. Und ich versuche, ein bisschen Schlaf nachzuholen.«

Inzwischen hatten wir den Trailer leergeräumt und begonnen, nach dem toten Tier zu suchen. Und um mehr Zeit bis zu Rays Rückkehr zu schinden, überzeugte ich Gabriel, die Schränke dabei gleich noch von Dreck, Staub und toten Insekten zu säubern.

»Also gut«, sagte Gabriel, nachdem er seinen Teil des Unterschranks sauber gewischt hatte. »Ich fahre mit Dana nach

Bellingham. Dann kann ich mich bei der Gelegenheit gleich mal umhören, ob dort auch so seltsame Sachen abgehen. Bei meinem Cousin sind heute wieder zig Autos nicht angesprungen. Und er ist nicht der Einzige mit dem Problem.«

»Was ist mit deiner Tante?«

Gabriel schüttelte resigniert den Kopf. »Keiner findet heraus, warum die verdammte Kühlung nicht geht. Nicht mal der Onkel von meiner Cousine hat es hingekriegt, und der repariert seit fünfundzwanzig Jahren Kühlschränke. Aber so was hat er noch nie erlebt.«

»Krass.« Ich dachte an die seltsamen Dinge, die in der Stadt vor sich gingen, und an die Leute, die davon betroffen waren. Vor allem die Wangs und Gabriels Tante hatte es echt böse erwischt.

Da durchzuckte mich ein Gedanke. *Böse...* Hatte das Böse, von dem Ray sprach, etwas mit den Vorfällen in der Stadt zu tun? Ich schob den Gedanken sofort beiseite. Ray war hier. Und er war *nicht* böse.

Mit einem Wink dirigierte ich Gabriel zum nächsten Schrank. Dort war der Geruch noch intensiver, doch außer einer weiteren Heerschar vertrockneter Fliegen war auch hier nichts, das den Gestank erklärt hätte.

»Ich sag dir, Josie, das in Angels Keep ist was ganz Großes.« Gabriel hielt mit dem Putzen inne. »Da kommt was auf uns zu, und ich bin mir nicht sicher, ob wir es wollen.«

»Wie, was?«, fragte ich nach, ohne mit dem Putzen aufzuhören, da ich im Gegensatz zu ihm zwei Dinge auf einmal tun konnte.

»Ich weiß, das mit den Aliens willst du nicht hören, aber was sonst soll diese Störungen denn bitte verursachen? Oder dieses Ding an deinem Fenster. Oder den Knoten in der Wasserleitung heute!«

Erschrocken ließ ich den Putzlappen sinken. »Das hast du gesehen?«

Er lief knallrot an. »Ich… äh, ich bin noch mal zurück, um dich zu holen, und da hat Patrick es dir gerade gezeigt und gesagt: *Kein Wort zu den anderen*, also bin ich lieber wieder gegangen.«

»Und, was sagst du dazu?«, fragte ich, und während ich auf seine Antwort wartete, erschien mir die Idee, dass es etwas mit »dem Bösen« zu tun haben könnte, mit einem Mal nicht mehr ganz so abwegig. Zumindest kam mir der Gedanke logischer vor als Gabriels Theorie.

Ich musste Ray unbedingt fragen, ob es Yowama gab, die nicht über die Deathline gegangen waren und sich zu dem Bösen verwandelt hatten, vor dem er sich so sehr fürchtete.

Anstelle einer Antwort zeigte Gabriel Richtung Himmel beziehungsweise Universum. Das war noch so ein Ding bei ihm: Hatte er sich erst einmal auf etwas eingeschossen, dann war es sehr schwer, ihn wieder davon abzubringen. Man brauchte gute Argumente – die ich aber nicht liefern konnte, ohne Rays Geheimnis zu verraten. Und das wollte ich nicht. Schlimm genug, dass ich es im Schlaf Dana gegenüber ausgeplaudert hatte.

Der Schrank war inzwischen sauber, doch der Geruch war noch genauso übel wie vor unserer Putzaktion. Ich war mir sicher, wir waren ganz nah dran. »Wir müssen den Schrank etwas verrücken, vielleicht ist die Maus dahinter.«

Gabriel sah zweifelnd zu mir. »Wie denn? Da hinten kann sie doch keine Katze erwischt haben. Wie soll die sich denn bitte hinter den Schrank zwängen?«

»Katze jagt Maus, Maus flieht und bleibt hinterm Schrank hängen. Oder: erliegt Verletzungen. Keine Ahnung, aber wir müssen nachsehen.«

Gabriel seufzte. »Schon gut.«

Mit vereinten Kräften zogen wir den Schrank von der Wand weg. Ich steckte meinen Kopf in den Schlitz und – bingo! Der Verwesungsduft stieg direkt in meine Nase. Faulig und süß und extrem eklig. Wir zogen noch mehr und dann sahen wir die vermeintliche Maus.

»Ganz schön groß«, sagte Gabriel, während ich ein angewidertes »Igitt« ausstieß.

Ehe Ihr Euch jetzt wundert: Ja, ich bin ein Ranchgirl. Und ja, ich bin nicht zimperlich. Aber ich hasse Ratten. Ganz besonders, wenn sie einen zertrümmerten Kopf haben.

»Wow.« Gabriel manövrierte die Ratte mit einem langen Stock aus dem Spalt und schob sie vor unsere Füße. Es war wirklich ekelhaft. »Da hat jemand mit voller Wucht draufgehauen. Mit einem Spaten oder einer Schaufel.«

Ich pflichtete ihm bei. Exakt so sah die Ratte aus. Und das hieß: kein »Katz und Maus«-Szenario.

»Wenn du mich fragst«, sagte Gabriel, »die hat jemand erschlagen und dann absichtlich versteckt, damit der Gestank sich in der Ausrüstung festsetzt.«

Genauso sah ich es auch. Und es machte mich unbeschreiblich wütend. Doch dann fielen mir wieder Rays Worte ein: *Es zwingt mich, Dinge zu tun, die ich sonst niemals tun würde.*

Versteht das jetzt nicht falsch. Ich verdächtigte Ray zu dem Zeitpunkt nicht, diese Ratte dort versteckt zu haben. Nein, ich konnte oder wollte mir nicht vorstellen, wie er auf das Tier einschlug, um es anschließend hinter dem Schrank zu verstecken. Aber ich glaubte, dass er genau solche Dinge damit gemeint hatte.

Dinge, die er sonst nie tun würde.

Ich starrte auf die Ratte. Auf den zertrümmerten Kopf. Was,

wenn wir als Nächstes kein totes Tier, sondern einen toten Menschen finden würden?

Ich erschauderte, und plötzlich wurde mir bewusst, wie wichtig es war, dieses verdammte Amulett zu finden. Um eine Notbremse zur Hand zu haben, falls man eine brauchte. Mir war, als quetschte jemand meinen Magen zusammen und presste ihn durch meine Speiseröhre in meine Kehle. In mir tobte eine unbändige Wut auf Rays Mörder.

Gabriel lud die Ratte auf eine Schaufel und trug sie nach draußen. Ich folgte ihm und begann systematisch, die Reitwesten nach dem Amulett zu durchsuchen.

»Was machst du da?«

Eine Frage, mit der ich hätte rechnen müssen. »Ich suche ein Amulett.«

»Was für ein Amulett?« Er hockte sich neben mich auf den Boden. »Wie sieht es aus?«

»Es hat einen grünen Stein. Ich habe es irgendwo verloren.« Ich beugte meinen Kopf über die nächste Weste.

»Kenne ich gar nicht. Ist es deins?«

»Es gehörte meiner Mutter.« Die Lüge ging mir recht leicht über die Lippen und ich schämte mich dafür. Ich hatte Gabriel bis zum gestrigen Tag noch nie angelogen – und nun folgte eine Lüge nach der anderen. Dass ich zu müde sei für Bellingham, dass Rays Amulett meiner Mutter gehörte. Es war nicht richtig, aber was hätte ich tun sollen?

Zum Glück fragte Gabriel nicht weiter nach. Kaum hatte er sich eine Weste geschnappt, um die Taschen zu durchsuchen, hörte ich die Trekkinggruppe zurückkommen. Ich sah hoch und mein Herz begann wie bekloppt zu schlagen. Ray führte die Gruppe an und es war ein unglaublicher Anblick. Die Art, wie er die Zügel lässig in einer Hand hielt, während er mit der anderen auf Punkte in der Natur zeigte, überhaupt, allein wie er auf dem Pferd saß – als hätte ihn jemand für einen Hochglanzwerbeprospekt für American Natives abgelichtet. Er wirkte so perfekt.

Ich konnte meine Augen nicht von ihm abwenden. Wie oft würde ich ihn noch so sehen können, bevor er diese Welt verließ?

Abrupt zog ich die Hand aus der Innentasche der Weste und schob sie von mir. Ich durfte Ray noch nicht verlieren! Gabriel sah mich verwundert an. »Willst du nicht weiter nach dem Amulett suchen?«

Hastig sprang ich auf. »Ich muss Ray mit den Pferden helfen.« Und noch bevor Gabriel mir antworten konnte, lief ich schon zum Sattelplatz. Ich musste endlich mit Ray reden. Und diesmal würde ich ihn mir schnappen, bevor er sich wieder in Luft auflösen konnte.

»Hallo«, sagte ich atemlos, wobei meine Kurzatmigkeit weniger von den vierzig gesprinteten Metern kam als von den Gefühlen, die seine Nähe bei mir auslöste.

»Hrmpf.« Rays Begrüßung war schal wie Brackwasser. Er sah nicht einmal auf, im Gegenteil, sein Blick war so intensiv auf den Sattelgurt gerichtet, als bräuchte er zum Öffnen der Schnalle höchste Konzentration. Dabei hätte er sie ebenso blind öffnen können – ein Ruck des Lederriemens nach oben genügte.

»Wir müssen reden.«

Er hob den Sattel herunter und trug ihn an mir vorbei in den Sattelschuppen neben dem Trailer – als wäre ich Luft.

Dann kam er zurück und steuerte direkt auf das nächste Pferd zu.

»Ray«, rief ich so laut, dass auch Gabriel es hören musste. »Kannst du mir mal helfen?«

Wie erwartet sah Gabriel zu uns herüber, was auch Ray nicht

entging. Nun hatte er keine andere Wahl: Wollte er keine unerwünschten Fragen bei Gabriel auslösen, musste er zu mir kommen.

Er kam.

Doch in seinem Gesicht stand so deutlich »Kapierst du nicht, dass ich nicht mit dir reden will«, als hätte es jemand auf seine Stirn geschrieben. In meiner Magengegend begann es bedenklich zu brodeln.

Ray stellte sich neben mich und begriff natürlich sofort, dass ich keine Hilfe brauchte.

»Was willst du?«, fragte er kurz angebunden, während er den Sattelgurt öffnete und dabei seine ganze Aufmerksamkeit darauf verwendete, mich nicht anzusehen.

»Mit dir reden.«

»Wozu?« Er schob seine Hände unter den Sattel, um ihn vom Pferd zu hieven. Ich sah ihn schon erneut damit zum Schuppen spazieren und etwas in mir explodierte.

Zeit zum Angriff.

Angriff. Meine Brust wurde eng. Das Wort kickte meine Wut auf Ray ins Aus. Er war tot, weil ihn jemand angegriffen hatte. Nicht auf ihn sollte ich wütend sein, sondern auf seinen Mörder!

Mit einem Ruck hob er den Sattel an. »Du stehst im Weg«, sagte er schroff. »Lass mich einfach meinen Job machen.«

»Sag mal, tickst du noch richtig?«, zischte ich leise und drückte meine Hand auf den Sattel. »Kannst du mir bitte sagen, warum du dich wie ein Arsch benimmst? Was hab ich dir getan?«

Der Satz musste ihn getroffen haben, denn er hielt in der Bewegung inne. Allerdings sah er noch immer nicht zu mir, sondern starrte auf den hochgebundenen Steigbügel.

»Halte dich fern von mir. Du weißt genau, was ich getan

habe«, fauchte er zurück, leise, aber mit einem drohenden Raubtiergrollen in der Stimme. Falls mich das einschüchtern sollte, hatte es seine Wirkung verfehlt. Im Gegenteil. Wilde Tiere hatten in mir schon immer den Bändiger geweckt.

»Du meinst das Wasser? Und?«, schnappte ich so leise, wie man gerade noch schnappen kann. »Und schau mich verdammt noch mal an, wenn du mit mir sprichst, das ist total unhöflich!«

Er stierte weiter auf den Steigbügel, doch das Harte, Abwehrende wich langsam aus seinem Gesicht. »Wie soll ich dich ansehen und mich dann von dir fernhalten?«

»Schau mich an«, forderte ich ihn erneut auf und setzte ein sanftes »Bitte« hinterher. »Uns läuft die Zeit davon!«

Langsam, sehr langsam drehte er den Kopf und sah mich an. Und so unglaubwürdig oder kitschig das jetzt klingen mag, seine Augen sprachen mit mir. Nicht laut oder mit Worten, aber er sah mich an, und irgendwie erzählten mir diese grün-grünen Augen all das, was er gerade fühlte. Ich spürte seine Angst vor sich selbst, seine Verzweiflung, seine Traurigkeit und, ja, auch das spürte ich, seine Gefühle für mich.

Sie waren stark. Intensiv.

Extrem intensiv.

Ich merke gerade, ich tanze schon wieder um das Wort *Liebe* herum. Vielleicht weil ich damals noch Scheu hatte, es zu benutzen, oder vielleicht weil es mir zu gewöhnlich war für das, was seine Augen mir verrieten.

Seine sprechenden Augen zogen mich in eine Art Bann, zumindest kam es mir so vor, denn ich blendete alles andere um mich herum aus und saugte die stummen Liebeserklärungen auf, die er in meinen Kopf schickte.

Plötzlich wandte Ray sich ab. »Gabriel kommt zu uns«, sagte er leise.

Ich atmete pfeifend aus und versuchte mich zu sammeln. »Okay«, flüsterte ich. »Es ist mir egal, ob du das mit dem Wasser gemacht hast. Denn wenn, warst es nicht du, sondern das Böse in dir. Aber *du* hast den Knoten reingemacht, um den Schaden zu begrenzen. Vergiss das nicht. Und ich muss mit dir reden. Heute noch. Ich habe eine Theorie, die mit der Deathline und dem Amulett und dem Bösen zusammenhängt.«

Er zog die Brauen zusammen. »Was meinst du?«

»Sieben Uhr, Kwaohibaum«, formte ich lautlos mit den Lippen. Er nickte und trug den Sattel davon.

»Ich bin fertig mit den Westen«, sagte Gabriel, der inzwischen zu uns gestoßen war. »Das Amulett habe ich nicht gefunden.«

Ray erstarrte.

»Mist«, sagte ich. »Du hast es nicht irgendwo zufällig gesehen, Ray? Grüner Stein in der Mitte. Es war der Glücksbringer meiner Mutter.«

»Nein.« Ray schüttelte den Kopf und verschwand mit dem Sattel Richtung Schuppen.

»Was passiert jetzt mit den Westen und dem ganzen anderen Zeug?«, fragte Gabriel.

»Wir räumen es wieder rein«, antwortete ich und ging mit Gabriel zum Trailer zurück. Dort checkte ich, ob der Gestank sich langsam verzog. Er war bereits schwächer geworden, ganz verflogen war er aber noch nicht.

»Planänderung«, sagte ich zu Gabriel, der mit der ersten Ladung Westen hinter mir stand.

»Warum wundert mich das nicht?«, stöhnte er und stieg die Stufen wieder hinunter.

»Wir lagern die Sachen über Nacht im Schuppen. Dann stinken sie zwar nach Pferdeschweiß, aber das ist immer noch besser als Eau de tote Ratte.«

Kurze Zeit später waren wir fertig, denn nun arbeitete ich in meinem gewohnten Tempo, wenn nicht noch schneller. Um sieben Uhr war ich mit Ray verabredet, jetzt war es kurz nach halb sechs und ich hatte noch eine Stunde Training mit Hisley und Patrick vor mir.

Ich begleitete Gabriel kurz in die Küche zu Dana und eilte dann zum Büro, um Patrick zu holen.

Heute frage ich mich, ob die Dinge anders verlaufen wären, wenn ich den Kaffee, den Dana mir in der Küche angeboten hatte, angenommen und zehn Minuten später zu Patrick gegangen wäre.

KAPITEL 18

MEINE HAND LAG SCHON auf der Klinke, als ich Patricks wütende Stimme hörte.

»Hast du mal daran gedacht, was passiert, wenn du im Gefängnis landest?«

Ich erstarrte. Der Satz schockierte mich so sehr, dass meine Hand, nein, mein ganzer Körper zu zittern begann.

Ich presste mein Ohr an die Tür. Lauschte.

Ist nicht die feine Art, ich weiß, ist auch nicht meine Art, aber ich wusste genau, sobald ich den Raum betrat, würden mein Vater und mein Bruder ihre Unterhaltung abbrechen und so tun, als wäre alles in Ordnung.

Das war es aber nicht, und nur weil sie das Problem vor mir geheim hielten wie vor einem kleinen Kind, änderte das nichts an dem, was ich eben gehört hatte.

»Jetzt mach mal halblang.« Die Stimme meines Vaters klang gepresst. »Das wird nicht passieren.«

»Halblang?«, antwortete Patrick, noch wütender. »Der Sheriff sieht das mit der Bombe nicht so entspannt wie du. Und ich übrigens auch nicht.«

»Das war eine Routinebefragung«, erklärte mein Vater.

Ich runzelte die Stirn. Das klang logisch, warum also regte Patrick sich so auf?

»Für mich klang das aber nicht nach Routine. Die haben dich im Verdacht!«

»Unsinn!«, wiegelte mein Vater ab, doch seine Stimme war so angespannt, als zweifle er an seinen eigenen Worten. »Warum sollten sie?«

»Weil du sämtliches Beweismaterial vernichtet hast!«, rief Patrick, und ich hörte ein Klatschen, als würde er mit der flachen Hand auf den Papierwust auf seinem Schreibtisch schlagen. »Die Metallteile von der Koppel zu räumen sehe ich ja ein, aber warum hast du sie noch am gleichen Tag zum Schrottplatz gefahren? Du weißt doch, dass die Polizei das untersuchen muss! Und dann dein Einkauf bei Oscar. Wozu hast du Aceton gekauft? Und Wasserstoffperoxid?«

Mir wurde schwindelig. Beschuldigte Patrick gerade ernsthaft unseren Vater, die Bombe gebaut zu haben? War er irre?

»Willst du jetzt sagen, dass *ich* den Tank in die Luft gesprengt habe?« Die Stimme meines Vaters schwoll verärgert an. »Bist du noch richtig im Kopf? Ich muss mir das nicht anhören, Patrick«, sagte er schneidend. »Die Unterredung ist hiermit beendet!«

Schon hörte ich meinen Vater zur Tür kommen und hastete auf Zehenspitzen über den Flur zur Toilette. Leise schloss ich die Tür hinter mir und wartete, bis seine energischen Schritte verhallt waren. Dann lief ich zum Büro zurück und diesmal trat ich ein. In meinem Kopf flogen die belauschten Sätze wie Pingpong-Bälle hin und her, und ich musste mich extrem zusammenreißen, um Patrick nicht sofort damit zu konfrontieren.

»Was ist denn mit Dad los?«, fragte ich scheinheilig. »Habt ihr gestritten?«

Patrick brummte etwas Unverständliches. Sein Gesicht war gerötet, was bei meinem Bruder im Gegensatz zu mir sehr selten vorkam. Eigentlich nur, wenn er sich extrem über etwas aufregte. Kein guter Zeitpunkt also, um bei ihm weiterzubohren oder gar mein erlauschtes Wissen zu offenbaren. Also ließ ich es für den Moment gut sein und erinnerte ihn nur an unsere gemeinsame Trainingseinheit mit Hisley.

Ich rechnete damit, dass er abblocken und mich bitten würde, alleine mit Hisley zu arbeiten, doch er kam sofort mit, geradezu als wäre er froh, das Büro und die darin unsichtbar aufgetürmten Probleme einmal für eine Stunde hinter sich zu lassen.

Hisley machte einen Satz. So unvermittelt, dass ich das erste Mal seit Jahren einen Steigbügel verlor.

»Ho.« Ich verlagerte mein Gewicht nach hinten und parierte durch.

»Das hat so keinen Sinn, du bist nicht konzentriert!«, rief Patrick vom Rand der Reithalle. »Lass gut sein für heute.«

Ich nickte und ritt Hisley ab. Patrick hatte recht. Meine Gedanken kreisten unaufhörlich um das belauschte Gespräch. Und ich denke mal, dass seine Gedanken ebenso unaufhörlich darum kreisen.

Ich sah, wie Patrick die Halle verließ, und ritt ihm hinterher.

»Du warst aber auch nicht gerade bei der Sache«, begann ich und stieg ab. »Ist irgendwas?«

»Ich frage mich nur, wer uns hier schaden will.« Patrick nahm mir die Zügel ab.

»Sonst nichts?«, bohrte ich nach.

»Reicht das nicht?«

»Ist mit Papa ... alles in Ordnung?«, fragte ich in einem letzten Versuch, ihn doch noch aus der Reserve zu locken.

Er warf mir einen argwöhnischen Blick zu. »Warum fragst du?«

Sollte ich meinen Lauschangriff zugeben?

»Nur so«, sagte ich dann, »als er aus dem Büro kam, sah er ziemlich wütend aus.«

Patrick führte Hisley in den Stall. »Ich sattel für dich ab.«

Damit verschwand er in der Stallgasse und ließ mich stehen. Es war leider eindeutig: Mein Bruder war noch nicht bereit, sein Wissen mit mir zu teilen.

Um kurz vor sieben lief ich Richtung Kwaohibaum, in der Hand ein Sandwich, an dem ich mich mit der gleichen Ausdauer abarbeitete wie an den aufgeschnappten Sätzen zwischen Patrick und meinem Vater.

Die Anschuldigung war zu krass. Patrick musste etwas in der Hand haben. Und mein Vater hatte dem nur seine Verweigerung der Aussage entgegenzusetzen. Was nicht direkt für ihn sprach.

Was heißt das? Dass Dad schuldig ist, weil er nicht auf Patricks Anschuldigung eingeht?, meldete sich eine kritische Stimme in mir. Ich wollte das nicht denken. Ganz und gar nicht. Ich wollte nicht, dass mein Vater das getan haben könnte, aber es war auch nicht *undenkbar* – und das erschreckte mich.

Nur, warum sollte er das tun?

Eine Bombe! In einem Wassertank!

Ich suchte nach Gründen und verwarf sie wieder; übrig blieb nur einer, der so furchtbar war, dass ich mich kaum traue, ihn niederzuschreiben.

Aber ich habe Dana versprochen, alles genauso aufzuschreiben, wie es passiert ist. Und deshalb darf ich auch die Frage nicht unterschlagen, die ich mir stellte:

Hatte mein Vater den Wassertank gesprengt, um Ray loszuwerden?

Ja, ich weiß, das klingt ungeheuerlich, und wahrscheinlich fragt ihr Euch, wie ich auf so eine bekloppte Idee kommen konnte. Aber für mich war es damals nicht völlig abwegig und vor allem hatte ich schlicht keine andere Erklärung. Natürlich glaubte ich nicht, dass er Ray hätte töten wollen. Nur so sehr erschrecken, dass er von selbst die Ranch verließ.

»Josie?«

Überrascht blickte ich mich um. Ich hatte inzwischen die Unterkünfte erreicht und Sarah winkte mich zu ihrer Hütte.

Ich ging zu ihr. »Ja?«

»Sag mal…«, begann sie zögernd. »Das mit dem Wassertank… es gibt Gerüchte.«

»Gerüchte?«, fragte ich nach, obwohl ich mir denken konnte, worauf sie hinauswollte.

»Der Sheriff hat seltsame Fragen gestellt. Über deinen Vater. Und Düngemittel.« Sie knetete verlegen ihre Finger. »Sorry, Josie, du weißt, ich mag deinen Dad. Aber… muss ich mir Sorgen machen?«

Ich schüttelte mühsam lächelnd den Kopf. Mir war klar, worauf sich ihre Sorgen bezogen: dass der Sheriff meinen Vater festnahm, wir die Ranch dichtmachen mussten und sie ihren Job verlor. »Da ist nichts dran, Sarah, Dad hat damit nichts zu tun.«

»Danke«, sagte sie sichtbar erleichtert, was mir spontan ein schlechtes Gewissen bescherte.

Kurz darauf betrat ich den Wald. Es war höchste Zeit, dem Gedankenkarussell in meinem Kopf energisch Einhalt zu gebieten. Ich war auf dem Weg zu Ray und wollte mich auf keinen Fall bei ihm verplappern. Was, wenn er mehr daraus machte und es ihn dazu verleitete, in seinen bösen Stunden meinem

Vater etwas anzutun? *Stopp!*, brüllte es in mir. *Hör auf, solche Dinge über Ray und Dad zu denken!*

Dann erreichte ich den Kwaohibaum.

Ray war bereits da, und noch ehe ich mir eine Strategie gegen sein abweisendes Verhalten überlegen konnte, hatte er mich schon an sich gerissen und küsste jeden unpassenden Gedanken aus mir heraus. Mehr noch, er küsste uns in eine andere Zeit. Eine Zeit ohne Sorgen und Kummer, eine Zeit, in der nur wir beide zählten.

Ich schlang meine Arme um seinen Hals und ließ mich völlig in seinen Kuss fallen. Seine Hände streichelten abwechselnd über meine Haare, meinen Rücken und mein Gesicht. Ab und zu lösten sich unsere Münder voneinander, doch nur, um in der nächsten Sekunde wieder miteinander zu verschmelzen. Als wüssten sie, dass jede Sekunde, jede Berührung zählte, dass jeder Kuss der letzte sein konnte, dass jeder Kuss einem unfairen Schicksal abgerungen werden musste.

Irgendwann überwanden wir den magnetischen Sog unserer Lippen und setzten uns vor den Kwaohibaum. Ray lehnte sich an den Stamm und bettete meinen Kopf auf seine Oberschenkel. Seine Finger strichen über die Konturen meines Gesichts und ich spürte der Berührung nach. Es erstaunte mich, wie zart eine Männerhand sein konnte, die jeden Tag körperliche Schwerstarbeit verrichtete.

»Es ist so unfair«, sagte ich.

»Ja. Das ist es.«

»Und du bist dir sicher, es gibt keinen Ausweg?«

»Keinen«, sagte er leise. Dann strich er über meine Lider und schloss sie. Ich spürte seine Hand zart dort ruhen und plötzlich hatte ich ein Bild vor Augen. Ray und ich waren auf der Lichtung, auf der er die Schmetterlinge für mich hatte tanzen lassen. Wir lagen dort, inmitten der Blumen, eng umschlungen, er küsste meine Wangen, meine Nase, meine Augen, meinen Mund.

Halt. Korrektur.

Es war mehr als ein Bild. Ich *spürte* seine Küsse, ich spürte seine Hände über meinen Körper gleiten, ich spürte seinen warmen Körper an meinem, ich roch die Blumen, das lange Gras, ich roch seinen wunderbaren Ray-Duft, ich schmeckte ihn sogar. Es war nicht nur unglaublich, es war auch unglaublich schön. Eine Art Virtual Reality für alle Sinne und ohne Brille.

So wollte ich für immer mit ihm auf dieser Wiese liegen. Ich wünschte es mir so sehr, dass mir ein wohliger Seufzer entschlüpfte. Da nahm er seine Hand von meinen Augen und das Traumbild verschwand.

Ich blinzelte irritiert. »Was war das?«

Anstelle einer Antwort zog er sein Taschenmesser aus dem Gürtel, drehte sich zum Baum und ritzte eine Kerbe in die Rinde. Als Nächstes schnitt er eine Strähne von seinem Haar ab, dann von meinem. Er schlang die Strähnen ineinander und versenkte sie in der Kerbe.

Ich verfolgte stumm sein Tun. Ich war mir sicher, es war eine Art Ritual, aber ich verstand nicht, was es bedeuten sollte. Doch fragen wollte ich ihn nicht, es hätte den Zauber des Moments zerstört.

»So.« Er steckte das Messer weg und seine Hand liebkoste wieder mein Gesicht.

So? Das war alles? Erwartete er etwa, dass ich wusste, was er gerade getan hatte, weil ich vor zwei Jahren dem Baum meinen Taufanhänger geopfert hatte?

Anscheinend, denn er machte keine Anstalten, mir das Ganze zu erklären. Ich öffnete den Mund, um ihn zu fragen, doch er beugte sich zu mir herab und verschloss meine Lippen mit einem Kuss. Unwillkürlich schlang ich erneut die Arme um seinen Hals, und er zog mich zu sich hoch, bis mein Oberkörper an seinem lehnte.

Leider fand auch dieser Kuss irgendwann ein Ende.

Und leider begann mit dem Ende des Kusses der ernste Teil des Treffens.

»Warum hat Gabriel mein Amulett gesucht?«, fragte Ray unvermittelt.

»Ich hatte ihn darum gebeten, mir zu helfen. Er denkt, es gehört meiner Mutter.«

»Sicher?«

Ich fuhr mit dem Finger über seinen Brustkorb. »Warum sollte er das anzweifeln?«

»Du weißt, wie wichtig es ist, dass niemand davon erfährt, oder?« Ray sah mich prüfend an.

»Ja«, sagte ich und bekam sofort ein schlechtes Gewissen wegen Dana. Aber er hatte mich nicht gefragt, ob ich mich im Schlaf verplappert hatte, und ich beabsichtigte nicht, den Abend durch einen Anfall vorauseilender Ehrlichkeit zu zerstören.

»Wirklich niemand«, bekräftigte er noch einmal. »Seit Jahrtausenden wahren wir das Geheimnis. Du bist die Einzige außerhalb des Reservats, die davon weiß.«

Ich setzte mich etwas aufrechter hin, um ihn ansehen zu können. »Bist du sicher?«

»Ganz sicher.«

»Aber ... gestern hast du gesagt, jemand könnte dein Amulett gestohlen haben, um dich dazu zu bringen, Dinge zu tun, die du sonst nie tun würdest. Wenn das der Fall ist, dann muss derjenige doch davon wissen.«

Seine Brauen wanderten Richtung Nasenwurzel.

»Und Gabriel«, fuhr ich fort, »hat mir von lauter seltsamen

Dingen in Angels Keep erzählt. Dinge, die sich rational nicht erklären lassen. Er denkt, es sind Aliens am Werk, und Danas Mutter glaubt, im Virtual Reality Dome haust ein Poltergeist. Könnte das nicht dieses Böse sein?«

Nun richtete auch er sich auf. »Erzähl mir mehr.«

Ich erzählte ihm vom Virtual Reality Dome und der Eisdiele und den Autos und sein Gesicht wurde immer ernster.

»Verflucht«, sagte er, nachdem ich geendet hatte. »Verflucht.«

Ich blieb stumm.

»Verflucht, verflucht, verflucht!« Seine Hände hatten sich von mir gelöst. Sie waren zu Fäusten geballt, und ich bemerkte an dem Zittern seiner Arme, dass er sie mit aller Macht zu kontrollieren versuchte.

»W...was ist los?«, fragte ich ein wenig eingeschüchtert. Eben noch war er sanft und zärtlich gewesen, jetzt brodelte etwas in ihm, das seine Augen verdunkelte und seine Venen vor Anspannung hervortreten ließ.

Er schnaufte.

Ich nahm an, dass er das Schnaufen als Notventil einsetzte, um seine Faust nicht gegen den Baum zu schmettern.

»Du erinnerst dich an den Tag, als wir uns das erste Mal gesehen haben?«

Ich nickte. Wie könnte ich das je vergessen!

»Wir waren zu viert in Angels Keep.«

»Wegen dem Straßenfest?«

»Nein.« Er schüttelte den Kopf. »Wir haben die vermissten Yowama gesucht.«

»Vermisst?«, fragte ich erstaunt, denn ich hatte davon nichts mitbekommen. Was seltsam war – normalerweise würde ein Vermisstenfall von der Lokalredaktion gnadenlos ausgeschlachtet werden.

Ray nickte düster. »Fünf Yowama. Es war zuerst nicht aufgefallen, weil Saisonarbeiterzeit ist. Aber dann sind die Familien unruhig geworden, weil sich ihre Söhne nicht gemeldet haben. Bei Liam, Jo und Mac waren es gut drei Wochen und bei Seth und Lee etwas darunter. Also sind wir nach Angels Keep zum Straßenfest, weil dort Leute aus der ganzen Umgebung hinkommen. Wir wollten herausfinden, warum sie sich nicht melden.«

»Warum bist du in den Bullriding-Ring gestiegen, wenn du eigentlich auf der Suche nach deinen Freunden warst?«

Ray zuckte die Schultern, und ich sah, dass sich seine Fäuste langsam wieder lösten. »War ein Vorschlag von meinem Onkel. Er meinte, wenn ich in den Ring steige, erwecke ich Aufmerksamkeit. Er dachte, wenn einer von ihnen dort ist, sieht er mich und kommt zu mir.«

Das mit der Aufmerksamkeit ist dir ja auch gelungen, dachte ich, *nur nicht bei den vermissten Yowama.*

»Und dann?«, fragte ich.

»Wir haben uns getrennt. Ich bin in Angels Keep geblieben, um am nächsten Tag die Yowama, die dort leben, abzuklappern, mein Onkel ist nach Lakewood weiter und die beiden anderen sind nach Bellingham und Ferndale, um dort die Gegend abzufahren.«

Ich sah ihn gespannt an, doch er presste die Lippen zusammen.

»Und dann?«, fragte ich also erneut.

»Keine Ahnung.« Er schloss die Augen. Sein Gesicht war verkniffen, die Mundwinkel zuckten, als fechte er einen inneren Kampf aus.

Ich legte eine Hand an sein Gesicht. »Ray. Bitte. Du musst mir erzählen, was du weißt. Sonst kann ich dir nicht helfen.«

Er öffnete die Augen und nahm meine Hand. »Ich habe in

Angels Keep im Truck meines Onkels übernachtet«, stieß er hervor und drückte meine Hand so fest, dass ich zusammenzuckte. »Er ist am nächsten Morgen weitergefahren und sollte mich am Tag darauf wieder abholen. Aber da... da... war ich schon tot.« Er verstummte und ließ abrupt meine Hand los.

Verstohlen bewegte ich meine gequetschten Finger. »Was ist das Letzte, an das du dich erinnern kannst?«

Er blieb stumm.

»Bitte, denk nach!«, drängte ich ihn.

Er schloss erneut seine Augen. »Ich habe mir bei der Tankstelle am Baumarkt einen Hotdog und einen Kaffee geholt«, flüsterte er. »Gegen acht Uhr morgens. Dann bin ich losmarschiert.« Wieder machte er eine Pause. Atmete schwer. »Gegen Mittag bin ich dann im Gebüsch aufgewacht. Mein Amulett war weg und meine Erinnerung ebenso. Ich wusste nicht, was los war, nicht einmal, dass ich... tot war. Dann bin ich wie ferngesteuert durch Angels Keep gelaufen und es hat mich zum Virtual Reality Dome gezogen. Da habe ich kapiert, dass etwas nicht mit mir stimmt.«

Zu Wangs Laden? Mein Puls stieg. »Woran hast du es gemerkt?«

»Kein Hunger, kein Durst, ich muss nicht zur Toilette und ich schwitze nicht. Typische Merkmale für die Phase, bevor man über die Deathline geht. Ich habe mich mit meinem Messer geschnitten und es hat weder geblutet noch habe ich Schmerz gespürt.« Er öffnete die Augen und lächelte mich müde an. »Und dann bin ich dem Amulett zur Ranch gefolgt. Es... es war wie ein inneres Navigationssystem. Je näher ich kam, desto stärker wurde ich. Also habe ich hier angeheuert.«

Überrascht sah ich ihn an. »Du warst gar nicht als Aushilfe

vorgesehen?« Diese Frage war mir bislang noch überhaupt nicht gekommen.

»Nein«, sagte Ray. »Es sollte jemand anderes anfangen. Aber der hatte keine Ahnung von Pferden und da hat Patrick mich genommen.«

Ich lehnte mich wieder an ihn und zum zweiten Mal an diesem Tag schwirrte mir der Kopf.

Wenn man Rays Geschichte mit den seltsamen Vorkommnissen in Angels Keep in Verbindung brachte, dann ... verdammt! Dann könnte es sein, dass die fünf vermissten Yowama ebenfalls getötet worden waren.

Bei Liam, Jo und Mac waren es gut drei Wochen und bei Seth und Lee etwas darunter, hatte Ray gesagt. Das hieß, der eine oder andere der fünf könnte bereits zu dem Bösen geworden sein und nun in Angels Keep sein Unwesen treiben.

Nervös malte ich mit dem Finger Kringel auf Rays T-Shirt.

Da fiel mir etwas ein. Vielleicht lag ich ja falsch und die fünf waren inzwischen gefunden worden und zu ihren Familien zurückgekehrt, ohne dass Ray etwas davon wusste. Ich unterdrückte ein Stöhnen. Diese ganze Spekuliererei machte mich wahnsinnig.

Inzwischen hatte sich die Dunkelheit über uns gelegt. In dem schummrigen Mondlicht, das durch das dichte Blätterdach drang, wirkten die Baumstämme um uns herum wie schwarze Pfähle. Plötzlich hatte der Ort etwas Bedrohliches. Ich fröstelte.

»Du musst gehen«, sagte Ray. »Bevor dein Vater noch einen Suchtrupp losschickt.«

Ich sah auf die Uhr. Halb zehn! Wie konnten zweieinhalb Stunden so schnell vergehen? »Aber ...«, protestierte ich, doch er stand schon auf.

»Bitte«, sagte er. »Es ist besser so.« Sein Ton verriet, dass er darüber nicht diskutieren würde.

»Okay«, willigte ich ein. Vielleicht war es wirklich besser so. Ich hatte keine Lust, meinem Vater erklären zu müssen, wo ich so lange gewesen war. »Aber nur wenn du mir versprichst, dass du dich morgen mir gegenüber nicht wie ein Idiot benimmst.«

»Versprochen.«

Er streckte mir seine Hand hin und half mir hoch, zog mich an sich und schenkte mir einen letzten, wunderbaren Kuss.

KAPITEL 19

DIE ZAHNBÜRSTE IM MUND setzte ich meinen strengsten Blick auf und übte.

»Erzähl mir keinen Scheiß, Patrick«, nuschelte ich meinem Spiegelbild mit zusammengezogenen Brauen zu. »Selbst Sarah hat gehört, dass Dad unter Verdacht steht. Also, was weißt du?« Ich spuckte die Zahnpasta aus, spritzte mir eiskaltes Wasser ins Gesicht und trocknete mich ab.

Zum Schluss schüttelte ich mich kurz, dann fühlte ich mich fit genug, um Patrick beim Frühstückmachen mittels Überraschungsangriff in eine Unterhaltung über meinen Vater und den Sprengsatz zu verwickeln.

Eine Unterhaltung, die ich ihm gestern Abend gerne noch aufgezwungen hätte, wären er und mein Vater bei meiner Rückkehr nicht schon in ihren Zimmern gewesen. Sie hatten nicht einmal bemerkt, dass ich über zweieinhalb Stunden weg gewesen war!

In der Küche klapperte es schon. Ich trat ein und blieb überrascht auf der Schwelle stehen.

Nicht Patrick schnitt die Früchte für den Obstsalat, sondern

Martha zerteilte Äpfel in Lichtgeschwindigkeit in mundgerechte Happen. Als sie mich sah, legte sie das Messer beiseite und kam auf mich zu. Ihre grauen Kringellöckchen wirkten noch wirrer als sonst, unter den Augen hatte sie dunkle Ringe und die Nase war rot und wund. Sie drückte mich an ihre weiche, mollige Brust und hielt mich dann auf Armlänge von sich.

»Du siehst fürchterlich aus, Sweetheart. Wann bist du gestern ins Bett?«, fragte sie mit liebevoller Strenge.

»Ich konnte nicht schlafen.«

»Kein Wunder.« Sie drückte mich erneut kurz und heftig. »Ich habe es gehört. Wer tut denn so was?«

Ich ging davon aus, dass sie den Sprengsatz meinte, und zuckte die Schultern.

»Derjenige, der das getan hat, gehört ins Gefängnis gesteckt und der Schlüssel weggeworfen«, sagte sie resolut und wandte sich wieder dem Obst zu. »Du hättest sterben können.«

»Ist doch alles gut gegangen«, murmelte ich und machte mich an das Herrichten der Wurst- und Käseplatten.

»Weil der liebe Gott ein Auge auf dich hatte«, konstatierte sie, und ich verzichtete darauf, sie dahingehend zu korrigieren, dass in dem Fall nicht der liebe Gott, sondern Ray mich vor größerem Schaden bewahrt hatte.

»Bist du denn wieder gesund?«, wechselte ich das Thema.

»Mehr oder weniger.« Sie lächelte ihr warmes Marthalächeln und hustete in ein blitzschnell hervorgezogenes Taschentuch. »Ich kann euch doch nicht länger alleine lassen.«

Eine Welle der Zuneigung durchströmte mich. Das war so typisch Martha. Für sie war die Arbeit bei uns nicht einfach ein Job wie für Sarah, Larry oder Peter. Sie hatte uns quasi mit ganzem Herzen adoptiert. Besonders Patrick und mich, aber auch meinen Vater bedachte sie, wann immer nötig, mit deutlich mehr Aufmerksamkeit, als man von einer Angestellten erwarten konnte. Mit ihr war die Ranch einfach ein paar Grad wärmer.

Wir bereiteten gemeinsam das Frühstück vor, eine Aufgabe, die Martha sonst allein bewältigte. Niemand hatte diese Küche so im Griff wie sie, und wenn man ihr beim Gemüse- oder Obstschnippeln zusah, geriet man in akute Sorge um ihre Finger.

Ich hatte halb erwartet, dass sie mich wieder zu Bett schickte, aber das tat sie nicht. Wahrscheinlich weil sie noch nicht fit genug war, um ihre Messerakrobatik in voller Geschwindigkeit auszuüben. Trotzdem waren wir deutlich schneller fertig als ich die letzten Tage zusammen mit Patrick, und so setzten wir uns an den Tisch und genehmigten uns ein kleines Frühstück.

»Was ist gerade nur los, Josie?« Martha seufzte, als sie ihren Toast dreifach mit Schinken belegte. »Hier gehen Sprengladungen hoch, in der Stadt machen Gerüchte um Poltergeister und das Ende der Welt die Runde. Ich gebe ja nichts auf solche Gerüchte, aber in Angels Keep macht der Teufel gerade Urlaub.«

Das war übrigens auch typisch Martha. Aus einem Sprengsatz wurden im Nebensatz mehrere, und wenn man sich mit ihr unterhielt, war es meist sinnvoll, den Martha-eigenen Übertreibungsfaktor bei der Betrachtung des Gesagten miteinzubeziehen.

»Der Teufel?«, ertönte Gabriels Stimme von der Tür her. Er begrüßte Martha herzlich und setzte sich zu uns.

Martha zuckte die Schultern. »Teufel, Poltergeister, Armageddon ... sind nur verschiedene Namen für das Gleiche.«

»Und was ist das, *das Gleiche*?«, fragte Gabriel interessiert.

Martha schenkte ihm Kaffee ein und schob ihm einen Teller zu. »Der oder das, was diese Dinge in Angels Keep auslöst. Du weißt ja, welche Probleme deine Tante hat. Und die Wangs. Und dann der Autohändler – ist das nicht ein Vetter von dir?«

Gabriel nickte.

»Und jetzt«, sagte sie bedeutungsvoll, »stehen die Telefone still.«

»Wie meinst du das?«, fragte ich nach.

»Alle Leitungen tot.«

Ich überlegte, ob »alle« wirklich alle hieß, oder ob es sich um ein »Martha-alle« handelte, als Gabriel ihre Aussage bestätigte. »Das hat mir mein Vater auch gerade gesimst.«

»Mobil geht also?«, fragte ich, bestürzt über diese neue Entwicklung.

»Teilweise«, sagte Gabriel und rührte den Zucker in seinen Kaffee, bis sich ein brauner Wirbel um den Löffel bildete. »An manchen Orten ist auch der Handyempfang gestört. Das ist wirklich ... *wirklich* beunruhigend.«

»Sage ich doch.« Martha erhob sich und setzte den Kaffee für die Gäste auf. »Der Teufel ist bei uns auf Besuch.«

Gegen neun weckten Gabriel und ich Dana mit einem liebevoll bestückten Frühstückstablett. Ich setzte mich zu ihr auf das Blümchenbett, Gabriel nahm auf dem Tulpensessel Platz und Dana machte sich über Kaffee und Marmeladentoast her.

»Martha ist da?« Dana kräuselte die Nase. »Sind wir dann gefeuert?«

»Bestenfalls hast du heute Vormittag frei.«

»Hervorragend«, sagte Gabriel. »Dann fahren wir jetzt nach Angels Keep.«

»Wer hat denn gesagt, dass *du* frei hast?« Dana grinste und ließ ein Drittel des Toasts auf einmal in ihrem Mund verschwinden.

Gabriel warf ihr einen irritierten Blick zu, der Dana jedoch nur noch mehr zum Grinsen brachte. Der freie Abend gestern schien ihr wirklich so gut getan zu haben, wie Gabriel mir vorhin erzählt hatte.

»Jedenfalls«, hob er erneut an, »habe ich beim Kaffeeausschenken ein paar interessante Gesprächsfetzen mitbekommen.«

»Ja?« Ich stibitzte eine Handvoll Trauben von Danas Tablett und wandte mich Gabriel zu. »Was denn?«

»Es ging um das Land hier. Der Lange, Hagere –«

»Eli Brown«, sagte ich.

»Eli Brown –«, fuhr Gabriel fort.

»Eli?«, rief Dana. »Das ist doch der mit dem Sack voll Unterlagen zu eurer Ranch!«

»Kann ich jetzt mal ausreden?«, beschwerte Gabriel sich.

»Was hat Eli denn nun gesagt?«, fragte ich ungeduldig.

»Er hat sich mit dem Stänkerer –«

»Dowby«, sagte ich.

»Ekelhafter Typ«, setzte Dana nach.

»Hallo?!« Gabriel stöhnte. »Kann ich mal zur Sache kommen?«

»Jetzt erzähl schon!«, forderte Dana ihn auf und zwinkerte mir zu.

»Also, Eli hat darüber spekuliert, dass die Preise hier stark steigen werden. Er meinte, wenn man investieren wollte, dann sollte man das so schnell wie möglich machen, bevor die Preise explodierten. Dowby hat das vehement verneint. Er meinte, im Gegenteil, das Land und die Ranch seien heute deutlich weniger wert als noch vor ein paar Jahren, weil die Ranch so heruntergewirtschaftet wurde.«

»So ein Arsch«, schnappte ich.

»Vollarsch«, pflichtete mir Dana bei.

»Ja«, stimmte Gabriel uns zu. »Und dann hat Brown gesagt,

dass es nicht um die Ranch gehe, sondern um das Land und dessen Potenzial, und dass der jetzige Schätzpreis viel zu tief angesetzt sei. Und dass er sich überlegt, ob er nicht ein Angebot machen soll, einen günstigeren Augenblick gäbe es nicht.«

»Halt! Stopp mal!« Ich glaubte, mich verhört zu haben. Was für ein Angebot? Und was für ein Schätzpreis? »Von was redest du?«

Gabriel hob abwehrend die Hände. »Ich wiederhole nur, was ich vorhin im Speisesaal gehört habe.«

»Ist doch klar, wovon er redet.« Dana hatte ihr letztes Stück Toast wieder sinken lassen. »Brown will die Ranch kaufen. Er denkt, er kann damit Asche machen, weil er auf steigende Preise spekuliert. Und wenn das so ist, steckt er wahrscheinlich auch hinter der Sabotage hier. Um den Kaufpreis zu senken. So ein Geier!«

Ich sagte nichts. Ich war viel zu geschockt, um etwas sagen zu können. Danas Worte steckten in meiner Kehle wie eine Riesengräte und verhinderten jede Antwort. In mir pulsierte der Satz *Brown will die Ranch kaufen*. Er pulsierte hart und gleichmäßig durch meine Adern, hallte laut in meinem Kopf wider und echote in meinen Ohren.

»Hat er gesagt, woher die Preissteigerung kommen soll?«, fragte Dana über das Echo in meinen Ohren hinweg.

»Nein. Ich stand wohl etwas zu lange in ihrer Nähe herum, denn plötzlich haben sie übers Wetter geredet.«

»Toll.« Dana stopfte sich das letzte Stück Toast in den Mund. »Dann wissen wir ja jetzt, wie wir unseren freien Vormittag verbringen werden.«

»Ja?«, fragte Gabriel.

»Wir gehen zum Gemeindeamt. Sollte es hier tatsächlich etwas geben, das ein hohe Wertsteigerung auslösen könnte, dann muss Eli Brown das von irgendwoher erfahren haben, und der wahrscheinlichste Ort dafür ist das Gemeindeamt.«

»Das geht nicht ohne mich«, hörte ich mich sagen, und ich weiß bis heute nicht, wie ich an der Riesengräte in meinem Hals und dem Echo in meinen Ohren hatte vorbeireden können. »Ihr bekommt ohne mich keine Auskunft über unser Land.«

»Tja.« Dana zuckte kaltherzig die Schultern. »Dann muss Gabe eben deine Arbeit machen und du begleitest mich.«

»Na super«, maulte Gabriel. »Ich bring euch Neuigkeiten und zum Dank darf ich den Stall ausmisten...«

In Angels Keep setzte ich Dana bei sich zu Hause ab.

Das mit dem Telefon beunruhigte sie; mobil waren ihre Eltern schon seit zwei Tagen nicht mehr zu erreichen, aber zumindest hatte sie sich bis gestern einmal am Tag über Festnetz von ihrer Mutter einen Poltergeist-Statusbericht geben lassen können – was mit Ausfall des Festnetzes nun nicht mehr möglich war.

Mrs Wang öffnete die Tür. Sie hatte die dunkelsten Augenringe, die ich je bei einem Menschen gesehen hatte, und ihre sonst zu einem peniblen Dutt hochgesteckten Haare fielen wirr über einen fleckigen Morgenrock.

»Ma!« Ohne ein weiteres Wort verschwand Dana mit ihrer Mutter in der Wohnung.

Bedrückt ging ich zum Auto zurück. So hatte ich Mrs Wang noch nie gesehen. Mehr noch: Ich hätte mir nie vorstellen können, dass diese überkorrekte Frau sich je so gehen lassen würde.

Ich startete den Motor. Auf der Fahrt zum Gemeindeamt rief ich mir in Erinnerung, was Dana nach den Telefonaten mit ihrer Mutter erzählt hatte. Es lief immer gleich ab bei den Wangs. In der Nacht, so gegen ein Uhr morgens, schalteten sich die Spiele von selbst an und es rauschte und flüsterte und flimmerte. Mehr passierte nicht – allerdings war dies offensichtlich mehr, als die Nerven von Mrs Wang ertrugen, wenn man Danas Erzählungen über die Exorzismuspläne ihrer Mutter Glauben schenkte.

Erstaunlicherweise fand ich einen Parkplatz direkt vor dem Gemeindeamt, dem einzigen Backsteingebäude von Angels Keep. Ich lief die Stufen zu der doppelflügeligen, ultraschweren Glastür hoch und drückte mit der Schulter dagegen. Nach kurzem Widerstand gab sie nach und schwang auf.

»Ja so was! Josie!«, rief da eine warme Stimme.

Cynthia Delagio! Besser hätte ich es nicht treffen können! Sie war eine alte Freundin meiner Mutter, und immer wenn sie mich sah, was nicht häufig vorkam, schimmerte es verdächtig in ihren Augen.

Ich lief durch die Eingangshalle auf sie zu. »Hi, Cynthia.«

»Liebes, was habe ich dich lange nicht mehr gesehen!« Schon schimmerte es feucht und sie zwinkerte hektisch mit den Lidern.

»Sicher fünf Monate«, bestätigte ich.

»Wie geht es Jack?«

»Dad ist okay.« Ich nickte, um das Okay zu verstärken, denn ich sah an dem Zweifel in ihrem Blick, dass sie mir nicht so recht glaubte. Was nicht verwunderlich war. Das letzte Mal, als wir uns gesehen hatten, war Dad alles andere als in Ordnung gewesen.

»Und... was bringt dich zu uns?«

»Ich bräuchte nur ein paar Informationen über die Ranch oder besser gesagt über das Land, das dazugehört«, sagte ich leichthin.

»Was für Informationen?«

»Wie viel das Land wert ist, ob sich der Wert im Vergleich zu früher verändert hat... Und ob jemand sich bei euch danach erkundigt hat.«

Cynthia kniff die Augen zusammen. »Warum?«

Tja. *Warum?* Was sollte ich ihr darauf antworten? Ich hatte keine Ahnung, denn vorausschauendes Planen gehört leider nicht gerade zu meinen Topstärken. »Ähm, ich... also, da ist ein Gast, der hat etwas angedeutet«, stotterte ich schließlich unbeholfen.

»Angedeutet?«, fragte Cynthia misstrauisch. »*Was* hat er angedeutet, Josie?«

»Dass es ein guter Zeitpunkt wäre, jetzt unser Land zu kaufen, weil der Wert bald steigen wird.«

»Kaufen?« Sie starrte mich ungläubig an. »Ihr wollt die Ranch verkaufen?« Sie musste den Nachsatz »Deine Mutter würde sich im Grab umdrehen« nicht laut aussprechen. Ich konnte ihn in ihren Augen lesen.

»Nein!«, rief ich. »Ich... ich will einfach nur wissen, was der Typ damit gemeint hat. Ist etwas mit dem Land geplant, das wir wissen sollten?«

Sie schüttelte den Kopf. »Nein. Und außerdem... die Ranch und das Land *können* gar nicht verkauft werden.«

Jetzt war ich es, die vor lauter Überraschung den Mund nicht mehr zubekam. Nicht dass dieses Thema je zur Diskussion gestanden hätte, aber irgendwie war es das letzte Jahr über eine Beruhigung gewesen zu wissen, dass wir verkaufen *könnten*, wenn wir müssten.

»Jedenfalls dürftet ihr nichts ohne Einwilligung des Ältestenrats der Yowama unternehmen«, erläuterte Cynthia. »Sie beziehungsweise der Trustfund haben ein unabdingbares Vorkaufsrecht. Und selbst wenn die Yowama einem Verkauf an einen Dritten zustimmen würden, dann nur zu klar festgelegten Konditionen. Bei einer Wertsteigerung würdet ihr... warte, komm mit, genau bekomme ich das nicht mehr hin.«

Sie führte mich in ein kleines Büro, dessen Wände mit Satellitenaufnahmen der Gegend vollgepflastert waren. Zielstrebig steuerte sie auf einen riesigen Aktenschrank zu und begann darin zu kramen. Was sie gerade über das Einverständnis der Yowama gesagt hatte, verwirrte mich. Was hatten die mit der Ranch zu tun? Sie lag nicht auf Yowama-Gebiet – sie grenzte daran an, ja, aber ich hatte noch nie gehört, dass man seinen Nachbarn um Einverständnis fragen musste, wenn man sein Haus verkaufen wollte.

Da zog Cynthia eine Akte aus dem Schrank. Flink blätterte sie durch einen leicht vergilbten, dicken Vertrag.

»Ah! Da ist es.« Ihr Finger fuhr über einen Paragrafen, während sie etwas vor sich hin murmelte. »Wenn ihr verkauft, bekommt ihr nur das Geld raus, das deine Eltern vor zwanzig Jahren bezahlt haben, bereinigt um die Inflationsrate.«

Ich sah sie fragend an.

»Einfaches Zahlenbeispiel: Du hast für ein Stück Land vor zwanzig Jahren hundert Dollar gezahlt und willst es heute für dreihundert Dollar verkaufen«, erklärte Cynthia geduldig. »Laut Index sind deine hundert Dollar von damals heute hundertachtzig Dollar wert. Das heißt, du bekommst hundertachtzig und der Trustfund bekommt hundertzwanzig Dollar. Sinn des Ganzen ist, dass du deine Kaufkraft erhältst, aber nicht an der Wertsteigerung des Landes verdienst.«

»Aha«, sagte ich. Der Rechnung konnte ich problemlos folgen, aber nicht dem Gedanken, der hinter so einer Vertragsklausel steckte.

Cynthia schien mir die Verwirrung am Gesicht abzulesen. »Was ich dir damit sagen will, ist, dass die Ranch und das Land nie eine gute Investition sein werden, da du nie am realen Gewinn beteiligt wirst.«

»Ah ja.« Mehr fiel mir dazu nicht ein. »Nie eine gute Investition« klang irgendwie abwertend, und das ärgerte mich, denn die Ranch war die beste Investition, die meine Eltern je hatten tätigen können. Sie war unser Zuhause und mit ihr verband ich fünfzehn überwiegend glückliche Jahre in meinem kleinen Privatparadies.

»Versteh das nicht falsch, Josie-Sweet.« Cynthia schlug die Akte zu. »Ich sage nicht, dass es für *deine Eltern* keine gute Investition war – sie haben in ihr Lebensglück investiert, besser kann man sein Geld nicht anlegen. Aber ich habe Emily damals explizit auf diesen Paragrafen und seine Bedeutung hingewiesen.«

Und meine Mom hatte es ignoriert, führte ich Cynthias Satz stumm weiter. *Weil sie die Ranch niemals verkauft hätte.* Ich räusperte den aufsteigenden Kloß aus meiner Kehle. »Sind solche Klauseln üblich?«

Cynthia lächelte. »Sie sind so ungewöhnlich wie die Yowama selbst.«

»Und wie… warum steht das da drin?«

Nun wurde ihr Lächeln nicht nur breiter, sondern auch wärmer. »Ich denke, die Klausel soll eine Art Garantie sein, dass die Ranch nur von Menschen wie deinen Eltern gekauft wird. Menschen, die das Land und die Natur lieben, und nicht von solchen, die darin eine Chance zum schnellen Geldverdienen sehen. Die Yowama sind kluge Leute.«

»Heißt das, das Land war mal Yowama-Gebiet?«

»Yep.« Cynthia nickte. »Es gehörte zum äußeren Gürtel. Warte…« Sie schlug die Akte erneut auf und blätterte zum Anhang. »Es wurde 1913 verkauft. An –«

»Theobald Dervine«, vollendete ich ihren Satz. Den Erbauer der Ranch. Sein Name war überall zu finden. In alten Büchern, unter dem Porträt im Salon, eingraviert in den alten Rauchertisch und den antiken Schrank im Flur, im Giebelbalken der Scheune und in der ersten Fliese am Eingang, allerdings war die von einer Fußmatte bedeckt.

»Korrekt. Die Ranch war dreiundachtzig Jahre in Familienbesitz, dann haben deine Eltern sie gekauft, renoviert und erweitert.« Sie legte die Akte beiseite und sah mich aufmerksam an. »Also, wenn dieser Gast wieder so eine dumme Bemerkung macht, dann hör einfach weg. Und bitte behalte diese Information für dich, solche Vertragsklauseln gehen niemanden etwas an. Kann ich mich auf dich verlassen?« Cynthia bohrte den Blick ihrer wachen Augen in meine.

Ich nickte. »Natürlich. Vielen, vielen Dank, Cynthia, du hast mir wirklich sehr geholfen.« Und das hatte sie auch, nur wusste ich zu diesem Zeitpunkt beim besten Willen nicht, was ich mit der Information anfangen sollte.

KAPITEL 20

DANA WAR UNGEWÖHNLICH STILL, als wir zur Ranch zurückfuhren. Sie saß auf dem Beifahrersitz, den Kopf ans Seitenfenster gelehnt und kaute – was noch ungewöhnlicher war als ihr Schweigen – an ihrem Daumennagel.

Geduldig wartete ich auf eine Knallerbemerkung über die Exorzismuspläne ihrer Mutter oder eine Frage zu meinem Besuch auf dem Gemeindeamt. Aber sie war einfach nur still.

Erst als wir die Einfahrt zur Ranch hochfuhren, legte sie ihre Hand auf meinen Arm.

»Ich hab Angst, Josie«, sagte sie, und ihre Stimme war nicht die locker-flockige Dana-Stimme, die ich kannte. Sie war düster wie ein gewittriger Spätsommerabend. Und sie zitterte. Danas Stimme zitterte nie. Vor einer Minute noch hätte ich Bo darauf verwettet, dass Danas Stimme gar nicht zittern konnte. Doch nun tat sie es. Ich parkte das Auto vor dem Haus und drehte mich zu ihr. Ihre fast schwarzen Augen glitzerten feucht.

»Was ist passiert?«

»Meine Mutter. Sie war doch immer... so normal.« Die Art, wie Dana »normal« aussprach, enthielt alles, was sie sonst an ihrer Mutter nervte – dass sie so konventionell war, es ihr schwerfiel, Danas Igelhaare und kurze Röcke zu akzeptieren, oder ihre Vorliebe für Mangas und unsinnige Wahlfächer wie *Pyrotechnik im 21. Jahrhundert*.

»Klar, sie war immer abergläubisch«, fuhr Dana fort, »von wegen Freitag der Dreizehnte und nicht unter Leitern durchgehen und so... aber jetzt! Josie, meine Ma dreht völlig durch! Du kannst keinen normalen Satz mehr mit ihr reden, ohne dass sie irgendeinen Endzeitunsinn daherblubbert. Und dann die geweihten Kerzen! Überall stehen die Dinger rum, Dutzende! Und mein Dad ist so genervt, dass sie nur am Streiten sind. Er sagt, dass ihm dieser Exorzistentyp nicht ins Haus kommt und wir das Gespött von Angels Keep sind. Und Ma sagt, dass sie ihn verlässt, wenn er den Exorzisten morgen wieder wegschickt.«

»He«, sagte ich leise und legte ihr sanft meine Hand auf den Arm. »Die stehen unter Stress. Das gibt sich wieder. Deine Eltern sind ein Team.«

Eine Träne rann über ihre Wange. »Meine Eltern sind weg.«

»Weg?« Da ich beim Abholen sowohl Mr als auch Mrs Wang die Hand geschüttelt hatte, war Danas letzte Aussage mehr als unverständlich.

»Das, was meine Eltern ausmacht, ist weg«, sagte Dana mit belegter Stimme. »Das Liebevolle, das Lustige. Meine Ma flippt total aus, wenn man eine der Kerzen nur einen Pups weit verrückt. *Meine Ma!* Josie, meine Ma ist noch nie ausgeflippt!«

Ich sah Dana mit großen Augen an. Mrs Wang war das Paradebeispiel asiatischer Höflichkeit. Selbst wenn sie dir insgeheim die Pest an den Hals wünschte, würde sie dich noch freundlich anlächeln und zu pappsüßem Tee einladen. Deshalb war Dana wahrscheinlich so unverblümt – so zumindest Gabriels Theorie. Sie kompensierte die übertriebene Höflichkeit ihrer Mutter durch den gezielt eingesetzten Mangel derselben.

»Und mein Vater hat meine Mutter noch nie angeschrien. Er... er ist total aggressiv, der brodelt wie Seetangsuppe.«

Ich beugte mich zu Dana hinüber und strich ihr behutsam die Träne von der Wange. »He, die haben Angst. Es geht um ihre Existenz. Wenn sie den Laden nicht bald wieder zum –«

»Nein, da ist mehr!«, widersprach Dana mir. »Es ist, als ob alles Gute in ihnen verreist wäre. Und das Schlechte führt sich auf, als hätte es sturmfreie Bude.« Sie packte meine Hand. »Josie, ich *spüre* meine Eltern nicht mehr. Da war keine Herzlichkeit. Meine Mutter hat mich nicht einmal umarmt, als ich heimkam, sie hat mich gar nicht richtig wahrgenommen. Das Einzige, was sie interessiert hat, waren ihre fuckblöden Kerzen.«

Ich schluckte vernehmlich. *Das Böse,* schoss es mir durch den Kopf. Ich musste sofort mit Ray sprechen. Irgendwie musste es doch möglich sein, mehr darüber herauszufinden!

Aus den Augenwinkeln sah ich Eli Brown zu seinem Auto gehen und hoffte, dass er Dana und mich nicht bemerkte. Er holte eine Papiertüte aus seinem Kofferraum und eilte ins Haus zurück.

»Was ist hier nur los?«, flüsterte Dana.

Ich zuckte die Schultern. Was sollte ich sagen? Dass ich mittlerweile diese Teufel-Poltergeist-Alien-Theorien für nichts anderes hielt als bloße Theorien? Dass für mich das Böse, in das Ray sich zu verwandeln drohte, die einzige vernünftige Erklärung für die Vorkommnisse in Angels Keep war?

Gerade habe ich meinen letzten Satz noch einmal gelesen. Da steht tatsächlich: *einzig vernünftige Erklärung*. Das allein beweist, wie sehr ich mich von meinem Normalitätsbegriff entfernt hatte. Ich hielt die Erklärung, dass etwas *Böses* Besitz von einem Menschen ergriff, für eine *vernünftige* Erklärung. Ohne auch nur eine Sekunde zu hinterfragen, wie das mit all dem, was ich bislang geglaubt hatte, in Einklang zu bekommen war. Aber zu dem Zeitpunkt, als ich mit Dana zusammen in meinem Auto saß, war mir nur bewusst, dass etwas Böses sich bei den Wangs eingenistet hatte und sie aus seinem Einflussbereich weg mussten.

»Frag deine Eltern, ob sie zu uns ziehen wollen.« Ich nahm meine Hand von ihrem Arm und zog den Schlüssel aus dem Zündschloss.

»Hab ich. Keine Chance. Das ist der einzige Punkt, über den sie *nicht* streiten. Ich kann nur hoffen, dass dieser Geisterjäger morgen Nachmittag dem Spuk ein Ende bereitet und sie wieder normal werden.« Dana brach plötzlich in hysterisches Kichern aus.

»Hey?«, fragte ich besorgt.

Dana lachte, prustete und weinte auf einmal. Ich lehnte mich zu ihr hinüber und legte meinen Arm um ihre Schulter.

»Oh Gott!«, schnaufte sie atemlos kichernd. »Kannst du mich bitte, bitte aufwecken?«

»Sorry«, sagte ich leise. »Wir sitzen im gleichen Albtraum fest.«

»Ich habe gerade gesagt«, prustete sie, »ich hoffe, dass ein… ein… Geisterjäger meine Ma von einem Spuk befreit.« Wieder kicherte sie. »Ich bin verrückt.«

»Nein.« Ich drückte sie fest an meine Seite. »Du bist in der neuen Realität von Angels Keep angekommen.«

Nachdem ich mich unter Ächzen in meine Reitstiefel gezwängt hatte, blieb ich noch kurz auf den Stufen der Veranda sitzen. Ich lauschte dem Klappern der Töpfe in der Küche, und es war ein gutes Gefühl zu wissen, dass Martha dort leise summend vor sich hin werkelte. Dana hatte ich zu Patrick geschickt. Ich dachte, sie könnte ihm im Büro etwas unter die Arme greifen, um auf andere Gedanken zu kommen, wenigstens solange ich Mike bei der nächsten Runde Hufmaniküre half.

Eigentlich war das nicht nötig. Mike brauchte meine Hilfe nicht, und ich hätte die Zeit für meine Trainingsstunde mit Hisley nutzen können, aber ich *wollte* Mike helfen. Nein, bleiben wir bei der Wahrheit. Es ging nicht ums Helfen, ich wollte ihn aushorchen: Er war Halb-Yowama, er kam rum, und er mochte mich genug, um offen mit mir zu reden.

Hoffte ich jedenfalls.

Als ich den Unterstand für die Trekkingpferde betrat, war Mike bereits da. Er stand bei Gucci, unserem zuverlässigsten Trekkingpferd.

»Hi, Josie«, begrüßte er mich. »Ich dachte, du bist in Angels Keep?«

»Gerade zurück. Wollte sehen, ob du mich brauchst.«

Er warf mir einen belustigten Blick zu. »Ernsthaft?«

»Ertappt«, sagte ich und grinste entschuldigend. »Ich wollte mit dir reden.«

»Ich höre.« An Guccis Flanke gelehnt, hob er ihren Huf und kratze ihn aus.

Plötzlich war ich unsicher, wie ich ihn aushorchen sollte, ohne neugierige Fragen zu provozieren. Ich räusperte mich. »Ähm… Sag mal, du kommst doch rum. Hast du… Gerüchte über die Ranch gehört?«

»Ich höre den ganzen Tag Gerüchte.« Mike stellte Guccis Huf ab. »Was für welche?«

»Dass sich hier was verändert«, sagte ich schnell und erntete einen fragenden Blick. »Hier in der Gegend«, fügte ich erklärend hinzu. »Und dass deshalb unser Land an Wert gewinnt.«

Nun grinste er und nahm den Huf wieder auf. Er setzte die Hufzange an und lockerte den ersten Nagel. »Wird nicht alles teurer?«

»*Massiv* an Wert gewinnt. Könnten hier…« Ich überlegte. Ray hatte davon gesprochen, dass die Yowama dem Land ihre Ewigkeit schenkten, um es zu beschützen. Warum sollten sie das tun? Warum musste ein Land so dringend beschützt werden? Weil es eine einmalige Natur zu bewahren galt? Vielleicht, aber daraus ließ sich kein Profit schlagen. Dazu brauchte es andere Dinge, Dinge wie Bauland oder Bodenschätze. Allerdings war es ziemlich unwahrscheinlich, in unserer dünn besiedelten Gegend mit Bauland reich zu werden. Bodenschätze hingegen, die wertvoll genug waren, dass Investoren mit ihren Baggern kamen und den Wald dem Erdboden gleichmachten, um sie zu heben… Ja, das war eine Option.

»…Bodenschätze sein?«, vervollständigte da Mike meine Frage, ohne von Guccis Huf aufzusehen. »Denkst du an Gold oder Edelsteine? Oder eher an Gas oder Öl?«

Ich zuckte die Schultern. Eigentlich dachte ich nur an die zerstörerischen Bagger, die alles niederrissen, was ihnen im Weg stand. Ich dachte an die Bilder vom Regenwald – wie aus grünem, dichtem Wald eine lodernde Hölle wurde. Die Vorstellung, dass jemand unser Land zerstören, die Bäume abfackeln und die Koppeln in Gruben verwandeln könnte, ließ mich verstummen.

Ich legte meine Hand an Guccis Nüstern. Warm und samtig atmete sie in meine Hand, während Mike die restlichen Nägel aus dem Huf zog.

Ich hatte zu viele Anwaltsserien gesehen, um daran zu glauben, dass ein vergilbter Vertrag eine Garantie für den Erhalt eines Ist-Zustandes war. Egal was drinstand. Egal was die Yowama sagten – ein gerissener Anwalt würde einen Paragrafen finden, der diesen Vertragspassus als unzulässig, unlauter oder sonst was abstempelte. Stimmte der Preis, war so ein Vertrag schnell neu geschrieben. Was wogen schon ein paar Hektar Yowama-Land gegen die prall gefüllten Geldbeutel von Leuten, die ohnehin bereits mehr hatten, als sie je ausgeben konnten?

Sanft klopfte ich Guccis Hals und lehnte meinen Kopf an ihren. Es war beängstigend. Die Ranch, mein Sicherheitskokon – wie sicher war sie? Hatte Eli Brown, der Mann mit der Edelunterwäsche und dem Luxuskoffer, schon seine Klauen ausgestreckt, um uns unser Zuhause unter dem Hintern wegzukaufen?

»Sorry, aber da muss ich dich leider enttäuschen.« Mike stellte den Huf ab. »Hier findest du nichts, was dich reich macht. Da kannst du graben, bis du auf der anderen Seite wieder rauskommst.«

»Wieso bist du dir so sicher?«

»Weil es gewisse geologische Grundvoraussetzungen braucht, damit sich Edelmetalle bilden können. Oder Erdöl oder Gas oder sonst was, das du zu Geld machen kannst. Und die sind hier nun mal nicht gegeben. Das Wertvollste an Bodenschätzen, das du hier findest, sind weiße Trüffel.«

»Ganz sicher?«, fragte ich nach. Etwas musste es doch geben! Wie sonst kam Brown auf die Idee, der Wert des Landes würde stark steigen? Meine Hände hatten sich so fest in Guccis Mähne gekrallt, dass sie unmutig den Kopf hin und her warf.

»Ganz sicher«, bekräftigte Mike und setzte sich auf seinen Schemel. Erst da fiel mir sein musternder Blick auf. Dann, langsam, als ginge ihm gerade ein Licht auf, zeichnete sich Betroffenheit darin ab. »Dann stimmt es also doch?«, fragte er.

»Was?«, fragte ich überrumpelt.

Mike wand sich und kramte ausgiebig in seiner Materialkiste.

»Was stimmt doch?«, fragte ich scharf.

Er hob abwehrend die Hände. »Das Gerücht über die Ranch.«

»Welches Gerücht?«, rief ich. Ich hatte wirklich keine Ahnung, worauf er anspielte.

»Ihr ...« Er stand auf. Als wollte er das, was er zu sagen hatte, nicht im Sitzen sagen. Mehr noch, als wäre das, was er zu sagen hatte, zu *wichtig*, um im Sitzen gesagt zu werden.

»*Ihr* was?«, fragte ich ungeduldig.

»Ihr müsst verkaufen, weil ihr pleite seid.«

KAWUMM.

Ich schnappte nach Luft, als hätte Mike mir einen Schlag in den Magen verpasst. *So ein Unsinn!*, wollte ich rufen. *Wir sind nicht pleite! Das ist nur ein dummes, dummes Gerücht. Nur ein Gerücht!* Doch ich rief es nicht.

In meinem Kopf verdichtete sich all das, was ich die letzten Tage und Wochen zur Seite geschoben, ignoriert und nicht hinterfragt hatte, zu einem Satz: *Wir sind pleite.*

Es erklärte so vieles, angefangen bei dem Notstand in meinem Geldbeutel, seit mein Bruder wie ein Sumo-Ringer auf der Haushaltskasse saß, Patricks verzweifelten Versuch, neue Einnahmenquellen aufzutun, die seltsame Umkehrung in seinem Verhältnis zu meinem Vater. Stück für Stück setzte sich aus all dem diese eine Erkenntnis zusammen.

Wir sind pleite. Wir müssen verkaufen. Wir müssen die Ranch verlassen. Die Pferde. Bo.

Nein!

Nicht Bo!

Unsere ersten Begegnungen liefen wie ein Film in meinem Kopf ab. Ihr Widerstand, der von Mal zu Mal geringer wurde, bis er schließlich in gegenseitige Liebe umschlug. Meine Stute hatte mich im letzten Jahr gerettet. Sie hatte mir die Kraft gegeben, die Sache mit meinem Vater durchzustehen und die Trauer um meine Mutter zu überwinden. Sie hatte mir den Mut gegeben, es auch ohne meine Mutter zu schaffen.

Nein.

Es durfte nicht wahr sein.

Es. Durfte. Nicht. Wahr. Sein.

Ich machte auf dem Absatz kehrt und rannte aus dem Unterstand.

»Josie!«, hörte ich Mike hinter mir herrufen. »Es ist nur ein Gerücht! Wenn ich das glauben würde, würde ich nicht bei euch arbeiten!«

Doch ich rannte weiter. Stürmte ins Haupthaus, ins Büro. Dana saß dort und sortierte Belege in einen Ordner.

»Wo ist Patrick?«, fragte ich atemlos.

»In Lakewood. Mit deinem Vater.« Sie lochte ein Blatt und legte es ab. »Was ist los? Du siehst aus, als hättest du den Poltergeist meiner Mutter getroffen.«

»Sind wir pleite?«, platzte es aus mir heraus.

»Was?« Dana sah mich bestürzt an.

»Sind wir pleite?«, wiederholte ich.

»Wow.« Sie stand auf und kam um den Schreibtisch herum. Behutsam führte sie mich zu dem Lehnstuhl meines Vaters und drückte mich sanft in die Polster. »Das ist doch mal ein echter Scheißtag.«

»Sind wir pleite?«

»Keine Ahnung.« Sie hob abwehrend die Handflächen nach oben. »Ich lege gerade die Stundenzettel der Mitarbeiter ab. Da steht das nicht drauf.«

»Kannst du es herausfinden?« In mir tobte es. Ich brauchte sofort eine Antwort, und wenn ich mich selbst durch Patricks Bücher wühlen müsste.

»Ich kann versuchen, mir einen Überblick zu verschaffen.« Sie sah auf die Uhr. »Patrick und dein Vater sind frühestens zum Abendessen zurück. Das dürfte reichen. Wie kommst du darauf?«

»Mike«, erklärte ich knapp und fragte mich, was Patrick und Dad in Lakewood machten und warum ich darüber nicht informiert war. »Er sagt, die Leute reden darüber.«

Dana atmete auf. »Oh Mann! Josie! Sag nicht, dass ich mir gerade wegen einem *Gerücht* in die Hosen mache!«

»Ich glaube nicht, dass es nur ein Gerücht ist.« Ich stemmte mich aus dem Sessel hoch. »Ich brauche was, womit Patrick mich nicht abwimmeln kann. Wenn es so ist, dann will ich es wissen.« Ich berührte Dana am Arm. »Ich *muss* es wissen, Dana.«

KAPITEL 21

DEN TRÄNEN NAHE schnappte ich mir Reitweste und Helm von der Garderobe und lief aus dem Haus. Eigentlich sollte jetzt das Highlight des Tages kommen, der Moment, dem ich schon seit gestern entgegenfieberte: das Zureiten des ersten Mustangs zusammen mit Ray.

Doch ich konnte mich nicht darauf freuen, ich konnte nur an eines denken: *Pleite – wir sind pleite.*

Pleite. Pleite. Pleite.

Nervös nestelte ich im Laufen an den verhedderten Verschlüssen der Weste herum. Zerrte ungeduldig daran.

Stopp!, brüllte eine innere Stimme und übertönte die Pleite-Dauerschleife in meinem Kopf. *Reiß dich zusammen! So kannst du nicht auf den Mustang steigen!*

Ich ließ die Weste sinken und blieb stehen. Atmete tief durch.

So konnte ich wirklich nicht auf den Mustang steigen. Er würde meine Nervosität sofort spüren – und sie würde sich auf ihn übertragen. Was meinen Job nicht nur deutlich schwieriger, sondern auch gefährlicher machen würde.

Langsam ging ich weiter. Bis zum alten Reitplatz waren es

noch gut dreihundert Meter. Nicht viel, um meine Nervosität wenigstens für die nächste Stunde unter Kontrolle zu bekommen. Also versuchte ich sie in eine Schublade zu stecken.

Das klingt ziemlich einfach.

Schublade auf, Angst rein, Schublade zu.

Ist es aber nicht. Ganz und gar nicht. Das Pleitewort blinkte wie ein Warnlicht in meinem Kopf und ließ sich nicht wegsperren.

Ich verlangsamte meinen Schritt. Nur noch zweihundert Meter. Da erinnerte ich mich an eine der Übungen, die meine Mutter mir beigebracht hatte, um vor Turnieren meine Nervosität in den Griff zu bekommen. Ich atmete tief in den Bauch, streckte die Arme zu beiden Seiten aus, führte sie nach oben und ließ sie mit dem Ausatmen nach unten fallen. Ich wiederholte die Übung, wieder und wieder, einatmen, Arme hoch, fallen lassen, ausatmen. Und beim zehnten Mal oder so wurde ich ruhiger.

Dann hatte ich den alten Reitplatz erreicht.

Von der Koppel aus sah ich Ray mit dem dunkelbraunen Mustang auf mich zukommen. Er hatte sein Hemd ausgezogen und um seine Hüften geschlungen. Ich konnte meinen Blick nicht von ihm nehmen. Von seinem ernsten Gesicht. Seinem durchtrainierten Körper. Seinem ruhigen Schritt.

Ich atmete ein weiteres Mal tief durch.

Doch diesmal war es nicht die Angst um die Ranch, die ich zu kontrollieren hatte. Diesmal war es das unkontrollierbare Gefühl, das mich immer packte, sobald ich Ray sah.

Kribbeln. Schwäche. Kurzatmigkeit.

Definitiv nicht gut, wenn ich mich gleich auf ein neues Wildpferd setzen sollte.

Da bemerkte mich Ray. Sofort erschien ein strahlendes

Lächeln auf seinem eben noch ernsten Gesicht und er beschleunigte seinen Schritt. Geradezu als könnte er es nicht erwarten, endlich bei mir zu sein.

Mein Herz schlug mindestens zwei Takte schneller.

Den Mustang zuzureiten ist gefährlich, ermahnte mich sogleich die wachsame Stimme in mir. *Du musst dich ganz auf das Pferd konzentrieren.*

Ray winkte, grinste, dann warf er sein Lasso und malte ein Herz in die Luft.

Mit aller Anstrengung atmete ich wieder tief in den Bauch, atmete Ray aus meinen Blutbahnen heraus, aus meinem Magen und meinen Beinen.

Dann stand er vor mir.

»Hi, Josie«, sagte er mit einem so sanften Schnurren in der Stimme, dass die Begrüßung wie ein Streicheln meine Ohren streifte.

PFERD!, schnauzte meine Aufpasser-Stimme, und ich presste ein »Hi, Ray« heraus.

Er hatte den Mustang bereits gesattelt und getrenst. Ich übernahm die Zügel und sofort starrte der Mustang mich mit zurückgelegten Ohren herausfordernd an. Er schnaubte wütend, während seine scharrenden Hufe seine klare Kampfansage unterstrichen: *Glaube nicht, dass ich dir das Kommando überlasse. Ich bin mein eigener Chef!*

Ich klopfte freundschaftlich seinen Hals. »Lass gut sein, Alter, das haben andere vor dir auch schon probiert. Es ist für uns beide besser, wenn du mir das Kommando übergibst.«

Da fühlte ich Rays Hand auf meiner Schulter, spürte, wie er dicht hinter mich trat, spürte seinen Atem in meinem Nacken.

PFERD!, brüllte die Aufpasser-Stimme in mir.

WIE DENN?, brüllte meine Ich-Stimme zurück.

Ray fuhr mit seiner Hand über meinen Arm, und überall, wo er mich berührte, stellten sich die Härchen auf, als wollten sie ihm folgen. Schließlich hatten seine Finger mein Handgelenk erreicht. Er umfasste es, hob meinen Arm und brachte ihn vor den Kopf des Mustangs.

»Spreiz die Finger und erklär ihm, was du von ihm willst und warum du möchtest, dass er das tut. Konzentrier dich ganz auf ihn. Nimm Verbindung mit ihm auf.«

Ich spreizte die Finger. Atmete. Versuchte Rays Nähe auszublenden, indem ich unsere Körper in meinem Kopf zu einer Einheit verschmelzen ließ. Zu einer starken, mächtigen Einheit, der dieser Mustang nichts entgegenzusetzen hatte. Und dann, erst dann, konzentrierte ich mich auf den Mustang.

He, alter Freund. Weißt du, warum du heute Gras fressen konntest? Weil ich dich gekauft habe. Ich habe dich gekauft, weil du sonst nie wieder Gras gefressen hättest. Ich habe dich gekauft, bevor es jemand tun konnte, dem es nicht wichtig ist, ob du gerne Gras frisst oder ob du überhaupt lebst. Das ist wegen der Eindämmung. Sonst wird eure Herde zu groß und ihr verursacht Schäden an der Fauna. Deswegen kaufe ich euch, und dann reite ich euch zu und verkaufe euch an jemanden, der gut auf euch aufpasst. Damit du weiter Gras fressen und herumspringen kannst. Aber das geht nur, wenn du mitmachst. Es geht um dein Leben, Buddy, um DEINS. Okay? Ich helfe dir, es zu retten. Dafür muss ich auf deinen Rücken, und du musst die Befehle lernen, die ich dir beibringe. Es ist gar nicht so schwer. Versprochen. Was meinst du, kriegen wir das hin?

Leises Schnauben. Ich spürte den Atem des Mustangs in meiner Handinnenfläche und in seinen Augen sah ich sein Einverständnis.

Ich konnte es kaum glauben. Es hatte geklappt. Die Aggressivität in seinen Augen war erloschen.

Das war der absolute Wahnsinn. Ein unglaubliches Gefühl durchströmte mich. Ein Glücksgefühl. Ein Dankbarkeitsgefühl.

»Na«, schnurrte Ray in mein Ohr. »Wie fühlt sich das an, wenn die Scheuklappen weg sind?« Ich spürte seine Lippen auf der Haut an meinem Hals und ein Schauder lief von meinem Nacken bis runter zu meinen Zehenspitzen.

»Magisch«, flüsterte ich zurück. Dann löste er sich von mir.

»Zeit für deinen ersten Ritt, Rodeo-Girl.«

Ray hielt die Zügel, während ich mich vorsichtig auf den Mustang schwang. Er stand ungewohnt still und etwas in mir wartete auf die vertrauten Bocksprünge. Ich war bereit dafür. Jeder Muskel in meinem Körper war bereit dafür. Doch sie blieben aus. Als hätte der Mustang tatsächlich begriffen, dass dieser Weg der beste für ihn war.

Ich begann mit ihm zu arbeiten, kleine Schritte, das war das Wichtigste. Lernen. Verfestigen. Danach erst weiter. Wir übten: anreiten im Schritt. Durchparieren. Anreiten. Durchparieren. Wende links, Wende rechts, durchparieren. Ich konzentrierte mich so ausschließlich auf den Mustang, dass ich überhaupt nicht mehr wahrnahm, was um mich herum geschah. Jedes Mal bevor ich einen Befehl über den Druck der Schenkel, über die Zügel, mein Gesäß oder ein Wort ausdrückte, erklärte ich ihm zuvor, was ich von ihm wollte.

Da knallte es.

So laut, als hätte jemand eine Pistole aus nächster Nähe abgeschossen. So plötzlich, dass ich erschrocken hochfuhr.

Wiehernd bäumte der Mustang sich auf und buckelte fast gleichzeitig. In hohem Bogen flog ich über seinen Hals und landete hart auf dem Rücken. Der Aufprall presste mir die Luft aus den Lungen. Der Mustang stieg erneut, und ich wusste, ich musste mich jetzt SOFORT aus der Reichweite seiner Hufe rollen. Doch ich konnte mich nicht bewegen. Ich lag auf dem Rücken, und mein Brustkorb fühlte sich an, als würde ein Fels darauf liegen, der unerbittlich meine Lungen zusammenquetschte. Ich japste.

Luft, Luft, Luft.

Über mir die wild wirbelnden Hufe.

Die mich jede Sekunde treffen konnten.

Da schoss Ray heran. Er streckte den Arm aus und spreizte die Finger. Ich sah sein Gesicht über mir. Voller Konzentration. Er schob den Arm vor, der Mustang tänzelte auf den Hinterbeinen zwei Minischritte zurück. Ray bewegte den Arm nach rechts und der Mustang drehte sich so weit zur Seite, dass seine Hufe einen halben Meter neben mir auf dem Boden aufsetzten.

Ich spürte das Minibeben der Erde in meinem Kopf, dann spürte ich Rays Hand auf meiner Wange.

»Josie, kannst du mich hören?«

Ich versuchte zu antworten, doch ich konnte nur japsen. Ray riss die Klettverschlüsse meiner Reitweste auf.

»Zieh deine Beine an.«

Mir war klar, dass er abchecken wollte, ob mein Rückgrat verletzt war, bevor er mich bewegte. Mit aller Willenskraft zog ich erst das linke, dann das rechte Bein an. Japste weiter, während vor meinen Augen dunkle Sterne einen wirren Tanz aufführten.

»Gut.« Ray schob seine Arme unter meinen Rücken und richtete mich in eine halb sitzende Position auf. Anschließend nahm er meine Arme und breitete sie aus. »Atme durch die Nase. Langsam. Atme. Auf mein Kommando.«

Ich atmete auf sein Kommando, saugte die Luft in mich ein. Kleine, gierige Züge. Nach und nach verflüchtigte sich der Sternentanz vor meinen Augen, und ich spürte, wie meine Lebensgeister zu mir zurückkehrten. Mein Rücken schmerzte, mein

Brustkorb schmerzte, meine Lungen schmerzten, mein Hinterkopf schmerzte.

Ich nahm den Helm ab.

»Geht es wieder?«

»Ja«, krächzte ich. »Hilfst du mir auf?«

Ray umfasste mich und zog mich hoch. Kaum stand ich, umschlang er meine Hüfte und führte mich zum Gatter.

Da erst sah ich ihn.

Marcus Dowby. Er hielt sein Handy auf uns gerichtet.

Zunächst begriff ich nicht, was er damit machte, dann fiel es mir wie Schuppen von den Augen: Er filmte uns!

»Machen Sie das aus«, forderte ich mit noch dünner Stimme.

»Gerne«, sagte er. »Ich hab, was ich wollte.«

Rays Hand um meine Hüfte verkrampfte sich. Es war, als ginge ein Ruck durch seinen Körper.

»Was meinen Sie damit?«, knurrte er.

»Na den Beweis.« Dowby streckte den Arm aus und spreizte provokativ die Hand. Dann tippte er auf sein Handy und sah mich triumphierend an. »Genau so hat der Indianer mein Pferd steigen lassen. Und heute Abend werde ich Eli Brown, diesem Dummschwätzer, und dieser Lenja und ihrem unverschämten Mann zeigen, dass sie alle unrecht hatten. Und deinem Vater zeige ich es auch. Mal sehen, was er dazu sagt.«

»Das machen Sie nicht«, sagte Ray. Er löste seine Hand von meiner Hüfte und schwang sich geschmeidig wie eine Katze über das Gatter. Dort ging er einen Schritt auf Dowby zu. »Sie löschen das Video jetzt.«

»Den Teufel werde ich tun! Und von einem wie dir lass ich mir schon dreimal nichts sagen.« Er steckte das Handy in seine Hemdtasche.

Aus Rays Kehle kam ein bedrohliches Knurren.

Hastig öffnete ich das Gatter und ging zu ihm. »Was ist eigentlich passiert?«, versuchte ich die beiden abzulenken. »Was war das für ein Knall?«

»Der Reifen«, sagte Dowby und zeigte auf den zerfetzten Vorderreifen eines Fahrrads, das ein paar Meter weiter am Wegrand lag. »Geplatzt. Nicht dass es mich wundert. Die ganze Ranch ist ein völliger Schrott-«

»Löschen Sie das Video«, forderte Ray ein weiteres Mal, seine Stimme eine einzige dunkle Drohung.

Aber Dowby lachte ihn aus. »Den Teufel werde ich tun!«, zischte er erneut. »Du bist erledigt, Indianer!«

Ich spürte Rays Wut. Sie war lodernd und mächtig, sein Körper der eines Raubtiers kurz vor dem Sprung. Instinktiv streckte ich meinen Arm aus und berührte ihn, in der Hoffnung, meine Berührung würde ihn besänftigen. Doch Dowby machte mir einen Strich durch die Rechnung.

Er hob spielerisch seine Fäuste und tänzelte wie ein Boxer von einem Bein aufs andere. »Na, Winnetou, überlegst du, ob du es dir holst? Muss ganz schön frustrierend sein, wenn man weiß, dass man sowieso schon auf ganzer Linie verloren hat. Na, komm schon, tragen wir's aus, oder traust du dich nicht?«

Mit einem Satz war Ray bei Dowby.

Und bevor der seine Faust fliegen lassen konnte, hatte Ray ihn bereits niedergestreckt und saß rittlings auf ihm. Mit den Knien drückte er Dowbys Oberarme in den Boden, seine Faust hing in der Luft, bereit, erneut zuzuschlagen.

Dowbys Nase blutete und er brüllte vor Schmerz und Zorn.

Ohne nachzudenken, warf ich mich zwischen Dowby und Rays Faust.

»Ray!«, schrie ich und spürte die rasende Wut, die seinen Verstand vernebelte. »Ray, bitte, er ist es nicht wert!«

Ich sah seine Faust über mir, bohrte meine Augen in seine, suchte darin nach dem Ray, den ich liebte. Doch sie waren zu Schlitzen verengt, das sonst so wunderschöne Grün einem kalten Schwarz gewichen.

»Ray!«, schrie ich wieder. »Bitte, nimm sein Handy, lösch den Film, aber tu nichts, was du sonst nie tun würdest!«

Seine Faust zitterte. Sein Mund zitterte. Schweiß trat auf seine Stirn. Die Faust *nicht* mit tödlicher Wucht auf Dowbys Gesicht niederkrachen zu lassen musste ihn unmenschliche Anstrengung kosten.

Stopp. Korrektur.

Es muss das Unmenschliche in ihm gewesen sein, das seine Faust mit tödlicher Wucht auf Dowby niederkrachen lassen wollte, und es war das Menschliche in ihm, das ihn letztendlich auf mich hören ließ.

Langsam öffnete er die Faust und senkte sie. Mit wutverzerrtem Gesicht griff er in Dowbys Hemdtasche, riss das Handy heraus und schmetterte es auf den Boden, einmal, zweimal, dreimal, und als würde das noch nicht reichen, drosch er mit der Faust darauf ein. Das Gehäuse zersprang, der Akku fiel heraus. Ray nahm die Speicherkarte und brach sie entzwei.

Dann ließ er plötzlich von Dowby ab und rannte am Reitplatz und den Koppeln vorbei in den Wald.

KAPITEL 22

EGAL WIE FEST ICH schrubbte, das Angebrannte blieb hartnäckig am Topfboden kleben. Ich holte das Scheuerpulver aus dem Spülschrank und schüttete eine Megaladung auf die Stelle. Schrubbte erneut. So blöd das jetzt klingt, aber dieser schwarze Fleck passte perfekt zu diesem Tag: Es gibt schlechte Tage, es gibt Scheißtage und dann gibt es noch Tage wie diesen. Und leider war dieser, zumindest in Punkto Scheißpotenzial, noch lange nicht an seinem Ende angelangt.

Immerhin übernachteten Patrick und mein Vater in Lakewood, was mir etwas Zeit verschaffte, bevor Dowby meinem Vater von Rays Angriff berichten konnte. Denn dass Dowby den Vorfall nicht auf sich beruhen lassen würde, war so sicher, wie die Reaktion meines Vaters vorhersehbar war: Er würde Ray feuern und ihm Hausverbot erteilen.

Da spürte ich Danas Hand an meiner Schulter. »Hey, Babe, lass noch was von dem Topfboden übrig, ja?«

Ich wollte etwas Witziges antworten, doch stattdessen brach ich in Tränen aus.

Dana nahm mir den Schwamm aus der Hand und verfrachtete mich zu Gabriel auf die Eckbank. »So, und jetzt erzählst du, was los ist.«

Ich ließ mich nicht zweimal bitten. Mit zittriger Stimme erzählte ich den beiden von meinem Sturz, von Dowbys Filmerei, von Rays Kampf und meiner Angst, dass Dad Ray deshalb feuern würde. Nur mein Erschrecken über Rays unkontrollierte Wut verschwieg ich – es hätte bei Gabriel sonst zu Fragen geführt, die ich nicht hätte beantworten können. Nachdem ich fertig war, knallte Dana den gerade abgetrockneten Topf auf den Tisch.

»Wir schmeißen ihn raus«, zischte sie. »Aber davor schreiben wir Sackarsch auf sein Auto. Mit pinkem Permanentmarker. Wir stechen seine Reifen auf und –«

»Und er zeigt die O'Learys wegen Sachbeschädigung an«, fiel Gabriel ihr nüchtern ins Wort. »Und Ray wegen Körperverletzung. Und weil Ray hier angestellt ist, kann Josies Vater das Ganze ausbaden. Super Plan!«

»Dann zeigen wir ihn eben zuerst an. Wegen unerlaubten Filmens«, konterte Dana, keineswegs bereit, so schnell aufzugeben. »Das geht doch, oder? Da gibt es doch sicher irgendein Gesetz, von wegen Stalking oder so was.«

»Möglich«, sagte Gabriel und übernahm meinen Platz am Spülbecken. »Ich kann die Schwägerin meiner Cousine anrufen, die ist Anwältin in Seattle.«

»Vergiss es«, warf ich ein. »Wir haben nicht einmal den Beweis, dass er gefilmt hat. Ray hat Dowbys Handy und die Speicherkarte zerstört.«

»Hmm.« Dana nahm eine Schüssel und rubbelte sie trocken. »Da ist was dran. Verdammt.«

»Kein Wunder, dass Dowby nicht beim Abendessen war.« Gabriels Gesicht hellte sich auf. »Vielleicht ist er ja abgereist.«

»Dowby?« Dana zog eine Grimasse. »Dream on, Gabe. Der sitzt wahrscheinlich beim Sheriff und bequatscht ihn, ein Sondereinsatzkommando zur Ranch zu schicken.«

»Oder er ist nach Bellingham ins Krankenhaus, um seine blutige Nase als Körperverletzung dokumentieren zu lassen«, sagte Gabriel.

»Hört auf!«, stöhnte ich. »Habt ihr nicht eine andere Idee? Eine, die uns weiterhilft?«

Betroffenes Schweigen füllte den Raum. Was ein schlechtes Zeichen war, denn, um ehrlich zu sein, fiel auch mir nichts Hilfreiches ein.

»Was kam denn auf dem Gemeindeamt raus?«, wechselte Gabriel schließlich das Thema. »Als ich mit Martha zusammen saubergemacht habe, war Brown nämlich auf seinem Zimmer und hat telefoniert. Und soweit ich das durch die Tür richtig verstanden habe, hat er versucht jemanden davon zu überzeugen, sich über euer Bankgeheimnis hinwegzusetzen. Da ist definitiv was im Busch.«

»Was?«, rief ich und starrte ihn entsetzt an. Was plante Brown nur? Hing sein Interesse an unseren Finanzen mit dem geplanten Kauf der Ranch zusammen? Oder verfolgte er noch ein anderes Ziel?

»Was war jetzt auf dem Amt?«, riss Gabriel mich aus meinen Gedanken.

Rasch fasste ich mein Gespräch mit Cynthia zusammen und schwor die beiden auf absolute Verschwiegenheit ein.

»Verdammt«, sagte Dana wieder und ließ ihr Handtuch sinken. »Das ist echt... echt...« Sie schüttelte den Kopf. »Gar nicht gut.«

»Warum?«, fragte ich. »Damit ist die Ranch wenigstens uninteressant für Geldgeier. Das ist doch erst einmal positiv für uns, oder?«

Sie schüttelte betrübt den Kopf. »Gar nicht gut.«

Ich hätte sie am liebsten geschüttelt. *Gar nicht gut* war überhaupt nicht hilfreich. Es machte mir einfach nur Angst.

Vor allem weil sie dabei genauso ernst schaute wie heute Morgen im Auto. Und ernst schauen war bei Dana... ja, eben: gar nicht gut. »Dana!«, rief ich, die Stimme vor unterdrückter Panik eine Nuance heller als sonst. »Jetzt sag endlich, was los ist!«

»Es tut mir so leid, Babe, aber... ihr seid wirklich pleite.« Sie trat zu mir und setzte sich neben mich. Dann schob sie mir einen Zettel zu. »Hier. Das sind die Zahlen, die ich gefunden habe. Sieht nicht gut aus. Ich hatte gehofft, dass ihr etwas Land verkaufen könnt, um die Schulden zu bezahlen. Dann wärt ihr auf einen Schlag alle Probleme los.«

Meine Augen flogen über die Zahlen und mein Gehirn versuchte ihnen zu folgen. Aber es war wie bei Blitz und Donner: Sehen und Hören – beziehungsweise in diesem Fall Begreifen – erfolgte zeitverzögert. Inzwischen hatte sich Gabriel wieder zu uns auf die Eckbank gesetzt und studierte ebenfalls Danas Auflistung.

»Autsch«, sagte er. »57 000 Dollar Miese!«

»Josie, Babe«, drang Danas Stimme zu mir. Ihr Arm lag um meine Schulter. »Ich denke, Patrick und dein Dad sind nach Lakewood gefahren, um das zu klären.«

»Klären?«, brauste ich auf. »Wie soll man 57 000 Dollar denn bitte schön *klären*?«

Dana ließ sich von meinem Ausbruch nicht beeindrucken. »Eine Hypothek. Eine Stundung. Vielleicht suchen sie nach einem Käufer für Hisley? Oder ein paar der Stuten?«

»Und wie sollen wir eine Pferdezucht betreiben ohne Zuchthengst? Und ohne Zuchtstuten?«, fragte ich und konnte nicht verhindern, dass meine Stimme zitterte. »Außerdem können wir Hisley erst dann mit ordentlichem Gewinn verkaufen, wenn ich mit ihm wieder ein Turnier geritten bin und einen Preis geholt habe.«

Ich vertiefte mich erneut in Danas Notizen und diesmal drangen die Zahlen in meinen Kopf. Zunächst die größten Posten: 32 000 Dollar offene Krankenhausrechnungen. Es war nicht schwer nachzuvollziehen, woher diese kamen: Dads neue Hüfte und die zwei Folgeoperationen. Aber warum hatte die Versicherung diese Kosten nicht übernommen? Er war doch versichert! 6000 Dollar Tierarztrechnungen. Hisleys Operation nach der Darmverschlingung. 11 000 Dollar Restforderung für den gebrauchten Dodge, den wir nach dem Unfall gekauft hatten, 4000 Dollar für einen Privatdetektiv. Was für ein Privatdetektiv? 2400 Dollar für die Mustangs. Der Rest waren kleinere Summen für Heu, Stroh, Tierfutter, Wasser und Strom.

»Es tut mir so leid«, wiederholte Dana. »Ich dachte...«

Sie musste nicht aussprechen, was sie dachte: Wenn wir etwas Land verkaufen könnten, dann wären wir aus dem Gröbsten raus, denn die Ausgaben, die uns gerade in die Pleite trieben, waren allesamt Sonderposten.

Aber wir konnten kein Land verkaufen.

Mit einem Mal war ich müde. Nur noch müde. Ich erhob mich.

»Ich geh ins Bett«, murmelte ich.

Dana erhob sich ebenfalls. »Ich auch.«

»Dann mach ich das hier fertig.« Gabriel ging zur Spüle zurück. Dort drehte er sich noch einmal zu mir um. »Josie«, sagte er, »gib nicht auf. Du weißt nicht, was Patrick und dein Vater gerade machen. Vielleicht haben sie einen Plan. Und... ich werde alles, was ich irgendwie tun kann, tun, um euch zu helfen. Alles.«

Ich nickte ihm dankbar zu. Seine Worte waren lieb gemeint.

Das wusste ich. Aber sie halfen mir gerade nicht. Für Gabriel war die Welt in Ordnung, solange jemand einen Plan hatte. Doch ich glaubte nicht, dass mein Vater einen hatte – und selbst wenn, war es sicherlich keiner, der funktionieren würde.

Vor meinem Zimmer hielt Dana mich zurück.

»Josie, wegen dem Amulett. Ich hab das Büro danach abgesucht. Dort ist es auch nicht. Ich dachte…« Sie brach ab.

»Dachtest was?«, fragte ich müde.

»Na ja, dein Vater kommt erst morgen nach Hause. Wenn du dort auch nachsehen willst…« Sie zuckte die Schultern. »Verdammt, das kommt voll scheiße gerade. Du hast echt andere Sorgen, aber…«

Ich sah Dana fragend an. Wie kam sie darauf, das Zimmer meines Vaters durchsuchen zu wollen?

Sie schien meine Gedanken erraten zu haben, denn schon fuhr sie fort: »Die Sache mit meinen Eltern. Du weißt, ich glaube nicht an Poltergeister, aber da ist etwas. Oh Mann! Ich fasse echt nicht, dass wir überhaupt so ein Gespräch führen! Aber irgendetwas ist in unserem Haus. Und als du mir von Ray erzählt hast und dass er Angst hat, sich in was Böses zu verwandeln, da dachte ich…« Sie seufzte.

»Du denkst«, sprach ich ihren Gedanken aus, »was auch immer bei euch zu Hause ist, es könnte das Böse sein, in das Ray sich verwandeln wird, wenn er das Amulett nicht rechtzeitig findet.«

»So ungefähr, ja.« Sie zuckte wieder die Schultern und so, wie sie vor mir stand, kannte ich Dana nicht. Sie wirkte verloren und verletzlich. Anders als im Auto heute Vormittag. Da war sie aufgewühlt und verzweifelt und wütend gewesen. Aber nicht verloren.

»Daran habe ich auch schon gedacht.« Ich zögerte. »Ray sagt, fünf Greenies werden vermisst. Es kann sein, dass genau das mit ihnen passiert ist.«

Sie sah auf, reges Interesse in den Augen. »Echt? Wie? Seit wann?«

»Es würde zeitlich passen. Als der Spuk bei euch angefangen hat, war der Erste etwa vierundzwanzig Tage weg.«

»Echt jetzt?«

»Echt. Und nur eine Theorie.«

Doch davon ließ Dana sich nicht beirren. »Eindeutig besser als der Poltergeist.«

»Besser?« Ich schüttelte den Kopf. »Wir wissen nicht, womit wir es zu tun haben!«

»Und bei Poltergeistern wissen wir das?« Schon veränderte sich ihre Haltung, und es war, als wachse sie wieder zu der starken, unbezwingbaren alten Dana heran. »Wenn es tatsächlich das Ray-Verwandelding ist, dann haben wir die Geheimwaffe, um es zu besiegen.«

»Das Amulett?«

»Klar. Wenn wir damit Ray ins Nirwana schicken können, dann sicher auch die anderen.«

Ich schluckte bei Danas Worten. Es klang so herzlos und endgültig, und obwohl ich wusste, dass ihre Worte nicht böse oder respektlos gemeint waren, hatten sie bei mir genau diese Wirkung. Sie taten weh. Dabei suchten wir ja das Amulett, um genau das zu tun: Ray über die Deathline zu schicken. Und der Vorfall mit Dowby hatte mir einmal mehr vor Augen geführt, wie mächtig das Böse in ihm schon war. Ich schauderte. Versuchte nicht daran zu denken, was passiert wäre, wenn ich mich nicht zwischen seine Faust und Dowby geworfen hätte...

»Es heißt nicht Nirwana. Es heißt Deathline«, sagte ich spitz und erntete einen verwunderten Blick. Dann zog Dana schuldbewusst die Mundwinkel nach unten.

»Tut mir leid, das war taktlos. Ich hab das nicht so gemeint.« Sie lächelte zaghaft. »Es ist nur ... das alles ist so verrückt und macht mir so viel Angst, dass ich manchmal verdränge, dass Ray ein Mensch ist und du ihn liebst.«

»Schon gut«, murmelte ich und zeigte zum Zimmer meines Vaters. »Du denkst also, das Amulett könnte da drin sein?«

»Patricks Zimmer und das von deinem Vater sind die einzigen, die wir noch nicht gefilzt haben«, sagte Dana. »Und Dowbys. Das heißt ja nicht, dass dein Vater oder Patrick es dort versteckt haben – die Ratte in dem Trailer haben ja schließlich auch nicht die Fliegen versteckt, die da wohnen.«

Damit hatte sie natürlich recht. Unsere Privaträume waren nicht abgesperrt; jeder Gast konnte sich dort hineinschleichen, wenn er das wollte.

»Aber ich will nicht die Zimmer von Patrick und deinem Vater durchsuchen. Jedenfalls nicht allein. Das ist irgendwie ... blöd.«

Ich nickte. Schon bei den Gästezimmern hatte ich mich schäbig gefühlt, wie würde es sich erst anfühlen, in den Sachen meines Bruders und Vaters herumzuwühlen? Doch Danas Logik leuchtete mir ein. Das Amulett konnte auch dort sein.

In Patricks Zimmer fanden wir nichts. Wir achteten penibel darauf, alles so zu hinterlassen, wie wir es vorgefunden hatten, und ich glaube, Dana fühlte sich beim Durchwühlen seiner Sachen genauso schlecht wie ich mich. Dann kam das Zimmer meines Vaters dran.

Wir gingen systematisch vor, teilten es in zwei Hälften und ich fühlte mich noch übler als bei Patrick.

Mir graute vor jeder Schublade; ständig befürchtete ich etwas zu sehen, was nicht für meine Augen bestimmt war. Also fokussierte ich mich auf das Amulett. Ließ keine Ritze und kein noch so kleines Versteck aus, an dem es jemand deponiert haben könnte.

Da fand ich den Beweis.

Zunächst wunderte ich mich nur, warum mein Vater Papierausdrucke zwischen seinen Hemden aufbewahrte. Dann wunderte ich mich nicht mehr. Ich starrte auf die farbigen Abbildungen und rief japsend nach Dana. Sie kam sofort zu mir gelaufen und sah über meine Schulter.

Ungläubig griff sie nach den Papieren und sah sie durch. »Warum versteckt dein Vater pyrotechnische Anleitungen im… Fuck.« Sie glotzte mich an.

Ja. *Fuck*. Denn es gab nicht besonders viele Antworten auf die Frage, warum mein Vater eine Anleitung für eine Do-it-yourself-Hobbybombe in seinem Schrank versteckte.

»Nee, oder? Nicht dein Vater?!«, sagte Dana. »Warum macht der so einen Scheiß?«

Ich antwortete nicht. Ich wollte Dana nicht in meinen Verdacht einweihen, warum er den Tank gesprengt haben könnte. Weil er Ray loswerden wollte und durch diese hirnrissige Aktion von der Ranch zu vertreiben hoffte. Ich wollte einfach nicht. Sie war meine beste Freundin. Aber er war mein Vater. Wenn ich den Verdacht *aussprach*, dann würde aus ihm plötzlich mehr werden. Und genau das wollte ich nicht. Ich wollte erst hören, was mein Vater dazu zu sagen hatte. Ich wollte von ihm eine Erklärung, die meinen Verdacht so endgültig in Stücke riss, wie die Bombe den Tank zerfetzt hatte.

Dana las sich die Zettel durch, schüttelte den Kopf und reichte sie mir dann.

Ich warf ebenfalls einen Blick darauf, verstand jedoch nicht allzu viel von dem, was in sechzehn Schritten zur selbst gebastelten Bombe führen sollte.

»Du weißt, was das heißt, oder?«, fragte Dana mich ernst.

»Mein Vater hat den Wassertank in die Luft gesprengt«, sagte ich tonlos. »Genau wie Patrick vermutet hat.«

Sie überflog die Blätter erneut. »Von der Sprengkraft her ist es jedenfalls gut möglich. Die Ladung war in dem Tank angebracht und der Tank mit Wasser gefüllt, das wirkt wie ein Verstärker. Ray hat doch gesagt, es war ein Timer an der Bombe, oder?«

»Ja.«

Sie zeigte auf Schritt vierzehn, *Einstellen des Timers,* und blätterte dann zur Einkaufsliste. »Und die einzelnen Bestandteile sind alle relativ einfach zu beschaffen.«

Ich überflog die Liste. »Patrick sagt, Dad hat Aceton und Wasserstoffperoxid gekauft. Und Dieselöl und Kunststoffdünger haben wir sowieso auf der Ranch.« Ich fuhr mit dem Finger über die Liste, sie war nicht sehr lang. »Bis auf den elektrischen Brennzünder dürfte der Rest in unserer Werkstatt zu finden sein.«

»Verdammt! Josie! Weißt du, was das für deinen Vater bedeutet?«

Ich sah sie fragend an. »Er steht mit einem Bein im Gefängnis?«

Dana schüttelte langsam den Kopf. »Er hätte dich um ein Haar umgebracht.«

✶ ✦ ✶

KAPITEL 23

ICH VERSUCHTE ZU SCHLAFEN. Ich versuchte es wirklich. Unruhig wälzte ich mich von einer Seite auf die andere, zählte sogar in Dreiersprüngen bis dreitausend. Doch ich war hellwach.

Die Ereignisse des Tages schossen wie Flipperbälle durch meinen Kopf. Die Pleite. Die Vertragsklausel mit den Yowama. Eli Browns ungewöhnliches Interesse an unseren finanziellen Verhältnissen. Die Anleitung zum Bombenbau in Dads Schrank. Der Sturz vom Mustang. Der Kampf zwischen Ray und Dowby. Die drohende Anzeige. Ray, wie er rittlings auf Dowby sitzt. Seine Faust. Wie sie auf Dowby niedersaust. Wie sie das Handy zertrümmert.

Das war das Schlimmste: Rays negative Kraft. Sie machte mir Angst. Wenn er bereits tagsüber in den nicht-bösen Stunden so ausrastete, wie würde er dann erst reagieren, wenn ihn das Böse vollkommen im Griff hatte?

Ich stand auf und ging zu meinem Schreibtisch. Dort schrieb ich alles, was mich beunruhigte, auf. Sortierte es. Nummerierte es nach Beunruhigungsgrad.

Bei der seltsamen Veränderung von Danas Eltern stockte ich. Was, wenn unsere Theorie stimmte? Wenn jemand in Angels Keep Yowama tötete und ihnen ihre Amulette abnahm, um sie in etwas Böses zu verwandeln? Dann war Ray mit ziemlicher Sicherheit ebenfalls diesem Irren zum Opfer gefallen. Aber warum war er auf der Ranch und die anderen in Angels Keep? Wir mussten endlich dieses verdammte Amulett finden! Mit Ausnahme von Dowbys Zimmer hatten wir inzwischen jeden Winkel der Ranch abgesucht, und ich hatte keine Ahnung, wo ich noch suchen sollte.

Es machte mich wahnsinnig.

Schließlich zog ich mich wieder an. Es war kurz vor elf und damit blieb mir noch eine Stunde, bevor das Böse in Ray erwachte.

Ich musste ihn sehen.

So schnell ich konnte, lief ich zum Kwaohibaum. Irgendwie war ich davon überzeugt, Ray würde spüren, dass ich ihn dringend brauchte, und dort auf mich warten.

Atemlos erreichte ich den Baum.

»Ray?«, rief ich leise in die Dunkelheit. Ich lauschte. Hörte das Rascheln und Knacken und Knarzen des nächtlichen Waldes und bekam plötzlich Angst.

»Ray?«, rief ich erneut, diesmal etwas lauter. Doch er war nicht da.

Natürlich nicht.

Mit einem Schlag fühlte ich mich so einsam und verlassen und leer, dass ich kraftlos auf den Boden sank und nur noch heulte. Ich heulte, weil Ray nicht da war und ich ihn für immer verlieren würde. Ihn und die Ranch und Bo. Vielleicht sogar auch meinen Vater, falls der Sheriff die Sache mit der Bombe weiterverfolgte.

Da raschelte es in meiner Nähe. »Ray?«, rief ich und sprang auf.

Keine Antwort. Das Rascheln erstarb. Ein Tier, nahm ich an, doch etwas sagte mir, dass es keins war. Ich spürte Rays Gegenwart. Jedenfalls bildete ich mir das ein.

»Ray?«, rief ich wieder, voller Hoffnung, ihn doch noch zu sehen. »Bitte, wenn du da bist, komm zu mir. Ich brauche dich.«

Ich wartete. Lauschte. Bangte. Rief.

Hoffte.

Nur leider nutzte es nichts.

Ray zeigte sich nicht. Wieder füllten sich meine Augen mit Tränen und ich legte meine Hände flach auf die Rinde des Kwaohibaumes. Als könnte er mir den Trost spenden, den Ray mir heute verweigerte.

Und da geschah es.

Ray und ich. Auf der Wiese. Eng umschlungen. Er küsste und streichelte mich, flüsterte mir zu, wie sehr er mich liebte und wie sehr er sich wünschte, die Ewigkeit mit mir verbringen zu können.

Es war so real, dass seine Worte in meinen Ohren brannten, seine Finger auf meiner Haut einen Schauder hinterließen, die Wärme seines Körpers das Nachtfrösteln vertrieb. Ich spürte seine warmen Lippen, die von meinem Mund über meine Wangen und meinen Hals hinabwanderten, um in der weichen Kuhle oberhalb des Brustbeines zu verweilen. Ich spürte seine Arme, die mich fester an ihn drückten, so, als wollten sie mich nie wieder freigeben.

Ich wusste, es war nicht real.

Ich wusste, es war dieser Virtual-Reality-Trick der Yowama, den ich gestern bereits durchlebt hatte. Ich wusste, es musste etwas mit unseren Haarsträhnen zu tun haben, die Ray dem

Baum anvertraut hatte. Und doch fühlte es sich real an. Real genug, um mich zu trösten. Ich schloss die Augen, lehnte meinen Kopf an den Baum und ließ mich in meine irreale Realität fallen.

Ein Käuzchenschrei katapultierte mich unsanft aus meinem virtuellen Date. Es hatte sich auf einem Ast des Kwaohibaumes niedergelassen und buhuhte mit der Hartnäckigkeit eines Weckers.

Ich wollte es ignorieren, doch dann wurde mir schlagartig klar, dass ich vor Mitternacht zurück in meinem Zimmer sein musste. Nicht weil ich in dem Moment Angst vor Ray gehabt hätte. Aber ich hatte miterlebt, wie stark das Böse ihn machte und wie sehr Ray sich davor fürchtete, etwas zu tun, das ihn auf ewig verfolgen würde.

Zum Beispiel mich zu verletzen.

Und ewig bedeutete in Rays Fall allem Anschein nach wirklich *ewig*.

Mit oder ohne Amulett.

Also riss ich mich von unserem Baum los und lief, so schnell ich konnte, zur Ranch zurück. Als ich am Stall vorbeikam, fiel mir sofort die offene Tür auf. Verwundert blieb ich stehen. Ich war mir hundertprozentig sicher, dass sie auf dem Hinweg zum Kwaohibaum geschlossen gewesen war. So wie jede Nacht, um die Pferde vor unerwünschten nächtlichen Besuchern zu schützen.

Zögernd ging ich auf den Stall zu. Das Herz schlug mir bis zum Hals. Doch was blieb mir anderes übrig, als nachzusehen, ob alles in Ordnung war?

»Hallo?«, rief ich von der offenen Tür aus.

Meine Stimme hallte zittrig durch die düstere Stallgasse. Ein Schnauben antwortete mir. Sonst nichts. Ich ignorierte mein rasendes Herzklopfen und tastete nach dem Lichtschalter. Mit einem *Klack* tauchte die Deckenbeleuchtung die Stallgasse in Mut machendes Licht. »Hallo?«, rief ich erneut. »Ist da jemand?«

Keine Antwort. Es war wirklich seltsam. Warum öffnete jemand mitten in der Nacht die Stalltür? Das Gespräch mit Dowby und Mike vom Vortag kam mir in den Sinn. *Verdammt!* Dowby wusste, wie wertvoll Hisley für uns war.

Was, wenn er sich für die Niederlage heute Nachmittag an Hisley rächen wollte? Er würde damit eine unserer empfindlichsten Stellen treffen, und das wusste er.

Ich nahm all meinen Mut zusammen und betrat den Stall. Ich musste einfach nachsehen, ob mit Hisley alles in Ordnung war. Leise schlich ich die Boxen entlang – und hielt wie angewurzelt vor Bos Box inne. Sie stand offen.

Sie war leer.

Und der Boden mit roten Spritzern übersät.

Blutroten Spritzern.

Ich stand da, die Hand vor den Mund gepresst, als müsste ich meinen stummen Schrei zurückhalten: *Bitte nicht Bos Blut! Bitte nicht Bo!*

Ich kniete mich hin, packte ein Büschel rot gefärbtes Stroh. Roch daran.

Es war kein Blut!

Es war Farbe, die das Stroh rot gefärbt hatte.

Erleichtert ließ ich es fallen. Kein Blut!

Aber wo war Bo? Wer hatte die Farbe hier verspritzt und warum? Und was hatte derjenige mit meiner Stute gemacht?

Ich stand auf, ging rückwärts aus der Box und verschloss die Tür. Alles in mir schrie danach, Patrick und Dad zu alarmieren und sofort nach Bo zu suchen. Aber die beiden waren in Lakewood – und ich selbst hatte keine Wahl, ich *musste* so schnell wie möglich in mein Zimmer. Ein Schluchzer entwich meiner Kehle. Ich machte auf dem Absatz kehrt und rannte aus dem Stall.

In meinem Zimmer brach ich auf dem Bett zusammen und heulte hemmungslos. Ich konnte überhaupt nicht mehr aufhören, nicht einmal, als ich vom Schluchzen einen Schluckauf bekam.

Irgendwann hörte ich, wie meine Tür leise geöffnet wurde, und wusste, auch ohne mich umzudrehen, wer da ins Zimmer geschlichen kam. Ich erkannte die Schritte auch so. Dann legte Dana sich zu mir aufs Bett und schlang ihren Arm um mich.

Sie sagte nichts. Hielt mich nur fest. Und das war genau das, was ich in dem Moment brauchte. Meine beste Freundin, die mich fest hielt. Mir das Gefühl gab, nicht allein zu sein auf dieser unfairen, verrückt gewordenen, unheimlichen Welt. Schließlich versiegten meine Tränen, das Schluchzen verebbte, nur der Schluckauf hielt sich hartnäckig und ließ meinen Kehlkopf hüpfen wie ein Jo-Jo.

Ich hatte die Augen geöffnet und starr auf das Foto meiner Mutter gerichtet, das auf meinem Nachttischchen stand.

Pass auf Bo auf, Mom, und auf Dad und Patrick. Und auf Ray. Lass nicht zu, dass wir die Ranch verlieren. Bitte! Ich weiß nicht, wo du jetzt bist, aber wenn du irgendwo hier rumschwebst und auf uns aufpasst, dann musst du dich langsam ein bisschen mehr anstrengen. Gerade läuft's hier nicht so gut. Aber das weißt du eh, oder? Kannst du mir nicht mal ein klitzekleines Zeichen geben, ob du da bist? Ich weiß das nämlich nicht. Ray meint ja, aber, ganz ehrlich, an so einem Tag wie heute zweifle ich mehr denn je…

»Daaaaa!«, kreischte Dana plötzlich in mein Ohr und sprang aus dem Bett.

Mein Herz setzte einen Schlag aus. Mit einem Satz war ich ebenfalls auf den Beinen und stellte mich neben Dana. Hatte meine Mutter mir ein Zeichen geschickt?

»Was?«, schrie ich. »Was siehst du? Was ist?«

Vom Gang ertönte Poltern, dann riss Gabriel die Tür auf und stürmte ins Zimmer. »Was ist los?«

»Nichts«, sagte Dana und legte sich in aller Seelenruhe wieder hin. »Ich habe nur Josies Schluckauf verjagt.«

Sprachlos starrte ich auf Dana, die akribisch die Decke zurechtzupfte. Mein Herz donnerte unregelmäßig gegen meinen Brustkorb, und wäre ich fünfzig Jahre älter gewesen, hätte ich wahrscheinlich gerade einen Infarkt erlitten. Ich hätte sie schlagen können.

»Bist du *irre*?«, schnauzte ich sie an.

»Er ist weg, oder?«

Das war er tatsächlich.

Gabriel schüttelte den Kopf. »Manchmal zweifle ich echt an deinem Verstand. Ich dachte, es ist was Schlimmes passiert.«

»Hast du mal neben jemand mit Schluckauf gelegen?«, verteidigte sich Dana. »Das *ist* schlimm.«

Wortlos ging ich ins Bad. Als ich kurz darauf im Pyjama zurückkam, hatte Gabriel es sich ebenfalls in meinem Bett bequem gemacht. Er saß ans Fußende gelehnt, Dana ans Kopfende. *Na toll,* dachte ich. So wie die beiden da saßen, hatten sie nicht vor, mich schlafen zu lassen. Zumindest nicht, bis ich mit einer Erklärung für meinen Heulanfall rausrückte.

»Bo ist weg«, sagte ich also, nachdem ich mir einen Platz neben Dana ergattert hatte, und erzählte von der roten Farbe im Stall.

Dana und Gabriel sahen mich entgeistert an.

»Meinst du, das war Dowby?«, fragte Gabriel schließlich.

»Vielleicht.« Natürlich war es möglich, wobei ich mir nicht erklären konnte, was er mit der roten Farbe bezwecken wollte.

»Was ist mit Ray?«, sagte Dana.

»Ray?« Gabriel warf Dana einen irritierten Blick zu. »Warum sollte er so was tun?«

Dana blickte mich an, den Kopf geneigt, die Brauen fragend nach oben gezogen. Ich zögerte. Dann nickte ich. Wir mussten Gabriel einweihen. Es ging nicht mehr nur um die Wahrung des Yowama-Geheimnisses und um Rays Erlösung. Es ging um die Ranch. Um Angels Keep. Um uns. Wir brauchten einen Plan. Und das war Gabriels Spezialgebiet. Doch dazu mussten wir ihn endgültig von seiner Alien-Theorie abbringen. Und das würde nur funktionieren, wenn wir ihm von dem Amulett und der Deathline und allem anderen erzählten.

KAPITEL 24

EIN KNARZGERÄUSCH WECKTE MICH aus einem unruhigen Schlaf. Die Matratze bewegte sich. Erschrocken fuhr ich hoch und sah Gabriel vor meinem Bett stehen. Er legte den Zeigefinger an den Mund und zeigte auf Dana.

Ich begriff. Wir sollten sie schlafen lassen. Sie lag zusammengerollt wie ein Baby auf der linken Seite des Bettes, ihr Gesicht so entspannt wie in früheren Zeiten.

Frühere Zeiten – das klingt, als spräche ich von Jahren. Dabei war es nur knapp über eine Woche, seit unsere Welt so völlig aus den Fugen geraten war.

Ich stand ebenfalls auf.

»Treffpunkt in zehn Minuten im Stall?«, wisperte Gabriel.

Ich sah auf die Uhr. Kurz vor sechs und ich war hellwach. Ich nickte.

Kurz darauf lief ich zum Stall. Gabriel war bereits dort und untersuchte das Stroh in Bos Box.

»Tatsächlich Farbe«, sagte er und hielt sich ein Bündel rot gefärbtes Stroh unter die Nase. »Das ist wirklich sehr seltsam.«

»Besser als Blut«, murmelte ich und schickte die Tränen, die mir beim Anblick der leeren Box kitzelnd in die Nase stiegen, wieder dahin zurück, wo sie auf eine bessere Gelegenheit zum Heulen warten sollten.

»Allerdings.« Gabriel nickte zustimmend und drückte mir eine Mistgabel in die Hand. »Am besten, wir machen das weg, bevor jemand neugierige Fragen stellt. Und nach allem, was du mir gestern erzählt hast...« Doch anstatt die Mistgabel loszulassen, hielt er sie fest und blickte mich forschend an. »Außer du willst, dass wir jetzt sofort die Polizei informieren. Immerhin läuft hier irgendwo ein Mörder rum.«

Wollte ich das? Die Polizei einweihen und noch mehr Aufmerksamkeit auf die Ranch lenken? Ich dachte an Gabriels Reaktion, als wir ihm von Ray und dem Amulett und der Deathline erzählt hatten. Seine Abwehrhaltung, bis Dana ihn gefragt hatte, ob er auch so skeptisch schauen würde, wenn Ray sich als Alien entpuppt hätte. Unser Sheriff jedoch war nicht gerade dafür bekannt, dass er sich mit Aliens und Science-Fiction beschäftigte – und demnach dürfte er im Gegensatz zu Gabriel kaum offen gegenüber Phänomenen sein, die sich rational nicht erklären ließen. Abgesehen davon gab es noch mehr Gründe, die dagegensprachen: Solange auch nur der geringste Verdacht bestand, dass mein Vater den Sprengsatz deponiert hatte, war ein Besuch der Polizei das Letzte, was wir hier gebrauchen konnten. Außerdem war es sehr wahrscheinlich, dass der Sheriff – auch ohne unsere Geschichte zu glauben – Ray mit auf die Wache nehmen würde. Und ich wusste nicht einmal, ob die Kraft des Amuletts bis dorthin reichte.

»Keine Polizei«, sagte ich schließlich. »Der Wassertank... mein Vater.«

»Stimmt. Daran habe ich nicht gedacht.« Gabriel ließ mich los. »Also weg mit dem Stroh.«

Schweigend säuberten wir die Box. Anschließend ging Gabriel zu Martha in die Küche und ich absolvierte mit Hisley eine Trainingseinheit. Mit ihm zu arbeiten war das Beste, was ich gerade tun konnte, um mich von meinem Sorgenberg abzulenken.

Als ich Hisley zwei Stunden später in seine Box zurückbrachte, stieß ich im Stall auf Mike.

»Hi! Ich habe dich heute nicht erwartet«, begrüßte ich ihn überrascht.

Er hob den Lauf von Alisha, unserer erfolgreichsten Zuchtstute. »Der Huf ist entzündet. Soll ich dir zeigen, wie du ihn behandeln musst, oder soll ich jeden Tag vorbeikommen?«

»Zeig's mir.«

Ich verfolgte jeden seiner Handgriffe. Am Ende forderte er mich auf, ihm vorzuführen, wie ich es machen würde. Ich rief mir die einzelnen Schritte vor Augen und versorgte den Huf. Mike pfiff leise durch die Zähne.

»Naturtalent.« Er packte seine Box. »Wenn du einen Nebenjob als Hufschmiedegehilfin suchst, melde dich bei mir.«

»Danke.« Dass ich vielleicht schon bald dazu gezwungen sein würde, auf dieses Angebot einzugehen, sagte ich nicht.

»Josie«, begann Mike, als er die Schnallen seiner Werkzeugbox zuklicken ließ. »Wegen gestern. Ich hätte das nicht sagen dürfen. Es ist nur ein Gerücht. Du weißt doch, darauf soll man nichts geben.«

Ich winkte ab. »Schon gut.«

»Nein, nicht gut. Mit so was platzt man nicht raus. Das war –«

Hufgeklapper hallte durch die Stallgasse. Wir drehten gleichzeitig unsere Köpfe.

»Bo!«, rief ich und rannte auf meine Stute zu. Ich schlang die

Arme um ihren Hals. Genoss ihren warmen Pferdeatem, den sie mir über die Schulter blies.

Ihr könnt Euch nicht vorstellen, wie erleichtert und glücklich ich war. Für einen Moment hatte ich alle Sorgen vergessen.

Bo war zurück. Wo immer sie auch gewesen sein mochte. Nichts anderes zählte.

Bis Mike mich abrupt in den Wahnsinn meines Alltags zurückholte.

»Was ist denn mit ihr passiert?« Er stand seitlich hinter Bo und zeigte auf ihre Kruppe.

Ich löste meine Arme von ihrem Hals und ging zu ihm. Bos Kruppe und ihre hintere Flanke waren mit roten Zeichen bedeckt, die mir irgendwie bekannt vorkamen. Ich fuhr mit der Hand darüber. Ins Fell eingetrocknete Farbe. Ich benetzte meinen Finger mit Spucke und begann zu rubbeln, doch die Farbe interessierte mein Putzversuch nicht im Geringsten.

»Permanente Sprayfarbe?«, fragte Mike. »Das warst aber nicht du, oder?«

»Natürlich nicht!« Wut schoss in meinen Magen und kickte das Glücksgefühl hinaus. Meine Stute war doch keine Graffitiwand!

Mike fuhr ebenfalls über die Farbe. »Das sind Yowama-Zeichen.« Er schüttelte nachdenklich den Kopf. »Hast du eine Erklärung dafür?«

Yowama-Zeichen?!

Verdammt.

Damit war ziemlich klar, wer Bo so zugerichtet hatte.

Ray.

Aber warum tat er mir das an?

Er wusste, wie wichtig Bo für mich war! Er hätte jedes andere Pferd nehmen können – dass er Bo gewählt hatte, war eine Botschaft an mich.

Und ich konnte mir denken, welche Botschaft das war: *Halte dich fern von mir.*

Meine Mundwinkel begannen verräterisch zu zittern. Ich wandte mich ab und führte Bo in ihre Box, denn ich wollte nicht, dass Mike mich so sah.

»So was«, murmelte er und folgte mir dummerweise. Ich presste meine Lippen zusammen und versuchte das Zittern unter Kontrolle zu bringen. »Bei euch arbeitet nur ein Greeny, oder?« Ich nickte. »Also kann nur der es gewesen sein.« Mike rieb die Finger gegeneinander, ein Zeichen, dass er intensiv nachdachte, wie ich inzwischen festgestellt hatte. »Dann hat dein Vater ihn also gefeuert und er hat sich dafür gerächt. Ich hab mir so was schon gedacht.«

»Bitte?«, fragte ich verwirrt.

»Na, wegen Dowby.« Mike legte den Kopf schief. »Komm schon, Josie, du dachtest nicht ernsthaft, dass es geheim bleibt, oder? Jeder, der gestern in Billy's Diner war, weiß, dass der *Indianer* auf eurer Ranch Dowby die Nase gebrochen hat. Er hat damit geprahlt, dass er den Greeny dafür hinter Gitter bringen wird. Und euch will er auf Schmerzensgeld verklagen.«

Eigentlich hatte ich von Dowby genau das erwartet. Dennoch trafen mich Mikes Worte mit der vollen Wucht eines Baseballschlägers.

»Er hat angefangen«, sagte ich bitter. »Er hat Ray provoziert. Seinetwegen bin ich fast totgetrampelt worden und dann hat er das Ganze auch noch gefilmt. Ray hat sich nur gewehrt.«

»Kannst du das beweisen?«

»Ich kann es bezeugen.«

»Dann steht Aussage gegen Aussage.« Mike stupste mich aufmunternd an. »He, dann sieht es doch gar nicht so schlimm aus. Zwei Stimmen gegen eine.«

Du hast ja keine Ahnung, dachte ich. *Nicht schlimm.* Eine Schülerin und ein toter Greeny gegen einen angesehenen Geschäftsmann mit gebrochener Nase. Das Einzige, was wir dabei gewinnen konnten, war die Wette, dass wir verlieren würden.

Ich zeigte auf die roten Zeichen auf Bos Fell. »Weißt du, was das bedeutet?«

»Nein«, sagte er mit Bedauern in der Stimme. »Ich kann zwar halbwegs Yowama sprechen, aber die alten Schriftzeichen habe ich nie gelernt.« Er deutete auf zwei kunstvoll verschlungene Zeichen. »Das ist eines der wenigen, die ich erkenne. Es bedeutet Gnade.«

Gnade. So völlig aus dem Kontext gerissen, konnte ich mit dem Wort nur wenig anfangen. Vielleicht, dass Ray Bo verschont hatte. Ihr Gnade gewährt hatte? Gedankenverloren fuhr ich durch Bos zerzauste Mähne, als ich an etwas hängen blieb. Ich sah genauer hin. Schloss meine Hand um die fingergroße, in Bos Mähne eingeflochtene Rolle, während mein Pulsschlag seine Geschwindigkeit verdoppelte.

»Ich muss los«, sagte Mike und klopfte mir freundschaftlich auf die Schulter. »An eurer Stelle würde ich mich von dem Greeny distanzieren. Das würde eure Chancen bei einer Gerichtsverhandlung deutlich verbessern. Und ...«, er zuckte verlegen die Schultern, »du magst den Greeny, ich weiß, aber es war ziemlich bescheuert, sich von Dowby provozieren zu lassen. Der Typ ist gerissen. Ihm die Nase zu brechen war ... dumm. Der Greeny hätte an die Konsequenzen für euch denken müssen und Dowby nach Feierabend außerhalb der Ranch vermöbeln sollen. So viel Selbstbeherrschung muss sein.«

Ich nickte und flehte, dass er schnell gehen möge, damit ich endlich den Zopf aufflechten konnte.

»Gut«, sagte er. »Dann ... bis bald.«

Kaum war Mike durch die Stalltür, löste ich das Gummiband und dröselte den Zopf auf. Dabei zog ich vorsichtig das Lederpergament heraus, das Ray in die Mähne eingeflochten hatte, und entrollte es.

Es ist Zeit, Abschied zu nehmen, Rodeo-Girl.

10 Uhr am Kwaohibaum.

In Liebe, Ray

Ich starrte auf die Worte, bis sie vor meinen Augen zu einer unruhigen schwarzen Linie verschwammen.

Es ist Zeit, Abschied zu nehmen.

Nein!, schrie es in mir. *Es ist nicht Zeit, Abschied zu nehmen.* Es würde nie, nie, nie Zeit sein, um Abschied zu nehmen! Und gleichzeitig wusste ich, dass Ray das Richtige tat. Dass seine Anwesenheit auf der Ranch zu gefährlich wurde, das Böse in ihm zu unberechenbar.

Ich hatte gewusst, dass dieser Moment kommen würde. Wusste es, seit Ray sich mir vor drei Tagen offenbart hatte. Ich wusste, dass er gehen musste – so oder so.

Nur leider passte das, was ich dachte, und das, was ich fühlte, in keinster Weise zusammen. Mein Kopf befand sich auf Kollisionskurs mit meinem Herzen.

Und das tat weh.

KAPITEL 25

KURZ VOR ZEHN stand ich vor unserem Kwaohibaum und hielt nach Ray Ausschau. Trotz des sonnigen Morgens war es im Wald düster. Düsterer als sonst, zumindest kam es mir so vor.

Da raschelte es hinter mir. Doch ehe ich mich umdrehen konnte, hatte Ray mich schon an sich gerissen. Er presste seine Lippen auf meinen Mund. Küsste mich, wie er mich nie zuvor geküsst hatte. Wild und fordernd.

Und wütend.

Verunsichert erwiderte ich seinen Kuss. Dieser Ray war so anders als jener, der mich vor ein paar Tagen zum ersten Mal in den Armen gehalten hatte. Er war ungezügelter. Gieriger. Seine Hände wanderten ruhelos über meinen Körper, als wollten sie ihn ein letztes Mal erkunden und so viele Eindrücke abspeichern wie nur möglich. Schließlich löste ich energisch seine Hände von mir und beendete den Kuss.

»Hör auf«, keuchte ich, »ich will nicht, dass unser letzter Kuss *so* ist.«

»Wie ist?«

»So.« Ich trat einen Schritt von ihm weg. »Das war kein Kuss, das war ein Überfall.«

Seine Schultern sackten nach unten. Betroffen streckte er seine Hand nach mir aus, zog sie dann abrupt wieder zurück. Auf seinen Lippen erschien ein schmerzliches Lächeln. »Deshalb ist es Zeit, Abschied zu nehmen. Ich...« Er schluckte, der Ausdruck auf seinem Gesicht so gequält, dass ich spontan die Hand nach ihm ausstreckte. Doch diesmal wich *er* zurück. »Ich kann es nicht mehr richtig kontrollieren.«

»Nein!«, rief ich panisch. Hätte ich nur nichts gesagt! Jetzt hatte ich ihm noch Munition dafür geliefert, warum dies hier unser letztes Treffen sein sollte. »Ich kann dir helfen, es zu kontrollieren. Gestern habe ich dich davon abgehalten, Dowby zu Brei zu schlagen. Es hat funktioniert!«

Sein Gesicht verdunkelte sich. »Gestern warst du kurz vor Mitternacht hier am Kwaohibaum, obwohl ich dir gesagt habe, du sollst nachts in deinem Zimmer bleiben.«

»Ich bin eingeschlafen«, sagte ich kleinlaut.

»Du hast dich in Gefahr gebracht! Verdammt! Ich hätte dir etwas antun können.«

»Aber du hast mir nichts getan«, erwiderte ich trotzig.

»Ja, weil ich mir Bo geschnappt habe und mit ihr so weit weggeritten bin, bis die Kraft des Amuletts kaum noch zu spüren war.« Seine Augen funkelten dunkelgrün. »Ich musste vor dir fliehen!«

»Aber beweist es das nicht? Du hast Bo –«

»Josie.« Er trat zu mir und umfasste meine Schultern. »Du bist eine Gefahr für das Böse in mir, und deshalb wird es versuchen dich zu vernichten, verstehst du?« Er schluckte so hart, dass sein Kehlkopf auf und ab hüpfte.

Ich verstand nichts. Starrte nur auf sein Gesicht. Auf den abweisenden Ausdruck, der so sehr in Widerspruch zu seinen Augen stand, die mir unermüdlich ein und dieselbe Nachricht schickten: *Ich liebe dich.*

»Ray«, sagte ich, »du wirst mir nichts antun. Du –«

Ungestüm stieß er mich von sich. »Nein? Werde ich nicht?« Er packte einen Ast des Kwaohibaums und riss ihn ab. Krachend brach er ihn entzwei. »In den bösen Stunden habe ich nur ein Ziel: Dich zu töten! Kapier das endlich!«

Erschrocken starrte ich ihn an. *Töten?*

Weil ich dem Bösen in ihm gefährlich wurde?

Unbewusst wich ich zurück. Ich erinnerte mich an die entfesselte Wut, als er auf Dowbys Handy eingedroschen hatte, an die fast schwarzen Augen, als er wie von Sinnen gewesen war.

Ray *war* gefährlich. Auch wenn er mich liebte. Er konnte Metall verknoten. Er war unverletzbar. Er würde durch nichts zu stoppen sein, wenn er erst einmal richtig in Rage geriet. Und doch ... hier stand ich. Vor ihm. Unversehrt.

Obwohl er mich längst hätte töten können.

»Du hast mich aber nicht getötet«, sagte ich leise.

»Ja, weil ich dein Zimmer mit einem Schutzzauber versehen habe!« Er warf den zerbrochenen Ast zu Boden. Mit einem Satz stand er wieder dicht vor mir und hob die Arme, als wolle er sie um mich legen. Doch er berührte mich nicht. »Josie, wach auf! Das hier ist kein Spiel. Du musst in deinem Zimmer bleiben, solange ich keine Kontrolle über mich habe. Heute ist der neunte Tag. Das heißt, ab Mitternacht bin ich neun Stunden lang unzurechnungsfähig. Und ich spüre, wie das Böse auch tagsüber mehr und mehr von mir Besitz ergreift. Denk an Dowby gestern. Ich bin Yowama! Ich würde niemals auf jemanden einschlagen, wenn er schon am Boden liegt! Begreif es: Ich kann nicht bleiben!«

»Ein... Schutzzauber?«, wiederholte ich verdattert. »Wie? Wo?«

»Die Schutzzeichen sind auf deinem Fenster. Sie sind für dich nicht sichtbar.«

Die Regenzeichen in dem Gewitter! Natürlich! Nun wusste ich, warum mir die Zeichen auf Bos Fell so bekannt vorgekommen waren. Die gleichen hatte ich auf meinem Fenster gesehen. In meinem Kopf ratterte es. »Dann... dann hast du Bos Fell mit den Zeichen versehen, um sie zu schützen?«

»Ja. Bo ist deine Stute. Sie ist dir wichtig und damit ist sie ein Ziel.« Er verzog das Gesicht, seine Stimme klang bitter. »Wenn ich dich schon nicht töten kann, sollst du mich wenigstens hassen.«

Wieder waren seine Augen fast schwarz. Dann sah er zu Boden, als ertrage er es nicht, mich weiter anzuschauen, und ich war mir sicher, dass er gerade mit sich selbst kämpfte. Der gute Ray gegen den bösen. Es war furchtbar. Ich spürte, wie er litt, und ich wollte ihn berühren, mich an ihn schmiegen, ihm versichern, dass wir das alles gemeinsam durchstehen würden. Doch ich berührte ihn nicht. Ich wusste, dass ich genau das jetzt nicht tun durfte.

»Warum bist du dann auf Bo weggeritten und nicht auf einem anderen Pferd?«, fragte ich sanft.

Er sah hoch. Das Gesicht verzerrt, die Lippen zusammengepresst. Aber seine Augen schickten mir noch immer seine Liebe. In seinem Gesicht spiegelte sich genau das, was ich eben gespürt hatte – der Kampf mit sich selbst.

Der Kampf gegen die Liebe zu mir. Eine Liebe, die nicht sein durfte.

Weil sie gefährlich war.

Für mich.

Ich stand völlig still.

»Weil Bo dich liebt«, antwortete er schließlich. »Als ich ihr gesagt habe, dass sie mich von dir wegbringen und nicht zu dir zurücklassen soll, wusste sie genau, was sie zu tun hatte. Und du weißt das auch! Du weißt, dass du dich nachts von mir fernhalten sollst, aber du verhältst dich total unvernünftig! Verdammt!«

Ich sah ihn mit offenem Mund an. Ray hatte völlig recht. Ich musste endlich der ganzen, brutalen Wahrheit ins Auge sehen: Ray war tot. In ihm wuchs etwas Böses, das jeden Tag mehr Kontrolle über ihn gewann und ihn jeden Tag mehr zur Gefahr für mich werden ließ. Ich musste endlich aufhören so zu tun, als wären wir die Helden eines Liebesromans, deren Liebe allen Widrigkeiten trotzen konnte.

Denn das hier war keine Geschichte mit Happy-End-Garantie. Im Gegenteil: Ich war genau deshalb in Gefahr, *weil* Ray mich liebte.

So gemein und vertrackt ist nur das wahre Leben. Denn da besiegt das Gute nicht das Böse, sondern der Starke den Schwachen.

Ich verstand, warum es *vernünftig* war, hier und jetzt Abschied zu nehmen. Und dennoch rebellierte mein Herz. Ich konnte Ray doch nicht ohne Amulett ziehen lassen!

»Bitte, Ray, tu das nicht! Wir brauchen mehr Zeit für die Suche!«, flüsterte ich. »Lass uns eine Lösung für meine Sicherheit finden.«

Ray hob seine Arme erneut. Ganz langsam. Als kämpfe er noch immer mit sich. Zögernd legte er sie um mich und lehnte seinen Kopf an meinen. Sanft wiegte er mich hin und her, wie zum Takt einer langsamen Musik, die nur für seine Ohren bestimmt war.

In meinem Kopf arbeitete es fieberhaft. Ich musste eine

Lösung finden und hatte verdammt wenig Zeit dafür – und noch weniger Ideen. Genau genommen nur eine, von der ich mir jedoch sicher war, dass er sie ablehnen würde.

»Ich gehe zu deinen Eltern«, sagte ich und hob meinen Kopf, damit ich ihn ansehen konnte.

Ray blinzelte irritiert. »Das geht nicht.«

»Warum? Weil ich keine Yowama bin und sie nicht wissen dürfen, dass wir uns lieben? Das müssen sie auch nicht.«

»Nein«, begann er, doch ich unterbrach ihn, bevor er mir den nächsten, gewichtigeren Grund nennen konnte – ich hatte ihn nämlich bereits bedacht.

»Sie müssen auch nicht wissen, dass ich euer Geheimnis kenne. Ich sage einfach, du hast mich geschickt. Und dass es ein Problem wegen eines Amuletts gibt.«

»Lässt du mich bitte ausreden?«

»Nicht wenn du mich davon abhalten willst, das Richtige zu tun.«

»Du kannst nicht zu meinen Eltern, weil –« Ich holte Luft und setzte zum Protest an, doch er legte seinen Finger auf meinen Mund. »Weil du ohne Amulett nicht dorthin findest. Niemand findet ohne Amulett zu unserem Dorf. Nicht einmal ich.«

Ich musste ihn angesehen haben wie einen Pinguin in der Sahara, denn seine eben noch so angespannten Gesichtszüge zerflossen zu einem belustigten Lachen.

»Ohne Amulett wird der Wald für dich zu einem Labyrinth, aus dem du nicht mehr hinausfindest.«

Geht ihr in den Wald, wird er euch verschlingen. Tausend Mal hatte meine Oma mich als Kind gewarnt. *Geh niemals mehr als fünfzig Meter hinein, er gibt dich nicht mehr frei, Josephine,* hat sie immer gesagt. Und ich hatte mich daran gehalten. Denn der Respekt vor dem Wald und seinen gut getarnten Sumpflöchern war mir seit meiner frühesten Kindheit so intensiv eingeimpft worden, dass ich ihn nie hinterfragt habe.

Man geht nicht in den Wald nördlich der Farm. Punkt.

Um zu den Yowama zu gelangen, muss man jedoch durch den Wald nördlich der Farm. Wenn man von Angels Keep aus losfährt, kann man die ersten zehn Meilen auf einer geteerten Straße fahren. Dann erreicht man den verbotenen Wald und die Straße wird zu einem Schotterweg.

Das Problem dabei ist, dass sie nicht zu *einem* Schotterweg wird, sondern zu unzähligen. Sie verzweigt sich wieder und wieder, teilweise gibt es drei, vier, fünf Abzweigungen an einer Stelle und nicht ein einziges Schild.

Ich bin nur ein Mal mit meiner Mutter und einem mit ihr befreundeten Greeny zum Reservat gefahren. Ich war fünf, und doch erinnere ich mich genau an die rätselhafte Antwort des Greenys, als ich ihn fragte, woher er wüsste, welchen Weg er nehmen muss. *Ich weiß es, weil ich es wissen darf.*

Nun, endlich, nach elf Jahren ergab diese Antwort einen Sinn.

Da seufzte Ray und nahm meine Hand. »Du gibst nicht auf, oder?«

»Niemals.«

»Dann werde ich dir jetzt zeigen, warum du diesmal aufgeben musst. Das heißt, wenn du das möchtest – es... es ist ziemlich heftig.«

»Natürlich möchte ich«, sagte ich schnell und fragte mich, was er mir wohl zeigen konnte, das erstens derart schlimm war und mich zweitens zum Aufgeben bewegen sollte.

Ray führte mich in den Wald, bis deutlich über die Fünfzig-Meter-Verbotslinie.

»Ray?«

Er drehte sich um. »Ja?«

»Wenn du den Weg zu deinem Dorf nicht findest, warum findest du dann den Weg durch den Wald?«

»Solange ich im Kraftfeld meines Amuletts bin, führt es mich. Aber die Reichweite hört weit vor unserem Dorf auf. Ich hab es schon ein paarmal ausprobiert.«

Dann waren wir vor dem mächtigen Kwaohibaum angelangt.

Ray blieb stehen und drehte sich zu mir um. Sanft strich er eine Strähne aus meiner Stirn. »Hör zu, Josie«, sagte er, und ich erschrak über den besorgten Ausdruck in seinem Gesicht. »Wir gehen da jetzt rein. Und egal was du siehst oder hörst, egal was du fühlst, lauf nicht zurück. Hast du gehört? Sonst kommst du nie wieder raus. Und lass auf keinen Fall meine Hand los. Keine Sekunde.« Er versenkte seine grünen Smaragdaugen in meine und ich sah die Frage darin: *Bist du sicher, dass du das tun willst? Bist du dem gewachsen?*

»Ja«, murmelte ich, obwohl ich keine Ahnung hatte, was er mit »sonst kommst du nie wieder raus« meinte. Der Baum war hohl und hatte einen Durchmesser von knapp zwei Armlängen. Wie sollte ich mich darin verlaufen?

»Nicht loslassen!«, sagte er ein letztes Mal, und ich kann mich im Nachhinein nicht mehr erinnern, ob er das wirklich gesagt hat oder ob es seine grünen Augen waren, die mir den Befehl geschickt haben.

Wir schlüpften in den Baum, meine Hand in Rays eisernem Griff. Kaum traten wir über die Schwelle ins Innere, hatte ich das Gefühl, der Baum würde uns verschlucken. Es war eisig. Noch viel, viel kälter als bei unserem letzten Besuch. Und es war dunkler. Ich blieb so dicht bei Ray, dass unsere Arme bei jedem Schritt aneinanderrieben. Alles war sehr seltsam. Denn anstatt nach einigen Schritten auf die Innenseite des Baumes zu stoßen, irrten wir durch ein Tunnelsystem, das sich stets aufs Neue verzweigte. Schon bald hatten wir ein unendliches Gewirr von Gängen hinter uns, und mit jedem Schritt, den wir tiefer in den Tunnel eindrangen, wurde es noch kälter. Ich krallte mich an Rays Hand fest. Niemals würde ich den Weg allein zurückfinden!

Plötzlich spürte ich, wie sich etwas in mir veränderte. Alles fühlte sich mit einem Mal vollkommen trostlos an. Mein Leben tanzte in grauen Bildern an mir vorbei, was mir sonst Freude bereitet hatte, war nun eine Last. Bo und Hisley zu reiten. Mich mit Ray um die Mustangs zu kümmern. Die Ranch am Laufen zu halten. Mit Dana und Gabriel in die Schule zu gehen. Egal was es war, egal wie sehr ich es geliebt hatte, nichts schien mehr einen Sinn zu haben. Es war, als wäre ich von allem ausgeschlossen. Meine liebsten Menschen dagegen zogen fröhlich an mir vorbei. Ohne sich auch nur eine Sekunde für mich und mein Leid zu interessieren. Als existiere ich nicht. Genauso fühlte ich mich: Ich existierte nicht. Ich war nichts als eine leere Hülle, die ebenso gut entsorgt werden konnte. Wieder verzweigte sich der Tunnel und Ray schleifte mich in einen neuen Gang. Er war noch kälter und noch dunkler und mit jedem Schritt wuchs eine unkontrollierbare Wut in mir. Die Trostlosigkeit verebbte, zurück blieb die rasende Wut. Auf meinen Vater. Patrick. Ray. Dana. Gabriel. Ich sah Dana und Gabriel im Virtual Reality Dome. Sie spielten und amüsierten sich. Ich sah meinen Vater und Patrick beim Abendessen. Sie schmiedeten große Pläne für die Ranch. Ohne Bo. Ohne Mustangs. Als gäbe es mich nicht. Ich sah Ray mit Sarah. Er zeigte ihr seine Tricks, brachte sie zum Lachen. Ich hasste sie alle. Hasste ihre Lebensfreude, von der ich ausgeschlossen war. Je mehr sie lachten, desto wütender wurde ich, und je wütender ich wurde, desto mehr floss die Kraft in mich zurück. Aber es war keine gute Kraft. Sie war gemein und zerstörerisch. Ich malte mir Dinge aus, die ich ihnen antun würde, um ihnen ihr dämliches Strahlegrinsen aus dem Gesicht zu wischen. Ich wollte zur Farm zurück und meiner Wut freien Lauf lassen. Es war höchste Zeit, ihnen zu zeigen, dass sie so nicht mit mir umspringen konnten.

Ich riss mich los. Oder besser: Ich versuchte mich loszureißen, trat und schlug um mich.

»Lass mich los!«, brüllte ich Ray an. Er sollte endlich meine Hand freigeben! Doch er gab nicht nach. Er schleifte mich weiter und weiter, ignorierte meine Tritte und Flüche – und plötzlich standen wir im Freien.

Ich blinzelte gegen das Licht. In mir herrschte heilloses Chaos. Die wahnsinnige Wut zerfloss wie Butter im Warmen, die verstörenden Bilder in meinem Kopf normalisierten sich wieder. Dennoch blieb etwas zurück. Ein Nachschwingen, wie ein schlechter Geschmack im Mund. Und die Eiseskälte, die meinen ganzen Körper zittern ließ.

Ray zog sein Hemd aus und legte es um mich. Besser gesagt er umhüllte mich. Mit dem Hemd, aber auch mit seinem Körper, seinen Armen. Mein Kopf ruhte an seiner Brust. Ich spürte seine warme Haut und taute langsam auf – äußerlich wie innerlich. Bis nur noch ein entsetztes Fragezeichen in mir zurückblieb und ich zu verstehen versuchte, wie ich eben noch bereit gewesen sein konnte, meinen liebsten Menschen auf dieser Welt grundlos den Kopf einzuschlagen.

»Begreifst du es jetzt?«, fragte Ray leise. Seine Lippen streiften wie Schmetterlingsflügel über meine Haare. »Ich bin nicht ich in diesen dunklen Stunden. Ich habe keine Kontrolle über mich.«

»Ja.« Ich schauderte. Bislang war Rays Aussage über seinen Zustand etwas gewesen, dessen Inhalt ich zu verstehen glaubte: Ray hat in den bösen Stunden keine Kontrolle über sich. Was bedeutet, dass er Dinge tut, die er eigentlich nicht tun will. Wie zum Beispiel eine Wasserleitung zerstören.

Doch in Wahrheit hatte ich keine Ahnung gehabt, was der Satz *wirklich* bedeutete. Welche Qualen Ray durchlitt. Welche Macht das Böse über ihn besaß.

»Dann weißt du jetzt, warum wir Abschied nehmen müssen.« Ray senkte seinen Kopf und sein Mund strich sanft über meine Wangen. »Ich werde aus dem Kraftfeld meines Amuletts gehen. Ich gehe so weit, bis ich alle Lebenskraft verloren habe. Dann bin ich keine Gefahr mehr für dich und deine Familie.«

Sofort überschwemmte mich eine Bilderflut. Ray, wie er zusammenbrach. Allein im Wald lag, bewegungsunfähig und hilflos. Wie Tiere an ihm schnupperten, Fliegen sich auf ihm niederließen, ihn bedeckten. Wie er Stunde um Stunde dieser zerstörerischen inneren Wut ausgesetzt war. Ich schüttelte die Bilder ab. Das durfte ich nicht zulassen! Er hatte seinen Plan nicht zu Ende gedacht!

»Nein«, rief ich panisch. »Das ist ein totaler Scheißplan!«

Sein Kopf schnellte nach oben. Er hielt mich auf Armeslänge von sich, und für einen Moment dachte ich, er würde mich schütteln. Seine Augen verengten sich zu funkelnden Schlitzen.

»Und dann?«, fragte ich schrill. »Wenn du dich verwandelt hast? Was passiert dann? Was, wenn du zurückkommst und vollendest, wovor du jetzt davonläufst?«

Ein Schatten legte sich über sein Gesicht. »Ich weiß nicht, *was* passiert, wenn ich mich verwandle. Aber ich glaube nicht, dass *das* passieren wird. Ich glaube, dass du dann keine Gefahr mehr für das Böse in mir bist. Und damit bist du auch nicht mehr sein Ziel.«

»Kapierst du denn nicht?«, rief ich verzweifelt. »Wir müssen dieses verdammte Amulett finden. Das ist die einzige Lösung, die infrage kommt!«

Sanft zog er mich wieder an sich und lehnte seinen Kopf an meinen. »Rodeo-Girl«, flüsterte er, seine Stimme beruhigend, als tröste er ein weinendes Baby. »Wir haben überall gesucht, wo wir nur suchen konnten. Die Ranch ist zu groß. Es kann *irgendwo* vergraben sein. Vergiss das Amulett.«

»Nein.« Ich hob den Kopf und suchte seinen Blick. »Wenn es umgekehrt wäre. Wenn ich an deiner Stelle wäre. Würdest du mich irgendwohin ziehen lassen, wo ich einfach zusammenbreche und hilflos dieser Seelenfolter ausgesetzt bin? Und dann zu einer Ewigkeit im Dunkeln verbannt werde? Oder als böses Etwas, das dich jagt?«

Er senkte seinen Blick.

»Sieh. Mich. An.« Ich nahm seinen Kopf in die Hände und zwang ihn, mich anzuschauen. »Würdest du mich diesem Schicksal überlassen, obwohl noch fünfzehn Tage Zeit sind, um mich zu retten?«

Ich erkannte den Kampf seiner Gefühle in seinen Augen. Das Grün flackerte von einer Schattierung zur nächsten, von Neon zu dunkelstem Moosgrün. Und ich erkannte das Flehen darin, die Frage zurückzunehmen.

»Würdest du mich im Stich lassen?«, fragte ich erneut. »Nachdem du erlebt hast, welche Qualen ich durchleiden muss?«

»Natürlich nicht«, knurrte er wütend und wandte sich von mir ab. Ich sah seine Faust, hörte, wie sie gegen den Baum krachte. Doch es störte mich nicht, denn ich wusste, ich hatte gewonnen.

»Dann verlang es nicht von mir.«

Seine Faust krachte erneut gegen den Baum. »Verdammt, Josie! Du bist... bist...«

»Stur?«, half ich ihm aus.

»Unmöglich«, grollte er. Dann zog er mich an sich. »Ich liebe dich, Rodeo-Girl. Du bist das ungewöhnlichste Mädchen, dem ich je begegnet bin. Ich wünschte, ich könnte die Zeit zurückdrehen zu dem Tag, als wir uns das erste Mal gesehen haben. Ich wünschte, ich hätte dich in der Eisdiele nicht einfach auf deine Füße zurückgestellt, sondern wäre mit dir weit, weit weg gegangen. Ich wünschte –«

Diesmal legte *ich* einen Finger auf seine Lippen.

»Ich wünschte, du würdest mich küssen.«

KAPITEL 26

»UND LOS!« Ächzend ließ sich Dana auf den Beifahrersitz meines Miniautos plumpsen. »Das Amt macht in einer halben Stunde zu.«

»Erklär mir noch einmal, wonach du suchst.« Ich wendete und fuhr zügig die Einfahrt entlang zur Straße. »Und bitte so, dass ich es verstehe.«

»Ganz einfach«, sagte Dana. »Ich hab den Vertrag aus euren Unterlagen rausgesucht und geschaut, ob es eine Lücke gibt, damit ihr doch verkaufen könnt. Falls Patrick das vorhat –«

»Was wir nicht wissen«, warf ich ein.

»Was aber sehr wahrscheinlich ist«, erwiderte Dana sofort. »Es muss ein Angebot geben – oder glaubst du, Eli Brown wälzt sich zum Spaß durch eure Finanzen? Und wir wissen beide, dass euch das Wasser bis zum Hals steht und Patrick verzweifelt nach dem Stöpsel taucht.«

Das stimmte allerdings. Ich musste nur an seinen Vorschlag mit den Bullriding-Stunden denken. Das ließ sich auf jeden Fall unter der Kategorie Stöpseltauchen verbuchen. »Okay. Und gibt es eine Lücke?«

»Yep.« Sie wedelte zwei kopierte Seiten des Kaufvertrages durch die Luft. »Die Ranch und das Land oder Teile davon können ohne Mitsprache der Yowama an Familienangehörige der Besitzer verkauft werden. Und bei einem Verkauf an Familienangehörige – jetzt pass auf – ist auch der Preis frei bestimmbar und ein etwaiger Gewinn fällt nicht dem Yowama-Trustfund zu, sondern dem Verkäufer.«

Ich bog auf die Hauptstraße ab. »Und? Dad kann also an Patrick verkaufen. Was soll das bringen?«

»Määp.« Dana klatschte auf ihre Tasche, als wäre sie ein Quizshow-Buzzer. »Das war leider die falsche Antwort, Miss O'Leary. Sie haben nicht aufgepasst. Ihr könnt nämlich an die Angehörigen *der* Besitzer verkaufen, und das, Miss O'Schlampigzuhörerin, schließt auch die Angehörigen von Theobald Dervine ein. Und davon dürften so einige rumkreuchen. Er soll seinen Samen großzügig gestreut haben, heißt es.«

»Du bist… echt Hammer!«, sagte ich mit ehrlicher Bewunderung.

»Nenn mich Conan, Babe.« Sie zwinkerte mir zu, und ich versuchte sie mir kurz als den vorwitzigen Manga-Detektiv vorzustellen, dessen Comichefte sie mit Vorliebe verschlang.

»Und jetzt willst du auf dem Amt die Geburtenregister einsehen, um festzustellen, ob Eli Brown ein Nachfahre von Theobald Dervine ist.«

»Das ist… rrrrichtig!« Sie grinste ihr Dana-Grinsen und irgendwie machte mich das einen Moment lang glücklich. Es war, als könnte sie mit der richtigen Information alle unsere Probleme lösen, was natürlich nicht der Fall war, und ich denke, das wussten wir beide. Aber sie verfolgte eine Spur, und das war gut. Es bewegte sich etwas.

»Und du? Warum musst du so dringend in die Stadt?«

»Ich –«

»Halt, bevor du weiterredest, muss ich dir noch etwas von Gabe ausrichten, sonst vergess ich es. Wegen der Reitwesten. Er will wissen, ob du den Trailer gecheckt hast.«

»Mist.« Ich stöhnte. Das war mir nach dem Treffen mit Ray völlig durchgerutscht.

»Worum geht's denn?«

»Gabriel sollte gestern die Westen in den Trailer zurückhängen, du weißt schon, den mit der toten Ratte.« Dana zog eine angeekelte Grimasse, und ich war froh, dass sie nicht dabei war, als wir das zermatschte Tier gefunden hatten. »Er hat die Westen dann aber doch im Schuppen gelassen, weil es im Trailer immer noch stinkt. Sagt Gabe. Nicht nach Ratte, sondern wie bei seiner Oma, wenn sie Backfisch frittiert.«

»Besser als tote Ratte«, sagte Dana.

»Aber nicht ideal.« Ich machte mir eine mentale Notiz, bei meiner Rückkehr als Allererstes den Trailer zu überprüfen.

»Also, wo fährst du hin?«, fragte Dana.

»Ich lass mir ein Tattoo stechen.«

»Waaas?«, kreischte sie. »Nicht dein Ernst! Und dein Vater? Der kriegt 'nen Anfall!«

»Mein Vater hat sehr wahrscheinlich eine Viehtränke in die Luft gesprengt. Ich würde sagen, dagegen ist ein Tattoo ziemlich harmlos.«

»Jetzt mal im Ernst.« Dana sah mich streng an. »Du lässt dir doch kein Tattoo stechen, während um dich herum alles zusammenbricht. Was machst du wirklich?«

Wir passierten den Ortseingang. *Angels Keep wünscht einen unvergesslichen Aufenthalt* stand in großen Buchstaben auf einem Schild. Ich dachte an Ray. An die vermissten Yowama.

Unvergesslich ... Ich verzog das Gesicht angesichts der unfreiwilligen Ironie, die in diesem Gruß steckte.

»Hallo? Was du wirklich machst, habe ich gefragt!«, rief Dana ungeduldig.

»Mir ein Tattoo stechen lassen«, wiederholte ich. »Es soll mich vor Ray schützen.« Ich warf einen Seitenblick auf Dana, der ich als Einziger vom Sinn und Zweck der Zeichen auf Bos Fell erzählt hatte, und bemerkte ihre gekräuselte Nase. Selbst nach allem, was bislang passiert war, fiel es ihr offenbar schwer, ihre Grundskepsis einfach mal beiseitezuschieben. »Frag mich nicht, *wie* das funktioniert, ich weiß nur, dass Ray mir nichts antun kann, wenn ich das Tattoo trage.«

Ich wollte Dana von Rays Abschiedswunsch erzählen. Von seiner Panik, mich in seinen dunklen Stunden zu töten. Von meinem Erlebnis im Kwaohibaum. Doch ich konnte nicht. Schon bei der Erinnerung daran wurde mir eisig kalt. Ich schämte mich für die Wut und den Hass und den Neid, den ich empfunden hatte. Für den totalen Kontrollverlust und den Wunsch, selbst Dana zu verletzen...

»Ah! Verstehe. So wie bei Bo?«, fragte Dana nach kurzer Denkpause.

»Etwas dezenter«, antwortete ich. »Das dauert ungefähr zwei Stunden. Ich dachte, du nimmst das Auto. Dann kannst du erst aufs Amt und danach noch bei deinen Eltern vorbeischauen – oder dich umhören, ob in den letzten Tagen noch mehr ungewöhnliche Dinge passiert sind. Und anschließend holst du mich wieder ab. Um...«, ich linste zur Uhr, »...halb drei.«

Dana salutierte. »Detektiv Conan steht stets zu Ihren Diensten.«

Ich hielt vor einem kleinen Laden, dessen Schaufenster mit unzähligen verbleichten Bildern von nackter bemalter Haut zugepflastert war. Ein mulmiges Gefühl stieg in mir auf. Der Laden sah alles andere als vertrauenserweckend aus.

Nachdem Dana weitergefahren war, stand ich unschlüssig vor der Tür.

Denk an Ray! Du wolltest ihn nicht gehen lassen – und jetzt kneifst du vor ein paar schmuddeligen Bildern?

Entschlossen drückte ich die Klinke des kleinen Ladens hinunter und betrat das Tattoo-Studio. Die beklebten Schaufenster sorgten im Inneren für eine schummrige Atmosphäre. Mir war inzwischen so mulmig zumute, dass ich am liebsten wieder gegangen wäre.

Aber das kam nicht infrage. Laut Ray war dieses Tattoo meine einzige Chance, ihm helfen zu können. Nur das zählte.

Zaghaft ging ich zur Theke. Sie war aus Holz und mit kunstvollen Intarsien verziert. Vor einer altertümlichen Kasse samt Kurbel an der Seite stand eine Handglocke, davor ein Schildchen mit der Aufschrift »Bitte läuten«.

Mit der Hand über der Klingel schaute ich mich in dem Studio um. Ein Kribbeln überlief mich, als mein Blick auf eine Liege fiel, daneben ein Rolltisch mit Farben und einem handlichen Gerät, das ich für jenes Instrument hielt, mit dem mir gleich die Tinte unter die Haut injiziert werden würde. Ich stieß die Luft aus und drückte auf die Glocke.

Sogleich schwang ein heller Ton durch das Studio. Kurz darauf schob sich ein bunter Fransenvorhang zur Seite und ein Greeny trat aus einem Hinterzimmer. Er war schätzungsweise Anfang fünfzig und nur wenig größer als ich. Während er seinen schwarzen, geflochtenen Zopf über die Schulter schwang, musterte er mich aus neugierigen grünen Augen.

»Hallo«, sagte ich, »ich hätte gern ein Tattoo.«

»Ja, das wird hier oft gewünscht.« Er lächelte und ging zur Theke. Dort schlug er ein Buch mit schwarzem Einband auf. »Möchtest du einen Termin ausmachen?«

»Ich brauche es jetzt. *Sofort*«, fügte ich hinzu und legte so viel Dringlichkeit in das Wort *sofort*, dass es schrill klang.

Er zog die Brauen hoch, doch seine Lippen lächelten noch immer. Als lächelte er über *mich*. »So, so. Sofort«, sagte er. »Das muss ja wichtig sein.«

»Ist es.«

»Zeit hätte ich. Wie alt bist du?«

»Sechzehn«, antwortete ich wahrheitsgemäß, denn ich hatte keine Ahnung, dass eine ehrliche Antwort in diesem Fall ein Knockout-Kriterium war.

»Dann hast du sicher eine Einverständniserklärung deiner Eltern dabei.«

»Eine ... was?« Das konnte doch nicht sein! Ich war alt genug zum Arbeiten, Heiraten, Kinderkriegen, Autofahren ... aber für ein Tattoo benötigte ich die Unterschrift meines Vaters?

»Tja dann ...« Er klappte das Buch zu.

»Aber ... ich brauche das Tattoo. Es ist ...« Ich suchte nach einem Wort, das ihn davon überzeugen würde, bei mir eine Ausnahme zu machen. »... lebenswichtig.«

»Ja, das ist das Studio für mich auch.« Er lächelte mich immer noch freundlich an. »Und deshalb bekommst du ein Tattoo nur mit einer Einverständniserklärung deiner Eltern, sonst kann ich mein Studio hier schließen.«

»Aber ...«, rief ich verzweifelt.

»Schau, es ist ganz einfach«, sagte er. »Du holst dir die Unterschrift deiner Mutter und dann legen wir los. Ich habe bis sechs Uhr auf.«

»Meine Mutter ist tot. Und mein Vater ist gerade in Lakewood.«

Etwas flackerte in seinen grünen Augen auf. Jedenfalls betrachtete er mich plötzlich mit einem anderen Blick als zuvor. »Josephine O'Leary?«

»Ja.«

Er kam um die Theke herum und reichte mir die Hand. »Sam. Du kannst dich wahrscheinlich nicht mehr an mich erinnern.«

Erinnern? Ich war zu perplex, um zu antworten. Ich hatte diesen Greeny noch nie gesehen und wusste auch nicht, bei welcher Gelegenheit ich den Besitzer eines Tattoo-Studios hätte kennenlernen sollen.

»Du, deine Mutter und ich sind zusammen ins Yowama-Reservat gefahren. Vor... zehn Jahren?«

»Elf«, korrigierte ich ihn. An meine einzige Fahrt ins Reservat erinnerte ich mich gut, sehr gut sogar, aber *ihn* hätte ich beim besten Willen nicht mehr wiedererkannt.

»Gut, Josephine, ich mache dir einen Vorschlag – du rufst deinen Vater an, und wenn er mir am Telefon mündlich sein Einverständnis gibt, legen wir los.«

»Okay.« Ich glaubte zwar nicht, dass mein Vater mitspielen würde, aber einen Versuch war es wert. Ich zog mein Handy hervor und hoffte, dass es hier funktionierte. Als das Freizeichen ertönte, atmete ich erleichtert auf – bis ich auf der Mailbox meines Vaters landete. »Dad«, sagte ich enttäuscht. »Bitte ruf mich sofort zurück, wenn du das abhörst. Danke.«

»Tja«, sagte Sam bedauernd. »Tut mir leid. Wenn du willst, kannst du hier warten, bis dein Vater zurückruft.«

Ich nickte. »Danke.«

»Vielleicht magst du dich ja in der Zwischenzeit umsehen. Oder weißt du schon, was du willst?«

»Ray hat gesagt, Sie wüssten, was ich brauche.«

Seine Augenbrauen schnellten nach oben. »Was sagst du da?«

»Ray meinte, ich solle zu Ihnen gehen und sagen, ich bräuchte ein Tattoo. Sie wüssten dann Bescheid.«

Nun trat ein gespannter Zug auf sein Gesicht. »Ray? Wie weiter?«

Ich hatte keine Ahnung.

Es war absurd, aber genauso war es. Ich wusste es nicht. Ich liebte ihn, aber ich wusste nicht, wie er mit vollem Namen hieß. Danach hatte ich ihn nie gefragt. Es war auch nicht wichtig gewesen. Er war Ray, die Liebe meines Lebens. Also blieb mir nichts anderes übrig, als die Schultern zu zucken. »Er arbeitet bei uns auf der Ranch.«

»Seit wann?« Der gespannte Zug in Sams Gesicht hatte sich verstärkt.

»Er hat vor neun Tagen angefangen. Er ist ein Gree... ein Yowama.«

»Kannst du ihn mir beschreiben?«

»Groß, lange Haare, eine kleine Lücke zwischen den Schneidezähnen –«

Plötzlich packte Sam meine Schultern. »Wo ist er jetzt?«

Erschrocken stammelte ich: »I...irgendwo in... in der Nähe der Ranch.«

Er ließ mich abrupt los. »Gib mir deine Hand.«

Zögernd streckte ich ihm die rechte Hand hin und er umfasste sie mit beiden Händen. Dann gab er einen überraschten Laut von sich und seine grünen Augen wurden dunkel. Schließlich ließ er meine Hand los.

»Was ist passiert?«, fragte er leise.

Ich zögerte. Durfte ich Sam Rays Geheimnis verraten?

»Seit wann ist Ray tot?«, fragte Sam eindringlich.

Verblüfft sah ich ihn an. Woher wusste er das? Wohl kaum, weil er meine Hand gehalten hatte – oder doch? Jedenfalls deutete ich sein unerklärliches Wissen als Zeichen, dass ich ihm vertrauen konnte. In kurzen, abgehackten Sätzen erzählte ich ihm alles, was ich wusste. Schließlich schloss ich mit der Frage: »Haben Sie nicht ein Amulett, mit dem Ray über die Deathline gehen kann?«

»Nein, leider nicht«, antwortete Sam und schüttelte bedauernd den Kopf. »Amulette sind nicht übertragbar. Ich habe zwar selber ein Amulett, aber es ist nicht wie Rays. Ich bin nicht für die Deathline bestimmt.«

»Dafür ist man ... bestimmt? Ist das so was wie eine Ehre?«

»Nein«, sagte Sam, »es ist eine Aufgabe. Meine Aufgabe ist zum Beispiel, hier zu sein.«

Ich unterdrückte ein »Hä?« und fragte: »Wie meinen Sie das?«

»Manche von uns müssen ihre Aufgabe in diesem Leben erfüllen, manche im nächsten. Ich erfülle meine in diesem. Ich bin einer der Außenposten.«

Sogleich dachte ich an Dads alte Westernfilme. Darin gab es immer Außenposten. Allerdings waren diese von Soldaten besetzt, die gegen Indianer kämpften, was hier wohl kaum der Fall sein konnte. »Außenposten wovon?«

»Vom Reservat. Ich halte Augen und Ohren offen, ob dem Reservat Gefahr droht, und warne meine Leute rechtzeitig. Du hast von den verschwundenen Yowama gehört?«

Ich nickte.

»Und auch von den Vorfällen bei den Wangs?«

»Ja. Auch von dem gestörten Telefonnetz. Meinen Sie ...«

Sam schien meine Gedanken zu lesen. Er nickte bedächtig. »Wir konnten es zwar bislang nicht überprüfen, aber ja, ich denke, dass die Ereignisse zusammenhängen.«

Unbehagliches Schweigen breitete sich zwischen uns aus. Dennoch brauchte ich Antworten, und das hier war offenbar meine beste Chance, welche zu bekommen. Aus irgendeinem Grund war Sam bereit, mir mehr anzuvertrauen, als ein Yowama sonst preisgeben würde.

»Sam?«, sagte ich deshalb. »Darf ich Sie etwas fragen?«

»Bitte.«

»Wissen Sie, was passiert, wenn Ray nicht über die Deathline geht?«

»Niemand weiß das.« Er seufzte. »Es ist noch nie vorgekommen. Es gibt Legenden, die von bösen Dämonen handeln, aber wir wissen einfach nicht, was einen auf der anderen Seite erwartet. Denn wer über die Deathline geht, kommt nicht zurück, um uns davon zu berichten.«

Ich unterdrückte ein Stöhnen. Das konnte doch gar nicht sein! Es musste doch wenigstens *einen* Greeny geben, der wusste, warum ein Teil der Yowama über die Deathline musste und wo sich der Notausschalter befand!

»Wozu die Deathline?«, fragte ich. »Ray hat gesagt, ihr schützt etwas. Was? Oder weiß das auch niemand?«

»Doch. Es gibt immer zwei Yowama, die das Geheimnis bewahren. Geheimnisträger dürfen das Reservat nicht mehr verlassen. Rays Vater ist einer davon. Stirbt er, wird das Geheimnis an den Nächsten in der Linie weitergegeben.«

»An Ray?«

»Korrekt.« Sam rieb sich nachdenklich die Stirn und nickte dabei mehrmals. Als wäre ihm plötzlich alles klar, während sich bei mir nach wie vor die Fragezeichen türmten. Dann schüttelte er den Kopf und seufzte. »Das ist wirklich ... schlecht.«

»Was ist schlecht?«, fragte ich alarmiert.

»Ich hatte gesagt, Amulette können nicht übertragen werden – mit einer Ausnahme: Väter können es an ihre Söhne geben, Mütter an ihre Töchter.«

»Aber«, rief ich, »das ist doch großartig! Dann kann Ray über die Deathline, und wir haben Zeit, Rays Amulett für seinen Vater zu suchen.«

Sam lächelte nachsichtig. »So funktioniert es leider nicht. Sie können nicht einfach die Amulette tauschen. Wenn Rays Vater seinem Sohn sein Amulett gibt, überträgt er ihm sein Leben. Das heißt, Ray wird mit dem Amulett seines Vaters weiterleben und sein Vater stirbt.« Er musste meinen entgeisterten Blick bemerkt haben, denn er fuhr schnell fort: »Für Amulett-Träger ist der Tod nur der Schritt in die Ewigkeit, Josephine. In eurer Kultur wäre ein verfrühter Tod ein unfassbar großes Opfer. Bei uns ist es das nicht. Aber es wäre ein Eingriff in den natürlichen Lauf der Dinge und wird deshalb nur in sehr besonderen Fällen praktiziert.« Er zuckte die Schultern. »Doch ganz abgesehen davon ist Rays Amulett verschwunden, was bedeutet, Rays Vater könnte dann nicht über die Deathline. Und das ist ein Opfer, das Ray nicht annehmen wird.«

Die Hoffnung, die kurz in mir aufgeflammt war, erlosch. Sam hatte vollkommen recht: Ray würde diesem Tausch niemals zustimmen. Unmöglich könnte er in dem Wissen weiterleben, dass sein Vater für ihn durch diese Hölle ging. Erneut breitete sich Schweigen aus. Sam ging hinter die Theke zurück, holte ein kleines Büchlein hervor und blätterte es durch.

»Sam?«, fragte ich vorsichtig und machte einen Schritt auf die Theke zu. »Warum haben Sie vorhin gesagt, das sei schlecht?«

Er sah von dem Büchlein auf. »Ich könnte mir vorstellen, dass derjenige, der hinter den Morden an unseren Brüdern steckt, damit rechnet, dass Rays Vater seinen Sohn retten wird. Das wäre zumindest eine Erklärung, warum Ray als Einziger nicht wie vom Erdboden verschluckt ist.«

»Warum?« Ich sah ihn fragend an. Seine Aussage ergab keinen Sinn. »Die anderen Väter hätten ihre Söhne doch genauso retten können, oder?«

»Ja, aber ich vermute, das ist nicht das Ziel des Täters – oder der Täter, wer weiß. Ich denke, es geht um unser Geheimnis. Wenn Rays Vater das Schicksal seines Sohnes übernehmen würde, dann würde mit ihm einer unserer beiden Geheimnisträger unter dem Einfluss des Bösen stehen. Und wenn das geschieht, weiß keiner, was das für Folgen nach sich ziehen könnte.« Sam schlug das Büchlein zu. »Die Konsequenzen wären ziemlich sicher katastrophal. Der Ältestenrat würde das nie zulassen.«

Ich versuchte die neuen Informationen zu verdauen. Es klang nach einer möglichen Erklärung, warum Ray im Gegensatz zu den anderen Greenies nicht einfach verschwunden war. Allerdings klang es auch kompliziert und vor allem nach einem Plan, der sehr viel größer und böser und weitreichender war, als ich bisher vermutet hatte.

Sam schüttelte resigniert den Kopf. »Trotzdem müssen wir seine Eltern informieren.«

»Deswegen bin ich in der Stadt. Ich soll Sie bitten, Rays Mutter zur Ranch zu bringen«, sagte ich. »Und wegen dem Tattoo.«

»Ach ja, das Tattoo.« Er lächelte und zeigte auf die Liege. »Nimm Platz.«

Folgsam setzte ich mich.

»Ich brauche deinen Oberarm«, sagte Sam und hantierte mit dem Injektionsgerät herum.

»Und ... mein Vater?«, fragte ich zaghaft, während ich den Oberarm frei machte. »Bekommen Sie nicht Ärger?«

»Wenn er klagt. Ja.« Er schüttete eine Flüssigkeit auf einen Wattebausch und rieb die Außenseite meines Oberarms ein. Es fühlte sich kalt an. »Mach dir keine Gedanken über mich. Ich weiß, wo meine Prioritäten liegen. Und das ist heute dein Tattoo.«

Aber ich machte mir Gedanken. Denn soweit ich die Greenies bislang kennengelernt hatte, waren sie Fremden gegenüber extrem geizig mit Informationen.

Sam hingegen hatte gerade außerordentlich freizügig über Dinge geredet, die ich als topsecret Yowama-Interna einstufen würde.

Ich war aber keine Yowama und hatte mir auch nicht – im Gegensatz zu meiner Mutter – über Jahrzehnte einen Status als Vertrauensperson erarbeitet. Für ihn war ich einfach die Tochter von Rays Arbeitgeber, die von Rays Geheimnis wusste. Den Teil mit den Küssen und so hatte ich ja Sam gegenüber weggelassen.

Daher fragte ich mich, ob Sam eine Art Vergessenszauber bei mir anwenden würde, sodass, sobald ich zur Tür hinausging, die gesamte Unterredung einem Yowama-Delete-Button zum Opfer fiel.

»Sam«, fragte ich schüchtern, als er die Nadel das erste Mal ansetzte. »Warum erzählen Sie mir all das? Ich bin keine Yowama.«

»Du bist Rays Frau.«

»Ich ... Was?« Ich bewegte mich so abrupt, dass die Nadel abrutschte.

»Du musst still halten, sonst wird das hier nichts.«

»Was haben Sie gerade gesagt?«

»Du bist Rays Frau. Ich denke, damit hast du ein Recht auf dieses Wissen.«

»Aber…«, stotterte ich. Woher wusste Sam von Ray und mir – und was meinte er mit Rays »Frau«? Ich war nicht Rays »Frau«! Ich war seine Freundin. Wir hatten uns geküsst, ja, aber wir hatten nicht einmal miteinander geschlafen! Und so wie es aussah, würde es auch nie so weit kommen.

»Josephine O'Leary. Bevor du jetzt leugnest, dass Ray und du ein Liebespaar seid – ich habe deine Hand gehalten, und ich weiß, was ich gesehen habe.«

Unnötig zu sagen, dass mir das Blut heiß in den Kopf schoss. Nun war ich heilfroh, dass Ray und ich nicht miteinander geschlafen hatten, und ich schwor mir, nie wieder einem Greeny die Hand zu geben.

»Aber Ray ist tot«, sagte ich leise. »Wie kann ich seine…« Das Wort kam mir nur schwer über die Lippen. »… Frau sein?«

»Das musst du dein Schicksal fragen. Du bist seine Frau und sein Zustand ändert daran nichts. Du bist das Bindeglied. Das wird nicht einfach sein, aber wenn es jemand schafft, dann du.« Er nahm das Tintenmonster von meinem Arm und füllte eine andere Farbe in die Kartusche.

Ich war froh über die kurze Pause. Das Dauerpiksen mit der Nadel war nicht nur sehr unangenehm, es lenkte mich auch vom Denken ab.

Und genau das musste ich jetzt dringend tun. Denn ich verstand weder, was er mit »Bindeglied« meinte, noch, wie ich mein Schicksal danach fragen sollte.

»Man kann sein Schicksal nichts fragen«, sagte ich bestimmt, »weil es nicht antworten kann.«

»Du bist deiner Mutter sehr, sehr ähnlich, weißt du das?« Sam lächelte in sich hinein, als krame er eine lang verborgene Erinnerung hervor. »Du siehst nicht aus wie sie, aber du bist wie sie. Das ist gut. Eine bessere Wahl hätte Ray nicht treffen können.«

Ich gab auf. Mehr würde ich aus Sam nicht herausbekommen. Dass ich meiner Mutter ähnlich war, wusste ich selbst. Es zeigte vielleicht, dass Sam meine Mutter einigermaßen gut gekannt haben musste. Doch es erklärte nicht, warum ich Rays Frau sein sollte oder wozu das gut sein sollte.

Ray war tot und sah einer einsamen Ewigkeit in der Dunkelheit entgegen.

KAPITEL 27

UM VIERTEL VOR DREI stand ich vor Sams Studio und wartete auf Dana. Mein Tattoo war fest in Cellophan eingewickelt und unter dem Ärmel versteckt. Ich strich leicht über die pochende Stelle an meinem Oberarm. Überlegte, das Tattoo auszuwickeln und endlich genau zu betrachten, was Sam da ohne jede Vorlage geschaffen hatte. Es war etwa so groß wie meine Hand und bunt. Sehr viel mehr hatte ich nicht erkennen können, bevor Sam es unter einer fetten Schicht Creme versteckt und verpackt hatte.

Um drei wartete ich immer noch und begann mich zu wundern, wo Dana blieb. Ich fragte mich, ob sie noch kurz bei ihren Eltern vorbeigeschaut hatte und dann dort hängen geblieben war – Mrs Wang konnte einen Abschied durchaus hinauszögern.

Die Tür öffnete sich und Sam gesellte sich zu mir.

»Was ist mit deiner Freundin?«

»Ich weiß es nicht. Ihr Handy ist nicht erreichbar. Vielleicht ist sie noch bei ihren Eltern.«

Er gab mir eine Aludose mit Schraubverschluss. »Hier. Für den Notfall. Falls das Tattoo nicht wirkt. Oder Ray für jemand anders zur Gefahr wird. Geweihte Kwaohibaumblätter. Sie halten das Böse während der ersten Verwandlungsphase im Zaum. Du verteilst sie auf den Schwellen, die der Tote nicht übertreten darf.« Er sah mir in die Augen, ehe er weitersprach. »Ich weiß allerdings nicht, ob es auch funktioniert, wenn der Tote das 24-Tage-Zeitfenster bereits überschritten hat.«

»Okay«, sagte ich gedehnt und fühlte mich unwillkürlich an die geweihten Kerzen bei den Wangs erinnert. Was mich wieder zu Dana brachte. »Falls meine Freundin kommt, sagen Sie ihr bitte, dass ich zu ihren Eltern gegangen bin.«

Sam nickte mir zu und kehrte ins Studio zurück. Doch bevor er die Tür hinter sich schloss, wandte er sich noch einmal um. »Pass auf dich auf, Josephine.«

Die Art, wie er das sagte, jagte mir einen Schauder über den Rücken. Es klang nicht nur besorgt; es klang, als wüsste er genau, dass ich *allen Grund* hatte, auf mich aufzupassen. Und das war angesichts der Situation in Angels Keep und auf der Ranch nicht gut.

In Gedanken versunken marschierte ich zum Kirkpatrick Boulevard und von dort weiter zu den Wangs. Ich klingelte. Fünf Mal. Zehn Mal.

Verdammt! Wo zum Teufel steckte Dana?

Verärgert lief ich die Läden und Cafés ab. Jeder kannte Dana, doch keiner hatte sie heute gesehen. Allmählich begann ich mir Sorgen zu machen. Da klingelte mein Handy. Ich riss es an mein Ohr und rief: »Dana! Verdammt, wo bist du?«

»Das wollte ich dich gerade fragen«, antwortete mein Vater. »Bist du verrückt? Du kannst doch nicht einfach die Ranch verlassen, wenn Patrick und ich nicht da sind!«

»Ich bin erst um vier wieder eingeteilt.«

»Darum geht es nicht«, erwiderte mein Vater unwirsch. »Einer von der Familie hat hier zu sein, das weißt du ganz genau.«

»Dana ist weg.«

»Ich möchte, dass du sofort nach Hause kommst.«

»Dana ist weg«, wiederholte ich. »Mit meinem Auto.«

Kurze Pause. Bei meinem Vater schienen die Worte erst langsam ins Bewusstsein zu sickern. »Wie meinst du das? Wo bist du?«

»Kirkpatrick Boulevard. Vor der Pizzeria. Dana hätte mich um halb drei holen sollen. Dad, ich habe Angst, dass ihr was passiert ist.«

»Ich komme. Bleib genau dort, wo du jetzt bist.«

»Mach dir keine Sorgen, du kennst Dana«, sagte mein Vater, nachdem ich ihm aufgezählt hatte, wo ich bereits nach ihr gesucht hatte. »In einer Stunde taucht sie wieder auf und versteht nicht, warum du dir überhaupt Gedanken gemacht hast.«

Grundsätzlich lag mein Vater mit seiner Annahme nicht falsch, denn genau so würden die meisten, die Dana kannten, eine Verspätung von ein, zwei Stunden einschätzen – eine unvorhersehbare Planänderung, die unbedingt hatte sein müssen... Dennoch blieb ein flaues Gefühl in meinem Magen zurück.

»Lass uns noch einmal bei den Wangs vorbeischauen«, bat ich.

Mein Vater fuhr los. »Was hatte Dana überhaupt vor?«

»Sie war auf dem Gemeindeamt, um etwas nachzuschauen.«

»Und was genau?«

»Du musst hier abbiegen«, sagte ich.

Mein Vater blinkte. »Ich weiß, wo Wangs wohnen. Lenk nicht ab.«

»Sie wollte wissen, wie die Nachfahren von Theobald Dervine heißen«, sagte ich knapp. Für Lügen war es zu spät – und ich hatte sie ohnehin satt. »Stopp! Wir sind da.«

Mein Vater bremste scharf. Schnell sprang ich aus dem Wagen, gerade rechtzeitig, bevor er weiter auf Danas Interesse an Theobald Dervine eingehen konnte.

Der Virtual Reality Dome war dunkel und leer und auch die Wohnung im zweiten Stock wirkte verlassen. Genau wie vorhin. Ich läutete trotzdem.

»Hier ist niemand.« Mein Vater sah zu den Wohnungsfenstern hinauf. Ich folgte seinem Blick. Alles zu, keine Bewegung – oder war da etwas? Ich verengte meine Augen zu Schlitzen, um besser sehen zu können.

Huschte dort ein Schatten? Ich konnte es nicht genau sagen. Der Eindruck war so flüchtig, dass es ebenso gut eine Sinnestäuschung gewesen sein konnte. Trotzdem legte ich meine Hände wie einen Trichter an den Mund. »Dana!«, brüllte ich. »Mrs Wang! Hallo!«

»Lass gut sein«, sagte mein Vater. »Da ist niemand. Vielleicht sind sie bei Freunden untergeschlüpft, solange sie diese ... Probleme haben.«

»Und Dana?« Trotz allem, was Dana gestern über die Veränderung ihrer Eltern gesagt hatte, konnte ich mir beim besten Willen nicht vorstellen, dass sie irgendwo untergeschlüpft waren, ohne ihrer Tochter Bescheid zu geben. Selbst ohne funktionierendes Telefon – unsere Ranch lag nur ein paar Meilen entfernt am nördlichen Stadtrand. Sie hätten kurz vorbeifahren können.

»Warum will Dana wissen, wie Dervines Nachfahren heißen?«, fragte mein Vater auf dem Rückweg zum Auto.

»Kannst du dir das nicht denken?«

»Nein, kann ich nicht.« Er öffnete die Fahrertür. »Und außerdem ist das keine Antwort.«

Ich stieg ein. Also gut. Die Stunde der Wahrheit hatte geschlagen. Ich war bereit dafür. »Du willst von mir Antworten?«

»Allerdings«, polterte mein Vater und rammte den Gurt in den Schnapper.

»Kannst du haben, aber erst wenn *ich* ein paar Antworten bekommen habe. Zum Beispiel: Warum wart ihr in Lakewood? Danke übrigens«, fügte ich spitz hinzu, »dass ihr mich über eure Abwesenheit nicht informiert habt.«

»Wir hatten dort zu tun«, sagte mein Vater knapp und steckte den Schlüssel in die Zündung. »Das mit der Übernachtung war nicht geplant.«

»*Das* ist deine Antwort? Wirklich?« Ich war kurz davor zu platzen. »Okay. Wenn du diese Art von Spielchen spielen willst: Dana will wissen, wie Dervines Nachkommen heißen, weil es sie interessiert.«

»Das ist keine Antwort.«

»Doch, das ist genau die Antwort, die du dir mit deiner verdient hast.« Ich rammte meinen Gurt ebenfalls in die Halterung.

»Josie! Es reicht!«

»Ja, es reicht! Du hast so recht!«, brüllte ich, unfähig meine Wut über seine Heimlichtuerei länger im Zaum zu halten. »Wann genau wolltet ihr mir eigentlich sagen, dass wir pleite sind? Wenn es Zeit ist, dass ich meine Koffer packe, weil wir die Ranch verlassen müssen? Wie hast du dir das vorgestellt, Dad?«

Mein Vater starrte zur Windschutzscheibe hinaus, die Hände um das Lenkrad gekrampft, das Gesicht drei Nuancen blasser.

»Ich bin kein Kind mehr«, sagte ich, nachdem ich meine Stimme wieder unter Kontrolle hatte. »Ich habe mich nie beklagt, wenn ich um sechs Uhr aufstehen und das ganze Wochenende durcharbeiten muss. Aber es ist unfair und verletzend, wenn ich von Dritten erfahre, dass die Ranch kurz vor der Pleite steht.«

Mein Vater hielt sich noch immer am Lenkrad fest. Dann

drehte er langsam seinen Kopf zu mir. »Wir wollten es dir heute sagen. Beide Banken in Lakewood haben uns abgewiesen. Wir ... wir sind pleite.«

Ich schluckte. Obwohl ich es bereits wusste, war es furchtbar, die Fakten so endgültig aus Dads Mund zu hören.

»Lakewood war die letzte Chance. Ich habe es verbockt, Josie.«

Mein Vater kämpfte mit sich. Seine Mundwinkel zuckten, sein Kinn zitterte. Er tat mir so leid.

Ich legte meine Hand auf seinen Arm. »Es ist nicht deine Schuld, Dad. Ich kenne die Zahlen. Warum zahlt die Versicherung nicht?«

Er schüttelte müde den Kopf. »Weil die Versicherung des Unfallfahrers zahlen müsste. Ich habe extra einen Privatdetektiv engagiert, um den Fahrer zu finden. Es ist so ...« Er ließ das Lenkrad los und sackte in sich zusammen. »Seine Versicherung hätte alle Kosten getragen. Die OPs, Mamas Beerdigung, das Auto, meinen Verdienstausfall. Alles. Aber ohne nachweisen zu können, dass es einen Unfallverursacher gibt, bleiben wir auf den Kosten sitzen. Unsere Versicherung zahlt lediglich den Fremdschaden, und das war nur der Baum.«

»Dann ...« Ich stutzte. Auf einmal rückten die Dinge in ein völlig anderes Licht. »Dann ging es dir bei deiner Suche nicht um Rache, sondern um die Versicherung?«

»Natürlich. Was sonst? Der Tod deiner Mutter kann nicht gerächt werden. Es war ein Unfall.« Er krallte die Hände in seine Oberschenkel. »Aber wenn der Unfallfahrer Eier in der Hose gehabt hätte, würden wir jetzt nicht vor der nächsten Katastrophe stehen.«

Ich kam mir unendlich dumm vor. Was hatte ich nicht alles in Dads verbissene Suche hineininterpretiert! Wie konnte ich nur so irrational gewesen sein! »Und... die Greenies? Warum durften sie nicht mehr auf der Ranch arbeiten?«

Mein Vater wand sich. »Weil sie nicht sehen sollten, dass ich mich und die Ranch nicht mehr im Griff hatte«, sagte er kaum hörbar. Er räusperte sich. »Ohne Patrick und dich wären wir schon vor Monaten an dem Punkt gewesen, an dem wir heute stehen.«

»Warum? Was geht das die Greenies an?«

»Kompliziert, Liebling.«

»Kein Kind mehr«, sagte ich warnend. »Ich kann kompliziert.«

Ein dünnes Lächeln schlich sich auf seine Lippen. »Gut. Wie du willst. Also, die Ranch liegt auf ehemaligem Yowama-Gebiet. Deshalb gibt es in dem Kaufvertrag ungewöhnliche Klauseln. Eine davon besagt, dass die Yowama ein unabdingbares Rückkaufsrecht haben, wenn sie belegen können, dass der Besitzer der Ranch nicht mehr in der Lage ist, diese zu bewirtschaften.«

Beschämt sah ich auf meine Hände. Und ich hatte gedacht, er würde wegen des Unfalls alle Greenies hassen! Dabei hatte er nur die Ranch schützen wollen! »Wir hätten viel früher miteinander reden sollen«, sagte ich leise.

»Da hast du wahrscheinlich recht.« Mein Vater zog die Mundwinkel zu einem müden Lächeln hoch. »Jetzt bist du dran.«

»Dana wollte herausfinden, ob Eli Brown ein Nachfahre von Theobald Dervine ist und die Ranch kaufen kann.«

»Brown?« Mein Vater warf mir einen erstaunten Blick zu. »Kann er nicht. Ich kann nur an Patrick oder dich verkaufen oder an die Yowama zurückgeben.«

»Falsch. Wir können an die Nachfahren *aller* Besitzer verkaufen. Dana sagt, es ist schwammig formuliert, aber das macht es zu einer Vertragslücke. Ich glaube, Patrick hat einen Teil des Landes zum Verkauf angeboten.«

»Er hat was?« Meinem Vater fielen fast die Augen aus dem Kopf. »Ohne mit mir darüber zu reden? Dreht er jetzt völlig durch?«

Ich stöhnte innerlich. Kaum redeten wir offen miteinander, haute ich meinen Bruder in die Pfanne! Was keinesfalls meine Absicht gewesen war. »Langsam! Das ist nur eine Vermutung! Gabriel hat eine Unterhaltung zwischen Brown und Dowby belauscht, in der es um unser Land ging. Nur Spekulation, okay?«

»Der werden wir gleich ein Ende bereiten, der Spekulation.« Er zog sein Handy aus seiner Weste und wählte Patricks Nummer.

»Dad, beim Dome geht das Handy nicht.«

Doch da legte mein Vater schon los. »Patrick? Hast du unser Land zum Verkauf angeboten?«

Ich hörte die aufgeregte Stimme meines Bruders durch das Telefon, konnte aber nicht verstehen, was er sagte. Der Gesichtsausdruck meines Vaters verhieß jedoch nichts Gutes.

»Okay, tu das. Wir sehen uns später.« Mein Vater wandte sich an mich, das Telefon noch in der Hand. »Hat Ray Dowby gestern die Nase gebrochen?«

Ich unterdrückte ein Stöhnen. Das war auf die Sekunde der denkbar ungünstigste Augenblick für diese Information.

»Hat er?«, fragte mein Vater ungeduldig.

»Ja«, sagte ich gepresst und überlegte fieberhaft, wie ich ihm die Situation erklären konnte, ohne Ray zu verraten.

Doch mein Vater griff bereits zum Zündschlüssel und startete den Motor. »Das reicht. Jetzt ist Schluss. Dowby verklagt uns. Ray fliegt. Sofort.«

»Halt!« Ich griff ihm ins Lenkrad und zwang ihn, den Motor wieder abzustellen.

»Josie!«

»Hör mir zu. Bevor du auf Ray losgehst, solltest du drei Dinge wissen. Erstens, Ray hat mir das Leben gerettet, als der Wassertank in die Luft geflogen ist. Zweitens bin –«

»Was?«, rief mein Vater.

»Lass mich ausreden. Zweitens bin ich gestern wegen Dowby vom Mustang geflogen und ohne Ray wäre ich unter die Hufe gekommen. Drittens hat Dowby das gefilmt, anstatt zu helfen. Obwohl ich am Boden lag und keine Luft mehr bekommen habe. Und dann hat er Ray bewusst provoziert. Ich schwöre dir, Dad, du hättest ihn viel schlimmer zugerichtet. Willst du wirklich jemanden bestrafen, der mir zwei Mal das Leben gerettet hat?«

»Mein Gott.« Die Stimme meines Vaters zitterte. »Ist das wahr? Die Explosion ... hätte dich fast getötet?«

Ich nickte. »Ray hat mich zu Boden gerissen und sich als Schutzschild auf mich geworfen.«

»Aber ...«, stotterte mein Vater. »Er war nicht verletzt.«

Dads Antwort hätte ich eigentlich vorhersehen können. Ray hatte keinen Kratzer gehabt. Und jetzt? Wie sollte ich ihm die Situation erklären, ohne Ray zu verraten? Wie? Mein Blick blieb an dem Lederband um Dads Handgelenk hängen. An Mums Ehering, den er in das Armband eingearbeitet hatte. Es gab nur eine Möglichkeit: die Wahrheit!

»Doch. Er war verletzt. Er war völlig durchbohrt. Ich habe die Metallsplitter aus seinem Körper gezogen.«

»Aber ...«

»Dad, frag nicht«, sagte ich mit flehender Stimme.

Seine Brauen zogen sich zusammen. »Soll das ein Witz sein?«

Ich schnallte mich ab und drehte mich ganz zu ihm. Energisch packte ich seinen Arm und legte eine Hand über Mums Ring. »Ich meine das todernst, Dad«, sagte ich nachdrücklich. »Keine Fragen. Kein Wort zu irgendjemand anderem. Es ist ein Yowama-Ding. Das dürfen wir beide nicht wissen. Lass uns einfach dankbar sein, dass er mich gerettet hat. Okay?«

Er sah mich noch immer ungläubig an.

»Okay, Dad?«

Nun zitterten auch seine Hände und seine Gesichtsfarbe wechselte ins Grünliche. Dann sprang er aus dem Auto und übergab sich. Keuchend lehnte er sich an die Motorhaube.

Ich stieg ebenfalls aus. »Du warst das, nicht wahr?«, fragte ich zaghaft, und obwohl ich die Antwort kannte, war auch mir bei den Worten speiübel.

»Ich ... ich hätte dich um ein Haar umgebracht.« Mein Vater war kreidebleich.

»Warum hast du das getan?«

»Es sollte Hisley erwischen. Verstehst du, Hisley! Du weißt, wie hoch er versichert ist. Damit wären wir alle unsere Schulden auf einen Schlag los gewesen.«

»Dad!« Entsetzt sah ich ihn an. Hisley war Mums Pferd gewesen. Er war für sie so besonders wie Bo für mich. »Wie konntest du nur! Hisley ...« Mir versagte die Stimme.

»Ich war verzweifelt!«, rief mein Vater. Er zog ein Taschentuch hervor und wischte sich den Mund ab. »Es tut mir so leid, Josie, das musst du mir glauben! Laut Plan sollte niemand auf der Koppel sein. Wie hätte ich denn ahnen sollen, dass Larry Rays Plan umschreibt?«

»Wie sollte Larry ahnen, dass du eine Bombe zündest? Und außerdem, dir hätte doch klar sein müssen, dass die Versicherung alle Hebel in Bewegung setzen würde, um den Bombenleger zu finden!«

Er zog mich zu sich und nahm mich in die Arme. Mit einem Mal schien die Kluft der letzten Monate zwischen uns zu schrumpfen und ich spürte meinen alten Dad wieder erwachen. *Meinen Dad*, den nichts umwerfen konnte. Der für jedes Problem eine Lösung parat hatte. »Ganz schön viel Mist, der da zusammenkommt. Und weißt du was – es ist mir egal. Du lebst. Patrick lebt. Ich habe niemanden umgebracht und alles andere ... das schaffen wir schon. Das Leben geht weiter.«

Ja, für manche, dachte ich. *Für andere nicht.*

KAPITEL 28

MEIN AUTO STAND NICHT AUF DEM HOF.

Das flaue Gefühl in meinem Magen verstärkte sich, als ich zu dem leeren Parkplatz neben Danas rotem Mazda blickte. Ich hatte so sehr gehofft, Dana wäre inzwischen zur Ranch zurückgefahren. Es war jetzt kurz nach vier und sie war bereits anderthalb Stunden verspätet.

Mein Vater stellte den Motor ab.

»Dad«, sagte ich, als er aussteigen wollte. Ich hatte einen Entschluss gefasst. Keine unnötigen Geheimnisse mehr. Kein Raum für Interpretationen, die in hirnrissige Aktionen mündeten.

»Ja?«

»Wegen Ray...« Es fiel mir schwer auszusprechen, was ich bislang so sorgfältig verheimlicht hatte.

»Ich regle das mit Dowby. Ray bleibt.«

»Nein, das meine ich nicht. Ray ist...« *Puhh.* Das war schwerer als gedacht. Mir wurde heiß. »Er ist mein Freund.«

Jetzt war es raus. Und das war gut so. Sams Worte schwirrten durch meinen Kopf: *Du bist Rays Frau. Du bist das Bindeglied. Er hätte keine bessere wählen können.*

Die Worte ergaben für mich zu dem Zeitpunkt zwar nicht wirklich Sinn, aber sie bestärkten mich, meine Liebe zu Ray nicht länger zu verstecken. Warum auch? Ich wollte keine Sekunde unserer Zeit mehr durch Heimlichkeiten verlieren.

»Aha«, sagte mein Vater nach einer intensiven Denkpause. »Habt ihr ...?«

Ich verdrehte die Augen. »Nein. Aber ich will, dass du nicht gleich durchdrehst, wenn Ray den Arm um mich legt.«

»Kein Kind mehr«, murmelte er.

»Genau.« Ich lächelte. »Kein Kind mehr.« Ich sah meinem Vater an, dass es ihm sehr schwer fiel, mich als »kein Kind mehr« anzusehen, und noch schwerer, eine neue Kategorie für mich zu finden. »Ray wird uns bald verlassen. Vielleicht schon morgen. Bitte versuch nicht, mich davon abzuhalten, ihn zu sehen.«

»Er muss nicht gehen«, sagte Dad. »Nicht meinetwegen. Ich komme damit gut zurecht.«

Ich denke, das mit dem »gut Zurechtkommen« war etwas übertrieben, aber es war ein großer Schritt auf mich zu.

»Danke, Dad.« Ich küsste ihn auf die Wange. »Aber Ray wird gehen, darauf haben wir leider keinen Einfluss.«

Mein Vater sah mich fragend an. »Yowama-Ding?«

Ich nickte.

Kaum hatte Gabriel mich gesehen, sprintete er schon herüber. »Was ist mit Dana?«, fragte er keuchend – womit sich meine Frage erübrigte, ob sie sich bei ihm gemeldet hatte.

»Ich weiß es nicht.« Ich sah die Sorge in seinem Blick. »Vielleicht hatte sie eine Panne und ihr Handy geht nicht? Oder sie sucht ihre Eltern bei Bekannten und hat dabei die Zeit vergessen«, wiegelte ich ab. Es reichte, wenn ich mir Sorgen machte.

»Lass uns noch eine Stunde warten, dann suchen wir nach ihr.«

Ich glaubte zu dem Zeitpunkt wirklich noch, dass Dana von allein wieder auftauchen würde.

»Hmm. Ich hab Jakes Chatgruppe Bescheid gegeben. Sie sollen sich melden, wenn sie Dana sehen. Vielleicht bringt das was. In Angels Keep kann man doch nicht verloren gehen!« Er zog mich die Treppe hoch in mein Zimmer. Dort schloss er die Tür und lehnte sich dagegen. »Ich habe mir Dowbys Zimmer vorgeknöpft. Er ist sauber.«

Das wunderte mich nicht. Dowby war zu gerissen, um etwas in seinem Zimmer aufzubewahren, das ihn belasten könnte. Er war eher der Typ Mensch, der so etwas im Zimmer seines Nachbarn verstecken würde.

»Aber ich habe mir das Fahrrad näher angesehen«, sagte Gabriel düster. »Dowby hat den Reifen absichtlich zum Platzen gebracht. Ganz sicher. Ich habe das Fahrrad weggesperrt. Als Beweismittel. Das ist vorsätzliche Körperverletzung. Damit kriegst du ihn dran, wenn er euch verklagen will.«

»Du bist super, Gabe. Echt!« Ich hob beide Daumen in die Luft. Das mit dem Reifen passte zu Dowby. Ich verstand nur nicht, warum er ein derartiges Risiko eingegangen war, um Rays stumme Kommunikation mit den Pferden zu entlarven. Ich hätte dabei draufgehen können – nur um zu beweisen, dass er recht gehabt hatte? Das ergab nicht wirklich Sinn – außer Dowby war verrückt.

»Und ich war noch mal in Browns Zimmer«, fuhr Gabriel fort. »Er hat nicht nur Unterlagen über die Ranch, er hat auch eine ganze Akte voll mit Berichten zu dem Unfall deiner Mutter. Das ist doch nicht normal.«

»Dem Unfall?« Ich runzelte die Stirn. Sollte Eli Brown tatsächlich an der Ranch interessiert sein, was für eine Rolle spielte dann der Unfall meiner Mutter? Das war ebenso unlogisch wie Dowbys Sabotageakt an dem Fahrrad. Außer – Brown war genauso verrückt wie Dowby. Doch egal wie ich es drehte und wendete, ich konnte mir keinen Reim darauf machen. Allerdings fand ich Browns Interesse an uns inzwischen nicht mehr nur ungewöhnlich, sondern bedrohlich. Bedrohlich genug, dass ich beschloss, ihn mit unserem Fund zu konfrontieren und eine Erklärung zu verlangen. Trotz der unerlaubten Zimmerdurchsuchung.

»Wo ist Brown gerade?«, fragte ich Gabriel.

»Keine Ahnung. Er ist kurz nach euch weggefahren.«

»Mist«, murmelte ich und ärgerte mich, dass ich mir Eli Brown nicht sofort vorknöpfen konnte. »Dann schnappen wir ihn uns, wenn er zurückkommt.«

»Gut.« Gabriel sah auf seine Uhr. »Ich muss zu Larry. Ich begleite ihn bei der Trekkinggruppe.«

Sobald Gabriel gegangen war, schlüpfte ich in Reithosen und ein anderes Shirt. Inzwischen war ich froh, dass Brown nicht da war. Vor fünf Minuten hätte ich Ray am Reitplatz treffen sollen und wollte keine Sekunde länger von unserer gemeinsamen Zeit verschwenden.

In einem Affentempo rannte ich zum Reitplatz. Ich konnte es kaum erwarten, ihn zu sehen. Und natürlich, ihm mein Tattoo zu zeigen!

Ray saß bereits auf dem Mustang und ging mit ihm die Übungen durch. Er saß völlig gerade, die Zügel lässig in einer Hand. Zureiten im Greeny-Style. Wahnsinn. Es sah so leicht und locker aus, als säße er auf einem altersschwachen Wallach.

Ich winkte ihm zu. Sofort öffneten sich seine Lippen zu einem strahlenden Lächeln. Er trieb den Mustang an und galoppierte zum Gatter. Dort schwang er sich aus dem Sattel und lief zu mir. Ich kletterte über die Holzbohlen und landete direkt in seinen Armen. Er begrüßte mich mit einem sanften Kuss.

»Wir haben dich schon vermisst, Rodeo-Girl.«

»Schönen Gruß von Sam.«

»Darf ich es sehen?«

Ich zog meine Jacke aus, schob das T-Shirt hoch und wickelte meinen Arm aus dem Cellophan. Vorsichtig fuhr Ray mit dem Finger über das Muster. Bisher hatte ich es noch nicht richtig betrachten können. Nun drehte ich den Kopf und erkannte erstaunt die Zeichen, die auf meinem Fenster und auf Bos Kruppe gewesen waren. Die wellenartigen Querstreifen und Schlingen, die Sonne, das Dreieck, den kleinen Totenkopf. Aber da war mehr. Zeichen, die ich bisher noch nie gesehen hatte. Von einem Halbkreis umrahmte, ineinander verschlungene Wellen, Punkte und Linien, die zusammen ein perfektes Muster ergaben. Rays Finger strichen über die Linien in dem Halbkreis, dann zog er seine Jeans über die Wade. Sein Bein war tätowiert. Ein buntes, ausschweifendes Muster, in der Mitte ein Kreis, der jedoch nur zur Hälfte ausgefüllt war. Ich sah von meinem zu seinem. Zu meinem. Zu seinem. Verglich Linie um Linie, Schlinge um Schlinge.

Das war doch nicht möglich! Wie hatte Sam mir ohne Vorlage einen Halbkreis stechen können, der Rays Halbkreis in absoluter Perfektion vollendete?

Völlig überrumpelt kniete ich mich auf den Boden und brachte meinen Oberarm an Rays Wade. Es war, als wären die beiden Halbkreise als ein Kreis gemalt und dann zerschnitten worden. Ich war sprachlos. Ray zog sein Bein weg und ging neben mir in die Hocke. Er lehnte seine Stirn an meine.

»Ach, Josie...«, flüsterte er.

Ich wartete auf einen weiterführenden Satz, doch er blieb stumm. Seine Stirn an meiner, seine Hände auf meinen Schultern.

Schließlich löste ich mich von ihm. »Ist das ein Standardmuster?«, fragte ich, denn anders ließ es sich nicht erklären. Nur wenn Sam das Muster schon tausendmal auf Arme und Beine und sonst wohin tätowiert hatte, hätte er eine solche Präzision erreichen können.

»Nein. Es ist einmalig. Auf meinem Bein ist die rechte Hälfte«, erklärte Ray, »auf deinem Arm die linke. Erst zusammen ergeben wir ein vollständiges Muster.« Er suchte meinen Blick. Wieder einmal hatte sich die Farbe seiner Augen verändert. Sanftes Lindgrün. Das kannte ich noch nicht. »Das ist wie Yin und Yang. Ohne den anderen sind wir nicht komplett. Wir gehören zusammen wie zwei Teile eines Ganzen. Für immer.«

Es klang zu schön, um wahr zu sein, doch in Anbetracht der Tatsache, was Ray in spätestens fünfzehn Tagen erwartete, bargen seine Worte eine bittere Portion Zynismus.

Seine Worte.

Nicht seine Stimme.

Die war weich und schnurrend. Und auch in seinen warmen Augen lag kein Zynismus. Sondern Zärtlichkeit. Als wollte er die Luft küssen, die mich umgab.

»Sam hat gesagt...«, begann ich und verstummte, weil es mir irgendwie peinlich war, ihm von der Mann-Frau-Geschichte zu erzählen.

»Sprich weiter.«

»Ich sei... deine Frau, hat er behauptet.« Ich sah verlegen auf meine Knie. »Das klingt ziemlich albern, ich weiß, aber so hat er es gesagt.«

Ray hob mein Kinn an und schickte einen lindgrünen Luftkuss direkt in meinen Kopf. »Er hat nur ausgesprochen, was das Tattoo zeigt. Es ist nicht nur ein Schutzzauber. Es zeigt unsere Bestimmung. Dass du und ich zusammengehören.« Er lächelte. Dann erstarb das Lächeln, die Augen wechselten zu schattiertem Tannengrün. »Möchtest du das überhaupt? Die Frau eines Toten sein?«

»Was? Du bist tot?«, fragte ich mit gespieltem Entsetzen und erntete einen verunsicherten Blick. Ich lachte und knuffte ihn in die Schulter. »Ich möchte deine Frau sein. Selbst wenn es nur für wenige Stunden oder Tage ist.«

»Es ist für die Ewigkeit.«

»Wie denn?« Ich lächelte traurig. »Im Gegensatz zu dir habe ich keine Ewigkeit vor mir. Nur ein ganz normales Menschenleben.«

Er strich über die Linien des Halbkreises auf meinem Arm. »Das Tattoo sagt etwas anderes.«

»Dann irrt es sich.«

»Es kann sich nicht irren.« Er legte den Finger auf meinen Mund, bevor ich ihm widersprechen konnte. »Glaub mir einfach. Ewigkeit.«

Dann nahm er meinen Kopf in seine Hände und küsste mich so innig, dass ich mir wünschte, die Ewigkeit würde jetzt beginnen.

Um kurz nach fünf brachten wir den Mustang auf die Koppel zurück und liefen zum Stall. Da kreuzte Eli Brown unseren Weg. Freudig lächelnd winkte er mir zu. Wie falsch konnte ein Mensch sein? Wie konnte er mir so zuwinken, während er uns heimlich die Ranch wegnehmen wollte?

Mir platzte der Kragen.

»Hallo«, sagte ich und stellte mich direkt vor ihn.

»Guten Tag, Josie«, grüßte er freundlich.

»Ich weiß nicht, ob das ein guter Tag ist«, sagte ich kühl.

»Das tut mir leid.« Er schüttelte bedauernd den Kopf. »Kein guter Tag also?«

»Ja, für Sie.« Ich verschränkte meine Arme und bemerkte Rays verwunderten Blick. Da ich ihm noch nicht von Gabriels Fund in Browns Zimmer erzählt hatte, konnte er meine seltsame Aussage nicht einordnen. Er stand neben mir. So dicht, dass ich seine Anspannung spürte.

»Ich...« Brown warf einen verunsicherten Blick auf Ray, und ich fragte mich, ob er von Dowbys Zusammenstoß mit Rays Faust gehört hatte und nun um seine Nase bangte. »...verstehe nicht?«

»Ich auch nicht«, zischte ich. »Ich verstehe zum Beispiel nicht, warum Sie Unterlagen über unsere Ranch und finanziellen Verhältnisse in Ihrem Zimmer haben. Und über den Unfall meiner Mutter. Und warum Sie jemanden dazu bringen wollten, Ihnen Auskunft über unser Bankkonto zu geben.«

Er erbleichte mit jedem Wort etwas mehr, bis kaum mehr Blut in seinen Wangen zu sein schien.

»Ihr habt... Das ist doch die Höhe!« Seine Gesichtsfarbe erholte sich erstaunlich schnell. »Du hast in meinen Sachen herumgeschnüffelt?«

»Ja.« Ich reckte das Kinn energisch in die Luft, fest entschlossen, keinen Fußbreit nachzugeben, nur weil er mir ebenfalls Fehlverhalten vorwerfen konnte. »Das nennt sich Gegenspionage und ist eine legitime Abwehrmaßnahme, wenn man ausspioniert wird.«

»Das –«

»Ich möchte nur eins wissen«, fiel ich ihm ins Wort. »Sind Sie jetzt zufrieden?«

»Aber... ich verstehe nicht –«

»Nein? Wissen Sie etwa noch nicht, dass die Banken uns keinen Kredit geben wollen? Haben Sie da auch Ihre Finger im Spiel? Wir sind pleite. Gratulation! Sie bekommen die Ranch zum Dumpingpreis!«

Ich machte einen Schritt zur Seite und zeigte zum Stall. »Bitte. Fühlen Sie sich wie zu Hause. Ist eh bald Ihres. Sie wollten doch immer mithelfen. Demnächst können Sie alles ganz alleine machen.«

Ray legte seinen Arm um meine Schulter. »Stimmt das?«, flüsterte er, doch das leise Grollen in seiner Stimme war nicht zu überhören. »Ihr verliert die Ranch?«

Ich nickte. Plötzlich zitternd vor Zorn. Ray drückte mich fester an seine Seite, als Brown zu mir trat.

Ich spürte, wie Ray sich versteifte. Genau wie gestern, bevor er Dowby angegriffen hatte.

Alarmiert packte ich seine Hand.

»Du irrst dich, Josie«, sagte Brown. »Ich will die Ranch nicht kaufen. Das hatte ich nie vor.«

»Nein?«, fragte ich sarkastisch. »Und wozu haben Sie –«

»Ich habe viele Informationen über euch und die Ranch gesammelt«, fiel er mir ins Wort, »das stimmt. Und es tut mir leid, wenn du dich dadurch ausspioniert gefühlt hast. Ich habe nicht gewusst, wie ich sonst ausrechnen sollte, was euch zusteht.«

»*Zusteht?*« Wovon zum Teufel redete er?

»Seit ich hier angekommen bin, suche ich nach den richtigen Worten.« Brown sah so intensiv zu Boden, als wollte er nun auch noch die Kieselsteine auf dem Weg zählen. »Nenn es feige, aber ich weiß nicht, wie ich es euch sagen soll.«

»Tun Sie es einfach«, knurrte Ray.

»Gut.« Brown holte tief Luft. »Meine Tochter ist vor vier Monaten an Krebs gestorben.«

»Das... tut mir leid«, stotterte ich. Ich wusste zwar nicht, warum Brown mir das erzählte. Oder was es mit der Ranch zu tun hatte. Aber meine Wut erlosch.

»Danke.« Brown lächelte mich traurig an. »Als sie starb, hat sie mir... hat sie mir etwas erzählt, das sie sehr belastet hatte. Und ich musste ihr versprechen, es geradezurücken.«

Ich verstand immer noch nicht, worauf er hinauswollte, und wartete ungeduldig darauf, dass er fortfuhr.

»Sie hat... es war... Sie hat in Bellingham Urlaub gemacht, vor etwa einem Jahr und...« Er brach ab. Schnaufte. »Josie, es tut mir so leid, meine Tochter war die Fahrerin des Autos, das deine Eltern von der Straße gedrängt hat. Sie war betrunken... sie hat mir auf ihrem Sterbebett davon erzählt.«

Browns Worte nahmen mir den Atem.

»Ihre *Tochter?*«, keuchte ich.

»Es tut mir so leid«, nuschelte Brown.

»Und warum... warum sagen Sie das erst jetzt?«

Plötzlich kam wieder Leben in Brown. »Ich wollte euch ein Angebot auf den Tisch legen. Doch dazu musste ich mir ein Bild davon machen, was meine Tochter durch den Unfall angerichtet hat. Ich weiß, ich kann dir deine Mutter durch kein Geld der Welt ersetzen. Aber ich kann dafür sorgen, dass ihr die Ranch nicht verliert. Und dass genug Geld da ist, um die Arbeitskraft deiner Mutter zu ersetzen, damit du und dein Bruder Zeit für ein Leben jenseits der Ranch habt.«

Browns Worte sanken allmählich tröpfchenweise in mein Bewusstsein. *Seine Tochter. Meine Mutter. Beide tot. Die Ranch nicht verlieren.*

Unsere finanziellen Probleme waren mit einem Schlag gelöst. Ich hätte froh sein müssen. Wenigstens erleichtert. Aber ich war es nicht. Ich war einfach nur geschockt.

Ich stellte mir seine Tochter vor. Wie sie ihren Vater auf dem Sterbebett bat, ihre Schuld zu begleichen. Es musste sie all die Monate davor unendlich gequält haben. Ich stellte mir Browns Schmerz vor. Seine Tochter zu verlieren und dabei auch noch von ihrer Schuld zu erfahren …

Doch etwas passte nicht.

»Aber«, sagte ich, »warum haben Sie dann mit Dowby über den Kauf der Ranch gesprochen?«

»Ganz einfach«, antwortete Brown. »Dowby will die Ranch oder einen Teil davon kaufen. Er sagt, er sei mit deinem Bruder im Gespräch, und ich wollte so den Preis hochtreiben. Ich weiß doch nicht, ob ihr mein Angebot annehmt. Es kommt sehr spät, und vielleicht schmeißt ihr mich ja raus, sobald ihr wisst, wer ich bin. Ich dachte einfach, es wäre hilfreich, wenn Dowby etwas Gegenwind bekommt.«

»Dowby?« Ray zerquetschte schier meine Hand.

»Ja«, bestätigte Brown. »Er meint, ihm stehe die Ranch eigentlich zu, er sollte gar nichts dafür zahlen müssen, sein Urgroßvater hätte sie erbaut.«

Ohne ein weiteres Wort ließ ich Brown stehen und lief zum Haus.

Dowby. Nicht Brown. *Dowby!*

Dana musste das herausgefunden haben. Und offenbar nicht nur das, denn warum sonst war sie noch immer nicht zurück? Ich hatte keine Antwort auf diese Frage, aber mir war eines klar: Dowby würde nicht lange fackeln, wenn man ihm auf die Füße trat.

✱ ✦ ✱

KAPITEL 29

»GABRIEL!«, RIEF ICH und stürmte durch die Haustür in den Flur. »Dad! Patrick!«

»Um Himmels willen!« Martha kam aus der Küche geeilt. »Was ist denn passiert?«

»Hast du Gabriel gesehen? Oder Dad? Oder Patrick?«, fragte ich atemlos.

»Die sind unterwegs. Gabriel ist mit Larry ins Gelände, die kommen gegen sechs zurück. Dein Vater begleitet eine Gruppe zum Angeln, und Patrick wollte sich mit Dowby treffen, um ihn davon abzubringen, uns zu verklagen.« Ihr Blick wanderte zu Ray. »Ich nehme an, Sie sind der junge Mann, der Dowby eins auf den Rüssel gegeben hat?«

Ray nickte verlegen. »Tut mir leid wegen dem Ärger.«

Martha reichte Ray die Hand. »Gut gemacht. Gabriel hat mir von dem Reifen erzählt. Sie hätten ihm ruhig ein paar mehr pfeffern können. Ich bin übrigens Martha. Die selbst ernannte gute Seele dieses Irrenhauses.«

»Freut mich, ich bin Ray«, sagte er mit einem entwaffnenden Lächeln.

»Ich weiß. Josies Freund.« Sie zwinkerte mir zu und ignorierte meinen beschwörenden »Jetzt nicht«-Blick. »Hat mir dein Vater erzählt. Warum weiß ich das nicht?« Sie verpasste mir einen liebevollen Nasenstüber, dann wandte sie sich wieder an Ray. »Passen Sie gut auf unser Mädchen auf. Josie ist was ganz Besonderes.«

Ray war offenbar zu verdattert, um Martha zu antworten. »Martha«, sagte ich schnell, bevor sie einen weiteren Redeschwall über uns ausschütten konnte. »Weißt du, wo Patrick Dowby treffen wollte?«

»Er hat nur gesagt: *Ich fahre zu Dowby*. Also wohnt er wohl hier in der Gegend.«

Auf diese Idee war ich bislang nicht gekommen. Wobei das nicht ungewöhnlich war; einige unserer Gäste kamen aus einem Umkreis von dreißig Meilen zu uns. Aber Dowby hatte ich eher Seattle zugeordnet.

Da vibrierte mein Handy. Eine Nachricht von Jake erschien. *Hi Gabe 'n' Josie, hab um 14:23 Dana beim Baumarkt abgelichtet. Der komische Schatten ist 'n Greeny. Sagt mir, wenn ihr sie findet. Jake*

Ich starrte auf das Bild. Dana stand vor meinem Auto, neben ihr ein Schatten. Jake hatte das Foto kurz vor unserer Verabredung am Tattoo-Studio geschossen. Also deutlich *bevor* Gabriel zur Suche nach Dana aufgerufen hatte. Seitdem hatte offenbar niemand aus der Chatgruppe Dana gesehen. Und Jakes Chatgruppe war groß.

Ich vertiefte mich in das Bild. Betrachtete den Schatten. Und hatte plötzlich ein Déjà-vu.

Hektisch scrollte ich durch Danas Nachrichten an mich und klickte auf das Bild von Ray in Billy's Diner. Von Ray war nur ein Schatten zu sehen.

Als das Bild entstand, war Ray bereits tot gewesen.

Ich hielt die Handykamera auf Ray und schoss ein Foto. In meiner Linse sah ich Ray. Auf dem Bild einen Schatten.

Das Handy in meiner Hand zitterte.

Die Person, mit der Dana sich unterhalten hatte, musste ein toter Greeny gewesen sein. Von dem ich nicht wusste, wie lange er bereits tot war. Und folglich auch nicht, ob er um diese Uhrzeit er selbst war oder unter dem Einfluss des Bösen stand.

Ich sah auf die Uhr. Jake hatte Dana um kurz vor halb drei fotografiert. Wo war sie danach hingefahren? War sie allein unterwegs gewesen oder mit dem toten Greeny?

»Was ist denn los, Schätzchen?«, fragte Martha besorgt. »Schlechte Nachrichten?«

»Jemand hat Dana gesehen. Beim Baumarkt. Ich nehme ihr Auto und fahre da jetzt hin. Und du rufst die Polizei an und meldest Dana als vermisst. Lass dich auf keinen Fall abwimmeln. Die sollen nach meinem Auto Ausschau halten!«

»Mache ich«, sagte Martha. »Fahrt ihr nur und bringt Dana zurück.«

Während sie in die Küche verschwand, lief ich zum Büro. Ray folgte mir. »Du hast eben gesagt, *ich fahre*. Vergiss es. *Wir* fahren.«

»Du kannst nicht von der Ranch weg«, widersprach ich.

»Ich fahre so weit mit, wie es geht.«

Ich schob ihn in Patricks Büro und schloss die Tür hinter uns. »Wie denn?«, fragte ich leise. »Was, wenn wir uns zu weit von dem Amulett entfernen?«

»Dann verliere ich meine Kraft. Ich werde immer müder, bis ich schließlich leblos bin.« Er strich liebevoll über mein Haar, und ich spürte, wie ich ruhiger wurde. »He, Rodeo-Girl! Mach dir deswegen keine Sorgen! Sobald ich in das Kraftfeld zurückkomme, kehrt auch die Energie zu mir zurück.« Seine Hand glitt von meinem Haar und legte sich auf meine Schulter. »Versprich mir, dass du umkehrst, falls das passiert. Ich will nicht, dass du dich allein mit Dowby triffst!«

Ich nickte stumm, während ich einen neuen Anflug von Panik unterdrückte. Auf keinen Fall wollte ich miterleben, wie Ray neben mir langsam zu dem wurde, was er bereits war: tot. Er ließ meine Schulter los und streckte seine Hand nach meinem Handy aus. Ungläubig betrachtete er das Foto, während ich die Papiere auf dem Schreibtisch durchwühlte. Irgendwo musste die Gästeliste mit den registrierten Adressen sein.

»Verdammt«, brummte Ray. »Was macht sie mit einem toten Greeny? Wie hat sie den gefunden?«

Ich sah kurz hoch. »Ich weiß es nicht.«

Endlich entdeckte ich die Gästeliste. Eilig fuhr ich mit dem Finger die Namen entlang. Da. Dowby! Eine Adresse in Seattle. Hatte ich mich also doch nicht getäuscht!

Aber ich war mir sicher, dass Patrick nicht nach Seattle aufgebrochen war. Zumal Dowbys Sachen noch hier waren und er wohl kaum ohne sein Gepäck abreisen würde. Also wollten sie sich an einem anderen Ort treffen.

Ohne große Hoffnung rief ich Patricks Handy an und bekam prompt die Ansage, dass der Dienst derzeit nicht unterstützt wurde.

Nun war ich mir erst recht sicher, dass sie sich hier in der Nähe befanden. Nur wo?

Ich verschob diese Frage auf später, denn ich ging davon aus, dass Dana nicht bei Dowby war – der traf sich schließlich mit Patrick. Aber sie hatte mit einem toten Greeny gesprochen, und das machte mir Angst. Zum einen war nicht klar, in welchem Zustand sich der Greeny befand, zum anderen lief irgendwo da draußen noch immer ein Mörder herum. Und die Tatsache, dass er es auf Greenies abgesehen hatte, hieß nicht, dass er vor Dana haltmachen würde. Nicht, wenn sie ihm zu nahe kam.

Links und rechts sausten die Bäume an uns vorbei. Das Auto ächzte bei jeder Bodenwelle, als würde es gleich auseinanderbrechen. Ich fuhr deutlich zu schnell. In meinem Kopf überschlugen sich die Horrorszenarien, was Dana alles zugestoßen sein konnte, und ich machte mir schreckliche Vorwürfe. Ich hätte sofort nach ihr suchen müssen!

»Du hast deinem Vater gesagt, dass ich dein Freund bin?«, fragte Ray und drehte sich auf dem Beifahrersitz zu mir. Ich spürte seinen prüfenden Blick, doch es war sein Ton, der mich aufhorchen ließ.

Hätte ich das zuerst mit ihm besprechen sollen? Vielleicht gab es einen Grund, unsere Verbindung geheim zu halten. Mikes Erzählung über das Schicksal seiner Eltern kam mir in den Sinn. »Hätte ich das nicht tun sollen? Wenn deine Mutter zur Ranch kommt, müssen wir ja nichts sagen.«

»Nein, das müssen wir nicht«, sagte er, und obwohl ich glaubte zu verstehen, warum er seinen Eltern nicht von uns erzählen konnte, enttäuschte es mich. »Mein Vater wird ohnehin nicht kommen.«

Ich musste nicht nachfragen. Sein Vater war Geheimnisträger und durfte das Reservat nicht verlassen. So hatte Sam es mir erklärt.

»Ich hätte mich gern von ihm verabschiedet«, sagte Ray und seine Stimme war schwer vor Traurigkeit.

Ich schwieg. Denn ich wusste, wie es sich anfühlt, sich nicht verabschieden zu können.

Eine Minute hätte gereicht, um meiner Mutter ein letztes

Mal zu sagen, wie sehr ich sie liebte. Wie reich und bunt sie mein Leben gemacht hatte. Ihr zu danken für fünfzehn Jahre voller Geborgenheit und Fröhlichkeit, die zusammen mit ihr die Ranch so abrupt verlassen hatten. Um noch ein letztes Mal zu hören, wie wichtig ich, ihr Wildfang, ihr Sturkopf, ihre Josie für sie war. Um noch ein letztes Mal zu spüren, wie sie meine Haare aus dem Gesicht strich. Es hätte mir so viel Trost gespendet.

Ich tastete nach seiner Hand und drückte sie.

»Versprichst du mir etwas?«, fragte er nach einem Moment des Schweigens.

»Alles«, sagte ich und meinte es aus vollem Herzen.

»Wenn ich ... fort bin, möchte ich, dass Sam dich zu meinem Vater bringt und du ihm dein Tattoo zeigst. Sag ihm von mir, dass in meinen letzten Tagen das Schwarz von goldenen Strahlen durchzogen war. Und dass ich seinen Geist in mir trage und mit seiner Stärke unerbittlich gegen das Böse kämpfen werde.«

Ich musste mich zwingen, auf die Straße zu sehen. *Goldene Strahlen, die das Schwarz seiner letzten Tage durchzogen?* Wer sagte denn so was? Abgesehen von Dichtern wie Walt Whitman oder Emily Dickinson. Trotzdem war es wunder-, wunderschön, diese Worte aus Rays Mund zu hören.

Vor uns erschien die Einfahrt zum Baumarkt. Besorgt sah ich zu Ray, der wieder in Schweigen verfallen war. Wir waren inzwischen etwa sieben Meilen von der Ranch entfernt und es war deutlich zu sehen, dass ihn seine Kraft verließ.

Auf dem Weg in den Laden bemerkte ich Rays schleppende Schritte. Ich erschrak, versuchte jedoch, es mir nicht anmerken zu lassen, und verlangsamte unauffällig das Tempo.

Im Baumarkt ging ich zu Oscar, dem Leiter, der mich überrascht, aber erfreut begrüßte. Ich fragte ihn nach Dana.

»Die Kleine von den Wangs? Ja, die war hier. Vor zwei Stunden oder so. Mit einem Greeny. Und dann sind sie zusammen weitergefahren.«

»Was wollte sie?«, fragte ich aufgeregt.

»Sie hat nach der alten Farroway Farm gefragt.«

Ich zog erstaunt die Augenbrauen hoch. Die Farm war schon seit vielen Jahren verlassen. »Hat sie gesagt, was sie dort will?«

»Ich nehme an, sie wollte den Typ besuchen, der sie seit ein paar Monaten mietet. Danry oder Dowry oder so.«

»Dowby?«, rief ich überrascht.

»Dowby. Genau.« Sein Blick fiel auf Ray. Dann wandte er sich wieder an mich. »Hör mal, Josie, der Sheriff war da und hat seltsame Fragen über deinen Vater gestellt. Wegen dem Wasserstoffperoxid, das er letzte Woche gekauft hat. Ich hab gesagt, dass er das verwendet, um fleckige Sättel zu bleichen. Seid ihr in Schwierigkeiten?«

»Ich hoffe nicht«, sagte ich und gab mir alle Mühe, nicht rot zu werden.

»Sag deinem Vater, dass der Sheriff vielleicht demnächst seinen Bestand an Wasserstoffperoxid prüft und dass ich hier was für ihn zur Seite gestellt habe, falls er was braucht.« Er zwinkerte mir zu. Ich hätte ihm um den Hals fallen können! Es tat gut, dass dieser alte Freund meines Vaters uns ohne neugierige Fragen einfach die Stange hielt. »Kennst du den Weg zur Farroway Farm?«

»Klar. Danke, Oscar.«

Ich war mit Ray bereits auf dem Weg zum Ausgang, als Oscar noch einmal nach mir rief.

»Josie, nur Geschwätz, aber es heißt, dass auf der Farroway Farm was nicht stimmt. Pass auf, ja?«

Ich nickte und streckte den Daumen nach oben, doch seine Warnung beunruhigte mich. Es gab inzwischen zu viele Orte in Angels Keep, an denen etwas nicht stimmte, um Oscars Warnung in den Wind zu schlagen.

»Wie weit ist es bis zu der Farm?«, fragte Ray, als wir wieder im Auto saßen.

Ich warf ihm einen besorgten Seitenblick zu. »Ungefähr vier Meilen östlich von hier.«

»Verdammt«, stöhnte Ray. »Das ist zu weit für mich. Ruf Gabriel an.«

»Patrick müsste dort sein. Schließlich wollte er sich mit Dowby treffen.«

»Das weißt du nicht.« Sein Ton wurde nun fordernd. »Ruf Gabriel an.«

Folgsam wählte ich Gabriels Nummer und landete prompt auf seiner Mailbox. Ich sah auf die Uhr. Zehn vor sechs, dann waren sie noch unterwegs – und draußen im Gelände gab es keinen Empfang.

Wir konnten warten. Oder zurückfahren und Gabriel oder meinen Vater holen. Aber das wollte ich nicht, zumal Gabriel noch auf der Trekkingtour war und mein Vater beim Angeln.

Es hätte zu viel Zeit gekostet. Und es beunruhigte mich immer mehr, nicht zu wissen, was mit Dana war.

Den Sheriff anzurufen konnte ich vergessen. Wie sollte ich ihm meine Sorge erläutern, ohne ihm von dem toten Greeny zu erzählen?

Da kam mir der rettende Gedanke.

»Ich rufe Mike an, er hat mir schon einmal gegen Dowby beigestanden.«

»Vertraust du ihm?«, fragte Ray, während ich nach Mikes Nummer suchte.

»Er scheint okay zu sein.« Hastig wählte ich und hoffte, dass wenigstens Mikes Handy funktionierte. Tatsächlich hob er ab. Ohne weitere Einleitung erklärte ich, dass Dana vermisst wurde und ich sie auf der alten Farroway Farm vermutete, die Dowby angemietet hatte.

»Hmm«, sagte Mike nach einer kurzen Pause. »Wolltest du mir das einfach nur erzählen oder brauchst du was von mir?«

Es war eine berechtigte Frage. Wir kannten uns kaum, auch wenn die wenigen Unterhaltungen mit Mike freundschaftlicher gewesen waren als die vielen mit dem alten Hufschmied in den letzten zehn Jahren. Und plötzlich erschien mir mein Geistesblitz keineswegs mehr so brillant – konnte ich Mike wirklich bitten, alles stehen und liegen zu lassen, um mit mir nach einem Mädchen zu suchen, das er noch nie gesehen hatte?

Aber es ging nicht um irgendein Mädchen. Es ging um Dana.

Und Ray schied als Unterstützung aus. Ich *musste* ihn fragen.

»Kannst du mir helfen?«

»Wenn du mir sagst, wie.«

»Könntest du zur Farroway Farm kommen? Nur falls Dowby hohl dreht. Ich würde mich besser fühlen, wenn ich weiß, es kommt jemand, falls ich in Schwierigkeiten gerate.«

Ich hörte ihn tief durchatmen. »Hältst du das für eine gute Idee? Da alleine hinzufahren?«

Alleine. Verstohlen warf ich einen Seitenblick auf Ray. Er war blasser als sonst und starrte angestrengt auf das Handy in meiner Hand. Sein Atem ging langsam und flach, er wirkte geschwächt. Mein Herz zog sich zusammen. Die Vorstellung, dass er bald leblos neben mir sitzen würde, war unerträglich. *Dana! Willst du sie wirklich im Stich lassen?*, rief eine Stimme in mir. Ich löste meinen Blick von Ray.

»Josie?«, tönte es aus dem Hörer. »Bist du noch da?«

»Entschuldige«, sagte ich und bemühte mich um eine feste Stimme. »Hör zu, Mike, ich muss da hin. Ich will wenigstens nachsehen, ob Dana dort ist. Die Polizei wird auf eine vage Vermutung hin nicht die Farm auf den Kopf stellen. Dana ist ja erst drei Stunden weg.«

»Na gut. Ich kann in etwa zwanzig Minuten dort sein.«

»Danke«, sagte ich erleichtert und startete den Motor. Meine Finger zitterten dabei, als wüssten sie, dass ich gerade die falsche Entscheidung getroffen hatte.

»Josie?« Sogar Rays Stimme klang schwach. »Fahr zurück. Meine Kraft ist fast weg.«

Ich tastete nach seiner Hand. »Mike kommt. Es kann nichts passieren.«

Stumm wiederholte ich immer wieder dieselben Worte: *Es kann nichts passieren.*

Vielleicht hoffte ich, dass sie dadurch wahr würden.

KAPITEL 30

JE NÄHER WIR der Farm kamen, desto schwächer wurde Ray. Immer öfter sackte er auf dem Sitz zur Seite, und jedes Mal fiel es ihm schwerer, sich wieder aufzurichten.

In meiner Kehle setzte sich ein Kloß fest, so hart, dass ich kaum noch schlucken konnte.

Ich nahm die rechte Hand vom Lenkrad und strich beruhigend über seinen Oberschenkel. Dabei war es nicht Ray, der beruhigt werden musste. *Ich* brauchte diese Berührung. Dringend.

Schließlich erreichten wir die Kuppe, von der aus man die Farm sehen konnte. Selbst aus der Ferne wirkte sie trostlos und verlassen. Es musste mindestens vier Jahre her sein, seit ich sie das letzte Mal besucht hatte. Gemeinsam mit meiner Mutter, die dem alten Farroway nach dem Tod seiner Frau regelmäßig bei Papierkram und kleineren Hausarbeiten unter die Arme gegriffen hatte. Schon damals hatte der alte Farroway es nicht mehr geschafft, die Farm in Schuss zu halten. Nun wirkte sie – jedenfalls von Weitem – regelrecht verfallen.

Langsam fuhr ich weiter, ging immer mehr vom Gas, um Rays Kräfteverlust so lange wie möglich hinauszuzögern. Da begann Danas Auto das erste Mal zu stottern. Es ruckelte, fuhr weiter, ruckelte wieder. Bei jedem Ruckeln hatte ich das Gefühl, ein kühler Wind würde durch das Auto wehen.

Ich schauderte.

Plötzlich machte das Auto einen Satz nach vorn.

Erschrocken trat ich aufs Gas. Was immer das gewesen war, es machte mir Angst. Mit einem Mal war ich froh, dass die Farm nur noch gut hundert Meter entfernt war.

Dann erstarb der Motor ganz.

Ich fluchte. Das gleiche Phänomen wie bei den Gebrauchtwagen von Gabriels Cousin.

Ich spürte, wie sich meine Schultern vor Anspannung verkrampften, dann spürte ich Rays Hand auf meiner.

»Kehr um«, flüsterte er. »Bitte.«

Ich wusste, dass es das Vernünftigste wäre, seiner Bitte zu folgen. Doch da war Dana. Und der tote Greeny. Ich durfte jetzt nicht davonlaufen! Ich musste erst abchecken, ob Dana auf der Farm war. Behutsam drückte ich Rays Hand. »Mach dir meinetwegen keine Sorgen.« Mühsam versuchte ich, eine ordentliche Portion Zuversicht in meine Stimme zu legen. »Ich schau mich nur kurz um, dann fahren wir wieder. Mike kommt her – es kann gar nichts passieren.«

Doch Ray antwortete nicht mehr. Er sackte zur Seite und diesmal richtete er sich nicht wieder auf. Sein Kopf lag auf meinem Bein, die Augen starrten glanzlos ins Leere, seine Arme hingen schlaff nach unten.

All die Kraft und Lebendigkeit, die das Amulett ihm sonst verlieh, war weg. Zum ersten Mal war Ray das, was er seit neun Tagen so perfekt verbarg: tot.

Selbst auf der Koppel, als er reglos und durchsiebt vor mir gelegen hatte, hatte er lebendiger gewirkt als jetzt.

Mein Herz krampfte sich zusammen. Ihn so zu sehen war unerträglich. Obwohl ich wusste, dass es nur ein vorübergehender Zustand war. Sobald ich Richtung Ranch fuhr, würde er wieder erwachen.

Theoretisch.

Und wenn nicht?

Panik packte mich. Schon lag meine Hand am Zündschlüssel. Ich drehte ihn, doch der Motor blieb stumm. *Du musst sofort zurück!*, schrie eine Stimme in mir.

Und Dana?, ermahnte mich eine andere. *Ray wird wieder aufwachen. Aber was ist mit Dana?*

Ich blickte zur Farm. Zu Ray. Zum Zündschloss.

Zögernd drehte ich den Schlüssel erneut. Der Motor gab nicht einmal ein Ächzen von sich.

Ich schluckte.

Es gab kein Zurück.

Zittrig öffnete ich die Fahrertür. Zog mein Bein behutsam unter Rays Kopf hervor und legte ihn auf dem Sitz ab. Ich beugte mich zu ihm und hauchte einen Kuss auf seine Wange. Vorsichtig schloss ich die Tür und vergewisserte mich, dass man Ray beim Vorbeifahren nicht durchs Fenster sehen konnte. Dann sperrte ich das Auto zu und lief los.

Ich hielt den Blick starr auf die Farm gerichtet. Meine Angst wuchs mit jedem Schritt. Krampfhaft versuchte ich, nicht daran zu denken, was mich dort erwartete.

Dowby?

Hoffentlich nicht!

Ich fragte mich, warum er sich so auffällig oft Ray als Opfer herausgepickt hatte. Weil Ray Yowama war und Dowby die nicht mochte? Aber warum wollte er dann die Ranch? Wenn er wusste, dass er als Nachfahre von Dervine dort Land kaufen durfte, dann wusste er auch über die Mitspracherechte der Yowama Bescheid. Mein Blick schweifte von der Farm zu dem breiten Bach, der wie eine Grenzlinie zwischen den Feldern und dem Wald verlief. Das Land hier war offener und ließ mehr Nutzungsmöglichkeiten zu. Die Farm war so abgelegen wie die Ranch, die Entfernung zur Stadt in etwa dieselbe. Und sie stand zum Verkauf. Warum also das Interesse an unserer Ranch? Das ergab doch keinen Sinn! Außer... Mein Blick verweilte auf dem Waldstück. Außer er wollte die Ranch, *weil* sie auf ehemaligem Yowama-Gebiet lag. Weil er wusste, dass es dort etwas gab, das die Yowama schützten.

Sams Verdacht kam mir in den Sinn. Rays Vater war einer der zwei Geheimnisträger. Wollte Dowby, dass Ray etwas tat, das sich wie ein Lauffeuer herumsprach und seine Eltern zur Ranch lockte? Allerdings müsste er dann auch wissen, dass Ray tot war...

Meine Gedanken kehrten zu dem Kampf gestern zurück. *Muss ganz schön frustrierend sein, wenn man weiß, dass man sowieso schon auf ganzer Linie verloren hat,* waren Dowbys Worte gewesen. Ich hatte gedacht, dass er Ray damit nur provozieren wollte. Aber konnte das nicht auch bedeuten, dass Dowby tatsächlich *wusste*, dass Ray bereits tot war? Weil Dowby etwas mit seinem Tod zu tun hatte?

Meine Härchen stellten sich auf. War Dowby der Mörder, nach dem ich suchte? Dann... ich japste. *Dana!*

Patrick! Er traf sich mit Dowby!

Die letzten Meter zur Farm rannte ich. Von Nahem wirkte sie noch verlassener als vom Auto aus. Weder mein Wagen noch Patricks oder Dowbys standen auf dem Hof, was mich etwas beruhigte. Trotzdem wollte ich auf keinen Fall riskieren, gesehen zu werden. Gebückt lief ich an der Zufahrt vorbei und näherte mich dem Farmhaus von der Rückseite. Es war in einem erbärmlichen Zustand. Die Farbe blätterte von den Fensterläden. Die Sprossen waren teils so morsch, dass nur die Farbreste sie davor bewahrten durchzubrechen. An der vom Wetter gegerbten Rückwand waren unzählige Einschusslöcher, als wäre sie von einer Horde Hirnamputierter als Zielscheibe missbraucht worden.

Ich pirschte mich an das erste Fenster heran und spähte hinein. Es war die Küche. Verwahrlost und düster. Überhaupt, das ganze Haus wirkte so düster, als wäre es von einem Grauschleier umgeben.

Es war beklemmend. Etwas schnürte mir die Luft ab. Meine Angst? Oder war es was anderes? Ich konnte es nicht benennen, aber *etwas* lag in der Luft wie ein aufziehendes Gewitter.

Gebückt schlich ich zum nächsten Fenster. Das Wohnzimmer. Leer und ebenfalls komplett verwahrlost. Ich glaubte nicht, dass Dowby hier je gewohnt hatte. Wozu also hatte er diese Farm gemietet?

Dann checkte ich das letzte Fenster auf dieser Hausseite. Der Raum war bis auf ein halbes Dutzend kaputter Stühle ebenfalls leer. Schließlich erreichte ich die Scheune. Sie war direkt ans Haus angebaut. Erleichtert richtete ich mich auf, denn hier gab es keine Fenster, durch die man mich hätte sehen können.

Da bemerkte ich den Schatten.

Er kam vom Ende der Scheune auf mich zu. Zunächst begriff ich überhaupt nicht, was es war.

Ein Schatten ohne Schattengeber?

Ich hielt inne. Mein Instinkt brüllte: *Renn!* Doch ich stand wie angewurzelt da und beobachtete, wie der Schatten auf mich zurannte. Er kam näher, wurde größer, schwarzer, klarer.

Plötzlich kam Bewegung in mich. Ich riss meine Arme vors Gesicht und machte einen Satz zur Seite.

Zu spät. Der Schatten witschte durch mich hindurch.

Ein Frösteln packte mich und eine Gänsehaut überzog meinen Körper.

Und dann rannte ich. Rannte zum Ende der Scheune, an deren Tür vorbei. Sie stand offen und ich nahm etwas Weißes, sehr Vertrautes wahr.

Ich stoppte abrupt. Sah genauer hin.

Mein Auto!

Mein Herz pochte laut in meinen Ohren.

Dana. Sie war hier!

Ich zog mein Handy hervor und wählte 911. Es kam nicht einmal ein Tuten. Ich prüfte die Anzeige. Kein Netz! Mein Telefon war genauso tot wie der Motor des Autos, in dem Ray seinen Totenschlaf schlief. Es war zum Verrücktwerden!

Dana war hier und ich konnte nicht einmal Hilfe holen.

Hektisch schaute ich mich um. Kein Laut. Keine Menschenseele. Auch der Schatten war nirgendwo mehr zu sehen. Woher war er gekommen und wohin verschwunden? Und viel wichtiger: Würde er wiederkommen?

Die Dose mit den geweihten Kwaohibaumblättern! Warum nur hatte ich Idiot sie nicht mitgenommen?

Mit winzigen Schritten betrat ich die Scheune.

Sah nach links. Nach rechts. Lief zu meinem Auto. Der Schlüssel steckte in der Zündung, Danas Tasche lag auf dem Beifahrersitz.

Aber wo war *sie*?

Ich ließ meinen Blick durch die Scheune schweifen.

Mein Auto stand neben dem alten Traktor, mit dem der alte Farroway früher seine Felder bestellt hatte. An der Längsseite der Scheune stapelte sich Heu in zerfledderten Quadern, die nur noch als Unterschlupf für Mäuse oder Ratten zu gebrauchen waren. Und genauso roch es – nach gammeligem Heu. An der gegenüberliegenden Wand hingen verrostete Gerätschaften, die seit Jahren von niemandem mehr bedient worden waren.

Hier würde ich Dana nicht finden.

Nur wo konnte sie sein? Hatte Dowby sie von hier weggeschafft? Oder hielt er sie hier verborgen?

Schnell verließ ich die Scheune. Mein Herz klopfte noch immer heftig, doch das Tageslicht gab mir neuen Mut.

Es half nichts.

Ich musste ins Haus.

Die Tür hatte noch das altersschwache Schloss. Das war gut. Ich zog meinen Führerschein aus der Hosentasche. Mit einer Hand wackelte ich am Türknauf, mit der anderen zog ich die Karte durch den Spalt zwischen Tür und Rahmen. Drei Sekunden später war die Tür offen.

Das war der leichte Teil.

Jetzt kam der schwierige.

In das Haus hineingehen.

Selbst beim Schreiben stellt sich mir wieder jedes einzelne Härchen auf.

Zögernd trat ich über die Schwelle. Lauschte. Es herrschte absolute Stille.

Unheimliche Stille.

Nachdem sich meine Augen an das Halbdunkel des schmalen Flurs gewöhnt hatten, glitt mein Blick über die Zimmertüren auf der linken Seite. Dort musste ich Dana nicht suchen – diese Räume hatte ich bereits durch die Fenster gecheckt. Rechts vom Eingang waren nur die Treppe nach oben und die Tür zum Keller. Mit angehaltenem Atem schlich ich zur Treppe. Ich blickte hinauf.

Sollte ich nach Dana rufen? Ich öffnete den Mund. Schloss ihn wieder.

Nein. Lieber nicht. Selbst wenn Dowby nicht da zu sein schien – vielleicht war außer Dana noch jemand anders hier. Jemand, der über meinen Besuch nicht erfreut sein würde. Oder dieser seltsame Schatten. Ich wusste nicht, wohin er verschwunden war. Ins Haus? Instinktiv trat ich einen Schritt zurück. Da bemerkte ich die dicke, unberührte Staubschicht auf der Holztreppe.

Nicht eine Fußspur.

Nach oben konnte Dowby Dana also nicht gebracht haben.

Leise schlich ich den Flur entlang. Es blieben nicht mehr viele Möglichkeiten. Eigentlich nur die Toilette und... der Keller.

Ich sah in die Toilette. Leer. Ging zur Kellertür. Stutzte. Im Gegensatz zu den anderen Türen war sie zu und im Schloss steckte der Schlüssel.

Vorsichtig drückte ich die Klinke herunter. Die Tür war abgesperrt.

Mein Herz pochte hart gegen meine Brust. Ich hatte keine Wahl. Ich musste in den Keller. Nachsehen, ob Dana wirklich dort war.

Meine Finger verkrampften um die Klinke.

Ich kannte den Keller von den früheren Besuchen mit meiner Mutter und ich hasste ihn. Hasste die schiefen, knarzenden Stufen, hasste die muffigen, lichtlosen Räume und den vollgestellten Gang. Leise drehte ich den Schlüssel im Schloss und verharrte mit der Hand auf der Klinke. Dann öffnete ich mit zusammengepressten Lippen langsam die Tür.

Das Knarzen fuhr mir durch Mark und Bein. Ich schreckte zurück. Sammelte mich. Lauschte.

Es blieb still.

Vorsichtshalber zog ich den Schlüssel ab und stieg dann im zittrigen Licht meiner Handylampe die ausgetretene Treppe hinab.

Der Keller roch noch modriger und feuchter, als ich es in Erinnerung hatte. Unten blieb ich stehen. Orientierte mich. Beruhigte mein rasendes Herz.

Die erste Tür links führte zum Werkraum, daneben war der Kohlenkeller. Auf der anderen Seite lagen Vorratskeller und Waschküche.

Ich begann mit dem Werkraum. Als Erstes fiel mir der seltsame Geruch auf. Moder. Vermischt mit… was? Etwas Ranzigem. Die Werkbank war überladen mit Kartons, die Regale, in denen früher das Werkzeug gelagert hatte, waren leer.

Ich ging zur nächsten Tür. Soweit ich mich erinnerte, befand sich hier der Vorratskeller.

Er war abgesperrt.

Ich atmete tief durch. Dowby musste einen Grund haben, diese Tür abzusperren. Ich legte meinen Kopf ans Holz und horchte. War da ein Geräusch? Ich konnte es nicht mit Sicherheit sagen.

Oh Mann! Wenn ich wenigstens wüsste, was hinter der Tür auf mich wartete!

Ich beleuchtete das Schloss. Auch hier steckte der Schlüssel. Behutsam drehte ich ihn und öffnete die Tür. Leicht süßlicher Geruch schlug mir entgegen. Hastig leuchtete ich in den Raum.

Dana!

Sie lag gefesselt am Boden. Ich unterdrückte einen Aufschrei und stürzte zu ihr.

Da erst sah ich den Greeny.

Er lag ebenfalls auf dem Boden, gefesselt und so leblos wie Ray, als ich ihn im Auto zurückgelassen hatte.

Ich wusste, als Erstes musste ich mich um Dana kümmern.

Hastig riss ich das Klebeband von ihrem Mund und hoffte, dass sie etwas sagen würde.

Doch sie blieb stumm.

Panisch prüfte ich ihren Puls. Sie lebte!

Ich hätte vor Freude heulen können!

»Dana«, flüsterte ich und machte mich fieberhaft an ihren Fesseln zu schaffen. Es dauerte eine kleine Ewigkeit. Die Hanfseile waren so festgezurrt, dass sie in ihre Hand- und Fußgelenke schnitten. Dann richtete ich sie auf.

»Dana, komm schon, wir müssen raus hier!«

Sie reagierte nicht. Ächzend hievte ich sie hoch und zerrte sie durch den Kellerflur. Dana hing wie eine Puppe an meinem Arm. Eine verdammt schwere Puppe. Immer wieder musste ich eine Pause einlegen. Neue Kraft sammeln. Sie weiter mitschleifen. Die Treppe nach oben, aus dem Haus hinaus.

Bis wir die Haustür erreicht hatten, war ich schweißgebadet. Niemals würde ich es schaffen, sie bis zu ihrem Auto zu schleppen.

Aber bis zur Scheune. Zu meinem Auto.

Ich wusste nicht, ob es anspringen würde.

Doch es war eine Chance.

»Ah, wir haben Besuch«, sagte da eine schneidende Stimme.

Dowby.

Wie aus dem Nichts stand er vor mir. In der Hand eine Waffe.

Ich erstarrte.

»Sieh an, du hast deine kleine Freundin gefunden.« Er zielte mit der Waffe direkt auf meinen Kopf. »Hat dir nie jemand gesagt, dass Neugierde ungesund ist?«

Mein Magen krampfte sich zusammen, mein Blut schoss heiß wie Lava durch meinen Körper. Vorsichtig ließ ich Dana zu Boden sinken.

Ich hatte hoch gepokert – und verloren.

Wie hypnotisiert starrte ich in den Lauf von Dowbys Waffe. Doch mein Gehirn lief auf Hochtouren. Dass er uns nicht vom Grundstück marschieren lassen würde, war mir klar. Aber ich wusste nicht, was er mit uns vorhatte. Er konnte doch nicht einfach zwei Mädchen verschwinden lassen!

Wirklich nicht?

Vor mir stand ein Mann, der im letzten Monat wahrscheinlich fünf oder inzwischen noch mehr Greenies hatte verschwinden lassen. Was spielten für so jemanden zwei weitere Menschen mehr oder weniger für eine Rolle …?

Da fiel mir Mike ein. Er wollte kommen.

Er *musste* kommen!

Er war unsere Lebensversicherung – falls ich Dowby dazu bringen konnte, mit dem, was er vorhatte, noch ein paar Minuten zu warten.

Ich musste Zeit gewinnen!

Irgendwie.

Ich zitterte. Meine Knie waren weich wie Himbeerjelly, aber meine Gedanken waren klar und präzise.

Beflügelt vom Adrenalin, das heiß durch meine Adern schoss.

»Was haben Sie mit uns vor?«, fragte ich Dowby und betonte krampfhaft jedes Wort, um eine feste Stimme vorzutäuschen.

»Das willst du wirklich wissen?« Dowby verzog den Mund zu einem Lächeln, das nichts hatte, was ein Lächeln normalerweise ausmachte. Es war einfach nur fies.

»Ja«, sagte ich.

»Na gut.« Das fiese Lächeln verstärkte sich um eine Nuance. »Du wirst deine Freundin jetzt in dein Auto bringen und dann machen wir einen kleinen Ausflug zu dem Sumpf ein paar Meilen die Straße runter. Zufrieden?«

»Sie wollen uns... *mit dem Auto versenken?*« Ich wischte mir den Schweiß von der Stirn und schüttelte langsam den Kopf. »Das klappt nie!«

»Lass das mein Problem sein. Los jetzt.« Er fuchtelte mit der Pistole vor meinem Kopf herum. »Zur Scheune.«

Verdammt! *So* hatte ich mir Zeitgewinnen nicht vorgestellt!

Wo blieb nur Mike? Das Adrenalin schien mein Zeitgefühl weggespült zu haben. Ich hatte keine Ahnung, wie lange ich schon auf der Farm war.

Mir stockte das Herz. Mike war mit Sicherheit nicht darauf vorbereitet, dass Dowby bewaffnet war! Und Dowby würde nicht zögern, auch ihn zu töten...

»Auf geht's. Hoch mit der Japse.«

Sie ist Koreanerin, du Vollpfosten!, lag mir auf der Zunge, aber ich hatte genügend Hirn, es auch dort zu belassen. Stattdessen stellte ich ihm die Frage, die in den Fernsehkrimis von den Bösen immer ausführlich beantwortet wurde.

»Warum das alles? Die toten Yowama? Unsere Ranch?«

»Was geht dich das an?«, zerschoss Dowby mir meinen Zeitgewinnungsplan.

»Ich möchte wissen, warum wir alle sterben müssen. Ich finde, das geht mich schon was an«, sagte ich trotzig.

»Tja. Du hast aber nichts zu melden.« Er schwenkte die Pistole zur Scheune und wieder zu mir. »Da rüber.«

Mit wackligen Knien versuchte ich Dana hochzuhieven. Ich klemmte meine Arme unter ihre Schultern und zerrte. Zog. Sie war so unhandlich wie ein riesiger Futtersack.

»Verdammt, Dana, mach dich nicht so schwer!«, murmelte ich und nahm einen neuen Anlauf. Ein kräftiger Ruck. Dann hatte ich sie endlich auf den Beinen.

»Warum Dana und ich dran glauben müssen, ist klar«,

keuchte ich, während ich sie mit winzigen Minischritten vorwärtsschleifte. »Wir wissen, dass Sie ein Mörder sind. Aber warum die Yowama? Verabscheuen Sie die so sehr?«

Er lachte. »Verabscheuen? Schwachsinn. Die sind mir egal. Ich benutze sie.« Er stieß den Lauf seiner Pistole in meinen Rücken. »Etwas schneller!«

»Wie… kann… man… Tote benutzen?«, fragte ich atemlos.

»Das geht dich nichts an. Aber ich verrat dir was anderes.« Wieder schlich sich das fiese Grinsen auf sein Gesicht. »Sobald die Ranch mir gehört, verhökere ich als Erstes die Pferde an den Schlachter. Na, gefällt dir das?«

Meine Beine zuckten. Ich wollte mich auf ihn stürzen. Aber dann hätte ich Dana fallen lassen müssen. Plötzlich schossen mir die Bilder des Kampfes zwischen Dowby und Ray vor Augen. Hätte ich mich nur nicht zwischen sie geworfen!

»Pferde!« Er spukte hörbar auf den Boden. »Das hier ist was ganz Großes. Und ich sitze in der ersten Reihe, wenn es so weit ist. Dann werden die anderen angekrochen kommen, weil sie auch etwas von dem Kuchen –«

»Dowby!«, brüllte eine Stimme hinter uns.

Mike!

»Waffe!«, schrie ich und warf mich gleichzeitig mit Dana zu Boden. Ein Schuss krachte. Noch einer.

Ich sah mich um. Dowby lag mit dem Gesicht auf dem Boden, die Waffe war ihm aus der Hand gefallen, ein stetig wachsendes Rinnsal Blut kroch von seinem Körper weg.

»Josie, bist du okay?« Mike kniete neben mir und berührte meinen Arm.

»Ja«, stöhnte ich.

»Und deine Freundin?«

»Weiß ich nicht.« Ich setzte mich auf. Von dem Sturz auf den Boden waren meine Arme aufgeschürft, ansonsten fehlte mir nichts. Abgesehen von dem Gefühl, mich gleich übergeben zu müssen.

Ich beugte mich über Dana. Sie lag reglos da, auf Nase und Wange sickerte Blut aus frischen Schürfwunden. Ich fühlte ihren Puls, spürte das gleichmäßige Pochen.

»Danke…« Meine Stimme versagte. Ich räusperte mich mehrmals. »Danke, dass du gekommen bist. Danke, dass du uns gerettet hast.«

Mike sagte nichts. Er starrte zu Dowby, stand auf und ging zu ihm. Kickte seine Waffe weg und kniete sich neben ihn. Mit einem Ruck drehte er ihn auf den Rücken.

Dowby atmete flach, gab aber noch immer keinen Schmerzenslaut von sich.

»Verdammt«, fluchte Mike und presste seine Hand auf den immer größer werdenden roten Fleck über Dowbys Brust.

»Hättest du nicht geschossen, wären Dana und ich jetzt tot – und du wahrscheinlich auch.«

Ich kroch auf allen vieren zu Mike hinüber. Meine Beine wollten einfach nicht funktionieren, zu sehr waren sie mit Zittern beschäftigt.

Da hörte ich ein Motorengeräusch und sah zur Straße hoch. Der Dodge meines Vaters raste über die Kuppe, fuhr weiter und machte dann neben Danas Auto eine Vollbremsung. Ungläubig verfolgte ich, wie sich die Beifahrertür öffnete und Gabriel aus dem Wagen sprang. Er lief zu Danas Auto und stieg dann wieder in den Dodge, der mit quietschenden Reifen weiterfuhr.

»Hast du noch jemanden hierherbestellt?«, fragte Mike, die Augen zu Schlitzen verengt.

»Nein.« Ich schüttelte den Kopf. Starrte noch immer ungläubig dem näherkommenden Dodge entgegen. »Ich hatte niemanden erreicht. Sonst hätte ich dich nicht angerufen.« Ich wusste nicht, was meinen Vater dazu bewogen hatte, zur Farroway Farm zu fahren. Aber ich war unendlich froh, sein Auto zu sehen.

KAPITEL 31

»MIR GEHT'S GUT«, log ich. »Du kannst meine Beine jetzt loslassen.«

»Gut?«, schnappte mein Vater. »Du siehst aus wie eine überpuderte Geisha!« Wie zum Beweis, dass ich noch immer unter Schock stand, hielt er meine Beine noch ein Stück aufrechter in die Luft. Seine Wangen waren mit hektischen roten Flecken übersät und er schimpfte von Neuem los. Wie unvernünftig ich sei und dass er Oscar gar nicht genug danken könne, dass er ihn angerufen und gefragt hatte, warum ich mit einem Greeny zusammen zur Farroway Farm wollte.

Ich drehte den Kopf zur Seite. Patrick und Gabriel knieten neben Dana und versuchten sie aus ihrer Ohnmacht zu wecken. Mike hockte neben Dowby und presste rhythmisch seine Hände auf Dowbys Herz. Schließlich gab er auf.

»Er ist tot. So eine verfluchte Scheiße! Ich wollte ihn doch nur entwaffnen!« Mike kickte einen Kiesel über die Einfahrt. »Verdammt!«

Mein Vater stellte meine Beine behutsam auf den Boden und ging zu ihm. Beruhigend legte er seine Hand auf Mikes Schulter. »Du hast richtig gehandelt. Er hat auf meine Tochter gezielt. Er hätte Josie und Dana getötet. Und auch dich, wenn du nicht schneller gewesen wärst.« Dad holte sein Handy aus der Hosentasche. »Wir müssen dem Sheriff Bescheid geben.«

»Kein Netz«, sagte ich. »Du musst zur Kuppe hochfahren.«

Schon saß mein Vater im Auto, das es erstaunlicherweise ohne Stottern bis auf den Hof geschafft hatte, und startete den Motor. Hinter mir hörte ich Patrick auf Dana einreden, doch meine Aufmerksamkeit galt Mike. Er hatte sich wieder neben Dowby gehockt und starrte auf dessen leblosen Körper, als versuche er zu begreifen, was gerade geschehen war.

Er tat mir furchtbar leid.

Meinetwegen hatte er einen Menschen getötet. Ich überlegte, ob ich zu ihm gehen und ihn trösten sollte. Schließlich hatte ich ihn in etwas hineingezogen, das ihn gar nicht betraf. Doch dann zögerte ich. Er hatte einen derart entrückten Greeny-Blick, dass ich annahm, er brauchte ein paar stille Momente für sich.

Greeny!, durchzuckte es mich. *Der Greeny im Keller!*

Ich atmete ein paarmal tief ein und aus, dann rappelte ich mich hoch und ging auf ziemlich wackeligen Beinen zu den anderen. Danas Kopf lag auf Patricks Schoß und sie blinzelte angestrengt, was ein gutes Zeichen war.

»Sehr gut, Dana, schön die Augen öffnen ...«

Ich tippte Gabriel auf die Schulter und machte eine Kopfbewegung zum Haus. Er folgte mir.

»Da ist ein toter Greeny im Keller«, sagte ich leise. »Wir müssen ihn rausholen.«

»Ach du Scheiße. Kann das nicht die Polizei übernehmen?«

Ich schüttelte den Kopf. »Ein nicht-toter toter Greeny«, flüsterte ich.

»Warum geht er nicht einfach?«, flüsterte Gabriel zurück.

»Er kann sich nicht bewegen. Ich nehme an, er ist außerhalb der Reichweite seines Amuletts.«

»Oh«, sagte Gabriel. »So wie Ray in deinem Auto? Dein Dad weiß übrigens nicht, dass er dort liegt.«

Ich nickte. »Läutet es jetzt? Der Sheriff darf das auf keinen Fall mitbekommen.«

Gabriel zögerte. »Wäre jetzt nicht ein guter Moment, um ihn einzuweihen?«

»Das ist nicht unsere Entscheidung, Gabe. Bitte«, flehte ich. »Was glaubst du, was passiert, wenn bekannt wird, dass die Yowama als Tote weiterleben und Kühlschränke verhexen? Wir müssen ihn wegschaffen! Sonst halten sie ihn für richtig tot und schneiden ihn bei einer Autopsie auf.«

Widerwillig folgte Gabriel mir in den Keller. Ich lotste ihn zu dem Vorratsraum.

Der Greeny lag wie zuvor gefesselt in der Ecke – doch er war nicht mehr leblos, sondern sah uns misstrauisch entgegen.

Wie konnte das sein? Ich lief zu ihm und riss den Klebestreifen von seinem Mund.

»Ich bin Josie. Wie heißt du?«

»Seal.«

Gabriel half mir mit den Fesseln.

»Seal, weißt du, dass du ...« Ich brach ab. Wusste Seal, dass er tot war? Falls nein – wie würde er reagieren, wenn ich ihm das nun eröffnete?

Gabriels vorwurfsvoller Blick streifte mich. *Planlos*, las ich darin, und er hatte leider recht.

Ich schnaufte und legte meine Hände auf Seals Schultern. »Seal, es tut mir leid, aber du bist ... tot«, würgte ich heraus.

Seine Augen wurden groß, diesmal war der Blick jedoch nicht misstrauisch, sondern verwundert. »Woher weißt du das?«

»Das ist eine längere Geschichte«, antwortete ich, doch Seal hörte mir gar nicht mehr richtig zu.

»Weißt du auch, wo mein Amulett ist?«, fragte er aufgeregt.

Ich schüttelte den Kopf. »Nein, aber... Warte!« Ich hielt inne, während es in meinem Kopf ratterte. »Vorhin warst du total weggetreten und jetzt bist du wieder fit. Also war es vorhin außerhalb deiner Reichweite und ist jetzt wieder da. Dowby muss es bei sich tragen!«

Gabriel und ich sahen uns an, und ich las in seinem Gesicht den gleichen Widerwillen, der mich gerade beschlich: Keiner von uns wollte Dowbys Taschen durchsuchen. Aber wir mussten das Amulett holen. Und zwar sofort – bevor die Polizei Dowby wegbrachte.

»Nicht ohne Plan.« Gabriel sah mich streng an. »*Meinen* Plan.«

Kurz darauf stürmten wir aus dem Haus.

»Mike!«, rief Gabriel und lief zu ihm. »Schnell! Im Keller liegt ein Greeny! Du musst mir helfen, ihn hochzutragen!« Mike sah von Dowby hoch, dessen Gesicht er inzwischen mit seiner Weste bedeckt hatte. »Ein Greeny? Was ist mit ihm?«

»Wir wissen es nicht«, sagte ich und ging ebenfalls zu Mike. Im Gegensatz zu Gabriel ging ich jedoch langsam und schleppend.

»Bitte, Mike«, sagte Gabriel. »Er ist zu schwer für mich und Josie hat keine Kraft mehr.«

Schwerfällig erhob sich Mike aus der Hocke und folgte Gabriel in den Keller. Kaum waren sie im Haus verschwunden, kniete ich mich widerwillig neben Dowby und durchwühlte die Außentaschen seiner Jacke. Nichts. Dann kam ich zur Innentasche. Ich tastete nach der Öffnung und berührte etwas Feuchtes, Klebriges. Blut! Es schüttelte mich. Mit aller Macht unterdrückte ich den Impuls aufzuspringen und zwang mich ruhig zu bleiben. *Nur noch diese Tasche!*

»Josie!«, rief Patrick. »Was machst du da?«

Ich hob den Kopf und legte den Finger an den Mund. Er sah mich an, als hätte ich den Verstand verloren. In dem Moment gab Dana ein leises Stöhnen von sich und Patrick beugte sich zum Glück wieder zu ihr hinunter.

Da ertastete ich etwas Hartes, Rundes. Das Amulett!

Eilig nahm ich es an mich – und in genau diesem Moment begriff ich das Ausmaß der Katastrophe, die mit Dowbys Tod eingetreten war: Nun würden wir nie erfahren, wo Rays Amulett versteckt war! Wie betäubt kniete ich auf dem Boden, unfähig, einen klaren Gedanken zu fassen.

Als Gabriel und Mike mit Seal aus dem Haus kamen, erhob ich mich schnell und machte Gabriel unauffällig ein Zeichen, dass ich das Amulett gefunden hatte. Sie setzten Seal an der Hauswand ab, wo er – wie besprochen – langsam »zu sich kam«.

»Wir müssen das Haus durchsuchen. Vielleicht sind da noch weitere Amulette«, flüsterte Gabriel, der plötzlich neben mir stand. »*Bevor* der Sheriff kommt. Der lässt uns nachher garantiert nicht mehr rein. Und wenn *er* sie findet, landen sie in der Beweisaufnahme.«

Ich nickte. Auch wenn wir Rays Amulett hier auf keinen Fall finden würden, die der verschollenen Greenies konnten trotzdem hier versteckt sein.

»Komm jetzt!«, raunte Gabriel mir zu und legte seinen Arm um meine Hüfte. »Ich bringe Josie zur Toilette«, rief er den anderen zu. »Ihr ist schlecht.«

Auf Gabriel gestützt verschwand ich mit ihm wieder im Haus. Dort ließen wir die Toilette links liegen und gingen schnurstracks in den Keller zurück.

»Wir fangen hier an«, sagte Gabriel bestimmt, »wo Dana und Seal waren, da wird der Sheriff sich zuerst umsehen.«

Wir suchten die Vorratskammer ab, was schnell erledigt war, da es außer leeren Regalen nichts gab, wo man etwas hätte verstecken können. Danach kam der Werkraum dran. Gabriel öffnete die Tür.

»Uähh. Ich hasse diesen Geruch.« Er zog eine Grimasse. »Macht's dir was aus, wenn du hier suchst? Dann übernehme ich den nächsten Raum.«

»Okay.« Ich selbst fand den Geruch nicht so störend, etwas ranzig und unangenehm, aber nicht schlimmer als der Modergestank im restlichen Keller. Auch hier gähnten mich die Regale an, einzig auf der Werkbank türmte sich ein gutes Dutzend Kartons. Ich hob den ersten hoch. Er war leer. Ebenso der zweite, dritte und vierte. Im fünften entdeckte ich etwas, das wie eine Art Paste aussah. Es roch übel und klebte in einer der Ecken. Im sechsten schließlich fand ich es: ein Amulett, direkt neben einem weiteren Pasteklumpen. Hektisch öffnete ich die restlichen Kartons, doch abgesehen von den stinkenden Klumpen waren sie alle leer.

»Josie?« Die Stimme meines Vaters klang alarmiert.

Ich nahm das Amulett an mich und hastete nach oben. Plötzlich wurde mir schwummerig. »Mike sagt, dir ist schlecht?«

»Etwas...«, brachte ich noch heraus. Dann wurde mir schwarz vor Augen.

Als ich wieder zu mir kam, wimmelte die Farm nur so von Menschen. Hektische Polizisten und Sanitäter, die Dowby in einen Plastiksarg verfrachteten, Dana untersuchten und meinen Blutdruck maßen.

Es dauerte einige Minuten, bis ich wieder klar genug im Kopf war und die Fragen des Sheriffs beantworten konnte. Ich antwortete wahrheitsgemäß, wenn auch nicht ganz vollständig. Die Amulette, Seals wahren Zustand und die Tatsache, dass ein weiterer Greeny in Danas Auto lag, ließ ich unter den Tisch fallen.

Der Sheriff zeigte auf Seal. »Ist das der Yowama, den Dowby wegen Körperverletzung angezeigt hat?«

»Nein, ich habe Seal heute das erste Mal gesehen.«

»Hmm.« Der Sheriff fuhr sich nachdenklich über das Kinn. »Es war also eindeutig Notwehr?«

»Ohne Mike wären Dana, Seal und ich jetzt tot«, sagte ich mit Nachdruck. »Er bekommt doch keinen Ärger, oder?«

»Nein«, sagte der Sheriff, »das wird er bei der Sachlage nicht.« Er drehte sich zu einem Kollegen und gab ihm Anweisungen, das Haus zu durchsuchen.

»Sheriff?«, rief ich ihn zurück.

»Ja?«

»Ich glaube, Sie sollten mal den Sumpf überprüfen. Kann sein, dass Dowby da schon mal jemanden entsorgt hat. Es klang so, als wären wir heute nicht die erste Fuhre geworden.«

Endlich durften wir die Farm verlassen. Patrick folgte in meinem Auto dem Krankenwagen, der Dana zum Check-up ins Krankenhaus nach Bellingham brachte, und mein Vater nahm Seal, Gabriel und mich in seinem Dodge mit.

Bei Danas Auto stiegen Gabriel und ich aus. Danas Auto wirkte so leer, dass ich einen Schreck bekam. Ray! Nervös lief ich über die Straße. War mit ihm alles okay?

»Ich warte noch, bis er anspringt«, rief mein Vater und stellte den Motor ab.

Geistesgegenwärtig öffnete Gabriel die Fahrertür nur so weit, wie es unbedingt nötig war, und ich stellte mich schnell hinter ihn, damit man nicht in den Wagen sehen konnte.

Ray lag genauso über den Sitzen, wie ich ihn vor knapp zwei Stunden zurückgelassen hatte. Gabriel hob Rays Kopf an und quetschte sich darunter. Ich reichte ihm den Schlüssel und hoffte inständig, dass der Wagen ansprang. Gabriel drehte den Schlüssel.

Der Motor schnurrte wie ein Kätzchen. Was immer ihn zuvor zum Ersterben gebracht hatte, es war weg.

Ich drehte mich zum Dodge und hob den Daumen. Mein Vater nickte mir zu und fuhr los. Erleichtert kletterte ich auf den Rücksitz.

»Wacht Ray wieder auf?«, fragte Gabriel, während er das Auto wendete.

Ich schluckte. »Ja«, murmelte ich. »Wir müssen näher an die Ranch heran.« Zaghaft streckte ich meine Hand nach vorne und berührte Rays Rücken. So sehr ich hoffte, dass er sich endlich regen würde, so sehr fürchtete ich mich vor dem Moment, wenn ich ihm erklären musste, dass das Versteck seines Amuletts durch Dowbys Tod für immer ein Rätsel bleiben würde.

Etwas in mir hatte sich verändert. Gestern noch war mir Rays Zustand wie ein persönlicher Angriff auf *mein* Leben vorgekommen. Jetzt ging es nur noch um Rays Rettung vor dieser zerstörerischen, dunklen Macht.

Da spürte ich eine Bewegung unter meinen Fingern. Nur ein Zucken, doch es fuhr wie ein Stromschlag durch meinen Körper. Dann rührten sich Rays Finger. Er drehte den Kopf. Sah Gabriel über sich.

»Josie?«, rief er und saß mit einem Ruck aufrecht.

Ich legte meine Hand auf seine Schulter. »Ich bin hier.«

Ray wandte den Kopf zu mir. »Warum blinken auf der Farm rote und blaue Lichter?«

Der Wagen erreichte die Kuppe, dann war die Farm aus unserem Blickfeld verschwunden. Ich setzte zu einer Erklärung an, als Gabriel schon losplapperte: »Es gab einen Zwischenfall. Dowby wollte Josie und Dana im Sumpf versenken und Mike hat Dowby –«

»Josie!«, rief Ray. »Verdammt, du hattest mir versprochen –«

»Es ist alles gut gegangen«, wiegelte ich ab und erzählte Ray so unaufgeregt wie möglich, was sich auf der Farm ereignet hatte. Er unterbrach mich kein einziges Mal, doch seine Augen wurden mit jedem Satz dunkler. Dann kam ich zu der Stelle, als Gabriel und ich im Keller nach den Amuletten gesucht hatten. Ich verstummte. Wie sollte ich ihm nur klarmachen, dass ich zwar *ein* Amulett gefunden hatte, *seines* aber für immer verloren war?

»Dort hat Josie ein weiteres Amulett gefunden«, kam Gabriel mir zuvor. »Offensichtlich von noch einem anderen toten Gree… äh, Yowama.«

»Was? Gabriel weiß…!?« Ray gab einen keuchenden Laut von sich.

»Gabe hält dicht!«, sagte ich hastig und bemerkte, wie Gabriel sich versteifte. »Er ist unser Freund!«

»Du hast geschworen –«

»Ray!«, unterbrach ich ihn schroff. »Ich musste Gabriel und Dana einweihen! Sonst hätte ich dich und Seal nicht schützen können! Stell dir vor, Gabe hätte der Polizei gesagt, dass im Keller eine Leiche liegt, anstatt mir bei der Suche nach dem Amulett zu helfen! Die Polizei hätte Seal ins Leichenschauhaus gebracht…«

Ray starrte mich an. Dann nickte er. »Tut mir leid. Du hattest keine Wahl.« Er wandte sich an Gabriel. »Danke, Mann.«

»Schon gut.« Gabriel stieß sichtlich erleichtert die Luft aus. »Wo war das zweite Amulett eigentlich?«, fragte er mich. »In dem Raum, wo es so gestunken hat, als ob meine Oma Backfisch gebraten hätte?«

In meinem Kopf machte es *klick*. Ich schnellte nach vorn. »Sag das noch mal.«

»Wo war das –«

»Nein, das mit deiner Oma.«

»Der Raum stinkt, als ob meine Oma dort Backfisch gebraten hätte.«

»So wie der Trailer?«

»Ja-ha«, sagte Gabriel gedehnt. Offenbar versuchte er meinem Gedankengang zu folgen.

»Hallo?«, meldete sich Ray. »Wovon redet ihr?«

Ich war so aufgeregt, dass die Worte ungefiltert aus mir heraussprudelten. »Ich glaube – Wahnsinn! Wenn das stimmt… Ray! Ich glaube, ich weiß, wo dein Amulett ist!«

Nun war auch bei Gabriel der Groschen gefallen. »Da, wo's stinkt?«

»Das Amulett war in einem Karton mit einer Art Paste, die nach altem Bratfett riecht«, rief ich. »Vielleicht gibt es da einen Zusammenhang!«

»Deshalb die tote Ratte«, sagte Gabriel. »Um den Backfischgeruch zu übertünchen. Schlauer Plan.«

Ray sah mich stirnrunzelnd an. »Hast du den Trailer nicht durchsucht?«

»Habe ich. Aber wir müssen ihn noch mal absuchen. Und wenn ich ihn auseinandernehme, wir werden dein Amulett finden!« Ich lehnte mich zurück, so aufgeregt, dass ich nicht mehr still sitzen konnte. »Jetzt gib endlich Gas, Gabriel!«

✦ ✦ ✦

KAPITEL 32

IM MATERIALTRAILER ROCH ES nach Backfisch. Weniger intensiv als in dem Werkraum, doch der Geruch war eindeutig der gleiche.

Gabriel, der auf der Türschwelle stand, verzog angewidert das Gesicht. »Bäh!«

Ray ging an ihm vorbei. Schnupperte. Er sah mich fragend an.

»Es stinkt wirklich«, bestätigte ich Gabriels Grimasse. »Ranzig. Nach Fett und Fisch.«

»Ich rieche nichts«, sagte Ray stirnrunzelnd. »Nur Pferd.«

Verwundert stellte ich mich neben ihn. Der Gestank war deutlich wahrzunehmen. Warum also roch ausgerechnet Ray ihn nicht? Ray, dessen Hör- und Sehvermögen weitaus besser war als meines.

»Müssen wir noch lange hier drin bleiben?«, fragte Gabriel mit zugehaltener Nase.

Ich winkte ihn zu mir. »Wir müssen herausfinden, wo der Geruch am stärksten ist.«

»Ernsthaft? Du willst, dass wir den Trailer *abschnuppern*?« Gabriel verzog das Gesicht.

»Wir haben keine andere Wahl«, erwiderte ich.

Widerwillig tappte Gabriel hinter mir her. Während er sich auf die Zehenspitzen stellte, um an der Decke zu riechen, steckte ich meinen Kopf in die Schränke hinein. Zum Schluss krochen wir über den Boden.

Da rief Gabriel: »Hier!«

Ray und ich stürzten zu ihm. Er zeigte auf eine Stelle am Boden und Ray und ich gingen in die Hocke. Ich fuhr mit den Fingern über die abgenutzten Bodenplanken, durch deren Ritzen man stellenweise das Gras darunter erspähen konnte. Doch es war kein Amulett zu sehen.

Das konnte doch nicht wahr sein!

Der Geruch war an der Stelle eindeutig am intensivsten, aber woher kam er? Mein Blick fiel erneut auf die Ritzen. Auf das Gras.

»Unter dem Boden!«, rief ich.

Wir liefen hinaus. Ray schlängelte sich unter den Trailer.

»Und?«, fragte ich aufgeregt. »Ist es da?«

Ray rutschte wieder unter dem alten Trailer hervor.

»Nichts«, antwortete er, den Blick gesenkt. Dennoch sah ich die grenzenlose Enttäuschung in seinen Augen. Mehr noch, etwas in seinem Blick war erloschen. Als hätte er sich gerade in sein düsteres Schicksal ergeben.

Aber dazu war ich noch nicht bereit. Ich konnte nicht aufgeben. Also legte ich mich auf den Rücken und schob mich selbst unter den Trailer.

Und da sah ich es.

Das Amulett!

Es klebte an einer Bodenplanke, rundherum war die stinkende Paste verteilt. Ihr könnt Euch nicht vorstellen, wie glücklich mich der Anblick dieses kleinen grünen Amuletts machte.

In diesem Moment dachte ich keine Sekunde daran, dass es mir Ray wegnehmen würde. Ich dachte nur daran, dass Ray frei sein würde.

»Ray! Komm, schnell!«, rief ich. Er schob sich neben mich. Ich zeigte auf das Amulett. »Und was ist das?«

»Nichts.«

Ich berührte das Amulett. »Schau auf meinen Finger.«

»Da ist dein Finger.«

Er sah es nicht. Das war eindeutig. Doch mir war völlig schleierhaft, warum er es nicht sehen konnte, ich hingegen schon.

Schweigend kroch Ray wieder unter dem Trailer hervor. Ich zog das Amulett mitsamt dem Klebstreifen ab und folgte ihm.

»Und was ist das?« Ich ließ das Amulett von meinem Finger baumeln.

Ray fielen fast die Augen aus dem Kopf. Ungläubig starrte er auf sein Amulett. Er öffnete den Mund. Wie in Zeitlupe bogen sich seine Mundwinkel nach oben, die Augen wurden heller und heller, bis das strahlendste Lächeln, das ich je gesehen hatte, jegliche Angst aus seinen Gesichtszügen vertrieb.

Es war unbeschreiblich. Feierlich streckte ich meinen Arm aus, um ihm das Amulett zu geben. Doch er wich blitzschnell zurück.

»Später«, sagte er. »Wenn ich es umlege, bin ich weg. Ich...« Er räusperte sich. »Ich möchte mich noch verabschieden.«

Erschrocken steckte ich es in die Tasche. Denn das wollte ich auch. Mich von ihm verabschieden, ohne ihn dabei aus Versehen zu früh über die Deathline zu schicken.

»Mission accomplished.« Gabriels breites Grinsen verriet seine Erleichterung. Mir wurde warm ums Herz. Er war im Freundschaftslotto ein absoluter Hauptgewinn. »Und jetzt bloß weg von dem Gestank. Ich muss meine arme Nase auslüften.«

Beim Stall liefen wir meinem Vater und Seal über den Weg.

»Wo wart ihr?«, fragte Dad, das Gesicht in sorgenvolle Falten gelegt.

Ich nahm an, dass meine Kamikazefahrt zur Farroway Farm ihm noch in den Knochen steckte und er mich die nächsten Tage so lückenlos überwachen würde wie ein Neugeborenes. Was in Anbetracht der Tatsache, dass ich mich von Ray *ausführlich* verabschieden wollte, nicht sonderlich hilfreich war.

»Beim Trailer«, sagte Gabriel. »Wir haben endlich das Geruchsproblem gelöst.«

»Ah. Gut.« Gabriels Antwort verwirrte meinen Vater sichtlich. Kein Wunder, schließlich hatte ich soeben einen Mordversuch überlebt, bei dem ein Mensch gestorben war, und zurück auf der Ranch fiel mir scheinbar nichts Besseres ein, als das Geruchsproblem im Trailer zu lösen…

Seal trat zu Ray und legte die Hand auf seine Schulter. »Du auch?«, fragte er leise.

Ray nickte.

Da hörten wir ein Auto die Auffahrt entlangkommen.

Gabriel sah sich nervös um. »Ich muss schnell was erledigen«, sagte er plötzlich und eilte ins Haus.

Verwundert sah ich ihm hinterher.

»Ich schau mal nach, wer da kommt«, sagte mein Vater und ging ebenfalls.

Kaum war er außer Sichtweite, zog ich die beiden Amulette, die ich auf der Farm an mich genommen hatte, aus meiner Jackentasche. Ich hielt sie hoch. Sie sahen so identisch aus, als stammten sie von einem chinesischen Fabrikband.

Ich sah von einem zum anderen. Welches stammte nun aus Dowbys Tasche und welches aus dem Karton im Werkraum?

»Sorry, Seal.« Ich verzog entschuldigend das Gesicht. »Ich weiß nicht mehr, welches deines ist.«

Ohne eine Sekunde zu zögern, griff Seal nach dem linken. Ray fiel ihm in den Arm.

»Warte – ich denke, wir sollten beide mit dem Ältestenrat reden, bevor wir gehen.«

Seal sah ihn einen Moment an, dann nickte er. »Ja, das sollten wir.« Er zeigte auf das zweite Amulett. »Das ist Macs. Was soll damit passieren?«

»Das wird der Rat entscheiden.«

Wieder sah ich abwechselnd von dem einen zu dem anderen Amulett, doch ich erkannte nicht den kleinsten Unterschied. Sie waren absolut identisch: der grüne Stein, der in sich gemustert war wie eine Schnecke und alle Schattierungen der Farbe Grün aufwies, die man sich nur vorstellen konnte; das Lederhalsband, schwarz und schlicht.

»Wie macht ihr das?«, fragte ich schließlich. »Woher wisst ihr, wem welches Amulett gehört?«

»Jedes hat ein einmaliges Muster«, sagte Ray und drehte Macs Amulett zu mir.

Ihr könnt Euch wahrscheinlich denken, was nun passierte: Ich glotzte auf zwei grüne Steine, die sich wie ein Ei dem anderen glichen, und kam mir reichlich dämlich vor.

Manchmal war das mit dem Yowama-Ding echt anstrengend.

Zum Glück kehrte in diesem Moment mein Vater zurück und ich konnte die Amulette ohne weiteren Kommentar wegstecken. Neben meinem Vater lief eine bildhübsche, zierliche Frau. Ich hatte sie noch nie gesehen, aber sie war eindeutig eine Yowama. Hinter ihr erkannte ich Sam. Er winkte mir zu, und noch bevor Ray zu ihr lief, wusste ich, dass sie Rays Mutter war.

»Gehen wir in den Salon«, sagte mein Vater. »Da sind wir zur

Essenszeit unter uns.« Sam und Seal folgten meinem Vater und ich schloss mich ihnen erleichtert an. Auf keinen Fall wollte ich das Wiedersehen zwischen Ray und seiner Mutter stören.

Sam griff zur Begrüßung nach Seals Hand. »Nein, du auch?«, fragte er im nächsten Moment bestürzt. »Das muss aufhören.«

Ich lief direkt hinter Sam, und ich weiß genau, dass Seal mit keinem Wort erwähnt hatte, dass er getötet worden war. Dieser Per-Händedruck-alles-erfahren-Trick war wohl auch so ein Yowama-Ding.

Siedend heiß fiel mir ein, dass ich nachher Rays Mutter begrüßen musste. Ich durfte ihr auf keinen Fall die Hand schütteln!

Der Salon war tatsächlich leer. Mein Vater führte Sam und Seal zu einer Sitzecke im hinteren Teil und ich holte Wasser und Gläser. Kurz darauf stießen Ray und seine Mutter zu uns. Sie kam direkt auf mich zu. Mir brach der Schweiß aus. Ich konnte mich doch nicht einfach weigern, ihr die Hand zu schütteln! Da umarmte sie mich.

»Danke, dass du Ray gerettet hast«, flüsterte sie und drückte mich fest an sich. »Willkommen in unserer Familie.«

Es reichte nicht einmal für ein Stammeln. Ich war viel zu überrascht und der Moment viel zu schnell vorbei.

»Ein Glas Wasser?«, fragte mein Vater, doch Rays Mutter schüttelte den Kopf.

»Vielen Dank, wir sollten sofort aufbrechen. Es ist schon spät und wir müssen heute noch eine Ratssitzung abhalten.«

Irgendwo drückte jemand auf die Stopp-Taste, und mein Leben hielt lange genug an, damit ich die Worte, die wie Eiswasser durch meine Ohren in den Kopf tröpfelten, in all ihrer Tragweite begreifen konnte: Die Ratssitzung war jene Sitzung, bei der Ray Seal dabeihaben wollte. Seine Mutter hatte bis vor ein paar Minuten aber gar nicht gewusst, dass wir Rays Amulett gefunden hatten und er die Farm jetzt wieder verlassen konnte. Sie konnte diese Sitzung demnach also nicht geplant haben. Was nur eines bedeuten konnte: Ray musste sie eben darüber informiert haben. Und das wiederum hieß, dass er beschlossen hatte, die Ranch jetzt sofort zu verlassen – was einen ausführlichen Abschied ausschloss. Fazit: Wenn ich Glück hatte, bekam ich noch eine kurze Umarmung vor unseren Eltern, und dann würde Ray für immer weg sein.

WEG.

FÜR IMMER.

Es war wie ein Schlag in den Magen.

Ich weiß, ich habe vorhin geschrieben, dass es nicht mehr um mich ging, dass es nur noch galt, das Amulett zu finden und Ray vor dem Bösen zu retten. Aber nun sah ich nur noch meinen Verlust.

Ich würde Ray verlieren.

JETZT.

FÜR IMMER.

Ohne ihn davor ein letztes Mal zu spüren, zu küssen, mit ihm zu reden... Es war so unerträglich, so furchtbar, dass –

»Josie!« Rays Stimme drückte wieder die Play-Taste und riss mich aus meinen Gedanken. Ich rang mir ein verkrampftes Minilächeln ab. »Ja?«

»Meine Mutter hat gefragt, ob du noch etwas einpacken willst, bevor wir fahren.«

»Bevor... ich fahre... mit?«, stammelte ich.

Ray zwinkerte mir zu. »Außer du hast etwas Besseres vor...«

Was Besseres??? Er musste verrückt sein! Ich schickte einen flehenden Blick zu meinem Vater.

»Hör auf mit dem Dackelblick«, brummte er. »Ich habe schon Ja gesagt. Jetzt lauf! Hier warten vier Leute auf dich!«

Ich lief. Und wenn es so etwas gäbe, hätte ich den Weltrekord im Übernachtungstaschenpacken gebrochen. Garantiert.

KAPITEL 33

RAY UND ICH TEILTEN uns die Rückbank mit Seal. Mein Kopf lehnte an Rays Schulter, sein Arm lag um meine Taille und ich schmiegte mich so eng an ihn, wie es nur ging. Sam fuhr und die Fahrt war so verwirrend wie damals vor zwölf Jahren, allerdings muss ich zugeben, dass ich mich nicht wirklich auf den Weg konzentrierte.

Er muss über die Deathline. Er muss über die Deathline.

Die Worte reihten sich in meinem Kopf zu einer Kette aneinander, die sich schwer um meinen Brustkorb legte und ihn immer fester zusammenschnürte.

»Josie«, sagte Sam, »kannst du uns erzählen, was auf der Farroway Farm vorgefallen ist?«

Die Bilder kamen mit voller Wucht zurück. Dana, die bewusstlos in meinen Armen hing. Dowby, der tot auf dem Boden lag. Ich beugte mich zu Sam und Rays Mutter Tia. Stockend erzählte ich. Von dem Schatten. Von Dowby. Von Mike. Von dem Amulett im Keller. Dem im Trailer.

»Komisch ist nur, dass Ray sein Amulett unter dem Trailer nicht sehen konnte. Erst als ich es in der Hand gehalten habe, war es für ihn sichtbar«, beendete ich meinen Bericht. Erschöpft lehnte ich mich an Rays Schulter zurück und schloss die Augen.

»Und Ray konnte das Amulett nicht sehen, obwohl du direkt darauf gezeigt hast?«, fragte Sam nach einer kurzen Pause.

Ich öffnete die Augen. »Er hat auch den Geruch nicht bemerkt.«

»Ich frage mich schon die ganze Zeit, ob es etwas mit dieser Paste zu tun haben könnte«, murmelte Ray.

»Diese Paste, kannst du die genauer beschreiben, Josie?«, fragte Sam.

»Gräulichgelb, schmierig, so wie geronnenes Fett. Sie riecht ranzig und etwas nach Fisch.«

Sam wandte sich an Tia. »Kommt dir das bekannt vor?«

»Nein.«

»Ich werde morgen zur Farm fahren und mir die Kartons ansehen.« Sam suchte im Rückspiegel meinen Blick. »Sie liegen im Keller, sagst du?«

»Im Vorratskeller«, bestätigte ich.

»Und Dowby meinte, er sei hinter etwas Großem her?«

»Etwas ganz Großem«, sagte ich, während ich mir seine Worte in Erinnerung rief. »*Und ich sitze in der ersten Reihe, wenn es so weit ist*, hat er gesagt.«

Tia räusperte sich. »Das klingt, als würde jemand anderes die Fäden ziehen, während er der Handlanger ist, der am Ende von dem *Großen* etwas abbekommt. Weil er ganz nah dran ist am Geschehen.«

»Du meinst... Dowby war nur ein Handlanger?« Ray setzte sich aufrechter hin. Ich konnte seine Anspannung spüren. »Aber für wen?«

Bedrücktes Schweigen legte sich über das Auto. Keiner von uns hatte eine Antwort auf Rays Frage, aber wir alle waren uns bewusst, dass diese Feststellung einer Katastrophe gleichkam. Dowby konnte keine Fragen mehr beantworten und der wahre Böse trieb weiterhin sein Unwesen.

Ich sah Dowby vor mir. Die Pistole in der Hand. Wie er mich verächtlich anschaute. Er hatte gesagt, er würde die getöteten Yowama benutzen, aber ohne zu präzisieren, wofür und in welcher Form. Es war zum Haareraufen!

Tias Profil verriet ihren besorgten Gesichtsausdruck. Angenommen sie hatte recht mit ihrer Theorie und wir hatten es über Dowby hinaus mit einem Strippenzieher im Hintergrund zu tun – wie half uns das weiter? Wir wussten weder, mit wem wir es zu tun hatten, noch, was er plante. Wir wussten nur, dass es jemand war, der ungewöhnlich gut über die Besonderheiten der Yowama informiert war.

Ich schmiegte mich wieder an Ray. Er lehnte seinen Kopf an meinen, küsste mein Haar. Energisch schob ich alle Gedanken beiseite und konzentrierte mich nur auf eines: Rays Nähe.

Dann erreichten wir das Reservat. Ich bemerkte, wie ein Ruck durch Ray ging, als wir die ersten Holzhäuser passierten. Wie bei dem Besuch vor elf Jahren fielen mir auch jetzt die Hausdächer zuerst ins Auge. Sie waren über und über mit Zeichen und Symbolen verziert und bunt wie ein Regenbogen. Damals fand ich sie einfach schön. Jetzt überlegte ich, welche Bedeutung die Dächer haben konnten. Hatten sie eine Schutzfunktion? Oder sagten sie etwas über ihre Bewohner aus? Ray beugte sich zu Sam vor.

»Wann ist die Sitzung?«

»Der Rat wartet schon auf uns.« Sam hielt vor einem großen, türkis gestrichenen Holzhaus. Ich erkannte es sofort wieder: Es war das Gemeindehaus, in dem ich damals mit meiner Mutter gewesen war.

»Wir sehen uns später«, sagte Ray und küsste mich auf die Nasenspitze. Er öffnete die Tür. Drehte sich noch einmal zu mir um und brachte seine Lippen an mein Ohr. »Ich liebe dich, Rodeo-Girl.« Dann stiegen er und Seal aus und ich spürte, wie meine Wangen glühten.

Langsam fuhr Sam weiter. Wir passierten den Marktplatz mit dem Kwaohibaum in der Mitte und den einfachen Holzständen an den Seiten. Vor einem kleinen Geschäft hielten wir an und Sam ließ Tia und mich aussteigen. Schweigend folgte ich Rays Mutter in den mit einem erstaunlichen Mischmasch an Waren gefüllten Laden. Eine junge Frau wischte summend den Boden. Als sie Tia sah, verstummte sie und holte einen Schlüssel aus einem bunten Holzkästchen. Sie wechselten ein paar Worte auf Yowama, dann drückte die Frau Tia den Schlüssel in die Hand und wir gingen.

Tia war sehr freundlich. Sie nahm mich mit zu sich nach Hause, versorgte mich mit Essen und Trinken, zeigte mir Rays Zimmer und seinen Rappen, und ich wunderte mich darüber, wie gefasst sie war – immerhin hatte sie heute erfahren, dass ihr Sohn Opfer eines gemeinen Mordes war und in ein paar Stunden dieses Leben für immer verlassen würde.

Doch sie weinte nicht.

Ich selbst dagegen war alles andere als gefasst. Obwohl ich versuchte mich zusammenzureißen, füllte sich in mir ein Tränenstaudamm, der, einmal geöffnet, so schnell bestimmt nicht wieder versiegen würde. Es gelang mir kaum, mich auf das, was Tia mir erzählte, zu konzentrieren, da ich all meine Kraft brauchte, um die stetig wachsende Panik vor Rays Abschied zu unterdrücken.

Schließlich führte sie mich zu einem kleinen Haus am Rand des Dorfes. Es gab nur zwei Räume und ein winziges Badezimmer. Der größere der beiden Räume war bunt bemalt; an den Wänden waren die Wälder, der Wawaicha Lake und Mount Baker abgebildet, während die nachtblaue Decke ein glitzernder Sternenhimmel zierte. Die Einrichtung war schlicht: Tisch, Stühle, ein Sofa, ein Regal mit Hunderten von Tiegeln und eine Liege, aber jedes einzelne Möbelstück war ein mit unendlich vielen Intarsien verziertes Kunstwerk.

»Ihr bleibt heute in diesem Haus«, erklärte Tia und sah mich aus warmen grünen Augen an. »Versuch zu schlafen, bis Ray aus der Ratssitzung kommt. Du hast eine schwere Nacht vor dir.«

Ihr? Ich starrte Tia verständnislos an. Versuchte sie mir gerade zu sagen, dass Ray und ich *gemeinsam* in diesem Haus die Nacht verbringen würden? Ray war seit neun Tagen tot. Sie musste doch wissen, was mit ihrem Sohn zwischen Mitternacht und neun Uhr früh passierte!

Tia ging zu dem Regal, griff nach einer Dose und reichte sie mir. »Hier sind geweihte Kwaohibaumblätter drin. Sobald Ray im Haus ist, musst du die Blätter auf den Fensterbrettern und der Türschwelle verstreuen. Wenn dann das Böse in ihm erwacht, sollten die Blätter ihn davon abhalten, das Haus zu verlassen.«

»*Sollten?*«, fragte ich vorsichtig nach.

»So lange wie Ray ist *hier* im Dorf noch nie ein Amulett-Träger nach seinem Tod im Diesseits geblieben. Neun Tage«, fügte sie leise hinzu, »sind eine lange Zeit. Und jeden Tag wird das Böse mächtiger. Wir wissen nicht, ob die Kraft der Blätter stark genug ist.«

Ich schluckte. Natürlich wollte ich bei Ray sein, und ja, das Tattoo sollte mich schützen, aber ich erinnerte mich nur zu gut an seine Angst, mich nach Mitternacht zu verletzen, wenn ich auch nur einen Schritt aus meinem Zimmer hinaus machte.

Und nun zweifelte Tia die Macht der Blätter an und erwartete gleichzeitig, dass ich die Nacht mit ihrem Sohn in ein und demselben Raum verbrachte! Doch was, wenn die Macht des Tattoos ebenso fragwürdig war wie die der Blätter...?

»Du trägst sein Tattoo«, fuhr Tia fort, als hätte sie meine Gedanken gelesen. »Es schützt dich – Ray kann dir nichts tun. Auch nicht das Böse in ihm.«

Trotz ihrer Worte war mir mulmig zumute. »Wie kannst du das wissen, wenn es noch nie einen Fall wie Ray gegeben hat?«

Sie lächelte traurig. »Ich weiß es, weil es mehr als nur ein Schutztattoo ist. Der Halbkreis... das ist nicht Sams Werk. Er war in dir. Sam hat ihn nur sichtbar gemacht und dadurch seine Kraft entfaltet.«

Ich schluckte wieder. »Du meinst... es ist so was wie meine... *Bestimmung*?«

»Wenn du es so nennen willst. Ray wird über die Deathline gehen, aber ihr werdet verbunden bleiben.«

»Aber wie?«, rief ich. Es ergab keinen Sinn und machte mich wütend. Wenn Ray ging und ich blieb, wie sollte das funktionieren?

»Vertrau dem Schicksal.« Sie berührte sanft die Stelle, an der mein Tattoo unter Cellophan und Stoff versteckt war. »Du hast sein Amulett gefunden. Er hat dich vor dem Tod bewahrt. Brauchst du noch mehr Beweise?«

Ich stand da und wusste nicht, was ich tun sollte.

Als Ray mich aufgefordert hatte, mit ins Reservat zu kommen, war ich einfach nur froh gewesen, den Abschied noch ein wenig hinauszögern zu können. Dass dieses Hinauszögern allerdings bedeuten würde, mich mit ihm in seiner dunklen Phase in ein Haus einzusperren, damit hatte ich nicht gerechnet.

Kurz vor zwölf kam Ray.

»Hast du Angst?«, fragte er und zog mich zu sich, nachdem ich die Kwaohiblätter vor Tür und Fenstern verstreut hatte.

Ich spürte seine Lippen auf meiner Stirn und seine Hände auf meinen Schultern und überlegte, ob ich ihn anlügen und einfach Nein sagen sollte. Dann nickte ich. Er hätte meine Angst ohnehin gespürt.

»Ich auch«, flüsterte er und bedeckte mein Gesicht mit Küssen. »Du solltest bei meinen Eltern schlafen. Ich habe acht Nächte geschafft, ich schaffe auch die neunte.«

Ich schüttelte den Kopf. »Ich bleibe bei dir.«

Sanft löste er seine Arme und schob mich von sich. »Bist du dir sicher? Du weißt, was auf mich zukommt. Ich werde nicht ich selbst sein.«

»Glaubst du an das Tattoo?« Ich blickte in seine Augen und bemerkte, dass sich das Grün schon verdunkelte. Es musste fast Mitternacht sein.

»Würde ich sonst zulassen, dass du bei mir bleibst?«

»Wovor hast du dann Angst?«

»Dass…« Er zögerte, senkte den Blick. »Dass du mich am Ende der Nacht verabscheust.«

»Niemals«, flüsterte ich und nahm seine Hand.

Da begann es.

Ray verkrampfte sich. Zog abrupt seine Hand weg. Ich zuckte zusammen. Mein Puls schoss in die Höhe.

Er trat zurück und ein feindseliger Ausdruck erschien auf seinem Gesicht.

Er machte mir Angst.

Seiner Kehle entwich das Grollen eines Raubtiers. Seine Augen verengten sich zu Schlitzen.

Plötzlich war die Stimme meiner Mutter in meinem Kopf.

Kontrolliere deine Angst, Josie. Wenn der Mustang sie spürt, hast du verloren.

Mit einem Satz war ich bei Ray. Packte seine Hand. »Hör auf damit!« Ich zerrte ihn zum Sofa und drückte ihn in die Kissen. Das Grollen wurde leiser. Ich setzte mich rittlings auf seinen Schoß und nahm sein Gesicht in meine Hände. Sah ihm direkt in die fast schwarzen Augen.

»Hau ab!«, sagte ich und sprach dabei nicht zu Ray, sondern zu dem Bösen in ihm. »Ich habe keine Angst vor dir, weil du mir nichts tun kannst, kapiert?«

Grüne Punkte flimmerten in der fast schwarzen Iris auf.

»Lass mich nicht los«, sagte Ray gepresst. »Sprich mit mir. Lenk mich ab.«

Also erzählte ich. Von der Ranch. Von meiner Mutter. Von meiner Oma. Von Hisley. Und Bo. Von meinem Vater und Patrick und von Dana und ihren Eltern und Gabriel und seinen Alien-Theorien und von Jake und seinen Slapstick-Einlagen. Und als mir nichts mehr über mein Leben und meine Familie und meine Freunde einfiel, erzählte ich ihm die Geschichten meiner Lieblingsbücher.

Und egal wie oft er versuchte, sich mir zu entwinden, egal wie sehr er mich beschimpfte, wie wild seine Augen mich anblitzten, ich hielt ihn fest, und je länger ich ihn festhielt, desto bewusster wurde mir, dass unser Tattoo wirklich wirkte: Er konnte mir nichts tun, nicht einmal mich wegstoßen, so gern er das in manchen Momenten auch getan hätte.

Es waren lange und anstrengende und beängstigende neun Stunden. Und doch möchte ich keine Minute davon missen.

✶ ✦ ✶

KAPITEL 34

ALS ICH AM NÄCHSTEN TAG aufwachte, schien die Sonne warm und hell durch das Fenster. Ein Blick auf mein Handy verriet: Es war schon ein Uhr!

Ich sprang vom Sofa. Wie konnte ich schlafen, wenn Ray und mir nur noch ein paar Stunden blieben? In Windeseile zog ich mir saubere Kleidung an und machte mich frisch, als Ray hereinmarschierte, in der Hand einen dampfenden Becher Kaffee.

»Na, Schlafmütze«, sagte er lächelnd, »bereit für einen kleinen Ausflug?«

Lässig lehnte er im Türrahmen, seine Augen waren hellgrün und zeigten kein bisschen von dem Dunkel, das mir gestern solche Angst gemacht hatte. Ich war so erleichtert, dass mir Tränen in die Augen stiegen.

»Klar!« Ich schniefte und lachte gleichzeitig.

»Dann hopp!« Er gab mir den Becher. »Keine Zeit zum Trödeln, Rodeo-Girl.«

Keine Zeit zum Trödeln! Als ob ich das nicht wüsste! Ich schüttete den starken, bitteren Kaffee in mehr oder weniger einem Schluck hinunter und nahm seine ausgestreckte Hand.

Als wir uns dem belebten Marktplatz näherten, legte Ray seinen Arm um meine Schulter. Zuerst fühlte ich mich unwohl dabei, ich kam mir vor wie ein Fremdkörper in dieser eingeschworenen Gemeinschaft. Doch außer mir schien das niemand so zu sehen. Jeder, der uns begegnete, grüßte freundlich, nicht einer schien sich darüber zu wundern, dass Ray eine Fremde im Arm hielt.

Von einer Koppel am nördlichen Rand des Dorfes holten wir zwei Pferde. Ray seinen Rappen, ich den Schimmel seiner Mutter. Dann ging es los. Wir ritten tief ins Yowama-Reservat, durch einen Wald mit Kwaohibäumen, größer, als ich je welche gesehen hatte.

Nach einer guten halben Stunde erreichten wir eine Lichtung, so atemberaubend schön, dass ich den Schimmel zum Stehen brachte.

»Wow«, murmelte ich. »Das ist der Hammer.«

Vor mir erstreckte sich eine einzigartige Landschaft. Harmonisch und einladend und perfekt. Ein Gefühl tiefen Friedens überkam mich. Zwischen alten Bäumen mit ausladenden Kronen und saftigen Blättern breiteten sich samtig grüne Wiesen aus, die einen Teich umschlossen, dessen tiefes Grün sich beim Näherkommen veränderte. Wie bei den Amuletten ging von seiner Mitte ein Wirbelmuster aus, in dem alle nur denkbaren Schattierungen der Farbe Grün ineinander übergingen. Der Ort war eine Sinfonie in Grün, selbst die Schmetterlinge, die in fröhlichen Schwärmen über die Wiese tanzten, schimmerten in hellem, zartem Grün.

Ray stieg von seinem Pferd und winkte mich zu sich. Hand in Hand liefen wir über die Lichtung zu einem besonders dicken Baum, dessen Krone ein breites Schattendach warf.

»Ist das ein besonderer Ort?«, fragte ich.

»Es ist das Herz des Reservats – und du bist die erste Nicht-Yowama, die es sehen darf«, sagte Ray und ich konnte den Stolz in seiner Stimme hören. »So möchten wir dir danken. Du hast nicht nur Seal und mich gerettet, sondern uns auch wichtige Informationen gegeben, die uns hoffentlich dabei helfen, diesen Wahnsinnigen bald zur Strecke zu bringen.«

Ray schwieg einen Moment, dann legte er seine Hände auf meine Schultern und zog mich behutsam mit sich auf das weiche Gras. Seine Lippen fuhren über meine Wangen, seine Hände suchten sich einen Weg unter mein Top. Ich spürte der sanften Berührung nach. Sie hinterließ ein Kribbeln auf meiner Haut und ich schmiegte mich dichter an ihn. Ich wollte ihm so nah sein wie nur möglich, ich wollte ihn spüren und riechen und endlich vergessen, dass dies das letzte Mal sein würde, an dem wir zusammen sein konnten. Dann küssten wir uns, und ich schloss meine Augen und verdrängte das quälende Wissen um den bevorstehenden Abschied und gab mich ganz dem Gefühl hin, dass dieser Moment nur uns gehörte. Uns ganz allein. Für immer.

Zurück im Dorf warteten bereits Rays Eltern auf uns. Es war das erste Mal, dass ich seinen Vater traf, doch ich erkannte die Ähnlichkeit mit Ray auf den ersten Blick. Er war kleiner als sein Sohn, aber die Nase, den Mund und die Augenpartie hatte Ray eindeutig von ihm.

Einen panischen Moment lang befürchtete ich, dass er meine Hand schütteln würde, doch genau wie seine Frau nahm auch er mich in die Arme und drückte mich kurz und fest an seine Brust. »Du wirst uns immer willkommen sein, Josephine, als Tochter und als Freundin der Yowama.«

»Da...danke«, stotterte ich überrumpelt.

»Siowa cha maquwama«, sagte er, und ich übersetzte still den einzigen Satz Yowama, den ich kannte: *Die Toten wachen über uns.*

Mit diesen Worten neigte er seinen Kopf und verschwand mit Tia und Ray in sein Haus.

Es ist nicht so, als hätten sie mich einfach stehen lassen, auch wenn das jetzt so klingt. Nein, Ray und ich hatten besprochen, dass er sich alleine von seinen Eltern verabschieden sollte, da er danach mit mir zur Ranch zurückfahren wollte, um dort über die Deathline zu gehen.

Ich wäre mir wie ein Eindringling vorgekommen, wenn ich diesem letzten Zusammensein beigewohnt hätte.

Kaum hatte sich die Tür hinter Ray geschlossen, hörte ich Sam nach mir rufen. Ich drehte mich um. Er stand ein paar Meter weiter neben einer Frau und winkte mich zu sich.

»Josephine, ich möchte dir Seals Mutter vorstellen«, sagte er und schob mich auf die Frau zu. Über ihren Armen hing der farbenprächtigste Quilt, den ich je gesehen hatte. »Seal ist über die Deathline gegangen. Mae möchte dir danken, dass du uns ihren Sohn zurückgebracht hast.«

Mae nickte und hielt mir die gesteppte Decke hin.

»Sie möchte, dass du den Quilt als Geschenk annimmst. Er soll dich wärmen und schützen und dich daran erinnern, dass du im Reservat immer willkommen sein wirst.«

Gerührt nahm ich den Quilt in die Hand. Er war viel leichter, als er aussah, und weich und flauschig. Ganz anders als der starre und unglaublich schwere Blumenquilt, den meine Oma als Tagesdecke benutzt hatte. »Vielen Dank«, sagte ich und deutete eine leichte Verbeugung an. »Ich werde ihn in Ehren halten.«

Sam sagte etwas auf Yowama zu Mae und sie nickte langsam mit dem Kopf in meine Richtung. »Siowa cha maquwama.«

»Siowa cha maquwama«, antwortete ich und hoffte, dass ich damit keine goldene Regel verletzte. Was jedoch nicht der Fall zu sein schien, denn Mae reagierte nicht überrascht, sondern wandte sich einfach zum Gehen, und Sam schenkte mir ein zufriedenes Lächeln.

»Du lernst schnell«, sagte er. »Emily wäre sehr stolz auf dich. Weißt du, dass es deine Mutter war, die damals, als deine Eltern sich um den Kauf der Ranch beworben hatten, den Ältestenrat überzeugt hat?«

»Nein.« Wie sollte ich auch, nachdem ich bis vor Kurzem nicht einmal gewusst hatte, dass der Ältestenrat ein Bestimmungsrecht über unsere Ranch hat.

»Ihr Tod hat uns sehr betrübt. Sie war eine ganz besondere Frau.« Er legte seinen Arm um meine Schulter und dirigierte mich zu seinem Auto. »Ich bin froh, dass du ihr Wesen geerbt hast.«

Die Fahrt zurück zur Ranch erschien mir deutlich kürzer – was wahrscheinlich daran lag, dass die Uhr unerbittlich dem endgültigen Abschied entgegentickte. Je mehr ich das Unvermeidliche hinausschieben wollte, desto näher rückte es. Ray hatte sich zu mir auf die Rückbank gesetzt und seinen Arm fest um mich gelegt. Mein Kopf lag an seiner Brust, meine Arme umschlangen seinen Oberkörper und meine Tränen durchnässten sein Shirt. Ray sagte nicht, dass ich nicht weinen sollte, er bot mir auch kein Taschentuch an, er strich nur zart über meine Haare und ließ meinen Tränen freien Lauf.

»Wurde eine Entscheidung bezüglich Macs Amulett getroffen?«, brach Ray schließlich das Schweigen.

»Nein«, hörte ich Sam antworten. »Seine Familie behält es so lange, bis wir herausfinden, wie und ob wir Mac retten können.«

Er seufzte schwer. »Nur müssten wir dafür erst einmal herausfinden, wo er sich aufhält – und *was* er ist.«

»Ich glaube, ich weiß es«, murmelte ich in Rays Shirt.

Er hob meinen Kopf. »Was weißt du?«

»Ich glaube«, sagte ich langsam und betonte das Wort *glaube*, »dass er der Schatten war, der durch mich hindurchgerannt ist.«

Ray runzelte die Stirn. »Wie kommst du darauf?«

Im Rückspiegel bemerkte ich Sams aufmerksamen Blick. Ich spürte, wie ich errötete. Plötzlich war mir bewusst, dass Sam und Ray auf eine Lösung hofften, ich ihnen aber nur eine Vermutung bieten konnte. »Kann es sein, dass sich die Toten nach Ablauf der vierundzwanzig Tage als Schatten zeigen können?«

Erst sah Ray mich verwirrt an, dann nickte er langsam. »Wie auf dem Foto, meinst du?«

»Wie auf dem Foto«, stimmte ich ihm zu und erklärte Sam, was passierte, wenn ich Ray fotografierte. »Und dann war da der Schatten auf der Farm. Er kam wie aus dem Nichts und ist durch mich hindurchgerannt.« Ich schauderte bei der Erinnerung an diesen Moment. »Und in dem Spiel im Virtual Reality Dome war auch ein Schatten, und der hat definitiv nicht zum Spiel gehört. Vielleicht war das auch einer der vermissten Yowama.«

»Und wie kommst du darauf, dass der Schatten auf der Farm Mac sein könnte?«, wollte Sam wissen.

»Wegen des Amuletts«, sagte ich. »Jedenfalls finde ich es naheliegend, dass der Schatten Mac war – zumindest wenn man davon ausgeht, dass sein Amulett auch nach vierundzwanzig Tagen noch einen Einfluss hat.«

»Verdammt. Ich habe gesagt, es ist ein Fehler«, sagte Ray zu Sam.

»Es war nicht meine Entscheidung«, verteidigte sich Sam, »und ich gebe dir völlig recht. Es war ein Fehler.«

Verwirrt richtete ich mich auf. Hatte ich etwas verpasst? »Was für ein Fehler?«

»Du hättest bei der Ratssitzung dabei sein sollen«, schimpfte Ray. »Genau solche Informationen hätten uns deutlich weitergebracht als das Geschwätz von manch einem, der...« Er verstummte und schüttelte frustriert den Kopf.

»Ich kümmere mich darum.« Sam verließ den Wald und bog auf die Staatsstraße ab. Mein Herz schrumpfte mit jeder Meile, die wir uns der Ranch näherten. Und dann waren wir da. Das Amulett in meiner Tasche wog eine gefühlte Tonne.

Auf der Ranch fing mich mein Vater vor der Tür ab.

»Josie, der Sheriff war da. Er möchte dich noch einmal befragen.«

Ich schüttelte unwillig den Kopf. »Nicht jetzt, Dad.« Nervös sah ich mich zu Ray um, der jedoch noch in ein Gespräch mit Sam vertieft war.

»Patrick, Dana und Gabriel sind gerade auf der Polizeistation. Der Sheriff will alles über Dowby wissen.«

»Wie geht es Dana?«, fragte ich.

»Gut. Sie ist fast wieder die Alte.« Mein Vater beugte sich näher zu mir. »Josie... Der Sheriff hat gestern Abend in Dowbys Zimmer meine Anleitung für den Bau der Bombe gefunden.« Er setzte seinen inquisitorischen Dadblick auf. »Weißt du, wie die dort hingekommen ist?«

Ich zuckte verblüfft die Schultern. »Keine Ahnung.«

Mein Vater legte den Kopf schief und musterte mich. Aber ich hatte wirklich keine Ahnung. Allerdings begann in meinem Hinterkopf ein Lämpchen zu leuchten.

Gabriel! Außer Dana und mir wusste nur er von der Anleitung in Dads Schrank.

Natürlich! Deshalb also seine Bemerkung gestern, als Sams Auto auf den Hof gefahren war. Das war es also, was er so dringend hatte erledigen müssen. Gabriel war wirklich einmalig.

Plötzlich stand Ray neben mir. »Hallo, Mr O'Leary«, sagte er.

»Ray.« Mein Vater gab ihm die Hand. »Schön dich zu sehen.« Er sah von Ray zu mir, räusperte sich dann. »Äh, ich muss dann mal Martha beim Abendessen helfen.«

Ray sah ihm verwundert nach und legte seinen Arm um meine Schulter. »Bereit?«

Panik verschloss meine Kehle. *Bereit? Niemals!!!, schrie es in mir.* Aber ich sagte nur leise: »Ja.«

»Dann auf, Rodeo-Girl.« Er küsste mich auf die Schläfe und ging los. Langsam, und doch viel zu schnell für meinen schleppenden Gang. Jeder Schritt brachte mich dem Moment näher, in dem ich Ray für immer verlieren würde.

Am Kwaohibaum begannen meine Tränen wieder zu fließen. Ich konnte Ray nicht gehen lassen. Sein Amulett lag wie ein Granitblock in der Tasche meiner Sweatshirtjacke, und ich wusste, früher oder später würde ich es ihm geben müssen. Nur wie sollte ich das schaffen?

Die Vorstellung, plötzlich allein hier zu stehen und Ray für immer verloren zu haben, war undenkbar. Ich schlang meine Arme um seinen Hals und er presste mich fest an sich.

»Danke«, sagte Ray zärtlich.

»Wofür?«, fragte ich.

»Deine Liebe.«

Wie lange wir so standen, uns wieder und wieder küssten und Dinge ins Ohr flüsterten, die zu wiederholen ich jetzt nicht übers Herz bringe, weiß ich nicht, aber es muss lange gewesen sein. Erst brach die Dämmerung über uns herein, später die Dunkelheit.

»Zeit zu gehen«, flüsterte Ray in meine Halsbeuge.

»Nein!«, rief ich und schmiegte mich enger an ihn. »Nein! Bitte, nur noch einen Moment!«

»Es ist bloß eine Reise«, flüsterte er und küsste meine Nasenspitze. »Wir werden uns wiedersehen.«

»Aber wie denn?«, fragte ich verzweifelt. »Du bist weg und ich bin hier! Wie soll das funktionieren?«

»Vertrau mir.« Seine Lippen huschten über meine Augenlider. »Ewig dein. Nichts kann uns trennen, so steht es geschrieben.«

Ich hasste in diesem Moment all diesen Vorsehungs- und Bestimmungsschrott. Was interessierte mich dieses dumme Tattoo an meinem Arm, wenn es alles war, was mir von der Liebe meines Lebens bleiben sollte?

Ich wollte Ray.

Hier.

Bei mir.

Ich wollte einen echten, lebendigen Ray, nicht ein halbes Tattoo. Verdammt! Ich war sechzehn! Mein ganzes Leben lag vor mir! Eine kleine Ewigkeit, vor allem, wenn man sie laut Bestimmung allein verbringen soll.

Was ist das denn für eine Scheißbestimmung, dachte ich, *die einem den Liebsten nimmt, bevor es überhaupt richtig angefangen hat?! Und einen dann mit einem erbärmlichen »Ewig dein« abspeist! Sollte die Erinnerung an Ray mich etwa wärmen und streicheln und küssen?*

Rays Lippen strichen über meine und öffneten sie für einen letzten, innigen, wundervollen Kuss.

Dann war auch der vorbei.

Ray löste meine Arme von seinem Hals. Er nahm meine rechte Hand und streckte die andere nach dem Amulett aus.

»Vertrau mir, Rodeo-Girl.« Er lächelte mich an und seine Augen funkelten in tausend verschiedenen Grüntönen.

Ich wünschte, ich hätte ihn auch anlächeln und anfunkeln können und ihn mit der Würde und Anmut über die Deathline geschickt, die Tia beim Abschied an den Tag gelegt hat.

Ich wünschte, ich hätte ihm meine unendliche Traurigkeit und meinen Schmerz ersparen können.

»Bitte«, flüsterte er. »Vertrau mir.«

Unter größter Anstrengung schob ich die Hand in meine Tasche. Das Amulett brannte unter meinen Fingern. Wie in Trance zog ich es heraus. »Siowa cha maquwama«, presste ich hervor.

»Siowa cha maquwama.« Er streckte seine Hand nach dem Amulett aus, doch ich zog meinen Arm zurück.

»Ich... liebe... dich so... sehr«, flüsterte ich kaum hörbar.

»Du bist meine andere Hälfte, Rodeo-Girl. Yin und Yang. Vergiss das nie. Was immer uns erwartet, *das* wird sich nie ändern.« Zart wischte er die Tränen von meinen Wangen. »Glaub mir. Wir werden nie, nie wieder allein sein. Ewig dein, sag es. Bitte.«

»Ewig... Dei... Dein«, schluchzte ich und sah durch meinen Tränenschleier, wie er das Amulett an sich nahm.

Er formte seine Lippen zu einem Kuss, lächelte mich ein letztes Mal mit seinen grün-grünen Augen an und verblasste.

Ja, Ihr habt Euch nicht verlesen. Er verschwand nicht einfach, er verblasste. Wurde zu einem Schatten, zu einem weißen Nebel. Und dann sah ich ihn nicht mehr.

Vielleicht wundert Ihr Euch jetzt, dass ich nicht geschrieben habe: *Und dann war er weg.*

Aber der Zauber steckt im Detail, wie meine Oma immer gesagt hat, und ausnahmsweise muss ich ihr da recht geben.

Denn Ray war nicht weg. Ich sah ihn nicht mehr, ja. Aber ich spürte ihn. Er erfüllte mich mit Zuversicht und ließ meine Tränen versiegen.

Plötzlich wusste ich, dass er die Wahrheit gesagt hatte. Dass wir uns nie verlieren würden. Dass wir uns wiedersehen würden. »Siehst du«, hörte ich seine Stimme in meinem Kopf, »so schnell wirst du mich nicht los.«

KAPITEL 35

IN MEINEM ZIMMER ERWARTETE mich eine Überraschung. Maes Quilt lag auf meinem Bett, ich nahm an, dass Sam ihn meinem Vater gegeben und der ihn auf meinem Bett ausgebreitet hatte – was wirklich süß von ihm war.

Ich zog meine Jacke aus und wickelte das Cellophan von meinem Arm, um das Tattoo mit der Creme einzuschmieren, die Sam mir mitgegeben hatte.

Fassungslos starrte ich es an. Wie konnte das sein? Eigentlich hätten mich unerklärliche Yowama-Dinge zu dem Zeitpunkt nicht mehr verwundern sollen, aber das... Was ich da sah, war mir unbegreiflich.

Wo gestern noch ein Halbkreis gewesen war, prangte heute ein ganzer, voller, makelloser Kreis. Rays Halbkreis hatte sich mit meinem zu einem einzigen Bild verbunden. Wie die Tinte in meine Haut gekommen ist, weiß ich bis heute nicht, aber es ist auch nicht wichtig. Vorsichtig fuhr ich mit den Fingern über das perfekte Muster.

Yin und Yang.

Ich dachte an unsere erste Begegnung, das Zwinkern, als er

»Zeig's ihnen«, gesagt hatte, an den Nachtspaziergang mit dem kranken Hisley, das Satteltraining mit den Mustangs, unseren ersten Kuss. Ich cremte das Tattoo ein und machte mich bettfertig. Insgeheim wartete ich auf die nächste Tränenflut, auf das Gefühl der Verzweiflung, das mich unter dem Kwaohibaum so fest im Griff gehabt hatte. Auf die Schmerzwelle, die doch unweigerlich kommen musste, nun, da Ray über die Deathline gegangen war.

Aber nichts von alledem geschah. Weder war ich stumpf oder gelähmt vor Trauer, noch verfiel ich in diese Schockstarre, die mich nach dem Tod meiner Mutter über die ersten Tage gerettet hatte.

Ich war einfach ruhig. Müde. Und zuversichtlich. Man könnte auch sagen: Ich war voller Vertrauen in Ray und unsere Bestimmung.

Im Bett zog ich den Quilt so weit nach oben, dass ich mein Gesicht an den flauschigen Stoff kuscheln konnte. Und plötzlich war ich wieder unter dem Baum auf der Lichtung im Yowama-Reservat.

Ray lag neben mir und strich mir lächelnd eine Strähne aus dem Gesicht. »Ich liebe dich, Rodeo-Girl«, sagte er. »Jetzt und für die Ewigkeit.«

EPILOG

MEINE GROSSE LIEBE.

Die hatte ich in Ray gefunden.

Wie ich es mir von dem Kwaohibaum gewünscht hatte.

Fragt sich nur, was es mit dem zweiten Teil meines Wunsches auf sich hat.

Der Teil, in dem ich eine zum Untergang verdammte Welt retten muss.

Die schwarzen Schatten, die seltsamen Vorkommnisse in Angels Keep, der finstere Hintermann dieser Ereignisse ...

Sind das die ersten Anzeichen dafür, dass sich auch der Rest meiner Bestimmung erfüllen wird?

ICH DANKE:

meinem Mann Michael für den über ein Jahrzehnt währenden Lehrgang in Romantik ♥,

meiner Dramaturgin Lisa-Marie Dickreiter, die mich mal wieder auf den richtigen Weg zurückholte, als meine Ich-Erzählerin sich selbstständig machte und die Spannungskurve plattquatschte,

meiner Lektorin Sabine Franz für die mitreißende Begeisterungsfähigkeit und die freundschaftliche und konstruktive Zusammenarbeit,

dem cbj Verlag, insbesondere Martina Patzer und Alexandra Borisch für ihr Vertrauen und ihre Begeisterung und ihren außerordentlichen Einsatz!!!,

meiner Agentin Birgit Arteaga fürs Dasein und Feuerlöschen und Voranschreiten... Großartig!,

meinen fleißigen Testleserinnen Johanna Leisch, Irene Weindl und Lisa-Marie Dickreiter für ihre gut 300 Kommentare,

meiner Kollegin Charlotte Habersack für die gemeinsamen, unfassbar produktiven Schreibzeiten in Breitbrunn,

und natürlich ein riesiges Dankeschön an Euch, meine lieben Leser, dass ihr meine Bücher lest!

Janet Clark

DEATHLINE

KANN DIE LIEBE DAS SCHICKSAL BESIEGEN?

Josie hat sich schon immer gewünscht, dass ihr Leben einmal große Gefühle und spannende Wendungen für sie bereithält. Als sie sich im Jahr nach ihrem 16. Geburtstag in die langen Ferien stürzt und den faszinierenden Ray kennenlernt, beginnt ein Sommer, der ihr Schicksal bestimmen wird. Denn ihre große Liebe trägt ein düsteres Geheimnis mit sich herum, das Josies Welt in große Gefahr bringen könnte. Und so muss Josie sich entscheiden. Auch wenn der Preis dafür vielleicht ihre Liebe ist ...

Ewig Dein
Band 1, 400 Seiten,
ISBN 978-3-570-31209-4

Ewig Wir
Band 2, 400 Seiten,
ISBN 978-3-570-31262-9

www.cbj-verlag.de

Lena Kiefer
Ophelia Scale – Die Welt wird brennen

464 Seiten, ISBN 978-3-570-16542-3

Die 18-jährige Ophelia Scale lebt im England einer nicht zu fernen Zukunft, in dem Technologie per Dekret vom Regenten verboten ist. Die technikbegeisterte und mutige Kämpferin Ophelia hat sich dem Widerstand angeschlossen und wird auserkoren, sich beim royalen Geheimdienst zu bewerben. Gelingt es ihr, sich in dem harten Wettkampf durchzusetzen, wird sie als eine der Leibwachen in der Position sein, ein Attentat auf den Herrscher zu verüben. Doch im Schloss angekommen, verliebt sie sich unsterblich in den bezaubernden Lucien – den Bruder des Regenten. Und nun muss Ophelia sich entscheiden zwischen Loyalität und Verrat, Liebe und Hass …

www.cbj-verlag.de

Das neue atemberaubende Buch von Janet Clark

INGENIUM

erscheint im September 2019

ISBN 978-3-570-16552-2

Ein unheimliches Projekt. Ein verschwundenes Mädchen. Und vier Jugendliche, deren Begabungen gefährlicher sind als eine Waffe.

Matt, Jeanie und Luke sind drei alles andere als normale Teenager: sie alle leiden unter einer Gen-Anomalie, die sie zu Freaks macht – meinen sie. Dass ihre besonderen Talente sie auf der anderen Seite auch zu Superhelden im wahren Leben machen können, erfahren sie erst, als sie sich kennenlernen und durch ihre Mitschülerin Develine in das Abenteuer ihres Lebens verwickelt werden.

www.cbj-verlag.de

Laura Sebastian
Ash Princess

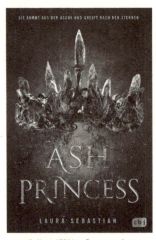

512 Seiten, ISBN 978-3-570-16522-5

Theo ist noch ein Kind, als ihre Mutter, die Fire Queen, vor ihren Augen ermordet wird. Der brutale Kaiser raubt dem Mädchen alles: die Familie, das Reich, die Sprache, den Namen. Und er macht aus ihr die Ash Princess, ein Symbol der Schande für ihr Volk. Aber Theo ist stark. Zehn Jahre lang hält die Hoffnung sie am Leben, den Thron irgendwann zurückzuerobern, allem Spott und Hohn zum Trotz. Als der Kaiser Theo eines Nachts zu einer furchtbaren Tat zwingt, wird klar: Um ihren Traum zu erfüllen, muss sie zurückschlagen – und die Achillesferse des Kaisers ist sein Sohn. Doch womit Theo nicht gerechnet hat, sind ihre Gefühle für den Prinzen ...

www.cbj-verlag.de